泉州文庫

選堂題

（清）丁煒 著
粘良圖 點校

問山集三種

泉州文庫整理出版委員會

商務印書館

前　言

　　泉州建制一千三百多年，爲中國歷史文化名城和古代海外交通的重要港口。"比屋弦誦，人文爲閩最"，素稱海濱鄒魯、文獻之邦。代有經邦緯國、出類拔萃之才，歐陽詹、曾公亮、蘇頌、蔡清、王慎中、俞大猷、李贄、鄭成功、李光地等一大批傑出人物留下了大量具有歷史、文學藝術、哲學、軍事、經濟價值的文化遺產。據不完全統計，見載於史籍的著作家有一千四百二十六人，著作多達三千七百三十九種，其中唐五代二十九人三十二種，宋代二百人三百九十一種，元代二十一人四十種，明代五百三十六人一千五百八十五種，清代六百四十人一千六百九十一種；收入《四庫全書》一百一十五家一百六十四種，《四庫全書存目叢書》五十六家七十四種，《續修四庫全書》十四家十七種。二〇〇八年國務院頒布第一批國家珍貴古籍名錄，屬泉人著述、出版者十三種。

　　遺憾的是，雖然泉州典籍贍富，每一時代都有一批重要著作相繼問世，但歷經歲月淘汰、劫難摧殘，加上庋藏環境不良，遺存至今十無二三，多成珍籍孤本。這些文化遺產，是歷史的見證，是泉州人民同時也是中華民族的寶貴文化財富，亟待搶救保護，古爲今用。

　　對泉州地方文獻的搜集與整理，最早有南宋嘉定年間的《清源文集》十卷，明萬曆二十五年《清源文獻》十八卷繼出，入清則有《清源文獻纂續合編》三十六卷問世。這些文獻彙編，或已佚失，或存本極少。二十世紀四十年代，泉州成立"晉江文獻整理委員會"，準備整理出版歷代泉人著作，因經費短缺未果。八十年代，地方文史界發起研究"泉州學"，再次計劃編輯地方文獻叢書，可惜後來也因爲各種條件的限制，其事遂寢。但是這兩次努力，爲地方文獻叢書的整理出版做了準備，留下了珍貴的文獻資料和書目彙編。

　　二〇〇五年三月，中共泉州市委、泉州市政府決定將地方文獻叢書出版工作列爲國民經濟和社會發展第十一個五年規劃的一項文化工程。翌年,正式成立"泉州地方典籍《泉州文庫》整理出版委員會",着手對分散庋藏於全國各大圖書館及民間的古籍進行調查搜集,整理出《泉州文庫備考書目》二百六十七家六百一十四種,以後又陸續檢索出遺漏書目近百家一百八十餘種。經過省內外專家學者多次論證,最後篩選出一百五十部二百五十餘種著作,組成一套有一定規模、自成體系、比較完整,可以概括泉人著作風貌、反映泉州千餘年文化發展脉絡的地方文獻叢書,取名《泉州文庫》,二〇一一年起陸續出版發行。

整理出版《泉州文庫》的宗旨是:遵循國家的文化方針政策,保護和利用珍貴文獻典籍,以期繼承發揚中華民族優秀文化傳統,增進民族團結,維護國家統一,提高民族自信心和凝聚力,加强社會主義核心價值體系建設,增强文化軟實力,爲泉州的物質文明和精神文明建設服務。

《泉州文庫》始唐迄清,原著點校,收錄標準着眼於學術性、科學性、文學性、地域性、原創性、權威性,具有全國重要影響和著名歷史人物的代表作優先。所錄著作涵蓋泉州各縣(市、區),包括金門縣及歷史上泉州府屬同安縣,曾在泉州任職、寄寓、活動過的非泉籍人氏的作品,則取其内容與泉州密切相關的專門著作。文庫採用繁體字橫排印刷,内容涉及政治、經濟、歷史、地理、哲學、宗教、軍事、語言文字、文化教育、文學藝術、科學技術等領域,其中不乏孤稀珍罕舊槧秘笈,堪稱温陵文獻之幟志。

值此《泉州文庫》出版之際,謹向各支持單位、個人和參加點校的專家學者表示誠摯的感謝!由於涉及的學科和内容至爲廣泛,工作底本每有蛀蝕脱漏,加之書成衆手,雖經反復校勘,但限於水平,不足或錯誤之處還是難免,敬請讀者批評指教。

泉州地方典籍《泉州文庫》整理出版委員會
二〇一一年三月

整理凡例

一、《泉州文庫》（以下簡稱"文庫"）收録對象爲有關泉州的專門著作和泉州籍人士（包括長期寓居泉州的著名人物）著作，地域範圍爲泉州一府七縣，即晋江（包括現在的晋江市、石獅市、鯉城區、豐澤區、洛江區）、南安、惠安（包括泉港區）、同安（包括金門縣）、安溪、永春、德化。成書下限爲一九四九年九月以前（個別選題酌情下延）。選題内容以文學藝術、歷史、地理、哲學、政治、軍事、科技、語言教育等文化典籍爲主，以發掘珍本、孤本爲重點，有全國性影響、學術價值高、富有原創性著作優先，兼及零散資料匯總。

二、每種著作盡量收集不同版本進行比較，選擇其中年代較早、内容完整、校刻最精的版本爲工作底本，并與有關史籍、筆記、文集、叢書參校，文字擇善而從。

三、尊重原著，作者原有注釋與説明文字概予保留。後來增加者，則視其價值取捨。

四、凡底本訛誤衍漏，增字以[　]表示，正字以（　）表示，難辨或無法補正的缺脱文字以□表示，明顯錯字徑直改正，均不作校記。

五、凡底本與其他版本文字差異，各有所長，取捨兩難，或原文脱訛嚴重致點讀困難，或史實明顯錯誤者，正文仍從底本，而於篇末校勘記中説明。

六、凡人名、地名、官名脱誤者，均予改正，訛誤而又查不到出處之人名、地名、官名及少數民族部落名同異譯者，依原文不予改動。

七、少數民族名稱凡帶有侮辱性的字樣，除舊史中習見的泛稱以外，均加引號以示區別，并於校記中説明。

八、標點符號執行一九九六年實施的國家《標點符號用法》。文庫點校循新版二十四史及《清史稿》例，一般不使用破折號和省略號。

九、原文不分段者，按文意自然分段。

十、凡異體字、俗體字、通假字，如非人名、地名，改動又無關文旨者，一般改爲通用字；異體字已經約定俗成、容易辨認者不改。個別著作爲保持原本文字語言風貌，其通假字則不校改。

十一、避諱字、缺筆字盡量改正。早期因避諱所產生的詞彙成爲習慣者不改正。

十二、古籍行文中涉及國家、朝廷、皇帝、上司、宗族等所用抬頭格式均予取消。

十三、文庫一般一册收錄一種著作，篇幅小的著作由兩種或若干種組成一册，篇幅大的著作則分成兩册或若干册。

十四、文庫採用橫排、繁體字印刷出版。每册前置前言、凡例。每種著作仿《四庫全書》提要之例，由編者撰寫《校點後記》，簡略介紹作者生平、著作内容及評價、版本情況，說明其他需要說明的問題。

泉州地方典籍《泉州文庫》整理出版委員會辦公室
二〇〇七年二月五日

目　　録

問山文集 …………………………………………………… 1
問山詩集 …………………………………………………… 113
紫雲詞 ……………………………………………………… 291

校點後記 …………………………………………………… 380

問 山 文 集

問山文集序
新定毛際可撰

溫陵丁雁水先生以所著《問山文集》見示,并屬爲序。余爲之卒業而嘆曰:自有書籍以來,其流布而不墜者,賴有兩間之元氣,摶刮於其間,故文惟真斯傳。使有所沿襲補苴,而欲以傳世而行後,則文幾乎熄矣。夫世之論文者,門户相角立,曰秦、漢,曰大家,其説枘鑿不能入。余謂先秦如《國策》諸書,奇肆變誦,爲眉山父子所權輿;而漢之史遷,其疏宕遒逸、淋漓生動之致,歐陽氏得其神髓,間雜一二傳記于《游俠》、《貨殖》中,亦未能遽辨也。善乎雁水之言,曰:唐、宋諸家,非不有所源本,特其才氣發洩,不能盡如前此渾融,則因乎時之不可強耳。乃北地諸君子爲秦、漢之學,割裂生鑿,僅以佶倔爲能事,而後之以大家自居者,相與誹笑之。及讀其文,則又柔色蔓聲,按之枵然無所有。譬若模仿近代柴、汝諸窰自以爲真,而驕語夫假斑駁以爲商彝周鼎者,其相去寧有間哉?若夫雁水之文,固卓然源本大家者也。然以理爲主,而運之以氣,馭之以才,并舉其數十年問學之所積醖醸充斥於中。且笫仕燕、豫,回翔郎署,按節贛南鬱孤之間,所歷名山大澤,廢壘荒祠,與其故鄉珍禽奇樹之觀,丹青雕刻之異,皆一一于文發之。故讀之如建章宫千門萬户,又如張樂洞庭,弦匏羽籥,中流變滅,使人心目震駭,固非區區以起伏唱嘆爲大家者比也。余少年好流連光景,于公安諸篇不無闌入。及長,始悔其所作,卓然欲有所樹立,其操術頗與雁水同。然良楛工拙之殊,不能望斯集之項背,則所謂同爲不龜手之藥,而僅以絣絖終老,是亦存乎其人而已。雁水更工於有韵之章。海内鈍翁、錫鬯、藥園諸公已序述而揚扢之,余故不復論,特書其文集之簡端而歸之,且以爲别。

問山文集序

寧都魏　禮撰

　　古者官爲專官，學有專家，故虞廷禮、樂、刑、工，雖以聖賢之材，終身守一官。惟堯之試舜，舜之用禹，則嘗通其事矣。兩漢之儒各守其師説，俾就其業，或傳諸子孫，皆能不擾，以底於成化成學，爲功也易操。後世則甚難。官禮樂者忽而兵刑矣，又忽而錢穀矣，河渠、漕輓、鹽馬之屬，又忽而遷理矣。官日新則事日創，一身之才，烏能兼明衆職乎？至于學則泄漫而無統，百家角起，是其是，非其非，莫所適從。惟知擇守而執要，故能者得之，不能者不得也。然則如之何？曰：歸於二實而已。二實者何？實心爲政，實學爲文是也。能實則所以諮諏旁求，根心而發外者，皆有本源以爲用。故曰：食其口而百節肥，沃其根而枝葉茂。然世或迂之而未信。吾讀雁水先生《問山》文，見其政事焉。公之兵巡吾贛南也，亂初定，兵治盜弭，民安于業。斯時過師贛南者，歲月驛騷，或數萬，或百千相續。凡舟車粟芻之供，次舍之頓止，公身親經度，單露于郊原，咸得其理，使毋譁奪，贛南民至今思之。及其司臬于楚，則以慈祥愷悌爲體，經術爲用，明允之聲流溢四遠，而士類則被服其文教，日以興起。推其往之歷戶兵，督通惠河者，亦不異是。噫！何公之能兼明衆職如此耶？而吾二實之説，庶有徵矣。公爲文宗唐、宋大家，而能自出機軸，通其義，益之以博學深思，故足自表著。且夫善一官者，非一官之事可能也，必會於庶事。猶通一經者，非一經之求，必融液于百家而後全。譬如人具五官百骸，成其體幹也。公之文，旁求諮諏，自公卿至窮岩士，莫不實心以訪，精敏以出之。其爲文爲政，皆得相因而相濟。宜乎聲施流沛，上達其君相也。於戲！世之尊遂者自居於有餘，故恒致不足；公自居不足，故恒致于有餘。然則實而能虛下者，爲聖賢問學之道，蓋亦經濟、文章、名位之收益無窮者乎？

問山文集序

太倉黃與堅撰

余嘗慨夫人抱材于世，不可以概量，亦不可以強致也。意如是斷斷然以爲能，而或天下事雜進於前，力有不逮，遂少絀焉未可知也，而所爲文也亦然。夫文之有法也，以與天下相模範，進之于道也。顧所謂法者，在乎人有以取之，豈能使人之必規于法也哉！其或有拙工，日引繩削墨，矻矻以從事，而所成就，匠者弗之顧。大匠之運斤，率然不經意，而或輪扁之巧無以過，則能不能之別也。閩中自歐陽行周以後，文采日益熾，聞于世者不能更僕數。而余素所善稔悉其能者，丁雁水、林澹亭爲之最。今澹亭已矣，斯道也舍雁水誰屬乎？湖以北地廣袤，俗狡黠好訟，治不易。先生臬于茲，振飭綱紀以風厲一切，不半禩而政安人和，江漢之間翕然稱治。蓋臬固法所在，而先生所以處此者，不徒以法耳。古之爲治者，右文而左武，先德而後刑。類以其凜然難犯者，陽爲之驅率，而拊循之道即寓其間，未嘗以蜂舉鷙擊爲能事。今當聖世，凡爲大臣者將奉行德意，以其道上躋于唐虞，而成康之刑措爲不足數。故雁水之治楚也，型仁而講義，皆以道爲師。既以道爲師，而苻政之餘一無事事，簾閣蕭然，凝塵蔽几，因得優游于所爲文，而先生所爲治亦可思矣。夫今以《問山文集》觀之，其比事屬詞不携不迫，始終秩然，中于矩矱，皆法也。其標舉興會，無所不具，或泬流而隱秀，或揚波而吐奇，皆有以極才情之所至，此放于法而不爲法所役也。由是觀之，而知雁水所爲文，一如其爲政。果能以其爲政者發之以爲文，而豈世之經營于其末、刻苦要眇、自恃爲能者可與並論哉！余固陋，無以其言爲雁水重，而辱固委不辭而書之，亦以先生所建豎將來且逾大，其必如我言。而余亦將持之以爲徵，自附于知言之列也。

問山文集序

關中周　燦撰

　　觀察溫陵丁雁水先生苍楚臬之次年，余亦以南康守量移蜀衡道。經江漢，拜先生於堂下。先生聞余至，歡迎道故。蓋余官南康時，先生以贛南僉憲攝藩篆，受知最深。又余官禮曹時，先生則握籌持算，以佐司農，得瞻望丰采。迄今幾二十年矣。翼日飛旆出郭，顧余於舟次，以所刻《問山集》示余，曰："余之詩，汪子鈍庵、魏子叔子輩序之詳矣。文集之辭，留以待吾子。"余不敏，重先生命，再拜受而卒業。時春飆初拂，涼月在江，剪燭莊誦，高文典册，華實並茂，則明堂清廟之音也。或上下古今，發胸中之所欲言，絕不規規於前人蹊徑。又非工爲摹仿者所可望其項背。及讀與施愚山侍讀論文成一書，其期許之大，議論之正，至教在上者本道德仁義以淑人心，不禁作而嘆曰："先生蓋聖賢自命，不僅以文章名世者也！"夫本理道以爲言，如日月經天，江河行地，此理一日不可息，此文亦一日不可廢。孔孟之書，自戰國至今，雖雜以縱橫之説，佛老之論，以及騷賦詩歌之靡麗，歷千有餘載，而有宋周、朱諸儒出而一爲闡揚，即昭然復明於世。此固人力爲之哉，亦千秋吾道有終不可泯滅者存也。獨怪今之爲文者，舍本徇末，句敲字練，工左史，仿大家，輒詡詡然自矜於世。是何異踞丘垤以爲高，臨蹄涔以爲深？又烏足以知泰岱之崚嶒，滄溟之浩瀚者乎！余早歲亦爲帖括詞章所羈紲，迨閱歷既久，冥索有年，而後有悟於安身立命之業在此不在彼。甚矣！爲學之難也。先生弱冠登朝，揚歷中外，凡所論著如大禹之陳謨、姬公之作頌，文章之内具見性天，是本乎聖賢之道以爲言者也。雖傳之千百世，寧能廢乎！余行將奉此楷模蜀士。謬以一言弁其首，且以報先生命焉。是爲序。

問山文集序
龍眠錢澄之撰

　　昌黎韓子之論文也以氣。曰："氣，水也。言，浮物也。水大而物之浮者大小畢浮"，"氣盛則言之短長與音之高下皆宜"。夫氣者，才爲之而非才也，所以行吾之才者是也。才有短長，音有高下，必一以氣充之，則自然節奏無不合宜，是以貴乎養也。而養之之術，韓子謂行之乎仁義之途，游之乎《詩》、《書》之源。其説甚高，要不過讀書窮理而已。夫讀書窮理，非以爲文也，而文至焉。于六經之奧義，無有不探，史籍所載，無有不窺，于古今是非邪正之辨，時勢之推遷，物理之變易，人事之得失，一切無有不究，洞洞矚矚無所凝滯于其中。于是放之爲文，直述己見，發前人之未發，而不以爲僭；言前人之已言，而不以爲襲。復有何囁嚅瞻顧，以沮吾一往之氣哉！若今之能文者，其讀書徒以爲詞而已，以副墨雒誦爲勤學，以掇拾飣餖爲博雅。而亦有規模大家，取法先輩，一步一趨，尺寸不遺。其爲論也，依經傍傳，不能自出一語。此猶被木偶以衣冠，而周旋揖讓，謂之象人可也，而實非人。何則？無其氣也。理者，氣之源也。有真理而後有真氣，而因之以有真詞。舍理以爲氣，虛氣也；舍理以爲詞，浮詞也。由是論之，今日能讀書者幾人哉？則今日能文者又幾人哉？晉江丁雁水先生，蓋今之讀書人也。出入仕宦，案牘之罅，未嘗一日廢書。又虛懷好士，凡車轍所至，必訪求賢人隱遁之不出者，而折節下之，進而坐論，以盡其所長，以叩己所不足，宜乎其理日明而氣日盛也。今讀其文，浩如大河奔注之不可禦也；肅如禮樂之雍頌，鏘鸞璆玉之有節也；韵如幽花怪石，種種得所位置也；燦如入瓊玉之圃，耳目眩易，使人應接不暇也。而要皆暢其意中之所欲言，意之所至而文生焉，皆氣爲之也。韓子謂言之長短、聲之高下皆宜者，公其有焉。公之詩既已冠絕流輩，而復肆力于文，好學深思，將以求夫韓子之學，有不至而不止者。夫韓子之文至矣，而近世尊尚其詩，則謂詩文爲不能兼善者，皆妄語耳。吾又于先生信之矣。

問山文集序

同里張汝瑚撰

序曰：世之治一先生之言者，往往局于所見而不能以旁通。非惟詩與文之不可兼，即文之或爲秦漢，或爲唐宋，亦判若蒼素之不相入。夫秦漢、唐宋二者之所爲皆難也，然而不免于相笑者，何耶？古之文人，若退之、子美、子固之流，其出乎人也遠矣，而猶才有能、有不能，若是乎兼之之難也。雁水先生生于名德世家，幼以能詩名。壯復屬志古學，以古文稱。雖其王父大司寇先生實風之，而亦其才有過人也。瑚嘗評論明代諸集不下千餘家，求其詩文悉敵者，蓋指不多屈也。其間詩勝于文者十常六七，文勝于詩者十只二三。他不具論，吾鄉王遵巖先生長于文，然遂以文爲詩，故詩不逮文。曹能始先生長于詩，然遂以詩爲文，故文不逮詩。無他，狃于用長之過也。且夫文之必以宋爲嫡派，猶詩之必以唐爲嫡派也。尊宋者之必黜秦漢，猶尊唐者之必黜宋元也。不知退之學《左傳》，子厚學《國語》，永叔學《史記》，蘇氏父子學《國策》，是先秦、兩漢、唐宋人且先我而學之矣。吾學唐宋人而忘唐宋人之所學，是知父而不知禰也，不可笑乎？然而排宋者必真秦漢而後可，非真秦漢而詆宋，先生且吐之矣。先生之詩純乎唐，其文以韓、歐爲經，班、馬爲緯，故時或雄渾麗則，時或淡宕俊逸，不可一轍測。至其蘊藉而含蓄者，又如唐一代詩人，其中無所不有也。甚矣！先生之文有似于詩也。彼耳食之士，僅學一先生之言，飽圇腴而自以爲果然者，能不駭而走乎！雖然，先生特工詩文已哉？先生爲楚臬，明允之聲大著，楚人頌慈母焉。在昔唐虞之世，司空、司徒、工虞、秩宗之屬，各有官名，獨皋以士名職，意刑官非文人不可。今讀其謨，曰宣曰嚴，由三德而躋六德，以至九德。皋陶，古好學人也。先生政事之暇，留意經史，翻閱至漏下不倦。且其資性在九德中，得寬柔願恭溫塞居多，而時濟以敬義強直，乃卒歸之于中和，故其爲詩文與其居官無以異。古之君子根本道德,行于深微,而出之以誠,然皆不欲苟取一時之譽以自餒其氣,而天下之譽卒歸焉。先生集成,周子星公、錢子飲光、毛子會侯咸序焉。彼三子者,皆知言者也,豈欺天下之人哉!瑚從諸君後,無能贊一辭,但援引吾鄉前代名碩以相發明,復遠溯虞廷贊襄之盛,爲先生異日左券。嘗聞孫月峰先生之言曰:"《史記》可與杜詩同看,《漢書》可與李詩同看。"然則先生之文,與先生之詩同看可也。

目　録

問山文集序 …………………………………… 毛際可　3
問山文集序 …………………………………… 魏　禮　4
問山文集序 …………………………………… 黄與堅　5
問山文集序 …………………………………… 周　燦　6
問山文集序 …………………………………… 錢澄之　7
問山文集序 …………………………………… 張汝瑚　8

問山文集卷一 ……………………………………………… 15
　序 ………………………………………………………… 15
　　明八大家文集選序 …………………………………… 15
　　羅珂雪耐耕堂詩文集序 ……………………………… 16
　　畦園詩集序 …………………………………………… 17
　　大司馬吴留村總制詩卷序 …………………………… 18
　　春暉堂詩序 …………………………………………… 20
　　林穆之秋樓遺集序 …………………………………… 21
　　吴藺次亭皋集序 ……………………………………… 23
　　于畏之西江草詩序 …………………………………… 24
　　片緑園詩序 …………………………………………… 25
　　幔亭游草序 …………………………………………… 26
　　吴彤本西瀛集序 ……………………………………… 27
　　孫電暘詩草序 ………………………………………… 28

謝晝也詩序 29
林獻十樗樓詩集序 29
和陶集序 31
詞苑叢談序 32
蔣玉淵淮海詩鈔序 33
阮疇生詩集序 33
問山詩集自序 35
弟韜汝滄霞詩集序 35
紫雲詞自序 37
弟韜汝滄霞詞序 38
武昌府志序 39
龍南縣志序 40
公安袁氏族譜序 41
陶石公印義圖譜序 42
拜清樓印藪自序 43

問山文集卷二 45
 記 45
  通天巖重建真武殿記 45
  鼎建獅子林碑記 46
  重建滕王閣記 47
  覺園記 48
  獻陵內署北樓春望記 50
  思永軒記 51

問山文集卷三 52
 書 52
  上大司馬梁公書 52

上大司農余公書	53
上大司空陳公書	54
上少宰李公書	55
上少宗伯徐公書	55
上少司馬熊公書	56
上少司寇張公書	57
與施尚白侍讀書	58
與王貽上侍讀書	60
再與王貽上少詹書	60
上鄭少司寇書	61
與勞書升通政司參議書	62
與陳其年檢討書	63
與湖口關尹子登侍讀書	64
謝家泰巖兄大中丞賜柑書	64
答田綸霞鴻臚卿書	65
謝吳蘭次太守送鷄露彩箋書	66
與張澹明方伯書	66
與家藥園兄儀部書	67
與黃庭表贊善書	68
與葉丙霞少參書	69
與宋牧仲觀察書	70
答倪闇公檢討書	71
與家次蘭弟參議書	71
與黃用錫書	72
答吳觀莊副使書	73
與陳亹齋書	73

再與陳豐齋書 …………………………………………… 75
　　與魏和公書 ……………………………………………… 75
　　答徐電發太史書 ………………………………………… 76
　　與董蒼水書 ……………………………………………… 77
　　答楚雲和尚書 …………………………………………… 77
問山文集卷四 ……………………………………………………… 79
　傳 …………………………………………………………………… 79
　　喻生傳 …………………………………………………… 79
　　烈婦張若觀傳 …………………………………………… 80
問山文集卷五 ……………………………………………………… 82
　文 …………………………………………………………………… 82
　　祭嚴顥亭少司農文 ……………………………………… 82
　　祭洪畏軒太常卿文 ……………………………………… 83
　　祭陳轉庵母舅文 ………………………………………… 84
　　哭河南提學僉事林蜚伯文 ……………………………… 86
　　哭葉丙霞少參文 ………………………………………… 87
　　祭秦母吳太君文 ………………………………………… 88
問山文集卷六 ……………………………………………………… 90
　行狀 ………………………………………………………………… 90
　　刑部尚書祖蓼初公行狀 ………………………………… 90
　　誥贈朝議大夫、兵部武選清吏司郎中加一級先考顥初府君先慈貞
　　　懿陳恭人行狀 ………………………………………… 93
　　誥贈恭人先室勤順蔡氏行狀 …………………………… 98
問山文集卷七 ……………………………………………………… 103
　誌銘 ………………………………………………………………… 103
　　亡長女報珠墓誌銘 ……………………………………… 103

13

問山文集卷八 105
雜著 105
題趙文敏靖節圖卷後 105
黃升衢傳題辭 105
題陸玉壘宜雪詩卷 106
題陳緯雲秋水閣集 106
題林公韞贈答詩箋後 107
題王四及游西山詩草卷 107
游宓石山詩引 107
西園易亭詩引 108
曾載揚詩畫卷引 109
題廣陵陳子涵披香詞卷 109
題吳子炯詞卷 110
楊柳枝詞引 110
鷓鴣天詞引 110
馴鹿圖贊 111
書王汲公啞孝子傳後 111

問山文集卷一

序

明八大家文集選序

文者,道之顯焉者也。立論正大。古今有必傳之道,則有必傳之文。顧道無二宗,而文亦無殊致。秦漢尚矣,六朝波靡之後,韓、柳揚其鑣,歐、蘇、曾、王騁其轡,而唐宋大家之文,遂爲後世立言者軌範。夫唐宋大家,雖與秦漢之質奧古茂有別,而莫不原本六經,根極性命。其微者足以闡孔孟之旨,而其顯者亦足追馬、班而無愧。故後之爲文者,學秦漢而未至善,學唐宋大家則亦足以傳矣。余竊怪夫後之論文者,不惟道之求,而第斤斤焉詞之古近是議。宗秦漢者,以唐宋大家爲不足法;而矯之者,則又以秦漢爲必不可學,是二者皆過也。夫使唐宋大家爲不足法,則向者八家之文必不能傳;即傳矣,又必不能使後之學者奉爲立言之宗,規模而效法之者,歷元明以至今不絶也。且夫唐宋大家之文,精於學秦漢者也。韓、歐擷班、馬之英,柳州得《左》、《國》之峻,眉山本《孟子》而浸漬於《國策》,曾、王仿東京而澤以經術。溯厥源流,莫不各登秦漢之堂奥。平心折衷。獨其氣深養厚,服古而化,不類後之剽剥者滋人遺議耳。彼矯之而謂秦漢必不可學,必有學唐宋大家,而忘其源之出於秦漢者,是猶被黼黻之華而昧纂組之成于女手也。确喻。余故曰:二者皆過也。莆陽林氏一瑑一璘,父子兄弟,久以詩文名世。其評選經濟成書一十二卷,至浩博矣。更取有明之文,擇其尤雅馴者,彙爲八家。余嘗取而讀之,見夫潛溪之醇、忠文之雄、正學之雅、陽明之徹、遵巖之奧、荊川之逸、震川之潔、鹿門之豪,各有得于唐宋大家規模。要其立言,一軌于道而止。余于是而嘆林子之用心勤而取舍正也。夫古今作者,代不乏人,而其文之傳，往往達于遠而昧于近，忽于往而貴于今。要其用心之勞、致力之苦，千百世後，必有起而傳之者。即如韓子之文，湮没數百年，不得歐陽子表章之，亦不能光顯至今。唐宋八大家初未有彙而傳之者，自鹿門輯之，而迄今不祧。二子兹編，其猶鹿門之遺意歟？是故學秦漢之文而苟得其神，不襲其迹，雖謂韓、歐可也。學韓、歐之文而苟因其流以溯其源，雖謂之秦漢亦可也。道與文非二物，月印萬川，處處皆圓。秦漢與唐宋亦非二途。然則兹編也，人而讀之，固將與秦漢、唐宋諸君子同神游於千載之上，不必一一求與之肖，而涵養時措，罔不若合符節，豈特宋王八家之爲斤斤已哉！

黃庭表曰：文體宗尚秦漢、唐宋，人各其好，勢難相下。先生揭出"道"字立論，如日月麗天，爝火自息。篇中"道與文非二物，秦漢、唐宋大家亦非二途"，片言居要，足令聚訟不攻自解。序大家文即以大家氣局體法爲之，相其丰骨，則固居然秦漢也。

張夏鍾曰：王遵嚴先生云："方洲嘗述人言云：'總是學人，與其學歐、曾，不如學馬、班。'不知學馬遷莫如歐，學班莫如曾，今我此文，正是學馬、班，非學歐、曾也。"雁水先生此序，與遵嚴先生之意正合。通篇議論波瀾，無數層折，讀者不知是秦是漢？是韓是歐？

羅珂雪耐耕堂詩文集序

今上乙丑年，詔令天下學臣，每學貢才行諸生一人，讀書雍璧。江西文衡何先生，於廣昌學拔羅子榮其人。羅子名江西，四方知其著作垂三十年，至是始應斯命。感慨之本。蓋朝廷愛惜賢才惟恐不及，挈大綱領。三年中，既嘗令鄉國廣額，貢士有差，而羅子屢蹶舉場。己未特詔舉布衣隱逸，召試擢用，羅子宜應宏詞，而未有推轂之，因嘆天下人才之多，憐才苦心。即幾爲格外收羅，而尚未盡遇者豈少哉！余向方持西節，念豫章省爲天下名邦，宋、明著代之英，同時相望，近日高尚名流，若陳子伯璣之考訂風雅，魏子冰叔之宿老文章，尚多有之，竊願以訪求賢士爲心。始至金陵，遂交冰叔於旅。嗣是按部，每遇易堂諸君，式廬延訪，且詢其交游，推許朋輩。時時私心，識有羅子，亦間一覽其詩文。伯璣先是下世，如聽山陽笛聲。冰叔既見之後，旋作古人。易堂君子，存者晨星，則其交游推許之人，如羅子者，不誠甚堪愛重也乎！噫！《耐耕堂》之集，不有請也，余已樂爲之説矣。聲詩之病也,無才者知守成法,乃多至於摹仿規襲,陳陳生厭。有才者類思標新領異,或不盡安軌途,嘗至壞決氣體。余謂此道相沿已久,人智日開,宜稍變而通。古體宜祖漢魏,今之作家誰見及此。而善通漢魏者有宋齊顏、謝諸公;近體宜宗初盛,而善通初盛者惟大曆錢、郎諸公。彼其用意設辭,率從新巧,特於本體無傷爲可貴耳。文推昌黎,振起八代,六朝排偶固其衰也。今則於詩多取開成以後,於文多效大曆以前。嗚呼!斷在溝中,壹比犧尊,美醜有間,嘗欲天下之折衷于此也。兹論羅子之詩,五古即不盡本漢魏,顧以宋齊顏、謝通之;近律稍離初盛,顧以大曆錢、郎通之。文之屬對去也,取裁韓、柳,其樸茂亦有類東、西京者。《耐耕》之集,可謂無慚著作矣。余考羅子家世,王父先朝進士,稱先以叙之。揚歷諫垣,轉學、兵二憲。父羽王公,直指吾閩。累代積有青箱。羅子少又隨其大夫宦游,朝家典故、仕途政務,其所夙詳練達多矣。昆季二人,兄學正早領鄉薦,羅子文場幾得而失者數,鬱不適志,足迹走楚、洛、吳、越、蜀、秦無寧歲,聞見廣矣。身嘗當囚革會,向年地交戎馬,轉竄流離,悲感復深,故其發於詩文者有如此也。羅子勉諸!行即赴北雍矣。今之國子先生憐才成美,出自天性。甲子江右墨義諸評,於南昌、進賢、臨川不得志士,尚致拳拳。且公卿大夫之在朝者,不乏張華、鄭莊風誼。子之往也,得一知己不恨,屬望良深。出所著作證之,必有泣血相明者。其即以兹一遇,爲九萬里先資也乎!

黃庭表曰:此文作三段看。遇合朋游,一段也。論詩文而并序之,一段也。壯其行而冀其有知,一段也。而每段俱致慨嘆欲絶,則歐陽公《江鄰幾》、《梅聖俞》諸序是已。先生友誼至矣!余與先生交情故老而更親耳。

魏和公曰:論有本原,故組舞如意,所謂"信手拈來","頭頭是道"。

畦園詩集序

維揚謝君鍾山《畦園詩》,詩之工者未之有過也。或曰:詩唯窮而後工,謝君美園林,盛賓客,芝樹滿庭,絲竹接耳,何所窮也而造於工? 余曰:不然,士君子之窮,妙提。非徒席門桑樞、藿食鶉衣之謂。即有享素封,登通籍,道不行於時,學不信於世,澤不被於民,弗得展其所志,皆謂之窮。窮者,達之反也。名相退守夫劍門,語必驚人。賢王感吟夫釜豆,將軍數厄侯封,玉顏寵衰《團扇》,此豈誠達也哉？其志之弗展,未免於憂思怨懟則一也。余考謝君之志,倜儻非常。明季補諸生,四方雲擾,便以天下爲己任,自謂芥拾一第,戀建勛庸,似同反掌,而名弗成。迨及我朝鼎定,又杖策而無所遇,徘徊江滸,終老泉石。雖其諸子奮立,或成進士,或登賢書,或以明經起家,或以太學馳譽,然而君倜儻非常之志,竟難親展其長。譬猶長江之水,發爲支流,而本源之澎湃浩蕩未嘗少衰。時而風激濤鳴,月落潮湧,令人駭於目而震於心,豈非其勢之所必至？此則謝君之窮之謂也。余姻婭洪太常畏軒,拔謝君仲子吕璜於闈屋。余早得交吕璜,見其耿介任俠,在太常座中嘗進讜言偉論,不以師前故安唯諾,座客亦以此咸多吕璜。余叩其家學,因間睹謝君著作。謝君没後,明年乙丑,余署藩篆於豫章,吕璜令似儀三奉謝君《畦園集》以序請。余讀之再四,益喟然嘆曰:工矣哉！鍾山之詩也。工字此處始應。其造句有極鏤刻而安者,其取意有極艱深而暢者,其成聲有極敲琢而和者。其志之不得一展,不離所主之意。遇境、遇物亦勃勃於其間而不可止。嚮使謝君身有所遭,將日紛心於功名之會,詩且不暇以爲;即爲矣,時吟時罷,若句、若意、若聲,亦必不能各極其致。故唯有謝君之窮,始有謝君之詩。然謝君之窮,末路絶不見有盡處。貧士之視爲至樂也,故當從其志論之耳。

　　黄庭表曰:歐陽公《梅聖俞詩序》有"詩窮而後工"之論,後世稱布衣之詩者争托焉。按:聖俞累官至尚書都官員外郎,非布衣流也。歐公亦以其不得志故云然耳。此論得歐公之意,更能闡歐公之所未發。

　　葉丙霞曰:"詩窮而工",《梅聖俞詩序》發之矣。兹更悲歌慷慨,暢所未言。至曲折頓宕處,有迴風舞雪之致,非深於詩者不能道。

大司馬吴留村總制詩卷序

　　蓋聞玉璜兆瑞,惟師奏秉鉞之功;金昂騰華,鄭相懋膺圖之績。元臣翊運,既合鯤海以朝宗;列服承麻,宜引兕觥而獻頌。事由徵而得信,言有大而非夸。銘之鐘簴,爲茅土之崇勛;侑以笙詩,祝臺萊之壽考。恭惟先生,名叶瑶樞,光分绛斗。派從梅里，鋪叙門第甚雅。人高讓國之風；岳峻松山，地是游仙之宅。霜臺綉斧，趨庭而圖識麒麟；錦里驚珂，入室則香芬蘭蕙。海南門第，季英少已知名；江左風流，王儉夙稱重器。抽漢庭之寶篆，雅善談經；佩大邑之銅章，偏工製錦。爾乃城接蘭陵，山當玉女。酌第二泉之水，隱之可以明心；讀十餘年之書，吳靖真堪耐久。屢報蝗移境上，競看鵲擁車前。閑中舞蔗，才兼馬槊之雄；醉後操觚，注就龍韜之略。既徵游刃恢恢，彌覺澄懷朗朗。然而侯名褒德，自合三公；事録尚書，寧羈百里？屬當射隼伐蛟之會，益展剸犀貫虱之奇。無諸歛衽，甫寢鯨鯢；漢使峨冠，驚看獬豸。于定國初臨棘寺，民已無冤；李適之悉清訟庭，吏無狱法。既戢兵而藉以平刑，亦弼教而旋資鞫旅。弄中丞之印，專畀趙堯；撫八州之民，獨推元結。若夫神叢狐火，灰已燼而思燃；闽亂始末。鮫島蜃烟，樓垂空而復結。刺桐城裏，羅鼠雀者萬家；石笋江邊，存雉堞者三版。公乃躬擐甲胄，跋履山川。銀鈚白羽，自插腰間；赤幘蒼頭，長隨帳後。雪夜蹟蔡州之陣，聲亂鸛鵞；秋風突淝水之圍，魂銷草木。遂使孫恩戰艦，遠竄魚邦；因而楊僕樓船，掃平黿窟。月明銅嶼，鐃歌發《朱鷺》之音；波静金門，破陣奏緑耩之舞。斯固銅標偉績，海國賴以乂安；而柜邑文人，召公由之錫命者也。他如愛材若醴，取士得其真龍；去惡如鷹，弊政絶其害馬。天子屢可懷英之奏，黎民難忘何武之思。固將舉一以該餘，抑且略微而詳鉅。乃者朱幡曲蓋，陶士行新督廣州；翠葆蜺旌，余安道兼綏桂嶺。龍江象郡，盡入提封；儋耳雕題，咸歸節制。珊瑚洲畔，時來白雉之舟；鈷鉧潭邊，久戢蒼鵝之羽。猶然安不忘危，恒思謀以制勝。貔貅萬隊，閱來聚米成山；虎豹千屯，寧直以天作塹。囊無赤白，坐看蟣渚還珠；御鮮元黄，遠却鮫人貢鬻。豈獨沉香字浦，載石名林也哉！爾其臺高燕友，館辟翹材。芙蓉幕府，頻開北海之樽；翡翠屏風，屢下南州之榻。五都士客，咸思絲綉平原；四海貧交，争欲金模范蠡。時而揮毫響鉢，琳瑯滿菡萏之箋；暇即染翰臨池，麗縠燦葡萄之錦。驚濤瀉峽，枚馬謝其敏工；卧虎跳龍，羲獻兼其精妙。既德業之交隆，亦天人之並戀。斯誠黑頭公輔，聖代無雙；紫綺才人，清時第一者矣。燁誼竊通門，分齊編户。昔年夫子，望蔚關西；往日鰍生，親承函右。隼旟熊軾，青氈容問字之人；犀篆麟符，絳帳待橫經之客。接新陰於桃李，長聯絕唱。前事太尉，而後事司空；矢鼇祝于庚桑，開者西平，而繼者涼國。鬱孤臺下，曾上仙舟；庾嶺關前，長瞻紫氣。燭榮光於南戒，雄藩開四百之峰；挹重潤於東瀛，侯瀆表三洲之澥。獻琛受祉，願廣在泮以言懷；磨盾慚工，敢擬《平淮》而紀績？則有雪溪仙吏，縹囊輯宗衮之詩；因之章水勞鱗，赤芾附姬裳之頌。方不爲諈。夫德由身受，事既匪出于屬垣；斯言以情將，遇始獲申于僾廡。所愧鐫雲繪露，末由仰測天高；惟是刻葉雕蟲，聊爾佽陳漢大。雉羔既執，摛詞謬居乘韋之先；鼎鼐旋調，介福願祝鹽梅之始。敬序。

葉丙霞曰：大而非夸，言文行遠，直可作司馬公佳傳，不得僅以儷語目之。○次序得體，接笋自然，不但胸羅四庫見長也。

張夏鍾曰：真可夜光萬點，朝霞千層矣。

春暉堂詩序

歲己未，余督潞河，三年役竣，仍以兵曹郎守銓政府。及冬補職方，受事趨省，則往時同舍諸君已皆前後遷去，惟新安銘山吳君方以華資來主署政。聯袂之頃，挹其氣盎然，接其容溫然。少頃，縱談天下形勢、厄塞，從本部堅議，自壯自闊。及馴將、治軍、汰伍、簡餉諸時政，莫不中窾會、應機節，瞭然燭照數計而龜卜者。余心識之，是固有道學問君子也，則獨未嘗與吳君論詩。越庚申春，余有虔南監郡之命，吳君歌驪贈送，殷勤款曲，纏纏百數十言。至比余詩於元白，余既愧無以當吳君言，如讀年表，無一筆滲漏。而又嘆過景參商，不獲快嚼屠門而僅嘗臠以出也。蓋自是意中時時念銘山不置云。居無何，吳君以賢能異等持節來督贛關權事，是爲今壬戌，相見道故甚喜。竊意鬱孤臺畔，行將得與吳君廣迓，如昔人荊潭故事。會自春徂秋，余數以公事詣省，軋棹灘江，動逾晦朔。雖歸而輒飲吳君之醇，久且益旨。獨是風雅一道，學殖既荒，蓬心日塞，不惟不暇與吳君言，與上未嘗言詩相應。抑將有不敢言者。乃吳君則仍不余鄙也，頃旋郡，席未暖，吳君出《春暉堂》一編，屬令點定，且索弁言。適偕皇華使者有石城之行，遂從籃輿中受讀卒業，因復於吳君曰：今談詩家，言人人殊矣。揆其大致，豈不欲以《三百》爲則哉！顧性情不眞，則華言滋僞；指歸不定，則歧志貿趨。側聞吳君行至篤，其事親孝，其處兄弟友且恭。日偕昆季垂魚搢笏，承高堂色笑。集名《春暉》，亦猶遠不忘親之意云爾。夫具陔華之慕者，可與賡《采薇》；就題推廣言之。篤原鴒之思者，可與歌《伐木》。今觀吳君集中，如瀛臺紀事之什，都亭贈遠諸篇，忠愛惓惓，悱誠惻惻，有不自性情中蓄極而流者乎！先生論詩動不離此。且《詩》三百而後，由漢魏以迄三唐，作者代興，美備亦略可睹矣。今談詩家不務宗漢魏、三唐，以漸追夫《三百》，可作詩家指南。而顧變而之宋、之元，爭爲詭勝，究且失其邯鄲之步。吳君詩，質不傷俚，麗不過則，其選言不與漢魏、三唐叶者，棄勿道也，豈非篤信不惑者歟！蓋吳君先世，有本經學屬詞，大變徐庾之體，與富嘉謨同稱高麗者，今《春暉》實足當之。吳君行報最還朝，載筆承明，日與當代宗工倡酬贈答，學益醇，道益篤，篇章日益富。風雅指歸，舍茲編奚適？予何知，亦知吳君爲有道學問之君子而已，敢言詩哉？

黃庭表曰：詩，不易言也，故篇中以未嘗言、不暇言、不敢言爲根節。至其所言，務在《三百篇》、漢魏、三唐，益見言詩之不易耳。

葉丙霞曰：序詩耳，偏於兩人聚散關情，并及《春暉》命名歸本孝友，是先生已前得《三百篇》之旨矣。而行間筆下，尤曲折盡致。

林穆之秋樓遺集序

嗚呼，是爲莆田穆之林先生《秋樓遺集》耶！起句冷然。莆與吾溫陵接壤。先生名賓王，字穆之，爲四忠義林氏裔。大父湖廣方伯靜宇公，廉聲振先朝。神宗間三預卓異宴，人尚能言之。及余學操觚，列博士，往往知有穆之先生名，但以弱冠就仕路，離鄉土，未及交。癸丑，守秩兵曹郎，都下同游，獨與先生叔、戶部澹亭君相得也。兩家曹政暇輒過從，共杯酒，考聲律，辨古今文，互有雌雄。先生遂於澹亭省邸見予，衷兩人論，更自上下其議，詩文、詞賦，如見其人揚眉抵掌時。益竟所未及。余揖先生曰："久知君名，果不虛！君何時至於此？"先生曰："鞅初脫耳。"居頃之，都下競噪先生詩文名。少宰公愚劉公、大司寇環溪魏公、少司農顥亭嚴公、予鄉少宗伯雲麓富公、今少詹事阮亭王公，皆折節下先生。方是時，余在武選閑曹，無他事，輒與先生論詩及文。不憚窮字句，屢易稿，相劘切者數閱月。詩文集此處已盡致叙之，不知者謂此未叙詩文集，非也。先生精於樂府，余亦意在漢魏。余於近律，力守三唐，先生亦極彈宋元。先生歌行長篇宗少陵，間出入盧、駱、元、白，余亦竊有志焉。余謂秦漢、六朝、八家文體不妨兼綜，先生亦謂太倉、歷下、毗陵、歸安，過立門户樹敵。余與先生靡有不同，特余習南北宋調，先生罕爲花間詞。先生擅長卿、子雲、江、鮑賦手，余鮮每事敷陳，爲稍異耳。先生隨出居庸，至大同應州訪弟皋思，觀其伯兄太守二史公舊部。驪歌一曲，祖餞都亭。余別詩有云："不堪今夕會，同醉遠離樽。"心竊不欲先生舍我行邁也。迨及入塞，值余使督通惠河差，急迎潞河官署，至則談邊外事，娓娓數日夜。余謂先生曰："君足迹半天下，往者游武夷、過彭蠡、登匡廬，游屐所至，文成巨觀。渡洞庭，詣貴竹，已又由杉關道豫章，趨金陵，踰淮涉濟至京師，吟咏紀賦，皆凌轢古人。兹爲出塞，游歷太行、龍門、白樓、青冢，盡燕雲十六州地，咏懷比昔孰爲多寡？"先生授以歷聘詩歌賦記，余亦持別後諸章，同較訂如前。愴然。無何而先生病矣。先生身餘七尺，貌昂藏，意致磊落深遠。余謂偶疲津梁耳，無他虞。藥進罔驗，更延多醫，弗愈。予憂悸，不知所出，朝夕問侍滋益謹。竟閱月，而先生逝矣。嗟乎！綢繆好友，後事經營。閩鄉方棘，淺土代謀。櫬寄潞河，爲詩挽奠。詩曰："斯人長寂寞，風雅竟頹波。掛劍哀無地，延陵涕泗多。"又曰："方期留孺子，竟爾托朱暉。會須呼哲嗣，送汝返巖扉。"傷哉先生！余實不吊。自是泪無一日不爲先生盡也。再一年，閩亂甫平，仲子一璘遠赴潞陽，起土扶櫬，余賻其行。執紼之下，益心悲先生云。先生之回首丘也，魏公環溪親誌其墓。朝中賢大夫識與不識，咨嗟挽贈，各竭其情。先生之文、之人，於是定矣。甲子秋，長公一璱至贛南，以集序屬余。是冬，仲子一璘奉遺稿請益力。夫知先生之深，事先生之篤，莫如余，何能已於言？顧以先生爲談笑盡文章者，環溪魏公之言也。迴應，老。謂詩名擅郢歌者，雲麓富公之言也。謂以醇古篤厚之學，發爲鴻麗大雅之文者，顥亭嚴公之言也。謂其瑰瑋宏肆，相如《上林》之遺者，阮亭王公之言也。先生之詩、之文、之賦，結叙詩文。皆有以相當，即余向時所服膺，與今日之重致衡論，亦豈能易於斯？然余又稔先生之行，文叙他事。則純孝也。心積於仁，而又正以直也。父没後，即斷酒肉茹蔬十餘年。出入燕市，動具杖頭百錢，遇窮輒施，以盡而歸。京中結藻壁社，與阮疇生、王吉武、顧商尹、車静淵、胡廷一數君子，德行藝文，嚴切忠告相勉。此余所知諸軼事，皆可傳也。嗚呼！音節俱悲。思中郎者飲虎賁，懷嵇吕者愴鄰笛。余讀《秋樓遺集》，豈直昔日共鍛之情？蓋典型之雅存焉。爲言大略，授其仲子。一璘泣，余亦不覺草之數宿，爲之泫然久之。

黄庭表曰：言出至性，字字淒愴，雜以《薤露》挽歌，止覺四面盡是垂楊悲風。○讀此文，知元伯、巨卿交誼，不必獨讓古人。

葉丙霞曰：追念亡友，爲序遺編，哀撫彦先之琴，墨灑羊曇之泪，誰謂交道今人棄如土也？

魏和公曰：感慨流連，愈悲愈壯，閑正起伏，各得其情，文章大觀也。

吴菌次亭皋集序

蓋聞詩以達志，惟盡態而益妍；意以傳文，必兼材而始善。譬之鐘鏞在御，宮羽歸其節宣；黼黻生心，元黄資其經緯。斯審音獨美大成，而摛藻咸欽衆妙。故七襄絢爛，端讓潘文；萬象汪洋，斷推杜史。若乃搜奇吊詭，競矜牛鬼蛇神；微志噍音，謬發蠅聲蚓竅。本無浣紗之態，故作捧心；俚人醜態畢呈。原非墮馬之妝，輒矜齲齒。始則山雞自愛其毛羽，繼而路鬼妄肆其揶揄。河北江南，久已畢箕殊好；竟陵歷下，遂同洛蜀分鑣。傷哉大雅之凌彝，甚矣末流之不競。思弘此度，實難其人，兹得之廣陵吴菌次先生焉。先生寶籍瓊花，仙源金粟。生長近枚皋之里，雅賦銀濤；寓直傳康樂之篇，朗吟紅藥。軍嫻七校，入武庫而矛戟森然；郡典一廛，簡簿書而門庭寂若。碧瀾堂外，水可盟心；罨畫溪邊，禾能同穎。既而季鷹解組，扁舟自愛鱸魚；叔子投簪，官厩尚留烏犢。尋蕪城之廢井，草掩澤葵；問文選之荒樓，鴛飛古瓦。三閭去國，行吟時采芙蓉；五柳還家，坐嘯偏栽松菊。或泛菰湖之棹，或迴鶴市之車，或探説法之經臺，或訪談兵之狠石。或瓊簫月冷，歌殘二十四橋之花；或金粉烟銷，恨寄四百八十之寺。洎乎秋蘭長坂，頻邀飛蓋於西園；春草緑波，時悵維舟於南浦。唾壺欲缺，咏懷多慷慨之篇；圖史橫陳，觀書動卓犖之概。臨玉臺而贈鏡，鸞影皆香；不似六朝金粉。記紅豆以傳觴，鴉鬟盡綠。莫不對景含情，花生鏤管；因而紀年屬事，珠溢縹囊。刪自戊巳而還，知秋興半多樂府；直駕丁卯而上，豈新聲獨踵義山？覽逸藻則諸體咸工，擷芳腴則無篇不韻。落花依草，丘遲最善五言；銅羽迴風，駱丞偏長七字。昔者微雲疏雨，掇菁藻於匠心；鐵鎖降幡，探驪珠而閣筆。方茲近製，誠足同倫。良由所蓄者深，故能醇而後肆；抑亦所賦者遠，自爾麗而不淫。彼夫胸無四庫之書，無此排擊之筆，亦不見有迴波。輒擬雕猱刻鵠；腹匪五經之笥，空思銜鼠驚鴻。無由仰測天高，直是不知漢大；試聽雅南之奏，定甦竄北之狂。頃以歲當豕渡，月在鶉交。余也門羅黃雀，方爲斫地之歌；先生棹泛青鳧，共作問天之想。既班荊而日影爲移，亦抵掌而風流共賞。逕中看竹，時訪元卿；觀裏尋花，頻過夢得。析六詩之義類，殊不河漢余言；分四韻以賡酬，亦復纏綿君作。霜高嶺表，行看管銳之梅；葉下亭皋，索弁吳興之草。題以數語，敢云此事推衷；信之千秋，直是當今一亮矣。是爲序。

葉丙霞曰：錦繡在心，琳瑯觸目。菌次佳麗之才，維揚佳麗之地，固應此佳麗之文贈之。

張夏鍾曰：雕瓊鏤玉是一篇佳賦，可追劉子駿，豈江令君等所能望其肩背？

于畏之西江草詩序

詩當取材漢魏，而以三唐爲宗。觀其立論自命不凡。其體宜厚而不纖，其氣宜振而不靡。法嚴而調諧，意貫而語秀。古近異製，比類同工。此聲律之極則，而《三百》之遺軌也。往者詩教式微，雲間大樽先生握三寸不律，與楚風競，以力矯其弊。迨我皇朝，則有梅村、秋岳兩先生振墮緒而光大之，卓然大家，爲海內詩宗龜鑑。風教所及，由近而遠，吳越實先被之。迄今登諸朝右與逸于林下者，篇章具在，可考而知已。檇李于子畏之，工詩三十餘年，不以一字問世。頃駕舴艋，溯貢流而上，訪余鬱孤臺畔，投贈古作，綽有漢魏餘風。余心異之，因索全稿。得《西江草》，甫數十首，似未足盡于子之詩。然嘗鬻知鼎，其法派居可睹矣。夫詩固貴新而不貴襲，語造詩奧。貴獨造而不貴依傍。然而厭常之弊，或至詭趣;逐流之失,究且忘源。近海内詩人,漸以漢魏、三唐爲不足法,駸駸流入宋元,意在標新領異,驂駕前人。究之依蘇、襲黄,蹊徑固未嘗脱也,則何如軌于漢魏、三唐之爲近古無弊乎?蓋于子生長嘉禾,於秋岳先生爲同郡,既得親承緒論,以定指歸,又越與吴壤接,大樽、梅村兩先生風教往往漸被焉。彼其名賢芳澤,確論可信。素所厭飫,故充然有得於中,自不爲時論所惑。而其爲詩也,賦景則巧不傷質;敷事則博不傷雅。經緯相宜,宫徵互應,漢魏三唐之音,於兹未墮,于子洵工於詩者哉!余自一行外吏,簿書覊束,筆墨廢格,幾不敢復與風雅。然私心持論,實欲與有志之士共追正始,又苦荒僻莫與同,今讀于子之詩,不覺浩乎有會也。或曰:于子明於天人理數之學,又生一波。其於詩也,淹貫藻麗,實有源本。余姑不具論,第論其爲詩如此。

葉丙霞曰:讀《問山全集》,知先生取材選聲,一宗漢魏、三唐,此序復現身説法。海内詩家當知所取衷矣。

張夏鍾曰:先生論詩,絶無一言苟且。揭其大旨,炳如日星。且於詩序輒以此發明之,今日依蘇襲黄者多辨之,是以如其急也。問山詩教,功不在禹下。

魏和公曰:體裁緊净,又能層出以盡其説。

片緑園詩序

天下莫不爲詩,唯能得乎其旨,一言蔽詩。則詩爲近古矣。古者,風土歌謡,因政治之得失,傳其心之憂樂,無飾説也。至于上焉者,《南風》以阜吾民,《卿雲》以允百姓,《大風》則志猛士,《秋風》則懷佳人,皆因職位所當然,何等關係,此詩之爲史也。而致其求瘼、求賢之意。是故山巔水涯,流連賞勝,此山林隱逸者所以發興抒情。若夫身有民社,職膺司牧,當不惟是遨游閒曠,知先生詩學矣。雕繪篇章,品題花鳥,自適其適而已。甚矣,《片緑園》諸詩有合余心也!詩爲令君馬子飛穆作。馬子三韓俊士,令於五雲,梓所吟咏,遥屬余序。余讀其詩,有曰"農務自桑麻",又曰"陽和未敢忘膏澤",志在噢咻斯民,務遂其生之詞也。又曰"風來只覺稻花香,今朝已慰農家望","傾倒農家老瓦盆,今年麻麥村村熟"。噢咻斯民,已遂其生之詞也。又曰"市廛深夜留燈火,幾處猶聞弦誦聲",又曰

"幾處農歌度嶺西",民已遂生,禮樂教化蔚然興起之詞也。噫!是獨得詩之旨也。合本意。夫天下莫不爲詩,連累篇牘,雲馳泉湧,可稱大盛。顧唐家音律與晉室清談,士大夫靡然成俗,不刊之論。至於曠職廢業,以求一二字語之工,余又爲此懼矣。知先生詩教矣。今馬子之職長民,所言者類多民事。幸而民事已治,爲之流連歌咏,傳其閭里給足之形,士女式穀之象。昔潘岳《懷遠》善於引證。詩曰:"稻栽肅芊芊,黍苗何離離。"《河陽》詩曰:"黔黎竟何常,政成在民和。"花縣之治,古來推最,馬子其此物此志與!它若登臨贈答,良辰美景,寫其胸之所得,節奏自諧,此所以爲善也。馬子令五雲,爲江廣孔途。當卯辰逆亂,兵革相尋,師旅絡繹,湯火之餘,獨能勞來安集。余往來洪都,舟楫所經,見其城野晏如,以所見實。四民幹止,百凡舉廢,富教聿張。贊吏才,仍挽合詩旨得體。於是信馬子所以爲詩之旨,益驗其才之有大過人也。馬子治既游刃,多得餘力爲詩。又能倚聲譜調,填成詞曲。興至潑墨,復逼董元、李成家法。然則,百里地謂足展士元驥足也哉?

黄庭表曰:事必推其原,論必持其綱,當亦聖人以詩教天下萬世意也。此之謂炎炎大言。

魏和公曰:主求瘼、求賢,與令牧論詩,所謂有體有要。

幔亭游草序

《幔亭游草》者,余友大輪禪師游幔亭作也。師爲吾閩奇人。一篇提綱。幔亭,閩之奇山水。人與地合,游而遇之,寧已於作?嗚呼!昔者君子之志,難於共明,嘗不得已而與禪者侶。如義熙以後,處士歸于蓮社,其大概也。至若捨身空門,往而不返,則又甚矣。師俗阮姓,名旻錫,字疇生,早歲專濂洛學,諸生奉爲祭酒。甲辰之春,忽浮海來京師,館勛爵家,賢士大夫皆願下交,富若貴宜克致,恬然不屑也。嚮值海波效順,鄉人客京師者,皆踉蹌還視妻孥存没。師獨不欲反顧,遂從燕山祝髮,亦奇矣哉!應奇人。天下名山川,何地蔑有?然而異致殊觀,輒虞易盡。唯閩之武夷,峰峰瑰怪,曲曲變幻,即在一徑、一竇、一石、一卉,應奇山水。無不迥別人間。師抱胸中之奇,無可告語,應人與地合。一遇奇山水,遂即寫之，爲記爲詩，以寄其憤惋難平之槪，故奇氣亦英發而莫可禦。師旣投體竺乾，而於闕里紫陽，猶致意流連，不忘其故。又聞古槐老人欲付囑之，顧辭弗受，何也？噫，師之心從可識矣。師於武夷有歸老之志，余亦願就六六峰頭特選一勝供師。他年過崇安溪口，入山尋晦庵書院，與師共證異同，而盡讀其山中著作。名山勝友，一交臂而兩得之。雖虹橋彩幔之宴不可復再，而追接仙靈，庶幾幔亭月夜，收拾翩翩欲仙。萬峰頂上，猶聞風吹鸞鶴之聲也已。

黃庭表曰：奇人奇地，參錯成文，文之變宕亦奇。

葉丙霞曰：叙幔亭而及書院，與沙門欲共證異同。儒家、佛家，是一？是二？昔韋復作《三教序》，氣度未必逮此。

吳彤本西瀛集序

歲當淵獻，閏紀末垂。庭羅黃雀，風吹運甓之蒿；池集青凰，月照班荊之席。亭皋題扇，乃當年作郡之柳吳興；巖畔賦詩，同昔日維舟之蘇學士。與靡靡凡響不同。名流握手，堪稱海內無人；太史占星，還識車前有子。揖其次公彤本，洵爲萬選青錢。易詩授義，早傳韋氏之經；清畏承家，不受胡威之絹。游橋門之六館，昌黎獨美何蕃；賦魯殿之一篇，中郎竟推延壽。爾乃持卿門户，螢囊生雪案之光；抑且得父膏腴，兔管擅土山之麗。日者分題八境，叩銅響金石之聲；鬥酒曾波，刻燭煥鸞龍之彩。固已欽茲敏妙，願窺豹變之全；迨及示我簡編，益嘆鳳毛之富。鴉啼楊柳，心傷瓊苑之花；不少寄慨。烟暗樓臺，恨寄蕪城之草。皋橋彌楫，月明冢吊要離；曲水流觴，雨後泉分陸羽。清辭蘭浦，琳瑯公宴之詩；歌吹竹西，窈窕春游之曲。鴛鴦顧影，香艷。李都尉本是愁人；荳蔻含香，韓致堯偏多麗語。至若感風流之頓盡，酒醽總帷；傷翰墨之猶存，淚沾緗被。莫不原本性情，要歸忠厚。麗而有則，居然騷雅之遺；哀而不傷，無失比興之義。斯固中林蘭蕙，鵾麝遜其芬芳；初日芙蓉，金采輸其鏤錯者矣。昔詞誇玉局，伯達綽有父風；體擅烏衣，敬仲獨兼衆妙。譬之探珠合浦，夜光不少蠙胎；搜乘渥洼，污血自饒龍種。素絲之染，句有別裁。不其然乎？玉樹之生，洵可愛也！余也索居求友，久結念於三吳；異地忘年，獲定交於二鄖。才如武子，寧忘勸學之規；晚識玉筠，益起傳書之嘆。弁之數語,竟同車馬載贗;俟以他年,定看梗楠耸壑矣。是爲序。

葉丙霞曰:標新領秀,鮑、庾之長。

孫電暘詩草序

自余出就雙江,地居楚尾。念昔系籍中朝,與士大夫藝苑講求,訂商風雅,時時不可復得。望闕之下,不能不兼有好音之懷。猶幸贛爲入粵門庭,皇華節使、奉檄賢豪,與夫遨游彈鋏之彥,不乏工文詞、嫻賦咏,往來辱過,結靷維舟,余每相與定交酬倡。而觀察嶺西韓君公吉,先出韓君是客。素心伊邇,尤間得爲歡云。乙丑冬,韓君移浙離粵,停棹章門。余適來權豫章藩事,共聚累月。韓君投以端州倡和諸刻,於中始識孫子電暘、袁子一上詩。出孫子袁子,主客並提。既而韓君復令二子就顧,授以刻集及甓園和章,余益得再讀二子詩,孫子因特請爲之序。單説主矣。噫!蓋余久慨于詩學之際也,往在明季,異論特起,改廢繩墨,弊中人心者幾數十年。邇來主持諸公,急欲復古。而宋元之尚,仍且紛然。余竊嘆天下好怪趨異之多,慮元音之終晦。主持之人每有如此苦心。獲見有矩範先民,一循正始軌途,不勝同志之幸。甚矣,孫子之詩之合余心也!因思孫子爲吳興鬢中佳士。自沈隱侯首定四聲,後代奉爲不祧俎豆。吳均詞賦清拔,卓有古氣,時宗其體。大曆錢起實冠十子,公卿出牧奉使,無起詩祖行爲耻。此三君子者,皆出吳興。風采映被,久而弗衰。然則湖州斯道,的有宗傳,不隨波靡,宜孫子之能守其法也。日者數與晤言,其爲人和厚謙冲,無叫囂夸飾之態。古來詩人才子,頗多習氣,至於使酒罵坐,脱帽露頂,傲睨一世,旁若無人。於詩文中求端友,千古隻眼。此亦未深得乎風人之旨者,余以是徵韓君之能得士、取友端也。又合韓君。孫子久處端州,主客莫逆。韓君兹爲出資,援例國學,以張其名。行且渡長江,過建康,踰淮濟,歷齊魯,抵燕都,出入承明玉局,與中朝主持士大夫賡唱連吟,益精素業。則本吳興宗嫡,以挽好怪趨異之風,余又將厚有望于吾孫子!

黃庭表曰:入手處有法,竪議處有力有識,迴環結束處有情。文章妙詣,於斯已極。

葉丙霞曰:從韓君得致孫子爲詩友,覺風雅一途。吳興自足千古,處處叙入韓君。結撰精細,非草草筆墨者。

謝畫也詩序

天下同爲奇杰瓌瑋之士，高論大爲寒士吐氣。有遇有不遇焉。其遇者，垂絲綸，爲黼黻，奉簡簪筆，侍聖明，備顧問於雲日之中。至或以其所能，依處輦下，散諸方州，入油幕，弄柔翰，爲陳琳、阮瑀、左思之任者。蓋人之材不能盡用，而又未甘鬱鬱以終老，於是必有所托以自展。然至於此，士之爲職甚勞，其遇亦可悲矣！江右藩轄張澹明先生曰："吾友謝畫也，略形迹而爲心交者有年。今雖曠懷遐舉，欲避京洛之塵，無如要津故人爭欲致之，勢難遂其偃仰衡門之願，僕今爲勸駕矣。"畫也亦余之季常也。噫！好提便有一段妙文。因憶十年前待罪諸曹，畫也正挾其著作客京華。逆旅相值，接其言論儒雅，長材英發，而豪邁之氣見於眉端，自謂得一良朋。迨余出持虔節，畫也亦還山陰，杜門掃軌。時乘興爲豫章游，過江一晤，重叙生平。畫也亦將老矣，而故人復羅以禮，張先生且脂其轍。余知自是爲要津之稽謀介助又正方始，亦何疑於此行。雖然，非其志也。畫也爲山陰名諸生，亦欲雋舉場、第南宮以酬其素。否則，計與今之幣聘諸賢揚鑣並轡。無此慨慷之筆，不得轉入詩詞。乃迄無所就，牢落因人，故發於詩詞者往往見之。其咏風蘭詩曰："名花不入上林苑，伴我落魄游天涯。"嗚呼！其重有感也哉？詩者，思也。因乎時，即乎遇。傳吾情之所欲言，而無不切中。十五《國風》、楚騷、漢魏，皆本諸此。今日詩家人人殊論，畫也舉所作質之，不知何如？而余從其時遇，考其咏歌，而所以取之者蓋深，服其有本焉耳。論詩不肯溢美。畫也曰："先生誠知余詩。吾將志先生言，還以正于張先生。仍用張先生結束。請爲載諸簡端。"于是并爲之筆。

黃庭表曰：拂鬱之氣，露于楮端。漁陽三撾，同爲千古文士失職寄慨。

魏和公曰：風神特勝。

林獻十樗樓詩集序

歲乙丑，莆田林子公韞客余雙江官舍，其季叔獻十貽以懷詩，有"家世聲名須後起,人生智慧豈重來"之句,予時咨嗟諷咏,嘆至言云。戊辰,公韞復至武昌,携獻十《樗樓詩集》,且述感予深知其詩,請爲之序。嗚呼!士君子抱一世材,困舉場不得用,其著作慮無知之,竟至湮滅。苟有一知己者致相嘆賞,心輒記念不忘,并欲爲之大聲闡暴,以示于時,可感也夫!且吾讀《樗樓》之詩,一提直起一大段。純乎杜也。子美生當唐亂,間關戎馬,輾轉成都、夔府,憂傷愁慘之音蓋居多焉。吾鄉自我朝鼎定三十餘年,靡歲不有海警,師旅征剿,絡繹相繼。甲寅以後,海氛藩逆交相僭踞,人人鳥獸逃竄。獻十爲名諸生,才足世用,鬱不得志,身際其會,一於詩發之,宜其詩之杜若也。雖然,元微之有曰:"子美得古人之體勢,而兼昔人之所獨專。"嚴滄浪謂:"少陵詩憲章漢魏,取材六朝,先輩所謂集大成者。"今之學者但效其氣之豪壯、金針度人。詞之悲切、意之率直者,曰:"我能爲杜。"何其不思甚也!予觀獻十全集,亦有入曹、劉,茹顏、謝,雜徐、庾,該沈、宋者,以此立言,何慮不杜若哉!蓋杜實總諸家,論古平心有神學者。能於諸家淹貫融通,此則善於學杜者耳。夫閩處僻遠,音律多不如古。我朝以來,詩學獨著,往衡者以詩取重于吳梅村。《澹亭詩略》,海内推宗。十叟、石來,詩本正派。二史、穆之詩,名噪京國。是數君者,皆産于莆。澹亭、石來爲獻十諸父猶子,一家之中主客自分。衡者、十叟乃其族從,二史、穆之又同懷兄也。自余交澹亭、石來,復交穆之及其二子公開、公韞,詩文綽有父風。竊嘆莆田人材之多,而出於君家者尤衆也。獻十胞兄四人,游履皆歷四方,吟咏甚夥。獻十獨未出里閈,其著述精富已如此。他日走吳、越、齊、楚、燕、趙、秦、晉、宋、衛間,見名山大川,往迹勝景,其所撰作更寧量諸?噫!樗,散材也。惠子謂其木擁腫不中繩墨,小枝拳曲不中規矩,匠者不顧,大而無所用也。獻十集名以此,其以無用自況與?上面兩"用"字爲此段序樗樓伏案。噫!其果無用也耶?其亦世不知用之也耶?人亦有言:"楂梨橘柚之屬,一熟則剥,唯樗不然,故能以成其大。"是又寧非無用之爲用大矣哉!

 黃庭表曰:篇中於不得用、足用、無用、不知用、大用照應迴環,有實指而感慨之者,有虛致其扼腕者,作者文情幾於低徊欲絶。

 葉丙霞曰:學杜宜值其時,宜知杜公詩之原本淹貫處,此則先生教人學杜法也。雖然,豈惟學杜?

凡欲學古人者,皆當奉此以爲準的。

和陶集序

余早識翼庵之爲有道也。翩若驚鴻。憶歲戊申,余官版曹,君以服食修煉訣游公卿間,所論熊經、鳥伸諸説,若可信於時。不以詩自鳴,暇則以《易》學相推究,使人知禍福之趨避,驗其言之不爽也。今丙寅,余復遇君於洪都,見其顏容鬢髮猶昔,步履愈輕健。余處輦下十三年,出而之西又六年矣,屈指向與君游已十有九載而遥。余自視不知比昔何如,而君未嘗少衰,謂之有道,豈虚也哉?君且於談吐之餘,率口成咏。更授以《和陶集》,請爲之序。夫靖節之詩,不易爲也。不輕易許人如是。古來擬陶多矣,獨推江淹《田居》,然僅一什耳,若令全而追之,恐文通亦或未逮。然陶公之詩有曰:"養真衡茅下,願言躡輕風。"蓋實有葆和步虛之致焉。今君所得有徵君之内力,急合有道之意。以之擬陶,宜乎詩之能陶也。至若梅閣倡和諸章,另提。又君細君之所作。君似陶,而細君復似君。傳稱陶公夫人翟氏,與公志趣同,能安苦節。夫耕於前,婦鋤於後。但其吟咏篇什,未始有聞。君之所得,方之陶公又何如也!洪都去彭澤爲近,余笑語君:"盍載細君,卜居柴桑栗里,以追靖節遺風?"而君與細君獨處蘇州之天平山,所謂十里梅花者,頗疑靖節愛菊束籬,君戀十里之梅,即詩不易爲之意。嗜好不類。不知陶公於菊,亦爲其餐英服食,可以益壽上升?君與細君於梅,是即瓊姿物外、羽化登仙京意也,寧無同?他日伉儷道成,吾知蕭史弄玉、文簫彩鸞往事,復於君與細君見之,則以此集爲淮南鴻寶也可。

黃庭表曰:先生嚴於論詩,况靖節之詩,豈肯易以許人續貂?故篇中曰"靖節詩不易爲,江文通全追未逮此",則徵君之干城禦侮也。吾見人家輕易許人,不惜把千古大賢漫相擬似。嗚呼!世人不知大體,獲罪先賢多矣。急舉此篇,以正其罪。文之筆墨化工,人類知而好之,何俟予言?

葉丙霞曰:人如嵇之達生,文得陶之真趣,且綴以細君之香奩,和以梅花之幽韵,又幾幾乎林下風矣。

魏和公曰:組織諧意,幾近于巧矣。然體段大方,樸氣不漓,便成妙緒。

詞苑叢談序

詩與詞,均《三百》之遺也。詩話之與詞話,其即《春秋》大夫歷聘賦詩見志,《左氏傳》諸紀載遺意也。顧自孟棨有《本事詩》之纂,計有功有《唐詩紀事》之編,而詩話遂有成書。余獨慨夫詞肇于唐,盛于宋元,熄于明,迄我昭代,彬彬大振。而詞話一書,藝苑群公,相望千百年間,至今未遑編次,大爲恨事。夫詞者,詩之餘而樂之緒也。論詞不刊。宋大晟樂府所歌頌郊廟樂章,率皆按譜倚聲,叶應宮徵。寇、韓、趙、周諸公,正大剛方,勳業彪炳,而興發毫揮,不少香醲麗語。作者既繁,韵事自侈,詞話興廢瞭然。後代逃虛之士薄以雕蟲,叩之古近,且有聲病茫然者,而奚暇及詞?業所不存,宜聽其事之散軼,而莫有紀也。然即有博雅審音君子,起而欲纂成書,則又不易。蓋詞既中熄于明,劉、高、楊、瞿而後,鮮有繼軌。諸凡《蘭畹》、《金荃》之刻,藏弆寥寥,掆摭無資,僅僅取《花間》、《草堂》注中一二隽評韵事,合諸里巷瑣談,以灾梨棗。考證不精,則繆詑相襲;體裁罔辯,則俚雅雜收。欲成千百年未見之書以誇來者,不戛戛其難哉!吾友徐虹亭先生《菊莊詞》,久已傳播海內。丁卯秋,訪余于鄂渚官舍,暇時出示所輯《詞苑叢談》,或詞以人傳,或人因事顯,分門別類,爲目有七,詳體製,審音韵,品藻與諧謔兼羅,紀事與外編並載。自唐宋迄今,上下千餘年間,無不搜討。較之《本事》、《紀事》二書,尤爲縝密。蓋先生家藏四庫,遍覽無遺。其足迹所經,名山大川,通都鉅邑,時與畸人韵士相往來。而珥筆禁林,復工於比事屬詞之體。劌心鉥腎,積十餘年方始就緒。是此書之成,非先生不能成,且成之必待于先生者,天亦若默相之,以啓熙朝文運之盛。詞話,小品也,說出如許關係。上以鼓吹風雅,遙規《左氏》之紀載,又豈特供協律選聲之彥嘯餘談柄已哉?方今樂府選本,盛推朱竹垞《詞綜》爲最,試持此書以與竹垞揚榷,當必撫弦賞音,共相擊節,而有六代觀止之嘆也夫!

黃庭表曰:唐宋大家之文,惟其根柢六經,故能傳而不朽。是篇以詞合之詩樂,以詞話合之《左氏》紀載,推本三經,竪論極有源委,可與荊川先生志樂序並讀。

葉丙霞曰:明三百年,詩文作者輒興,唯詞寥寥。即升庵、弇州尚非本色,何論餘子?先生工于倚聲，故立言動中窾會。虹亭纂輯苦心，一一道破。知此序之佳者，可與誦詩論世矣。

蔣玉淵淮海詩鈔序

自予謬習四聲，海內二三風雅君子、操選政者，遂多惠好，輒混碔砆於夜光拱璧之間。其在虔南，手披清詩初集，登拔予作尤衆。蓋是集爲毗陵蔣子玉淵輯訂。予向未交玉淵，不知何以謬相采擇，毋亦嗜痂之癖頗同耶？抑或今日壇坫宗工務爲廣通聲氣，而皆不我鄙遺者耶？有頓挫。時竊未有解于玉淵。迨乎俟罪楚臬，玉淵先是已寓鄂城。接交其人，益觀所爲詩，因嘆風雅場中久主齊盟不虛也。客歲之夏，玉淵告予有揚州行，擬從便道上京，當作數時別。未幾，揚州游困，無意京洛，今春二月復還於鄂。而予已挂議遷秩，將離此土，忽遭兵亂，余力抗僞職，棄妻孥東走皖城，謁中丞退庵楊公幕府，乞師會剿。亂定之鄂，始乃更與玉淵相見。噫，計玉淵游揚以距今秋，不過歲三四月，而楚省江山幾於不可復識！城郭人民皆從烽火鋒鏑摧殘，淒楚極矣，使我不能讀。創艾之餘，不知玉淵還楚以後，悲涼紀詠又當何如？顧覽其在揚離揚諸作，已不禁爲之三致慨云。玉淵以故人之故，始游揚州，竟至相知按劍，殘冬襌榻，絺綌風淒。集中所云交情頓輕，古道糠秕，怨誹諷刺，所由深與！回至皖國，退庵楊公爲下南州之榻，款洽彌日，割廉俸以壯歸裝，乃免阮途。以是見人生遇合，出於意計外者，往往十居八九。蓋有舊交而卒無可恃，有傾蓋而歡過平生者。此與予向者之東謁楊公，謀面未經，遽垂軫念，遂以出死逋臣、荼苦心迹據實上聞，同深知己之感者矣。嗚呼！予之爲是言也，是《淮海詩鈔》之實錄也。天下有讀淮海之詩者，諒當不異于予言。

<small>黃庭表曰：先生抗賊棄家，忠節凛凛。退庵楊公據實入告，真爲患難中知己，與周旋玉淵高誼均不可及。文於悲涼感慨中一筆寫出，遂覺古道照人顏色。</small>

<small>張夏鍾曰：從感慨中流出一段噴嚏，從悲傷中釀出一段風神，令人心目頓豁。</small>

阮疇生詩集序

往讀阮嗣宗、陶元亮詩，輒不禁嘆興曰：詩以言志，亶其然乎？嗣宗繫心魏朝，元亮不忘晉室。故其拒司馬氏之婚，託諸六十日之醉；義熙禪革，遂終不仕，其志皆可知矣。志有鬱鬱不能徑達，見之一二行事，使人識其中之所存。而又恐時更世異，事或湮沒不彰，讀史有眼。復即言詞之間寓其憂愁拂逆之旨。如《詠懷》之八十餘篇，《停雲》、《飲酒》諸作，益足令後之君子生知人論世之感云。阮君疇生，予同里也，爲明功臣世襲千戶侯後裔。勝國亡於李寇，疇生時方弱冠，慨然謝干時業，避居島外。師事遜荒士大夫曾公二雲，傳性理學。又得曹石倉所游之友池直夫，朝夕往還，講習風雅。如是者十七八年，出覽名山大川，北抵京華，托處十餘載，後乃皈于釋氏之門。當其之燕也，正朝廷招徠田橫之日，高官顯爵，例有可得。疇生不爲也，止以教授生徒自給。及其館於鄉之勛爵，侯若伯皆北面之，詩名振京師。關東鉅公咸欲爲築碣石之宮，又概謝之。直至厓門舟覆，海波不揚，遂決入於緇流白足中，此其志何如耶！予又竊怪嗣宗居步兵而不能去，元亮與僧者游而不爲僧。筆陣淋漓，讀之起舞。疇生尤有甚焉！意其爲詩必且激昂發洩，以視《詠懷》、《停雲》等作，更慨當以慷者，何以乃獨盛大音勝和平旨多也耶？蓋疇生之爲人也，於君親師友間，無所不致其情。平日所學，窮經論史，考物析類，無不研極源流。詩自漢魏而下，元明而上，無不代辨其風尚，人究其異同，綜百家之要妙，爲一己之取裁，故其諧聲叶律有如此耳。噫！方疇生甫至燕，予獨知其詩於衆未共知之日，數借正所不逮。追予出官于外，疇生亦即離燕，先後數千里之虔、之楚，與予相見。居楚二年，同予經鄂之亂。至予歷嘗風波患難，遭謫以行，疇生猶共依依不忍舍去，其果爲空門中人也哉？日者疇生語予曰："昔陳白雲澗迹織屨，以詩示林古度。每讀一章，必自嗚嗚涕泣。後伯敬於古度架帙中得其殘集傳之。"夫予與疇生計有二十二年之交，居恒酷愛其詩，不啻如鍾於陳，疇生之詩非予傳之而誰傳之？顧傳疇生之詩，必取其志而俱傳之。亦冀自今以至後日，知有疇生之志，庶幾其詩之傳，亦如嗣宗、元亮之不朽焉！尤予之願也夫！

　　魏和公曰：疇生天下奇男子也，非先生知之深，不能序得如此淋漓痛快。比之嗣宗、元亮，所謂擬人必於其倫者，惟疇生可以無愧，亦惟先生無愧爲疇生作序文耳！

　　張夏鍾曰："嗣宗居步兵而不能去，元亮與僧游而不爲僧，疇生尤有甚焉！"數句可以定疇生之人，可以慰疇生之心。通篇歷落慷慨，而其聲情又何搖曳而紆回也。當在廬陵、眉山之間。

問山詩集自序

昔安仁托賦於《閑居》，寄托自遠。文通屬思於《雜體》，豈僅抽素含毫，鋪揚風雅？亦先辭見志，聊申作者之意云爾。余雅耽聲韻，窮鑽未涉藩籬。其於詩之工拙，蓋難言之。然聞詩道性情者也，性情之所發，怫者不可使愉，欣者不可使戚。故江潭憔悴，必無廣大之音；廊廟清和，自鮮煩囂之調。情以事遷，其大較矣。曩滯魯陽，其時身之所履，目之所遇，非麋鹿木石與居，則畸士田夫與處，惟有户外青山差堪共語。寒山片石，千古同賞。因成《問山》一帙，率多幽憂無聊之詞。雖稍戾和平，而亦不忍自閟者，蓋怨誹言傷，聖人所不禁也。暨調獻陵，地當畿南之衝，水旱相仍，日從事於簿書徵發，而虎旅皇華，復時勤奔命，亦何暇榷揚作洛生之咏哉？入都以來，獲理舊業。時遭昌穆，正聖天子問夜求衣之會，瀛臺南苑，輒思獻頌；茂陵泰畤，竊擬徵歌。盛世之音。雖謙讓未遑，然二三好友擁節鳴騶，送客懷人，則又感慨係之矣。歷時既久，篇帙散亂，以視昔年所作，聲情大不相類。今春移病之暇，稍自編次。適王阮亭先生過訪，出就繩削，先生曰："吾今乃得讀子之全詩也。何向善閟，豈以世無嗣宗乎？"余謝弇鄙，且告以故，先生曰："是奚足哉？今夫一人之身，一日之感，窮達殊遭，旦暮異致。樂則鐘鼓言歡，如此説得方盡。哀則輾轉寄悰，先王之詩教大抵如是。必謂異曲者不必同工，是仲武不必振響於西川，而少陵無俟攄情於夔府也。子之志，若抑然有以自下者，吾又何敢以今日而定子之詩。"余既感王先生言，因删闓茸，而述數語於前。顔以"問山"，仍舊志也。

黃庭表曰：予向不知"問山"之義，讀先生自序而乃釋然。先生後入曹郎，出旌節，顯貴日殊，非復魯山之境久矣。而詩文集仍系以"問山"，先生殆亦如子房之不忘相遇於留也哉！文於俯仰今昔，極堪一彈再鼓。

魏和公曰：辭則燁然以華，氣則泠然以善，大雅之音也！

弟韜汝滄霞詩集序

自吾祖司寇公舉先大夫暨伯叔兄弟六人，余兄弟及從兄弟凡十餘輩。弟韜汝,先伯父迪功公次子也,與余少壯至今相依,無異同懷。韜汝幼頗聰慧,與余同事楊可庇先生。先生故耽吟咏,余占畢之暇,即學治聲律。韜汝時方九齡,間亦屬和,輒有警語動人。稍長嗜古,博極群書,涉誦便能記憶。迨余官獻陵,韜汝來署肄業。暨遷郎署,權三津,督治潞河,出監虔南,韜汝胥余從。凡官齋朝夕,賓朋贈答,以迨舟車塗路所歷都邑巨觀、山川名勝,觸景賦情,余倡而韜汝輒和。_{極壎箎之樂。}年月既積,篇什遂多。歲癸亥,余在虔南,以時事往還彭蠡、豫章間。舟次三旬,兩人各得詩六十首,即所刻《涉江》詩是也。惟余遷楚臬,韜汝歸就省試,留營先人窀穸,中間隔別三四年,始各自爲詩。今歲韜汝自閩至楚,出所業質余,合前後卷帙已不下千數百首。余爲删其大半,命梓問世。將涉筆爲之序,既而笑曰:"昔庾公譽其弟揚都之賦,議者謂親族之情太盛。以余而序韜汝之詩,世且曰'是兄弟者,殆將相構爲名高者',余其何以自解?"抑余嘗讀子瞻詩曰"四海相知惟子由",子由亦言"余少從子瞻游,有山可登,有水可浮,子瞻未始不褰裳先之"。彼二蘇者,兄弟而朋友者也。韜汝日從余游,與余相知者也。知之而序其詩,_{波折迴環,極有姿製。}亦言其所知而已,譽與非譽,又何計焉?大抵人之學詩也,其始必有所甚好,而即本之爲從入之途。韜汝於詩諸體,五古好三謝;七古、歌行好杜與李,間及蘇、黃;近體之高、岑、王、李,出入劉滄、許渾間。與余所好,約略不甚相遠。其發爲言,不知誠於古來作者上下何如?然往者愚山、阮亭、忍庵、慕廬數公嘗爲評論,有極致推許之詞。或者無本之譏,庶幾免乎?雖然,謂余今日而竟知韜汝之詩,余滋懼矣。韜汝於制舉業備極攻苦,年幾壯始隸河間諸生,旋游雍改業而南,京省文場屢雋報罷。丁卯秋幾售,復乙置副車。今年齒且非壯矣,方斤斤帖括,以與後進角競工拙,宜其爲詩多感憤無聊之語。_{慷慨悲涼,唾壺欲缺。}即余於韜汝,亦望其早博一第,以紹先通議高祖迨司寇祖三世甲科之盛,不望其僅工於詩也。嗟乎,韜汝勉乎哉!今天子崇道右文,凡懷才負異之士,莫不思展其所未試。韜汝第精所業,以庶幾一遇焉!_{慰勉交至,一往情深。}然後退而益攻於詩,將無視斯集所作,有更進者。余其何忍以今日而竟知韜汝之詩,韜汝勉乎哉!

黄庭表曰：施愚山嘗語余云："闽中丁雁水、韜汝兄弟，皆傳人也。余於《涉江》詩中讀韜汝諸作，其才情風格真不愧謝家惠連。"先生詩序不激不阿，勉以紹繩先緒，自是家庭立言之體。其情致迴旋抑揚盡變，殆士衡所謂"函綿邈於尺素，吐滂沛於寸心"者。余何間然。

紫雲詞自序

余之詞以"紫雲"名也，非秦漢以後作手。客有問之曰："昔明皇夢游月宮，聞上清之樂，按以玉笛，盡得其妙，曲度《紫雲回》，是子之意與？"余曰："非敢然也。"客又曰："昔者魯敢遇仙女，曰'嘗見紫雲娘誦君佳句'，其取諸此乎？"余曰："未能也。"客又曰："分司御史杜牧飲於洛陽李鎮，女伎數百侑酒，牧瞪目曰：'聞有紫雲者孰是？當以與我。'子其有牧之心耶？"余曰："是則所謂狂言也。"章法輒變。自念家處濱海溫陵，宮羽倚聲，鮮有講肄。余早歲習為詩，間從游覽下，曾效填詞數曲，然弗深知其旨。敘作詞步步引入。稿既不留，亦未有以名吾詞。迨歲戊午，於燕亭交陳子其年，其年曰："吾見子之詩矣，邇者將梓海內佳詞為一集，子之詞未有聞，寧可無以益吾集？"余乃退而肆力譜圖，上下唐、宋、元、明所作，於辛、蘇、秦、柳、姜、史、高、吴諸名家尤致專心，慮莫有合。復得朱子錫鬯相為磨劘，辨緣訛，證離似，始存一二矣。至出而西，道途所經，驢背舟中，登臨覽眺，又稱是焉。嗣入虔南，方謂自公餘閒可益求精此道，以報其年、錫鬯。而比歲過經師旅絡繹，動走數百里，累數閱月，往來調發，其會時事於洪都，歲率數至，遂不暇工。辛亥吴子薗次、陳子緯雲遥來，晨夕尚有花下筵前、良辰美景唱酬諸章，外此則皆軍旅山谷、風塵霜雪、輿馬舟楫之間勞者之歌。合成此數，正自無幾。北南兩宋規仿未盡，敢云付諸雪兒，其於歌喉檀板，無所於庋也耶？至其名以"紫雲"，則樂操土音云耳。至此方説詞名正意。吾鄉城南有山紫帽，紫雲嘗冒其上，即唐真人鄭文叔遇羽衣授金粟處也。余少遨游，嘗有終焉之志。弱冠仕宦，屈指離鄉忽忽二十餘載。塵鞅未脫，荊棘在心，其於鄉里栖真勝地時重致思，思而望之，望之而不可幾及，情弗自已，收拾已完。詞之所以志耳。然則上清難擬，即把上面客意作亂。仙女縱不易逢，而抱此有待，庶幾懸車稅駕之日，聊奉以卒業乎！若夫小杜文章固足稱豪一代，而脫略不羈，命詞之意益明。紅粉場中尋春，適興以自寫其風流,余又豈暇效之哉?

　　黃庭表曰:詞名"紫雲",論者未有不以杜牧狂言相當者也。先生以金粟蕊珠之志,而幾冒憐歌愛舞之稱,得此而心始白。然文實風流飄蕩,詞又類是,恐以小杜當先生者尚多耳!

　　葉丙霞曰:弟雅好填詞,未諳按譜,請度《紫雲》之曲,如聞《白雪》之歌,急呼雪兒付之。

弟韜汝滄霞詞序

　　詞非小道也,雅聲不作,協律無傳。赤雁黃華,世能舉其詞而不能歌其調。隋唐而降,欲審音知樂者,惟填詞可窺遺意乎!蓋其字有定數,韵有定聲。其節奏之自然,一本於上生下生之法,樂府精理。而非可意為損益。學之者非上浸溫、韋,下涵姜、史,接節調聲,不失分寸,終無當于古作者之意。故不為則已,為則必專;專則工,工則傳。數語立言大旨。凡學皆然,詞亦猶是焉爾。吾閩僻處海陬,倚聲一道,自元明以迄昭代,鮮有傳人。余少嘗慕而為之,然弗深知其旨。迨守職都門,感陳其年檢討之言,謂當勉作,以存屯田、後村一派,因稍肆力圖譜。庚申出監虔南,地為辛、蘇游迹所經。覽古觀風,時形咏嘯。所與倡而和者,惟弟韜汝在焉。繼而吳薗次、陳緯雲諸君子至,政暇之頃,相與擘箋八境,拈豆鬱孤,韜汝亦實同賡迭。戊亥之交,余居無寧晷,率以舟楫為位署。篷窗無聊,詩詞間作,韜汝從焉,每填一闋必屬和,大約調多因仍,要言不煩。而意不沿習。余頗樂其才思之敏,竊擬之謝無逸從弟薖。嘗命彙其所作,請正於朱竹垞檢討,竹垞則偕余詞並存,將備《今詞綜》之選。甲子秋,韜汝省闈蹶後,乃益探討《金荃》、《蘭畹》,窮宋元諸名家要眇之旨,間以憤悁侘傺、幽憂拂鬱之意,發為流商變徵之音。戊辰夏四月,韜汝以卯闈副車,將詣雍卒業,始過楚署視余,遂與余同經訌亂。間關逃竄之餘,旅寓金陵。寫得激楚。凡坎壈所經,一切可驚、可愕、可悲、可悼之事,莫不於詞焉發之。余頃既刪序其詩,復檢其詞之可存者得二百幾十闋,因進韜汝而語之曰:"子之詞,諸先生亦既論定矣。謂'調高北宋,采奪南唐'者,吳薗次之言也。徐電發則謂'屯田、淮海,何處生活'?而'躊躇美善,得玉田、白石之丰神'者,夫非陳緯雲之論乎?吾固知子之未敢漫然自信也,苟其未敢自信,則夫為之專而求其工者又曷有窮哉!遙應上意,出筆頓挫。夫填詞之盛,無過今日。《香巖》、《棠村》、《容齋》、《衍波》、《延露》振藻于前,而《迦陵》、《載酒》、《藝香》、《菊莊》、《扶荔》諸集復搴芳于繼。凡海內倚聲之彥,莫不領雋標新,矜奇炫巧,如鬥石氏珊瑚,愈出愈異。吾與子即欲株守屯田,是進一步法。後村遺軌尚不可得,況未能窮其閫奧哉!繼自今,無以得失攖其心,無以憂患頽其慮,爲之專。無狃于調之嫺而滑其詞,求之工。無憚于格之嚴而窘其思,戛戛乎陳言之務去焉,庶幾異日采風者不遺《紫雲》、《滄霞》二編,謬以溪堂、竹友相擬。吾與子且交勖之,慎毋謂有大於此者之未及傳,且並此而中廢之也。"雖然,余語韜汝,而欲其藉詞以傳,余輒不勝時命之感也夫!結語悲甚。

黃庭表曰:詞至今日爲極盛。新城之西樵、阮亭,宜興之其年、緯雲,錢塘之藥園、素涵,浙西之武曾、分虎,皆以壎篪擅名蘭畹。閩風樹幟,必先屈指二丁。先生序《滄霞詞》,乃欲其求而益工,深得雅人征邁之旨。韜汝多才未遇,篇末一嘆,無限悲凉,所謂"情至語,政不在多"耳!

張夏鍾曰:文章不從大處說起,即雕繪滿眼,終屬塵飯。是篇序詞即說得與樂關係,是絕大主腦。中段序與韜汝倡和處,文法變換。序韜汝自爲詞處,意氣激昂。末段遙應篇首,得竿頭更進之法,而具常山率然之勢。謀篇盡善,真毫髮無遺憾,波瀾獨老成矣。

武昌府志序

不佞陳臬于楚將一年,《武昌郡志》適于是年春仲告成,太守裴君請不佞序其簡端。不佞惟是審克明允、摘伏奸宄之爲兢兢,未暇及文事也。既而嘆曰:"夫志亦史也,古人文之精者爲史,六經皆史也。六經之有《春秋》,猶法律之有斷案。《春秋》者,聖人之刑書也。是非二百四十年之事,于萬八千字之中,筆則筆,削則削,何其簡且嚴也。雖以游、夏之徒,未嘗口授其微義,而獨以同恥許左氏,故其傳與語,多得夫子之秘旨焉。其後歷代諸史,厥體非一,或爲記,或爲書,或爲志,雖其高下煩簡之不同,終不能效《春秋》謹嚴之法。余獨有感于楚以《檮杌》名史,爲有合乎古人之遺意也。聯合處如無縫天衣,真作手也。蓋古人以善爲常,多不紀載;以惡爲反常,故特紀之。如《堯典》之篇,朱、兜、共、鯀之惡,在所必載。《春秋》爲亂賊而作,聖人于此有懼心焉。夫民之多僻,非其性也。氣蔽習徇,迫勢而動,弗得已焉耳。人亦有言'惡惡如有疾',是故求其標本,緩急而理之,生道也。不然,剛愎褊隘,視民不善,若不欲其生,而欲民不忍于爲惡,難矣。《書》曰:'無忿疾于頑,無求備於一夫。'是故善政者明教以達政,善教者因政而寓教,無逾于志矣。"太守曰:"史有褒貶,志則有褒無貶;史兼美惡,志則有美無惡。志與史今昔有不同者。"蓋不佞三復斯志,而嘆掅摭該博,義例又復精嚴。他不具論,其間賢人才士、勛績政事、文學氣節歷代顯晦不同,而百世之下使人興起。如漢費禕,晋孟嘉,唐李邕、宋馮京、李義山,明魏觀、廖道南、吳裕、李承芳、承箕、魏裳、吳國倫、郭正域、余玉節、賀逢聖、熊開元諸君子表而揚之,赫赫如昨,其裨世教豈淺鮮哉?觀其所可,則所否可知也;審其所褒,則所黜可知也。昔夫子以知我罪我屬之《春秋》,合上如掉萬斛之舟。而又曰"誰毀誰譽,如有所譽者,其有所試",蓋始終無毀也。嗚呼!四凶不出,而流竄放殛將何施?奸慝不作,而墨、劓、剕、宫爲焉用?不佞職雖司刑,心未嘗不期無刑也。夫長于仁者,未必或短于義;專于秋者,未始不根于春。不佞序鄂志而爲斯言,以見"《春秋》,聖人之刑書",出于不得已。後之讀斯志者,苟明斯義,而志之與史,刑之與教若一之矣。

葉丙霞曰:序志而引經,循職而修教。有關世道之文,不獨以八家見長也。

龍南縣志序

天下之事,史乘載之;郡國之事,邑乘載之。天下之大,一起如振裘挈領。一邑之積也。邑乘成,則郡國之事可考而知矣。合邑而歸之郡,合郡邑之志而歸之史,天下之事可考而知矣。《周禮》:"小史與外史掌邦國四方之志。"凡列國山川風物土產之詳,咸登記注。古王者深居禁御,不下堂知天下,恃此具爾。今天子武功告成,申命同文,敕天下郡邑纂修舊志,以時上太史。余監治虔南,適董其事。而龍南則虔巖邑也,邑令鄧子元貞受事數月,先以志成告,請余題其首簡。余惟今之龍南非舊矣,自高砂、下歷之割,而龍之疆索隘矣;自細徠閭宼之亂,而龍之户口耗矣。問志於龍,得無賦猶懸而畛已草竊乎?版猶登而氓已獸散乎?然而膠庠秀士,猶殷弦誦;井里細民,猶勤稼穡。比登賢書者,未闕于鄉;

而向之業珥筆者,且漸革其俗也。文成過化之風,尚有存焉者。得賢宰牧淋浴而咻噢之,責成宰牧,極得立言大體。變其巫詛之風,嘘以仁儉之澤,猶足起凋劼朽蠧於嬴腐之餘,參之於志,不大略可睹哉!夫志者,識也。識其沿革,以備損益。識其貞邪,以備法戒。訂核失詳,褒譏易位,即不能無憾於後之君子。范石湖非不稿志《吳郡》,竟以妄議而不得刊,非其明驗耶?龍之舊志成於俞君琳,萬曆以後事實闕如也。兵燹之餘,版付烟燼。鄧子掇采舊聞,郭禮邑故,相與續成是編。其紀事也,核而不詭於實;其持論也,正而不病於激;其著宦績而定鄉評也,寧闕無濫,寧質無阿。數語該括全志。覽其載筆,猶有古良史遺意。以是隸之郡乘,可以上貢輶軒矣!抑余聞之:"爲治之道,相其萌而先杜之,不在多言。乃可久安而不困。"龍界九蓮、三浰之間,禍害之興皆起於外寇蹂躪;而清規首難,則肇於署者之墨。莅斯土者,可以知所戒矣!余不敏,惟是拔本塞源之道,願與諸君子共勉焉,且樂觀其政之成也。志云乎哉!

　　黃庭表曰:作郡縣志序,稍着籠統話頭,便成張冠李戴。文從天下說到郡邑,由邑乘說到龍南志,步伍井然,而持論告誡皆極止大。文氣醲鬱,綽有東漢風味。

　　魏和公曰:先生監治吾虔,日務與民休息。因序邑志,即以仁儉爲訓。拔本塞源之道,計無逾此者,又豈獨治虔也?文之雍容和厚,極似蘇潁濱《元祐會計錄序》。

公安袁氏族譜序

　　江陵公安之有袁氏也,俱出於江西豐城縣之元氏。一篇主意。元之於袁遠矣,論端初發,鋒不可當。盍、安之族非積、結之祖明矣。雖然,郇之爲荀也,鄒之與朱也,黎之於倪也,仇之同裘也,皆以其音之略近而離之。他若畢萬爲令狐也,姜之爲許也,伊之爲衡也,更大別矣。古人豈不知守其本始,千萬年無所於易,而勢不能不離而異其舊。蓋自生民以來,同屬一父之子,而各其國者各其族,各其官者各其氏,支分派別,至於渙散不可紀極。嗚呼!是豈前聖人不能善其後乎?轉到譜上,文勢蜿蜒。聖人嘗逆計夫勢之不得盡合,而所恃以合之者,又特有微權焉。合之者何?宗譜是也。宋潛溪曰:"古有世卿大宗之法,得以伸其敬宗之義。"王弇州有言:"先王之世,氏族明而宗法出。宗法出而睦族敦本,別嫌明微,仁義之用亦出。"然則宗譜修明,由後溯前,一世遞至數十百世,貫珠累累,可考而知。故三世不修譜者,謂之不孝。譜之所係重矣哉!迹袁之姓,改自前朝,其先居然元也。明時以元為勝國,多諱稱之。其亦猶安定籍氏,避項籍名,改從席乎?今論其改姓之後,袁氏在公安者,以祖本初任蘄水教授,遂入居公安。而江陵之袁,則自其祖公綬始。兩邑子孫同衍豐城之緒,族居滋大,代有啟祥,而公安尤盛。單就本派言之。予考神宗時,宗道伯修公、宏道中郎公、中道小修公,同乳兄弟,一官宮坊,兩官南北吏部,聲稱同震一時,勛業皆卓卓可紀,文章同傳今昔,有《白蘇齋》、《瀟碧堂》、《瓶花》、《錦帆》、《珂雪齋》諸文集行世。歿且同祀鄉賢,世稱三袁是也。又有致道、履道者,俱中乙科。再傳而彭年第進士,官至禮垣,有祈年、浚年、嵩年者,皆登啟禎賢書,一為縣令,一為郡守。嗚呼!袁之先為元者,世系不必悉詳。束上復生下,筆歌墨舞。即此兩葉而觀袁氏,何其盛耶!祖宗有善,孫子類不忍沒。況前之人皆著代名賢,顧使家乘缺焉,無以垂示來茲,詎非為人後者之責?慈利袁令君貽訓,同其諸兄漢章、天成,諸侄潔士、玉瓚輩,修祠之後,急修宗譜,其審諸此乎!貽訓少從父崜年游京師,籍焉。其父在京,嘗以公安宗祀為念,建祠修譜,拳拳不忘。歿後,貽訓體先志,奉櫬歸葬公安,以京籍故得令慈利。重還家門,省丘墓,捐俸倡新祠宇,趣成譜志,可謂不忘親與祖矣!君子以貽訓為能孝。其令慈利,復清惠有聲。袁氏之光前裕後,實有賴焉,不可以無書。故并書之,以告袁氏諸後人。

黃庭表曰:於元之為袁,極致反覆瀾翻,文章故多生活之致。至因一姓而及兩姓,因兩姓而及十數姓,胸有書簏,而筆能裁制之,李善當拜下風。

葉丙霞曰:溯河源於星宿,探若木於扶桑,異派同支,曲曲寫出水源木本,烏可忘也!○《蘇氏族譜記》無此奧衍。

魏和公曰:樸屬該古,體制宜然。而縮川灌河,則由乎學力也。

陶石公印義圖譜序

往周櫟園先生方伯吾鄉,著《閩小紀》,載篆印名家伯石公陶君碧,而仲平子吳君晉。時余年方少,不及深知其意。追游宦京畿,所致圖章,平子手居多。

方是時,平子技噪都下,高抬平子正爲石公作色。公卿名士文房玩好,無平子篆刻不爲貴重,平子亦藉以起家。竊謂櫟園所推平子既不虛,多用陪筆。其在石公又必有進,恨未得致之也。歲乙丑,石公以方伯張澹明先生之知,抱利器爲江右游。適方伯上計京師,余自贛來權張先生事,乃觀石公所刻圖譜,大慰多載願致不可得之意。因搜采字句,委重百餘方,爲字二千餘,鏤成展玩。有科斗古文,有鍾鼎,酷似昌黎畫記。有史籀,有秦篆,有漢隸、今隸,有八分,有懸針、薤葉、柳葉,有玉筯、金錯,有急就,有若龍、若穗、若雲、若龜,有若蠆尾、若釵股、若春蚓秋蛇,有一字而徑數寸,有方寸而鐫數百言,盡變窮靈。作而嘆曰:"是真可垂之金石矣!"蓋藝之精者,莫不有道存乎其間。確論。輪扁之斫輪,宜僚之弄丸,梓人之成室,君子於此觀理焉。夫篆刻不閱古器銘,不辨石鼓文,不讀石經,不考《泰山》、《嶧山》、《秦望》兩漢諸碑,極字學之源流,則從俗從譌,皆所不免。今石公校讎諸字,即陽冰、許慎亘有異同。是其綜覽博,考核詳,取材高,而又以心思之巧妙,筆有臂力,刀有戈法,所以爲能罩精於此,而豈細故也哉?歐陽公有言:"物莫不聚於所好。"余性好圖章,購置名家刻甚夥。兹得石公,又加一倍。亦惟有石公,余之好乃快然而無憾已。因念石公與余同里,櫟園先生物色於前,純以淋漓出之。澹明先生賞鑒於後。余以弱冠筮仕離鄉,今已二十餘載,故致石公刻獨晚也。又念石公、平子伯仲間,迴應絕妙章法。平子處京師家以起,石公尚食貧。然櫟園之論,千秋不易。後世之言此道者,必永永推石公云。

黃庭表曰:篇中用陪,屢見以櫟園、澹明二公陪己,以平子陪石公。始而發論,終而迴環,皆磅礴滿志,如此方推著作鉅手。

葉丙霞曰:文氣疏古,純乎大家。石公技進乎道,櫟園、澹明兩先生亟稱之文又進乎技。不知兩先生讀之,更何如擊節也!

拜清樓印藪自序

先王父大司寇公歷官無它長物,獨有書籍、圖章藏諸希鄴堂,遺我後人。家鄉頻亂,兵燹相仍,不能守也。真可涕零。余少時及見印譜三卷,所記憶者有呂建、朱修能、林逸民、陳於王、胡曰從、何雪漁、林晋白、江杲臣諸家鐫,迨後僅剩吕、林、何二三石刻，爲玉塵、青氊之舊。噫！古今不獨金珠綉錦世所同欲，細推物理可云達觀。弗獲使之常聚一家，即韵物雅具，致極精良，輒生怪氣，劍躍鼎飛，碑轟鏡失，亦若有或妒之，圖章又何異歟？雖然，拂几揮毫，苟無一二法家名刻點綴楮素，則黯然無光。且其爲物非甚難得，力求多美，欲不爲貪，明明我祖，仁孝用心。好樂存焉，小子未敢忘也。於是每遇國工，覓金石，謀款製。其品有玉，有銅，苔蘚班剥如古斷碑。有鎏金，有瑪瑙、琥珀、璵渠、水晶、犀角、牙、瓷及舊坑、壽山、松楚各石。其狀爲螭、爲龜、爲獅、爲象、爲蟲鳳、爲辟邪、爲牛、爲馬、爲鹿、爲鳧、爲魚、爲壇、爲鼻、爲瓦、爲錢、爲環。其色有青、有黄、有赤、有白、有黑、有紅、有紫、有緑、有藍、有斑。又念言不雅馴，徒費刮剧無爲，乃博采群書，或文，或騷，或賦，或詩詞，或格言、清語，登其字句之可傳不朽者。所經之手，如程穆倩、陶石公、黄濟叔、林公兆、吴平子、葛南廬、錢目天、許實夫、傅井公、卓亦庵，皆一代之良。以求詳于字學、刀法，集成此譜。宦游之下，間輒相隨。以視吾先世希鄰堂所藏，僅三之一。顧新得者璀璨陸離，舊存者摩挲斑剥。時而手簡目留，是亦足以適觀快意矣。既用自娱，又願發之同人，共相賞鑒。夫天下不乏博雅英流，見吾拜清樓印譜，必多有以教我者乎！

黄庭表曰：序印譜，小題也，而先生則以紹聞衣德之意發之。甚矣！先生其有范喬之心乎？物之廢興成毁，盤旋繚繞，歐陽公得意筆也。○中間説物，説字，説人，皆以秦漢法點綴之。

葉丙霞曰：高曾規矩，雖小物不忘，况祖硯乎！拂拭丹黄，想見清白。

魏和公曰：遠追先物，近羅佳品。名流極一時之韵事，叙得古致錯落，亦如觀秦漢碑鼎文字。

問山文集卷二

記

通天巖重建真武殿記

　　出贛州西關十餘里，見有翼然嵌空，如鳥如翬，高出諸山之上者，通天巖之真武殿也。直提法高。載行八九里，路轉紆迴，岡崇嶺複，數折深入，石壁如屏，周遭數十丈，中凹爲洞，上凸成檐，嵯峨陰蔽，巖左之廣福寺在焉。地有千百年松楸，壁間佛容祖像鐫垂無數。自宋以來留題詩刻，汗漫縱橫，不可勝紀。循覽瞻矚，而殿獨坐太和一山，儼然在目。自此經巖口東北行，更上百七十餘磴，先寫山，次寫寺，次寫門廊，章法井井。轉度山脊，乃至門。四望香爐、鐘鼓諸峰蹲伏於前，象山低枕其後，左右諸阜，兒孫趨隨，而崆峒全山遠遠正案。遙視州城，蒼茫隱約，直在下方。是殆所稱去天尺五，呼吸之間可通帝座者耶！入門有庭，直廣盈丈，橫二倍之。庭上則爲迴廊環繞。殿中神像有赫。廊外東西翼開二閣，以祀聖母、大士。閣邊各架耳房二。更東成屋三間，僧寮在焉。其几案、爐盂、楹柱及門額、壁對，與夫布地階墀，一取材於興國之石，雕磨精瑩。檐瓦鎔鐵爲之。神龕、天板、梁椽、榱桷、窗櫺、戶楅，木取渾堅，金碧絢爛。殿閣環墻，庭前垣堵坊墁粉白，皆極尊重牢緻之觀矣！帝於武當道成，爲九天元武之真，故郡邑所在，皆有武當行殿。贛以通天爲名勝，總以數語得力。通天唯太和之山最高，似乎陟降易憑，百靈呵護，祀帝宜也。邇者天子東巡，蠲稅更新，泰山廟宇凈域整修類不一處。若帝之福善禍淫，昭昭不爽，與天子彰癉並行爲治，則殿之成否亦匪獨下民之責矣。山舊有古殿，大不過十笏。甲寅，州民逃難叢處，頗有污褻。亂定，民復其居，神火自發，奇事。毀燼無僅存者。吾鄉許君際斯都督三府，開鎮于雙江,暇時登陟,感懷往迹,因出重資倡建。余與郡邑莅兹土者各視其力,踴躍相襄。而莆陽善士鄭茂芬僑寓是州,自輸廣募,竟年獨董其役。統計費金一千三百有奇。山築其敧,得之柳子厚居多。石夷其險,小者以辟,無者以增,開廓數倍舊址。自是風雨無虞,年歲堪歷久遠。詎得忘其所自也哉?遠邇人士,相羊通天之下,談坐忘歸。考陽行先前輩玉巖遺事,行到水窮,尚不寂寂。莊誦東坡、陽明二公題咏,磨崖劖石者必日益衆。爰當殿工告竣,鎮帥許公及州之人,謂余觀察一方,應書其事,乃爲之記,並告後之游此山者。

葉丙霞曰:摹寫山寺真境,曲折如畫。筆力古峭,絶似柳州《愚溪》、《鈷鉧潭》諸記。

張夏鍾曰:紀事極見周遭,由其筆之綿密耳。

魏和公曰:敘次段落,逼乎古節。

鼎建獅子林碑記

昔釋氏推性命之理,教人以慈悲之行,欲與四大衆生解脱業緣,同躋净域。其道與吾儒相爲表裏,主意一語,有龍象大力。古今以來,並行不廢。然而佛土莊嚴,不能無因顯化。苟非震旦中有大威音檀那,行不住相布施,則寶樹金田,末由示現,故釋氏以施主爲四恩之一。其祝釐祈福之心,與吾道中蔽芾、有臺之願,均無異義。往者甲寅變亂,虔南山谷亡命嘯聚,攻劫城郡。際斯許公倡義屯伍,與諸同心將吏躬冒矢石,戮力芟除,不踰年而寇攘悉平。天子嘉公丕績,特晋帥府,總南贛吉諸軍事。禁暴戢兵,所以安輯斯民者福甚大。尤念畔亂之興,絶大關係。始於人心不逞,誤逐貪嗔,終戕身命。思以象教之力,拯悟痴頑。始於城中小南門購地數十畝,用肇丕基。幕府將吏咸願投酪於河,聚沙成塔。公則不欲以珠藏露櫜之費重損軍裝,自棟宇榱桷,以迄磚礲丹堊,庀材鳩工,大半皆公給俸橐以辦。堂室聿成,厨湢咸具。禮真如之座,則旃檀寶珞,法相清圓;眺不二之門,則古塔祇林,香臺掩映。既落,公以獅子林命之。而晨昏焚誦,則召僧某某主焉。幕府將吏既獲藉公以觀厥成,而僧某某者,尤感公之護念其教也,相與奉公禄位而尸祝之,因請余紀其事。余惟古之名將,當間關戎馬之餘,往往崇尚釋教，以資福利。故龍驤平吳，太康爰作；仲德鎮徐，白狼以興。然有爲而爲與無爲而爲者，厥有閒矣！公之創斯舉也，爲虔化人心計也，_{說出本旨。}非資福利者比也，此與竺法所稱不住相布施者何異？彼緇者流第知公之護念其教而尸之祝之耳，庸詎知向者公之掃除群醜、脫斯民於苦海者，爲國家止戈弼教之臣，即佛門中一大龍象乎！異時獅子林中，羅樹曇花，浩劫葱茜，且將與漢南之棠、_{應上作結。}北山之萊同引無期之祝，又豈特爲幕府將吏諸君所得私也？因次余言以授之紀。

葉丙霞曰：絕不左袒吾儒，將釋氏兩兩豎義，古人無佛論可以不作。篇中歸功帥府，便覺獅子林儼然化城。○生平不佞佛，受孔子戒也。讀大篇，令我欲參西方聖人矣。

重建滕王閣記

往讀昌黎韓公《新修滕王閣記》，數以未得造觀爲嘆。未得觀而記之，故於閣之景皆不詳。雖然，非不詳也，蓋言滕王閣之景者，_{見識獨老成。}盡於王子安之序，使更言景，豈能有出子安外乎？然自子安後，作賦則有王緒，記有王仲舒。仲舒即韓公記稱御史中丞太原王公。其自作記，蓋先爲是州從事時。後爲觀察重修，則命袁州刺史韓公更記。韓公記稱三王，即子安與緒、仲舒。緒與仲舒賦記皆不傳，未知所言之景能出子安之外否？而煒又謂咏物寫致，比事屬詞，形容工巧，文人才子之所以矜奇示博，職居有位者，當不其然。有位者，天子大則畀之通省，次則數郡，小則一郡一邑，唯民與事是重。且使城池之不修，_{語有關係。}田野之不辟，井里蕭條，家室空乏，縱閣之巍煥獨存，亦何閣之爲？韓公之記，詳於王中丞之令行政便，而不詳其景，韓公獨得其大者乎！_{收完發論之意。}煒以庚申奉節之贛南，維舟章門，即登滕王閣。嗣是閣毀丙寅正月。_{廢興瞭然。}方伯張公入覲，煒自贛南來權洪都藩事，巡撫大中丞安公倡復構焉。其五月，煒奉命陳楚湖北臬，道洪都，閣適落成。煒惟中丞安公至是兩巡撫江西矣。其與王中丞之前後官此土同，政之春生秋殺、陽開陰閉又同王中丞。王中丞前記此閣，後重新之；公則前以閣毀建焉，茲以再毀再建。其工費不以累民，民共歡從於事。夫政績修舉，_{手摻旋轉化工。}民生樂利，顧令古來勝迹缺焉竟廢可乎？煒考勝國壬寅春，明祖開宴閣上，命儒臣賦詩，燈火連夕。假令今聖天子萬機暇，六飛巡狩江西，問此閣何以竟湮軼墜前光？無亦江西諸臣實滋罪戾。若夫四方名卿賢士戾止是邦，致徘徊于荒烟蔓草、兔葵瓦礫，形爲感歎詩詞，迫出兩意。亦豈有位者所願聞？是則公之重建意也夫。煒又獨幸與韓公異，方入江西，閣固歸然在；兹去江西，閣又巋然復新。先後曠矚，極西山南浦之致，以領略印證于子安所言之景。總不說景，以盡在子安序也。不至如韓公所謂瑰瑋絕特之稱，僅得諸傳聞而已。樓爲四門以望四方，若楹，若桷，若窗户、欄檻、榱題，與夫雕繪陸離，皆視前制，差損益之，故不書。

黄庭表曰：古今才子之文，工於賦景寫物。然與爲子安，何如爲賈誼也？先生記一閣，即具通達國體之論，忠主愛民油然蓊鬱。斯爲文章，足以經國，且見不朽大業。○意既高特，而音節、辭采亦酷類《西京》。

葉丙霞曰：王子安一序，不過描情寫景，遂爲千古絶唱。是篇於閣之興廢，發出絶大議論。作文具此手眼，方不被前人壓倒。

甓園記

使院東，有地方二畝許，外垣半圮。辛酉秋，余始自西署移至，周行間，草没屐，荆棘牽袂。雨徑泥滑，幾不容武。屋踞其中，榱桷僅具。甘蕉十數本，汗漫闌生，副圮階所。屋後老柚二株，交柯輪囷，時方垂實累累，爲饑鼯、陰蝠所剥齧。余慨然曰："是非前人燕息地乎？何曠廢至此！"越壬戌，政稍暇，乃庀材鳩工，先葺其垣之圮者，拓其地之狹者，修舉廢墮，後始可以興利，即爲政次序也。正其勢之偏者，鹹其徑之窪者、淖者，因屋爲軒。軒之雷注繕之，椽敗易之；牖與壁黝且漶，丹之堊之而已。軒前爲庭，庭有架，葡萄蔓之，夏期其陰也。筆法各樣。庭左右爲修垣，爲老壁，移前後亂蕉列之，陰愈茂矣。其左右隙地宜花，植以玉蝶古梅及千葉緋桃，狀如虬螭對攫。境地花木間架，穿插有法。而唐棣、山茶、木樨、與垂絲海棠、紫薇，亦稍分植其旁，增旖旎焉。其左隙地，視右爲豐。編以疏籬，覆以酴醾、素馨，庭始嶄嶄然中矣。當中庭負牆而立者，其花爲海棠，鐵幹霜枝，槎枒盤鬱，與梅桃並峙，不待三春爛漫而古態可挹。其平分海棠而鵠侍者，花則爲玉樹，爲石竹桃，爲磬口蠟梅。雖開落異候，而香色亦各其勝也。牆陰餘地植木芙蓉數株，繞諸卉後作屏障。自是而中庭之花事始備。辟軒北户，爲後小院。繚以疏垣，玲瓏可望後圃，使花氣時時出入。院植玉蘭、丹桂於臺，適與軒房後牖分映。牆陰石凳，安素瓷盆花十餘種，以供開軒寓目。過院而東，則疏垣之外，老柚在焉。列蔭雙隅，不畸不逼。度其方中之位可亭，遂亭之。交窗四辟，昕夜不扃，昭其曠也。亭前繞以迴欄，後蔭修竹百數十竿。其環亭而植者，冬有紅白之梅，春有桃與李若梨，亦足爲憑欄之御。亭下庭可受月，則錦石墁焉，紆其徑以通看竹。每當素練澄輝，方庭如水，園中新植梧桐、玉蘭、辛夷、海棠諸樹，與階前蘭蕙共作龜魚藻影，搖曳空明，恍疑濯魄冰壺也！亭東構屋三間，充兒曹佔僎，而茶竈、藥牀傍焉。籬竹爲垣，使花而藤者，若長春、若黃棣棠之屬厠之。而籬内之月季、木槿，開落不衰，則於亭之小景不無助焉。虚亭西爲圃，而凡果之屬，若棗、若杏、若櫻桃、若海榴、若粤橘；花之屬，若綉毬，若梔子，若蜀葵，若瑞香、臘梅，凡前庭所未備及兹亭所再見者，皆叢之。羅羅清疏，蔚然林立。蓋自亭之事畢，而花事亦遂告畢，則園成矣。結上段。既竣役，謀所以命軒與亭者，並園命之。"甓"其園，志習勞也；知不但爲風月主人。"樂聞"其軒，希集善也；"可"其亭，雙江花果不減東陽也。括以行行有得，玩芝蘭思德行，睹松柏慕貞良也。余于公餘，以時燕息其中。或資於軒堂，可容吾揖客矣。室可還讀我書矣。或資於亭，亭宜酒，宜詩，鳥可催觴，花能索句矣。宜琴與棋，梅鼓其清，竹諧其韵矣。蓋擬之昔人，盛山東園，雖厥有間，而以爲用拙者，蘧廬則亦芥舟之杯坳也。凡人性有甚近，隨其所處，恒不能易其情。故王子猷每借人居，輒自種竹。余家海壖，繫匏山郡，竹木丘壑之趣未嘗暫釋于懷。今之爲此，亦聊遂其性之所近，非敢以耳目謀煩兹父老也。然昔之在官者，於廨宇有所修飾，則曰："以無勞來者。"得同樂之趣。余豈家于官者哉？區區之心，或亦後之君子所共諒乎！是役也，經始于仲秋既望，告成于陽月上浣，用日凡五旬有奇，而種蒔補苴之瑣不與焉。凡費俸八百兩有奇，而畚鍤與丹黄之事不與焉。園庭花果，簡其類之微者，略其名之覆者，凡四十種有奇，而盆中之檜若柏與舊植之柚若蕉不與焉。軒深二丈,廣三丈二尺。劃其廣而三之,堂居其一則盈,二室倍之則詘。亭深一丈二尺,廣倍其深之半。若軒之左夾道、右隅室附於軒,及亭東之書屋附于亭,均可略也,姑不書。

　　黃庭表曰:向觀王弇州先生《求志園記》,謂其體式似擬昌黎公《燕喜亭記》。至讀先生斯篇,則又歎兼諸記有之。其立意大段,則子厚之永州新堂也;其花木羅列、園亭布置,則子厚之龍興寺東丘、柳州東亭也;其斷制指點,則昌黎之燕喜亭、廬陵之醉翁亭也;其言境物所宜,則王元之之黃州竹樓也;其煩碎鋪設,則昌黎之畫記也。記體集成,無踰此者。然予又謂昌黎公以畫卷還趙侍御,特記畫中之人物形狀與數,時觀之以自釋。今先生行陟他所,舍甓園去矣。時觀此記,身固未嘗不日在甓園中。予方從甓園來,觀此又重若置身焉。

　　葉丙霞曰:參差入古,位置又極天然。想梓澤沁園,未免脂粉。○胸中自有丘壑,故布置絕佳。

　　魏和公曰:詳而不碎,由綰束有要也。順而不膚,由筆勢有低昂也。華而不濃,由揩節有斷續也。

獻陵內署北樓春望記

　　瀛海號稱難治。滄桑以來,疆邑多獷,令兹土者,恒憂萑苻。故雖郛郭衙齋之內,而堅壁重門,無異村落。樂陵內署,舊有北樓一區,相傳爲國初王令君所築。壘址砌磚,高可六丈許,周圍廣狹半是。拾級而升,亘其中爲三室,以供燕寢。最上一層,塑亭如麗譙,雉堞巍然,弩炮咸具,凡以杜未雨、戒不虞也。前後令君至,皆襲居其內。歲甲辰,余以三月來莅兹邑。越半載,三事漸修,四郊無故,遂撤樓高之半,易亭堞爲欄檻,而露其上。蔽虧既去,萬象紛來。余政暇輒好登眺,然當秋冬之際,草木降霜,略作頓折。風砂捲霧,景物蕭森,觸目易生羈感。粵今歲乙巳,序屬春陽,朔逢花夕,槐芽欲茁,柳眼初舒,余偶輟卷而登焉。見環邑之內,鱗瓦含風,茅檐蘸日。閨杵鄰鷄,迭與官舍柝聲相和。晨烟晏寂,而輿者、蹇者、童而歌者、紅妝而偶語者,復時出點綴於疏衢編舍間。左顧則爲東郊,去樓最近,野趣亦最饒。隴麥鋪青,堤蕪糁綠,佳景如畫。人家梨花數十樹開落,參橫道上,遙睎恍如積雪。芳草平陂之外,惟見梵宇參差,樓臺縹緲而已。南則滹沱碧水環流如帶,北則皇華驛使往復如梭,皆足備一時臨觀勝概。惟西郊距樓稍遠,然烟村水樹,亦自隱隱迎眸。大約棗杏千株,秔田萬頃,總言大概,文有收束。環瀛數百里皆然,登斯樓可指掌得也。迨夫徘徊既久,興會遂增。固念人生適意,近取目前,奚必齊雲落星,始堪吟眺?即余官于兹且閱載矣,有限精神,感慨係之。半疲繭於簿書期會,求如兹晨之景與心期,時與物遇者,且不可多得,又何暇遠覽冥搜,效昔人飲酒游山故事哉?塵懷暫却,勝事難忘,聊援筆而爲之記。

葉丙霞曰:此先生初入仕時手筆也。風神濯濯,不減靈和宮柳。張緒當年自應爾爾。

張夏鍾曰:同一樓耳,前人用以防患者,先生用以登覽。爲政心閑之妙,言下可以想見。寫景處自然蔥茜悦目,正不必巉刻爲工,力摹柳州諸記。

思永軒記

余自甲辰來莅兹邑,憫正宅之丘墟,遂創日新堂爲判牘署事地,緣是頗堪燕息。惟堂後廢軒舊址,積壤藂蕪,幾與檐埒。余出入蒿目,輒扼擘嘆曰:"是非志所稱仕優軒遺址乎?奈何令久没培塿禾黍爲也?盍計遺基而鼎諸?其于復古之道,庶有節乎!"乃命司形,正圭鼇位,捐俸庀材,約廩給工,一如建日新堂故事。時乃勤畚挶,薙繁穢,削高就平,植棟覆甍,作軒三楹。介其中爲聽事,而旁爲二室。塈茨之餘,略加丹堊而已。經始于仲秋既望,而畢役于孟冬朔後。軒成,顔曰"思永"。蓋念"日新"爲新民之本,揭出命軒本意。而日新不息,則於慎修思永之謨所當敬佩者。余公餘之暇,寂處其中,雖未能希昔賢閉閣焚香遺軌,而左圖右史,亦覺胸中時有所惕。因念成毁難恒,廢修有數,兹軒之圮,稽志已越百載。今者簡書内貢,新命亟敦,余方且蓄租綢繆,務竣斯工而後趨事者,豈惟自利之爲?亦聊以肩夫往復平陂之一會云爾。絶有關係。若夫念拮据之惟艱,勤精繕以無壞,是固後之君子所優爲,而無俟乎余之駢枝也已。

張夏鍾曰:興舉廢墜,先生爲政所至皆然。篇中皆極關係語,而以簡書出之,自覺意味深長。

問山文集卷三

書

上大司馬梁公書

　　大司馬先生閣下：自煒之爲戶曹屬也，主意到底。先生已爲大司徒。堂司分隔，煒朝夕抱文簿侍立，旅進旅退，供頤使唯唯惟命。立言有體。守諸曹郎之規，重先生之尊，嚴凜朝廷之體也。而先生之待諸曹郎，言粥粥焉，必盡其誠，無爲煩苛以責其下。諸所條教，皆人易遵。忘堂上之盛貴，以父兄視其子弟者視諸司。諸司得有先生，如冬之就日，暑之御風，而莫能言其所以然。煒於斯時，譾薄無以過于諸司，先生乃且謂煒可教也，待之比諸曹郎又加一等。無何，煒遷兵部郎，而始離慈母矣。又無何，出就贛南，而所乳之、哺之、卵之、翼之者，望之在雲霄萬里外矣。而先生於其出贛南也，則賜詩以榮其行。每歲鈞頒一二，勉以爲仕之道。至煒賫捧入都，趨謁門下，先生勞苦甚至。嗣還，又馳鈞頒，頃又下手教，率皆情辭優篤。甚矣！先生待煒如此至也。邇者贛南無狀，遭逢聖明，以僉事優遷按察正使。聞當公廷，先生以煒曾爲屬吏，素周知，公然汲引，先生之曲賜成煒又如此也！天下當太平重熙日，即甚庸庸，亦爭勉飭吏治，求稱所職。先生知煒於爲屬之時，并以其爲屬者信其爲贛南。乃煒於爲贛南，嘗恐負爲先生之屬，曹屬再提。自今以後，益盍敢不自勉？雖然，磁石之能引鐵也，而求其引瓦則難。煒今所處滋重，滋慮其不勝，受事以來，倍加操勵，不敢廢國家法，又不忍戕斯民生。茹荼履冰，旦夕惕若，凡以先生曲賜之成，曹屬三提。恐負爲先生之舊屬也。故謹陳其貫心鏤骨之忱於典記者，願得少垂察焉。《淮南子》有言："善御者不忘其馬，善射者不忘其弩，善爲人上者不忘其下。"尤冀先生誨人不倦，愛煒無已，長覆被之，不致有隕越虞，則煒終身瓣香，無異爲先生司屬時也。_{曹屬四提。}翹悚冒昧。煒百拜。

<small>黄庭表曰：開口即説爲户曹屬一句，以後處處迴環照顧，感嘆不忘大司馬公以國士遇雁水。雁水此篇，即杜牧之所云"泛大鯨之海，每覺魂摇；戴巨鰲之山，未如恩重"意也。公之愛才，雁水之感遇，千秋之後，讀此文猶想見之。</small>

<small>葉丙霞曰：國士感恩，出尋常知己之外。青蓮《上荆州書》無此婉摯，昌黎《上宰相書》少此氣骨。</small>

<small>魏和公曰：言情款書，一意層出，最是古人佳處。</small>

上大司農余公書

先生閣下：煒二十年前厠身民部，側耳教言，斯時鑪冶當前，即知依歸有在。故雖列班聯後，不敢偃然比肩接武。何則？韓昌黎有言：_{引證確。}"聞道先于吾者，吾謹師之。"師之者，師其道云耳，豈以位之崇卑、年之多寡哉？旋是先生特擢諫垣，_{叙事簡盡。}直聲震天下。煒猶得以閑散曹郎，趨承提命。迨煒出就贛南，先生已僉蘭臺憲。隨持中丞使節，開府江南。復奉簡命，入總都堂。煒時賫捧南還，皁莊驛路，正值前驅，遂于道左修謁。而先生顧戀戀故人，爲之停驂旅店，垂誨諄諄，佩服蓋至今云。煒自以才品庸碌，五六年補外，未有片績可紀，幾負夙心。幸而遂得尺寸進，待罪正在仙邦。楚北幅員寥闊，案牘繽紛。以煒之無所短長，膺十六州郡、五十二邑民命之寄，既慮匿情，又虞勌法。_{迨真左史。}匿情之未盡，勌法之猶聞，是陳枲之曠乃職也。且王烈、陳寔之鄉，久號俗醇風美，在位者弗能潤澤之，增益之，徒創艾傷殘之，府其辜而叢其怨焉？毋論士庶人有口，_{事其大夫之賢者，正是此意。}先何顔面對鄉之大人君子乎？于是從入鄂城，逾兹半載，遇可疑者反覆而求其情；于其可議者，欽慎而準于律。善者抱嬰，憝者拔薙，冰蘗非苦，疏水是甘，非爲名也。蓋熟自念以不能明允之躬，_{非留心民瘼不能言之真切。}已難獲告無罪，而又失其潔躅，罪將滋甚。故煒之所以兢兢者，唯求堪對鄉之大人君子暨反寸心之安，不至見厭于監臨之有赫而已。愚昧之忱，久欲上布門下。辱及鈞頒，勖以杜羊淑問，惶懼殊深。弦韋之貽，用是自勉。昔陽膚得曾子一言，後世著爲謨訓。煒今者之奉教，將毋在是矣。煒惶悚再頓首。

黄庭表曰：先生陳臬，吾屢聞其盟心矢志之言。楚邦亦且不待三年而歌，誰嗣矣？可見三代直道而行。爲民上者，宜三復此書。

魏和公曰：實心爲政，流之話言，所以無污漫之辭也。

上大司空陳公書

煒謹頓首百拜大司空先生閣下：煒一介下吏，仰先生名獨早，佩先生詩文最先，而愧以身事先生，面承提命，聞言自壯爲尚後也。連用"先生"，古致。煒居京師時，先生已爲學士掌院事。迨煒出就贛南，先生旋總憲都臺。都憲於外道臣滋闊，絕不敢求通。且以直方剛正如先生，門謝私請，綱紀肅然，煒愈不敢輕投竿牘。縱有所投，出筆婉致多風。亦不過披瀝仰止服教之意，先生豈即深罪？然而遵朝廷之法，守外吏之體，所以不敢然也。如是忽忽，遂已多年，唯佩先生詩文益力。既而自思，以當世之斗岱儼臨於前，凡有目者共式之，有知者爭宗之，而煒忽忽歲月，理前説意各不同。遂已多年，未嘗披瀝仰止服教之意於門舍人，先生視之，固誠何有？而自顧生平之心，亦自暴棄之甚矣。今者先生位地益崇，從都憲登大司空矣。有虞伯禹司空即兼宅揆。司空發出議論。漢時以大司馬、大司徒、大司空爲三公，今制稍不盡同，而大司空與保、傅元老特一間耳。使由是更不以生平之心自達，轉眼先生開東閣門，掌綸綍矣，勢之隔絕，又豈啻河之與漢，雲之於泥之異而已！煒將終身忽忽無事先生之一日，甘於暴棄而止也。夫司空之秩，尊於都憲。而御史大夫之權，復理前説，彌見精采。主糾劾內外百司。外有司守，無私交之義，宜也。幸而先生方離烏臺，將躋揆席，此煒所以急於斯時進而求通者也。謹百拜盥手，奉啓左右。并裝函拙刻《問山文》二册、《問山詩》二册、《涉江詩》一册、《紫雲詞》一册，上達門下，願垂末照焉。或曰：先生久以聖學之嗣續自任，方今所發明者周、程、朱之理，當不復務於雕蟲章句間。雖然，煒生平佩先生詩文者也，"佩詩文"屢屢呼動。因詩文以受教，則有大於此者，先生將必垂而示之，不令其終於聾瞽而無所見聞耳！謹載拜。

黄庭表曰：以守己之嚴，慕教之切，兩意繚繞胸中，萬斛瀠旋筆底，固不向前人乞書法也。

葉丙霞曰：自擴微尚，欲托雅游。綿邈之思，溢於毫素。

上少宰李公書

少宰先生閣下：煒聞劉孝綽有重名，無所於讓，獨以謝元暉詩嘗置几案間；劉夢得會於樂天家席，先成《金陵懷古》詩，樂天嘆爲獨得驪珠，爲之罷唱；宋尚書子京覽"雲破月來花弄影"詞，往見郎中張子野。竊嘆古人自忘其一世才名，_{非是高抬古人，作者之情見矣}。誠心與人爲善，相推相獎。此風寥邈，詎復可追？乃煒京宦時，則獨得之先生。當先生之爲學士也，煒不揣愚昧，獻詩求通。爲言："閩中年來聲韵，鮮有叶律，而子獨否。"煒循循懼不敢當。因見先生獎勸至誠，乃數以詩就教左右。先生愛煒之詩益日以至，_{詩中知己}。至贈煒分巡南贛篇章，則云："惠我新詩體獨佳，心之所然，辭則道之矣。"嗣歲癸亥，煒以朝正入都，謁於邸第，謹獻《紫雲》小詞一册。先生論煒之詞曰："今天下習南北宋調多矣，而工之者又得有子。"愛之亦如於詩。_{詞中知己}。噫！煒僻生海壖，自少粗肄古近詩體，壯始按調倚聲，僅存句語。竊謂此道未窺堂奧，而先生乃齒及之，至以一代標首謬相推許，煒負所知矣！既用自思，古來大賢鉅公，盛德謙尊，往往見後進有片長微善，動施引掖，俾之不甘息棄。是則先生之許煒者，所以教煒者也；先生之教煒者，真於愛煒者也。_{結愛詩、愛詞，"愛"字三見}。是以不憚舉孝綽之待元暉，樂天之待夢得，子京之待子野者加之。_{煒於元暉、夢得、子野，引用前人方有相關}。萬萬難以一幾，而先生固居然孝綽、樂天、子京矣！自以數年俗吏，茅塞胸中，將向所惠邀許可爲一得者，盡失其故，幾不敢復進而登俞扁之門。雖然，先生盛德君子，愛煒不渝，_{"愛"字四見}。縱其後之智盡能索，大不如前，亦必憫其愚而仍教之耳。猶記賜詩有云"相期魚雁莫教乖"，故煒復敢以近梓拙文二册，并前詩詞裝函呈獻，尤冀始終釘頑砭愚，一鑒區區。日夕翹祝。煒悚惶謹再拜。

_{黃庭表曰：起段引事已影下面全文，此法之可指也。用筆之在在扣合，且有五花八門、變化無窮之妙。}

上少宗伯徐公書

煒頓首宗伯先生閣下：煒在贛、在鄂，恭奉鈞頒，凡三函。煒自顧何如人，而敢煩先生拳拳垂記哉!及煒自贛南拜表入都,先生旦夕直內廷,罕接外吏,煒獨得通謁,問勞嶺徼宦迹,以及道途風雪間關疲憊狀甚悉。句皆高古。更治觴,叙平生歡。未幾,聖天子臨軒親策甲乙諸儒臣,先生居第一,晋東宮詹事。煒時俯仰積薪已久,則聞先生慨賜推轂。煒誠自顧何如人?復一語澹宕。敢煩先生之拳拳垂記若是哉!蓋先生憐才成美,自出天性。士類曲被引獎,俾享天下名,履高位,往往不乏矣。即以至謭劣無能如煒,顧樂育之,而出其意之所望之外,則先生之心爲國家千百年樹人之計,信宏以遠也!方見至公至正之心。入楚來,不敢以大君子之知,負之而入於冥行。故於案牘名法,稍有類於逾檢者,毫不爲也。稍或涉於矜疑者,毋敢苟也。束躬砥節,嘗勖得情之堪憫,不恤飲水之非甘。無他,重大君子之知也。而先生入鄂之諭,則謂霜臺飭紀,激濁揚清,特加勉勵,欲玉於成。假令煒奉職無狀,左氏詞令。隕而越之,不肖之行無所逃罪,如負明德者何?煒今既慎終於始矣,尚以有初鮮終爲戒。他日先生居鼎鼐,煒或以公晋謁東閣門下,先生問陳楚臬歲決獄幾何,煒得昌明以其實對,則方爲無負於明德矣!謹報先生,用以自勉。伏惟俯而察焉。煒載頓首百拜。

葉丙霞曰:不負撲滿之贈,自踞甚高,銜恩甚切。文筆高古入化。

上少司馬熊公書

先生閣下:煒自仙鄉留滯,從庚逮丙,凡七年。七年之中,迎策粵東西還旅師旅,歷詳諸事,亦是政也。梅關、庾嶺守候調應屢矣。隨皇木使者遍走諸郡邑山林間者數閱月,賫捧上都,舟車往來者又數閱月。計七年中,得以安坐從容覃心政教正無幾時,以故吏績鮮有堪書,支飾苟稱,不敢告無罪於一方大夫士庶。且以未離虔州,弗知輿論得失究何如耳。客歲,貴鄉孝廉試禮部還者,皆述廷論時,先生儼然慷慨謂同列曰:"贛南治行近古。吾本鄉監郡官司,察之最詳,政事有可指數。但以格於例,不得保舉推轂,諸公不宜爲官家失此人。"聞言之下,感激咨嗟。竊計煒雖向以詩受知先生,方入贛南,先生歌詩二章,以榮其行,嗣又獲賜《甓園和章》六什。但以先生置身天上,不敢仰首扳援。洪都府第,離贛且將千里。煒概未嘗繆致恭敬先生宗族,交游爲之先容,概無俗態世情,此贛南之治爲近古也。先生乃言如是,或者煒之無大獲戾於此一方者耶?不然,先生之明公忠正豈無所見,而肯曲意相阿也哉!夫惟因例之格,嫌於輕身保舉。設若例所得行,先生必且一力獨致推轂無疑矣。然而揚言於朝,朝中諸大卿以先生知之素著,遂將煒以聞,是亦無異先生親爲保舉之也。昔漢鍾皓薦西門亭長陳寔爲功曹,寔曰:"鍾君何獨識我?"蕭相國論韓信曰:"如信國士無雙。"此二公者,固不爲二人起見也。今煒無太邱之道,無淮陰之才,而先生獨賜大聲疾呼,是爲吾君吾相樂育長養天下之人材,大臣作用,梁公之風猶存。俾參苓、溲浡皆足以備一旦之用。韓文公《薦侯喜狀》,謂身爲天下所不知,獨見遇於大賢爲可貴。然則煒於贛南,不必他考興論,得先生此言,是已見遇於大賢也。激揚喜色,誠宜何如!玆既舍贛之鄂,念發硎之地,多年食土茹毛,真不忘本。煩父老供億,士君子不以煒爲不肖而賦遐心,且重以先生遇之如此,近又頒錫律詩,寵貺貴重,在在皆不敢忘。故謹盥手莊函,向典記者請謝焉。尚有刻文二册,附獻座端,仰垂教定。幸甚!

黃庭表曰:上鄉先生札,無一字可以推移,至文不過確切耳!

張夏鍾曰:入贛南、居贛南、離贛南,一一詳及。篇中不獨立言得體,須於不經意處,見其意之周密也。

上少司寇張公書

少司寇先生閣下:旌節茌齊,煒於雙江嶺僻,竊念京華服教,屢爲惠施之質;鼻端垔堊,獲藉風斤。冀欲就日托宇,伏案。更受陶鑄,而未有期。故特百拜奉函,專馳馬走上候轅前。乃逢先生垂賜報章,弘施謙德,齒問下及。煒得函動色,忭躍久之。迨乎贛任將滿,私心復祝:自此量移,或得就日托宇,伏案。更受陶鑄,以壯平生。及有楚臬之命,始嘆重逢追侍之難。一憂一喜,文勢直下。先生且即奉特旨晋秋卿,心又竊喜。何則?天下各省決獄刑名,定於外臬司。而外臬司之決獄刑名,全篇論端始伏于此。定於內司寇。臬司溺於其職,輕重出入,不當其情,不協於法,司寇理之。陽舒陰慘,弗縱弗冤,是司寇所執者。朝廷之大臬,外臬司之所奉以平者也。燁弱冠爲令,亦頗研求案牘。但援律比例,未能洞悉聖賢引斷精微。且以一省大命繫於淺才鮮識之身,情之弗當,法之弗協,必所多有,將何以蔽厥辜?幸而廊廟之西,前面文勢甚緊,而此偏以緩承之。九棘之左,貳孤卿而聽天下爰書當否,有先生在焉。先生以咎由明允,蘇公式敬,其審克之,將天下十五國臬者,皆永藉以寡過。而燁擬議之失宜,依比之未確,尤先生之所必嚴加訓誡者也。是故論其勢之闊絕,一爲鳳凰置身,一爲蜿蜒偃蠖。而論其事宜相屬,繩督攸加,則司寇與外臬司,不啻身之於臂,臂之於指。燁雖以不獲重逢追侍,爲惓惓固已無異於就日托宇耳。前面兩路伏案,全爲此處。入鄂身履三尺之庭,每懷股栗,亦以古人所云"忠信明決,折獄之本"。燁既萬不能幾,至若草菅人命,供其喜怒,與或利夫鈞金束矢,倒置其辭,又竊不敢不夙夜盟心,奉以爲戒。爰因王公之在高位,述其貢冠慶彈之意,並瀝區區自矢微衷,上報聖天子使令犬馬之德也。伏惟先生仁愛爲心,訓誨時及,且以燁向曾躬親承事,指摘益嚴,無毫毛請托耳語之態。俾得省愆改過爲更幸耳。拙刻一函,並上座端,載求郢削。惶恐,惶恐!

  黃庭表曰:辟去寒暄之言,獨標關係之論。此書的可垂諸政府,與官職、典故並傳古今。

  魏和公曰:懇款流溢,絕去枝蔓。將兩人政職渾成一片,直逼大家之文。

與施尚白侍讀書

  侍讀先生閣下:燁奉命贛南,贛即前輩文成王公駐節講學地,定一篇之局。郡中尚有新建祠堂。間出郭游通天巖,石洞嵌空,風雨不到。土人猶説王公昔與諸徒論講,欲忘其歸,因題巖曰"忘歸",并題五古一詩,今鐫在石云。陽明公去今百六十餘年矣,束一段。餘澤掩映郡邑山谷間,民人道遺事不絕。雖其學爭喙於異論,又就學提起。學者或信或否,但陽明公所垂訓者,良知之旨,固非悖于聖賢。至天泉橋證道一章,王、錢之得力,即顔、曾之頓漸,朱、陸之異同也。當時必爲排擊擠難,亦已過矣。且夫在上君子,能本道德仁義以淑人心,俾後世猶服其教,此豈易事哉!乃燁自來贛時,道經臨吉,則聞先生之爲湖西觀察也,開講堂于吉之白鷺洲,月率數詣論説。當是時,四方學者履滿門墻,每集不下千百人。執經解惑,以次辨晰,各厭其心。趨蹌從事,整濟有儀。負笈諸生,膏火薪水之需,皆遍給焉。論者謂鹿洞、鵝湖之盛,復見鷺洲,湖西之道,幾大行於天下。煒繼隨殿工使者度木袁陽,袁陽亦湖西部。士人稱説昨時事,亦如臨吉所聞。嗚呼!學之不講,于今久矣。當職者紛於令甲簿書,每以此爲不急之務。學者習制業家言,不過塗飾詩書,藉取富若貴,又焉知學?先生經明行修,博聞多見,足世師資。而其倡明絶業,爲於舉世不爲之日,不恤物議,此豈今之人哉!而煒因思西江此道,濂溪周夫子導之於前,紫陽朱夫子振之于繼,陽明王公踵之于後。迨至我朝,先生則爲暗室之燈,西江人士何其幸耶!雖然煒不敏,不能知先生之學視陽明公良知之説分合何如,第念陽明公儒而風雅者也,所至遇景題詩咏懷,<small>轉入言詩。</small>往往不乏。煒曩過袁陽,登化成巖,游語石亭、青蓮洞,亦多遇有先生留題。軒車後至,珠玉在前,俯仰低徊,輒爲倚歌屬和而去。更憶京華請益,先生謬有推許,系言延譽,力不令餘。至有片詞未協,一韵未安,務爲洗除改易。嘗記風雪之宵,<small>叙往事歷歷如面。</small>煒已捲衣就寢,户外門聲丁丁,急起啓視,而先生偕一奚童急入,語以某詩句某、某什韵某尚應從某字,押某韵,如是數數然也。迨煒將出赴贛南,先生爲具觴酌,招林蕚伯農部暨煒同弟煒共飲,席間告以帥吏安民、所爲監司諸節甚詳。杯盤既撤,出紙筆即席限韵成詩。次日瀕行,又贈以詩。乃煒自入贛南,奉職無狀。不獨皋比講論無能繼湖西興起,即袁、吉、臨三州之惠政美迹載在輿碑者,未獲仿佛一二。袁陽留題追步,雖僅志仰止之懷,顧先生之學其大也,<small>匯合衆流,歸墟結穴。</small>功其次也,詩又其次也。煒業覃心于先生之又次矣,而不勉圖其次,勉圖其大者,何以無負于先生?閣下更賜之教。幸甚!幸甚!煒白不宣。

<small>黄庭表曰:因湖西學而特標王文成,因文成而上溯周、陸。文成與周、陸同一學也,必欲指以爲禪,當時衆口鑠金,今日應當以此議爲定論矣。説愚山講學吟詩,大似文成公,亦是愚山公定論矣。文之一經一緯,絲毫不亂,而五采正奪人目。有關世教,又爲今日暮鼓晨鐘。</small>

<small>魏和公曰:大言洋洋。由理學以及詩,由詩復及理學,周迴其間,令人讀百遍不厭。</small>

與王貽上侍讀書

承賜訂評拙集，先生之用心勤矣。昔敬禮爲文，便欲陳思王潤飾之。頗疑陳思嘗好人譏彈其文，而於廙作乃謝以才不能過，辭而不爲，豈古人之謙德乎？抑其處朋友間不盡如所自處乎？今先生於僕諸詩，既丹黃評論矣，尚覺譏彈殊少，潤飾罕加，無亦以陳思之待敬禮者待之耶？夫詩文之論，難憑久矣。確論。王籍"蟬噪林靜，鳥鳴山幽"之句，簡文、孝元吟咏不忘，而盧詢、魏收極致砭刺。子雲《太玄》，劉歆恐其後至覆瓿，而桓譚以爲必傳，且曰"度越諸子"。今日人各其習，家殊其好，又豈特簡文、孝元之與盧詢、魏收，劉歆之與桓譚之參差而已？然簡文、孝元、桓譚既在先生矣，而愚山先生持論復同先生。忽插入愚山，奇絕。僕將出所訂評諸作，以待世有詢、收若歆其人折衷焉，先生以爲何如？

葉丙霞曰：古人評詩未爲定論，今人酬唱不少知音，才品高踞百尺樓上。○通篇借古人立論，後以數語收拾，最奇。

再與王貽上少詹書

詹事先生閣下：煒曩處都亭，每有吟咏，朋輩互致雌黃。因念異曲者衆，私心不欲隨波，獨準於正，亦豈信能無失。追質之先生之論，而心始安。譬猶謀斷馬指雕之劍，不求歐冶之所鑄；問生枯起朽之藥，不求和鵲之所合，不可得已。自出虔州，學殖始荒於簿牘，繼輟於馳驅，三廢於軍旅。縱使操翰，亦如陳琳所云"此間率少文章，易爲雄霸"。且久離輪俀繩墨之傍，未免有蓬之心。安得復似索米長安，閑暇追陪，猶得音律共商，研田無曠乎？忽而南海祭告，奉使儒臣過經道贛。來時畏此簡書，舟不果泊。使畢而還，乃始延一再宿。於是枉過甓園，觀其締構蒔植之處。復同並轡游覽，上鬱孤，懷望闕之子牟；登八境，憶題詩之坡老；拜文成王公祠，感慨講席書生誓師之日。噫！煒待罪贛南六年矣，回首京游聯袂，直如風帆上下，鴻燕春秋，不可復合。一旦遂孟公投轄之願，又極康樂携屐之歡，人生會遇，亦豈能以意預逆哉？先生解纜別去，舟泊龍山，寄詩見懷，有曰："與君暫相見，揮手古虔州。"又曰："離別兼羈旅，清宵感白頭。"是先生之於相見揮手間極不忘耳！隨引隨斷，古法也。寄《過甓園詩》曰："偶來甓園裏，早愛甓園詩。"又曰："故人傾卯酒，名卉發辛夷。"甓園故人，復以先生重也。其寄懷公韞林子一璘詩曰："賓主東南一代材。"公韞時客煒署，見先生於甓園，預陪觴酌，先生因其客，而又及甓園之主也。厚矣哉！先生之情，煒竊何能已已。日者權攝豫章藩事，已將先生《拜文成公祠堂》近律絕句、《登八境臺》三律、《過甓園》及《攸鎮見懷》二律，補刻《江西通志》中，俾江右之人數千百年後，尚知先生出使過經時憑吊徵吟如此，則江右山川俱輝映無窮，不獨虔州一二古迹、甓園主客之藉榮被已。頃欲續步來章，以塵靮更僕，忽忽未果。又嘆倘如曩者同處都亭，更弩其力，雄健無比。則此諸大作勉強後塵當不終日矣。茲遲又久，尚無以復先生，則外吏之有愧多矣！附白。再拜。

黃庭表曰：兩先生聲同道一，合而離，離而又合，合而又離，悲歡情事豈易一筆遽寫？乃用如許筆寫來，無不筆筆逼真，始信天下善傳心曲者莫如毛錐子。

上鄭少司寇書

月前价回，蒙賜手翰慰藉，捧誦感泣。煒以諓菲之才，向荷甄陶。履有楚地以來，不至隕越貽羞者，實皆教誨是賴。竊念知遇難酬，惟有夙夜奉公，無愧職守，庶幾仰答大君子拔擢之意。故在任兩載，茹蘗飲冰，厚自刻勵。雖無片長足紀，而於地方差幸無過。私謂來軫方賒，報稱有日，乃事有左計不然者，無妄牽連，遽成謫降。旋遭訌兵之變，逆賊謬采民譽，誘以高官，凶卒圍署，交刃迫脅，煒誓死不屈，甘心放棄妻孥，隻身荒遁，克守臣節之常，庶可無慚衾影。幸邀安撫疏題，楚撫覆報，向使公道在人，則成例可援，如色充類，現加二秩，獨不可比爲抵降乎？乃僅以停驗準爲優異。先生謂煒今日之遭遇何如也？含蓄不露。頃者一麾絕徼，位置孤臣，聞其郡在萬山叠嶂之中，晨夕瘴霧薰蒸，罕睹日色。苗頑羅鬼之與居，麋鹿虎豹之與處，每一興思，心熒神悴。先生之殷殷罕譬者，亦慮煒之怫鬱憂愁，重自頹棄，而姑爲此無聊慰藉乎！然煒之未敢拂衣長往、矜言高尚者，實亦有大不得已焉。煒既拙宦，素無長物。屬又棄家遠竄，一切資身之具概委賊城之中。妻子逃生，亦僅單衣複被。今者一枝白下，舉家嗷嗷。冬暖兒號,歲豐婦嘆,實有如昌黎所云者。重念君恩未報,先生高厚未酬,踴地跼天,污顏赤頰。萬一運命可回,枯灰復燃,則餘生尚在,風骨矯矯。猶然報國售知之有日也!煒聞古君子之知人,而加愛於人也,苟其人不足當吾知而受吾愛,則已耳。苟其足爲吾所愛與知也,則當其人之未遇,不憚撫之摩之,噓之揚之,惟恐其名不著于時,而身不顯于世。及其既遇矣,而復蹶蹶而不能自振,一氣直貫數十行,直是長江大河之文。則猶視吾力所能爲,務多方拯扳以冀其復振而後已。故其所受知與愛之人,苟非其身所自取之罪戾,不幸而淪於放謫困窮、流離挫抑,而猶不忍自棄于時,冀其身之復振,以酬乎知我愛我之人。故世之人樂頌君子之愛與知,而亦深亮受乎愛與知者之不自棄。兹先生於煒,實有類然者。煒今旦晚行矣,襆被一肩,點蒼萬里,迴首典型,如在天上。伏願審古君子知人愛人之道,止以兩句收轉,何等筆力。鑒煒重經摧折,不忍自棄之心,計自兹以往,凡有可爲煒加意者,勿遺於心,勿靳于力,俾煒蹶而振,振而復見遇于時,則有生之年,皆可報答知遇,雖播棄投荒,又何懼焉!情隘詞蹙,惘惘何云?煒再拜。

魏和公曰:昌黎云:"氣,猶水也。言,浮物也。水大而物之大畢浮。"先生蒙難艱貞,厄窮不憫,胸中實有一段浩然之氣。故發而爲文,自然汪洋浩瀚不可禦。

與勞書升通政司參議書

頃者先生貽煒一札,業附從者復奏矣。至言昨歲舟經章貢,煒殷勤道左,剪燭談心,俾十年契闊之忱一朝盡釋,文俱從十年兩字得來。煒又因先生言而反覆於斯也。在煒壯廁曹署,幸當密邇,爾時不謂相見之難至於如此。今各齒髮非前,十年一見,使由此再求一二見,又復一二十年,將十年細細推究。則先生與煒兩人者亦且老矣!雙江維纜,詰朝當發,自我復見,尚俟何年?然而得及清塵道左,私心正幸。何則?雙江舟發之後,煒旋以贛南秩滿,奉檄移楚。向使前歲先從轉秩應召之旌,儼臨章貢,東道已非故人。先生將切切唯煒是懷,而煒又於他方徒計星軺入贛,不及戒候人除道治垣,以迓從者。失此一見,縱後或有良晤,又恐不止十年矣!總向十年盤旋。近奉《靜觀堂》所和甓園六詩,登棗弁集,復於"還將十載別,又合十年。仔細話行藏"之句,擊節沉吟,不能竟已。大抵先生之詩,覽眺題咏,發興和聲,皆豪壯雄健,前朝北地之遺也,無言七子矣!至於朋友家庭間,攄寫性情,就之以法,則少陵《懷李》、《憶弟》諸章自相仿佛,載在《静觀堂》中,皆可考而見也。煒前函所謂"今日川流,欲藉障而東之",當非虚語。他時謬有應酬諸文,梓成二册,并入《問山集》中,專賚削教,更冀先生念及相見之難,一收都盡。不斬時下德音,以當晤語,何如慰耶?煒載頓首。

黄庭表曰:就勞先生札中"十年"二字拈弄如許議論,始而興感,繼而生幸,皆極至情以爲言也。古文中最善寫情者莫如歐陽公,吾於先生亦云。

與陳其年檢討書

青門執手,情深千尺桃花;開緘便自旖旎。素滻分襟,恨寄三春芍藥。奉仁風于尺牘,恍惚陳遵;投朗月于寸心,輒思元度。緑波碧草,吟贈賦以魂銷;紅樹白雲,憶伊人而腸斷。奮飛無翼,結想徒勞。緬昔先生花磚入直之會,屬當下走潞水還車之辰。何思澄彩箋盈束,竊願通名;阮步兵青眼一雙,謬邀迴顧。抽雄文于蕊笈,洋洋陸海潘江;擷麗句于錦囊,藉藉范清邱媚。譬入武庫之室,矛戟俱森;如快山陰之游,川巖競秀。固已腹果鸞龍,目搖雉翠矣。而先生乃謂詩自隋唐以降,遞變倚聲;人溯温李而還,咸饒兼體。西風殘照,青蓮故善言愁;明月倚樓,白傅偏工寫恨。蓋三臺六醜,仍五言七字之遺;詞學關係如此。而戀蝶摸魚,即赤雁黄華之緒。況乎辛幼安宦游舊地,良多翠竹清吟;韓致堯流寓名鄉,可少香奩逸韻?披《問山》之製,已睹編摩;索《飲水》之詞,尚藏篋衍。未免有情,何嫌多作?異時曉風殘月,重賡楊柳清篇;秀句可餐。歌扇舞裙,更唱荔枝艷曲。張元幹本出閩都,劉後村豈非莆産?重開鼻祖,甘讓異人;獨占頭銜,真成佳話。先生云云,僕實唯唯。竊以敏慚劉穆,詎云手目俱嫻;才謝坡仙,敢擬詩詞並擅。雖聽歌《玉樹》,時偷樂句新聲;而學舞《柘枝》,終屬教坊舊樣。搴蠙珠于玉海,實詫望洋;寶燕石于縹函,寧堪出袖?良由氣盡小巫,未敢塵薰大雅。粤自符分章貢,地多玉局遺踪;間或舟過廬陵,時訪平山遺稿。臺高望闕,何年再謁金門?甓運閒園,有客頻投玉案。大江西上,月色江光潋灩上下,令觀者神情惝怳。滕王之樓閣烟銷;南浦春深,楊僕之戈船雨集。琵琶亭下,三更聞撥鵾弦;彭蠡湖邊,五夜驚吹豚浪。驅馳太甚,懊恨何堪!用是自深顧影之憐,因而倍有緣情之作。嬌花寵柳,總輸潄玉柔情;劍拔弩張,或類稼軒強項。身非紅豆,詎云竟體相思;興托青棠,聊爾暫時蠲忿。工巧天然。既未甘于覆瓿,投以瓴甄;因妄擬夫災梨,鏖成卷帙。倩凌風之朔雁,銜置君前;類落葉之哀蟬,徒悽人意。然而子荆作賦,索聲價於榮期;曹植論文,托心知於敬禮。僕實遠愧前徽,心竊遐希曩軌。矧夫芳規在耳,將恐食言則肥;故亦蹙額捧心,私笑苦吟太瘦。奇對趣語。所望丹黄在御,筆削如繩。剗厥生疏,漫惜揉殘酥粉;刊兹謬誤,何妨拆碎樓臺。湘月念奴,個中肯綮,言之娓娓。訂曼聲于疐指;河傳漢曲,校水調于歌頭。儷以烏絲,喻䌐縈人俸純錦;鑄以青鏤,或鑌鐵可化湛盧。萬一金荃妙選,下體間采夫菲葑;是在藥籠兼收,射干頓躋於蓍艿。將見劉勰《雕龍》,藉隱侯而見重;何殊太冲附驥,結體遒麗。托玄晏以流傳。言不宣心,楮聊代面。煒再拜。

與湖口關尹子登侍讀書

春明景麗,渌水青山。伊人在望,而難賦溯洄,真所謂脉脉不得語者也。向承來命,志在芳馨。謹因花朝之期,特於雙江遥載小園數品。先生旌節敷葩,立言有體。種盡閬苑瓊林之秀,豈當以凡卉賤植錯雜其間?敢以手藝紫莖金粟諸本,就而正焉,甚不足當幽客仙友嘉名,婉而多風。但得盼睞滋培及之,即群英亦知向榮矣。

<small>黄庭表曰:人則風流,事又韵雅,文俱足以傳之。</small>

謝家泰巖兄大中丞賜柑書

煒謹頓首百拜老長兄大人閣下:煒久傍謝塘,快推姜被。竊小馮、小秦之號,遠愧不如;離大陸、大宋之前,頻繁式好。雙江嶺外,隔西射者昔有千山;九楚樓頭,示南車者數輕一水。時則有若通天裴帶,錫共紫囊;射斗吕刀,光分青玉。贈以雜佩,早知之子之將來;服以章身,常厪美人之何報。平子詩對《詩經》勻巧敵。左之右之,弦韋攸宜;恩斯勤斯,庭階匪遠。幸而奉檄毛義,移近二天;是以積笋崔琳，榮鄰三戟。縱使衡陽稀雁，夜雨暖覺對床；筆有開宕，文自生情。況在白日看雲，荆樹秀凌寒竹。月當稱暢，天邊逢赤鳳之來；日正告長，宇下聽黃鐘之響。阿連入念，懇懇示以話言；康樂成詩，拳拳形諸夢寐。下詢飲興，雖醉醇自夙，而習家之宴未陪，難傾匏子之卮；載問吟情，即遇風有懷，而西陵之詩莫就，安附珠聯之集？重以壓枝金顆，色奪珊瑚；兼之繞齒玉漿，芬披醴醁。嘷人香霧，春色來自洞庭，全用柑事，極流麗自然。落爪清霜，嘉品輕過江北。果知人意，蓬萊宫種見合歡；賜出尊前，夷維子分應併食。從兹釀汁成醴，無須携酒聽鶯；誠足滌苛解煩，何異大拳甘蜜。愧小兒未效讓梨之敬，而大官先垂賜蔗之情。赤心已投報，敢忘夫戰栗；黃羅自裹恩，永切於人懷。即徵太歲當頭，捧日並天家之歷；更冀上元伊邇，分甘和梅鼎之羮。頓首悚惶，銘心布謝。

黃庭表曰：六朝之文，非徒以新艷爲工，須有次第布置，毫難移易，方稱妙手。此篇吾固不專服其用事屬辭精巧璀璨也。

葉丙霞曰：膚澤一何潤？秀色若可餐。可以移贈。

答田綸霞鴻臚卿書

先生閣下：復月接來翰，計煒自入贛來以至於今，纔獲先生兩札耳。曩在贛南，原吳興郡守吳君菌次持到頒緘，彼時言別有三年矣。各官其方，思心無從告語，於是見菌次無異見先生也。曹署追尋，聲詩尊酒，倡和歌呼，山河既邈。於是晨夕菌次引商叩鉢，旗鼓相當，又恍若對先生也。迨入紅城，異時參藩，久矣內陟以去。又悵煒弗及早承乏楚地，使得早及楚地，抗旌擁節將時從執事者後，鳳凰山外，鸚鵡洲前，多吟眺焉。彼此政閑，互相過從，或觴或咏，各不寂寂。即有盤錯拂鬱之事，知心披論，參酌劑調，亦極一時之樂。雖然，先生今日則得矣。還侍闕廷，位已正卿。自此歲率數遷，官階彌峻，視外吏循牆而走、朝暮謹守三尺、唯隕越是懼者何如哉？崇獎以謂："《問山》佳什，進境益工，有得江山之助。"斯言過當。煒向居長安，嘗就先生諸公講求討探。又以所任曹職不甚煩劇如他司，得游書圃，頗肆其力。效子雲之夢腸、陳思之反胃、右丞之誤走醋瓮、少陵之吟撚斷鬚，穩什警句，間或有之。至若僻處江右，地鄰嶺表,中原寥闊,離群索居,亦已久矣。復每歲動有王事,或度木荒山,或調接師旅。重以此日之反覆矜疑,無小無大,研究殫心,曩時一隙之明,所得於先生者,蔽錮銷亡盡矣。自念即欲更有呻哦,必屬傖父面目,見者將引匿却走,而不遑辱。謂"進境益工",煒實悚然滋愧。雖然,轉筆一語千鈞。不可謂非先生之好我也。昔謝莊、引事確切亦是古人藥。顔延之在宋孝武前於《月賦》、《秋胡詩》互舉其詞,以相嘲訕。大曆十才子賦詩升平公主第,李端先得"薰香荀令,傅粉何郎"佳句,錢起妒之曰:"此宿構也。"詩人須知戒也。詩人客氣不甘相下,往往類然。今先生不惜牙齒,樂爲推許,待人之心甚恕,成美之意甚勤。煒亦將策其後之所不及,勉勉求工,以信先生之言可乎!因并獻近梓古文二册,前刻《涉江詩》、《紫雲詞》共二册,統求論定,先生必更樂於教我!附復頓首不宣。

  黄庭表曰:於無可言情處寫情,於無其事中說事。上半一段皆空中樓閣也。下二段自言作詩,謝田先生之論詩,皆責己待人,盡當學問,誰謂胸無實學而能登著述之壇哉?

  葉丙霞曰:叙情事婉曲周折,詞令妙品。

謝吴藺次太守送雞露彩箋書

  昨承教新詞暨次公佳作,適有客在座,未遑裁答。酒闌披誦,覺柳思周情,欲干氣象。次公麓園八境諸咏,清裁偉製,殊有鳳毛,即此已足醉心,又何損惠清玩耶?管竹真迹,洵爲希世之珍。但夫人與先生晤對已久,婉致多風。一旦作別,殊難爲情,僕又何敢作米老據船故態?而竹根鑿落,則又醉吟先生朝夕所備使令者。苟從事中聖,酌彼忽非其儔,得無悒然無樂?今僕仍以二珍璧還齋邸,至若露箋兩物,是用登覘。僕素不善飲,間把雞露一杯,舌内頓起青蓮香氣。時作小詞,書於郇公箋上,文墨之間改觀增色,其爲清福,可云具備,則亦既拜足下厚意矣!幸鑒不宣。

  黄庭表曰:辭受之間,毫無苟且。因小知大,吾於先生信之矣。

與張澹明方伯書

  章江艤棹,獲近德輝。日奉教言,頻消鄙吝。重以健會登高,賓從滿座,菊浮陶令之尊，風落孟嘉之帽。分題均賦，依韵聯吟。自念五載章貢，獨客悲秋，未有若斯快游勝事。放棹而回，煒之所得亦既多矣！別來抱蜀山陬，索居寡陋。思一載承色笑，而江路盈盈，徒結青霞之想。羅雀餘閑，輒構里言，思投玉案。阮囊乏侑，縮澀累日，竊念先生澄懷雅韵，邁絕時流，不敢以筐篚縟儀，塵涴緗几，僅得家藏印章二方及舊畫兩軸，總提。敢充乘韋。印章一爲羊脂白玉，瑩粹無瑕，所鐫小篆"心存尺素"四言，深緻明朗，傳爲先朝名手呂健錕刀所割，與雕碾者迥別。前人用署書疏簡端，及今將近百年，而字畫鋒鋩如新發刃。玉以比德君子，物各分疏。加餐相憶，即此聊代雙魚。其一晶章，中有髮絲縷縷，亦石産中僅見者。向在京師，屬之南廬葛氏，爲鐫"努力愛春華"之句。併奉左右。先生賦政優游，撫時茂對，每遇春華爛漫、柳嚲鶯嬌之候，雅多新製。試書麥光彩箋，壓以此篆，相貽及遠，則晶章猶然在煒篋笥中然。有層次。鄙懷又有進者，畫圖大幅一，爲敝鄉黄吾野山人克晦筆。山人當嘉、隆際，曾携其詩文謁見弇州，爲所賞識。每以老筆豪致，作山光雲氣，輒有鬱蒼沉渀之觀。當時評其畫品，謂在大痴伯仲間。所傳墨迹，今亦寥寥。此圖洊經劫灰，今幸獲幛齋壁，意山人有靈，特假煒以介於先生，一暢其湮没不彰之奇乎！小軸《三教一圖》，乃少年浪游山陰，訪諸老蓮之家而得者，統希清鑒。戔戔輶物，作此縷縷長語，先生將毋笑迂人腐態，仍呈鹽齏本色乎？

黃庭表曰：贈貽皆屬雅具，而以風雅之文寫之。一物自具一解，正覺物物生情。

葉丙霞曰：贈物四端，有總有分，有詳有略。雙魚尺素之間，無非以大文古法從事。

與家藥園兄儀部書

同心離居，亦已久矣。楚尾西偏，遇風思獻，悃積爲盈。記曾偶接越來一客，方知吾兄日以湖山爲友朋，詩文爲性命。既行樂於一時，復不朽於千秋。視未脱宦波惴惴恐虞失所者，豈不徑庭別哉！頃在洪都舟次，唐君傳頒手札，興居慰悉。又聞西河抱痛，心切共傷。煒長豚無禄，近在去年。少壯摧殘，逼真。凡情俱淡。所念老兄夒鑠，殊非煒比；而令德之報施，終當不薄，亦可恃以自遣矣。

所授大集，兩間有數，謹謝教我。拙刻五册，附郵斧正。西陵之什不逮西堂遠甚，唯許阿連追步則幸矣。《紫雲》小詞，更得一序爲光。頓首併布。

<small>黃庭表曰：彌質彌文，短札之工緻也。</small>

與黃庭表贊善書

日者先生典黔試還，道出贛南，東主人之弗職也，無以展五六年間闊忱，而駕逼旋朝，言歡有客，歉莫縈維，乃辱以勤拳周至報我乎？所請《涉江》詩序，玄晏業已文之。煒與弟焯僻處箐篁，朋游稀少，間從舟車閲歷，空谷垂簾之暇，偶事賡吟，銷遣居諸，難謀工敵，聊仿詩人壚笯之意，其於竇之聯珠、李之花萼，固愧不逮遠矣！先生至等之於鏗金戛玉，錯錦繡繍，舞劍弄丸，且以元音正派屬之。煒兄弟獲有此名也，是即庾仲初《揚都》之賦延譽於庾亮也，劉勰《雕龍》之書長價於休文也，且感且愧。至若是文體製，瀠洄委折，段法高古，韓、柳徵音於斯不墜。煒兄弟之詩不足以傳者也，先生之文必傳者也。先生文傳於後，<small>筆如游龍，隨其舒卷。</small>後世讀先生序煒兄弟詩之文，則煒兄弟之詩將附先生之文傳矣。或曰：先生之文必傳何如？煒曰：吾讀《于南集》二十八篇，見其談理學也，以陽明公之慎獨爲子思之學，以致良知爲《中庸》明誠之説，又謂本於象山之存心。蓋學之不明於天下久矣，當時習聞禪學之論，往往信之者什一，疑之者什九，故必有踐履篤實之儒，<small>平心至論，學者其知之。</small>然後可以議冥心靜悟之士。何則？彼各據其所得，猶水火冰炭之不相入，而不可以强同也。倘有聖人者出，裁之以道，則彼致知力行固皆同歸優入。今先生《陽明書院》一記，持論適中，學之有大本者也。更他所作，事具源流，辭綜體要，皆以文明道者也。上古文即爲道，後世文與道二。文與道二，歐陽子所謂"草木榮華飄風，鳥獸好音過耳"者，是豈能與明道之文同年代修短之數哉？然則先生之文，烏得而不傳！先生又爲煒言，頃道粵至英德，舟壞幾溺，什物俱付波臣，獨保吾文存之。嗚呼！苻朗棄千金之劍，<small>引證切。</small>抱苻子而趨。夫千金之劍，利割之所在；苻子之書，大道之所存焉，先生之於文豈異諸？煒向京邸以詩與先生相較售，慨然有初盛之思。及載讀垂世大言,煒竊愧昔知先生之不盡,徒自汨没於聲詩而止也。因裒歷年應酬諸文,專郵論定,求序其端。夫先生之文以明道也,煒之文得諸應酬也。東家欲效捧心而顰,寧非適足見笑自點？然煒之文猶夫詩之不足以傳,收束完密。或亦藉有先生之文附以傳也。頓首不宣。

葉丙霞曰：論詩必本諸情,論文必要諸道,皆先生詩文之大綱領也。此篇與愚山先生篇,皆作者身臨泰岱,下瞰衆山,豈數文人之雄哉！

與葉丙霞少參書

日者言辭案牘,喜獲多閑,披閱簡編,與蠹魚平分晷刻。因嘆天下順逆平陂,境遇無常,生人欣戚,輒由此分。僕則藉親書卷,即古人之善處得喪者以自處,安往而不適其適哉？值舍弟煒來自家鄉,見其兄事非由己,至從左遷。又自以屢歲比試,幾雋而蹶。去秋已入轂選,仍落副車,對僕有不勝悒怏者。僕告之曰："阿煒,汝毋然。若兄臬楚二年,雖苦自砥礪潔躅,然刑名鉅任,聽此自足令人心平。常懼大有獲戾,爲官評玷。今得以細誤去,此邦之人皆我穀也,亦云幸矣。且若兄未嘗以遷左介介,若勿爲我稍致難平。家訓真切。至若之遇合出處,自有其時,徒傷淪落無謂也。"於是弟煒心就夷然,出其詩卷,俾爲論之。僕又告之曰："昔庾仲初作《揚都賦》,庾公元規至以《三都》、《二京》爲張名價。後謝傅譏其屋上架屋,讀者方知儉狹。凡人兄弟情勝,多炫長而忘其短。以吾而論若詩,恐亦未能免是。若其亟持就正於葉先生哉？"轉入有力。因緘其稿,希辱教之。弟煒詩詞在癸亥前作,僕皆屬目。蓋僕自宦游所經,煒靡在不隨。舟車之次,過經流覽,兄弟兩人自爲倡酬,所得頗多。往愚山、阮亭、竹垞數公,間有評閱。海内名流,亦有謬采一二入詩詞選者。甲子以來,應試還家,復以留營先壟,南北離居。漸及五年,詩概未睹,不知其業比昔加進,抑或日就退損？僕俱弗遑與之細訂。茲者將付剞劂,願君合其前後撰著,宜存宜删,瑕瑜指示,繩削嚴施,俾不至終爲瓦缶鳴,皆君子澤耳！夫僕之文與詩,君嘗爲我論之矣,今并論其弟詩,得毋曰："其兄之才不過如是,弟可知矣。"然傭鐵之中,萬一有其狡狡錚錚,倘亦有道先生所不忍概絶也乎？敢請。

黃庭表曰：讀《涉江》倡和詩，輞汝警句佳篇往往不讓阿大。王阮亭先生有"阿奴火攻"之目，雁水先生尚恐蹈元規舊轍，然其季即以此書傳矣。

張夏鍾曰：談家庭事，論兄弟詩，皆從真情至性中來，固有數之文也！

與宋牧仲觀察書

牧仲足下：僕嘗讀侯朝宗所與宋公子牧仲書，以謂"吳、徐二子後，近二十年絕無清才標映如公子者"，又謂"公子才氣超軼，何施不可？"僕以是耳公子名，心竊願交公子久之。會歲庚申，僕有贛南監司之行。足下先是以版部員外郎持使節權贛關，秩滿回朝。一去一還，青齊道上旌車相值，遂於古平原旅次，傾蓋接軫。一篇提綱。足下問僕京華近事，僕訪足下以贛南山川風土、民情習俗、吏治善否諸節。足下因即於古平原匆卒命從人具杯酌，想見豪舉。兩人共飲。日亭午至晡，絮絮握談，未忍分手去。昔聲子如晉，遇伍舉于鄭郊，班荊相與食而言復故。間讀史，輒憶往日情事及過鄭郊，未嘗不俳徊慕之。考志濟南平原縣，史筆。即趙公子勝平原食邑，意古平原邑即在是間，後代城郭更置他所，而此平原爲獨古乎！因憶趙公子勝當秦急圍邯鄲，盡散家藏，得士三千人，又數貽書魏公子無忌，因宋公子而連及群公子。共敗秦虎狼兵，何其壯耶！至今一思足下，猶在平原相遇中也。嗣是足下還曹，馳寄《雙江倡和詩》卷，命僕續吟，僕皆隨所賦咏依和，載在《涉江詩》內，大抵得足下韵居多，但未敢謂並驅逐鹿耳！足下今已出爲觀察，整飭通、永、蘇、平等州郡，節駐通州，即僕前督通惠河工地。馳傳鳴騶之下，得無念向相遇平原故人曾官此土，不脫平原。一歌雲樹之章乎？至於爾我兩人，宦轍數同，而後先偏不相偶。僕後足下入贛，皆因平原想及。足下後僕蒞通，則亦留此平原一遇，不脫平原。爲僑札言歡之雅，而可忘耶？雖然，足下詩文遍名天下，宦烈卓卓可紀。先少保相國之澤未竟，以似以續，即於是在，僕又願足下之無忘平原哉！謹獻詩詞五冊，伏惟閱而賜之教，幸甚！頓首不宣。

黃庭表曰：宋先生豪俠人也，遇於平原豪俠地也，故文之淋漓軼宕、縱橫不羈即生於此。因宋公子而言趙公子、魏公子，因遇平原而言於贛、於通之不相遇，皆揮毫落紙如雲烟也。悲歌慷慨，又純乎爲燕趙之文。

葉丙霞曰：史稱平原爲佳公子，其人可綉，其地足傳，通篇借此結撰。筆墨淋漓，全爲大宋寫照。至文！至文！

魏和公曰：得司馬之渾雄，兼坡公之奔注。每讀一過，心快氣聳。

答倪闇公檢討書

都亭自出，風馬雲車，五六年與足下別矣！贛南僻居嶺介，向時頓劒，大抵多在奔忙師旅、策蹇調發之中。雖聲氣聲欬，有搖曳波折。日若親承，不隔於南北西東，而鴻音寥闊，歎異未將，無以自原。頃來楚鄂，足下獨不我置，遠貽懷什。莊誦之下，萬斛心塵爲之頓清。飄然不群，李侯佳句，何必擬似陰鏗哉！又所言"懷人我重舊交知"，僕益諷味久之。昔劉師知作《沈侍中集序》，謂："降德忘年，交情彌摯；增榮廣價，知己難忘。"今見其詞，猶厭念兩人當日相愛情誼。若夫《停雲》首章"良朋悠邈，搔首延佇"，又足動人念舊之懷。足下今日之詩，何酷類是！愛我深矣！至滿幅縱橫，波撇曲折，往往遇有金生玉潤、畫鐵鉤銀。智永之妍婉、元章之峭健，兼而有之，可實何窮！如此韵事相存，恍來天上綢繆之雅，出於玉局過愛之情，尤豈易得哉？芝光間闊，從此佩德音，觀羲獻迹，一總收拾。痛浮大白，皆儼然左右於足下也。案牘日紛，未敢輕和來教，庶幾待有餘閑，并圖報命之辱。

葉丙霞曰：論詩并及書法，無美不備。

與家次蘭弟參議書

春暮，侄甲見燁於豫章，傳老弟維夏當膏車北向守銓，引望久之。計燁且將離貴鄉，老弟又行謁補，從此以往，豈能復如燁得贛，老弟得閩，天涯兄弟一彼一此適官其鄉，時時聲息相聞，舟軒往來，道經之地，不異如入族黨里門也哉？於是章江南浦，日待維舟，願於洪都旅邸再把笑言，綢繆傾吐，袓餞鞭程。老弟驅馳燕道，想見慷慨。燁隨所移命東西南北，爾我合而復離，當無所悵悵於暌携也！乃燁攝豫章藩事正方及瓜，楚命適下，程限嚴期，因即乘艇順流，直趨建業，謁辭制府。金陵停旅，七有晦明。念當南薰正猛，鄱陽回帆必多阻隔，無以赴入楚限期,乃舍舟而徒,歷叙道里所經,閑處着神。從浦口北行,轉西南向,取道全椒、合肥、潛山、黄梅、九江,抵江西省,則聞老弟驂從方入江寧,想從水途進發,故與陸左。何臨歧重聚,半晌披襟,難遂心期至於如此?爲之耿耿累日。章門一宿,陸返虔州,束裝如楚,已逾半年。急欲得知榮補,邸抄未見,頗訝何遲!屈指老弟於天下學使者"公明尤著"中列第三人,若在往年未行新例,今已早致卿班矣。顧老弟正膺公明之目,新例纔已舉行,此非老弟難於得卿班也,蓋必一方士民有受其福者矣。閩邦自按部衡文後,文風丕振。東岱北斗,智愚師宗,若其出領藩參,且不待報政之年又奉璽書徵。内如鴻臚卿田先生,向以督學江南有聲,更任楚參召入。銀臺參議勞先生向以山左督學有聲,更任粵參召入者也。行爲老弟拭其目焉!兹尤有冀者,燁已去贛南矣。老弟斯須掣補,即不復得閩,千迴百折。或同一省會,可以晨夕聯轡,最稱樂事。即不能然,或部治壤接境鄰,音問頻通,不至如秦與越之相去,南海北海之不相及,其亦可哉!便羽率布,願言珍重。

黄庭表曰:此文因得贛得閩,就地立論,故篇中寫許多地來,把柄在手,隨其揮霍,無不動與之遇。茅鹿門評子厚《興州江運記》,謂點次水陸利害如掌,余謂亦題應有也。此於不期得之,故稱奇文。

葉丙霞曰:於集中另自一家筆法氣格,在唐宋以前。

魏和公曰:爲昆弟言,正于詳樸間得之。

與黄用錫書

稻風吹暑,荔雨迎凉。老丈披素襟,下輕幃,洛誦之餘,清況何似?客歲剡舟既發,燁以于役之暇,葺治署東小構。編籬拓檻,蒔竹鋤花,頗費累月經營。第當既落之後,旋復僕僕舟楫,一春花事,爛漫空過。及今少閑,始獲一編,就蕉窗橘屋間消受南薰西爽,竊謂此樂當不減柴桑當年。然以蔣生之徑,而弗獲與曠懷雅致如老丈者作二仲,來往其中,亦覺索莫少興。拙記一篇及雜詩六首,述次頗悉,輒奉清覽。佐以冠石林岕,老丈試命奚僮汲笋江橋下水,烹而酌之,覽拙作一遍,小園清景宛然在目,或可當卧游也。投閑散吏,强學孟陽清態,昨與舍弟韜汝肩輿破曉,徑造通天巖頂,訪玉翁之高踪,覽坡公之墨妙。摩石壁上宋、元、明諸前人詩,猶琅琅可誦,惟太傅公一作,遍搜未得,大是恨事。知老丈以山水爲性命者,並縷縷附聞。非敢自侈私得,亦欲與高人共之耳!

黄庭表曰:水部官閣之興,康樂石門之游,尺幅中兼而有之。清言固自亹亹。

答吴觀莊副使書

足下以倚馬雄才,脱離宦海,雅事遨游。征軺所至,溪山增色,真覺笑傲可凌滄洲者也。回憶當年,千里之間,名賢共聚,連吟限韵,擊鉢詩成,衆推文琰、雙江,稱樂事焉。駕向粤中,賓朋各散。彼此一時叙得曲暢。迨乎文斾游還,清貧地主適當公務行役。嗣復潮旅南來,度歲荒山,日疲奔接,家弟客夏歸閩,留卜先塋,江風官舍,日在索居,欲求片刻作曩時歡,豈可得哉?仲秋下浣,洪都恰遇紀綱,接及雙魚,再吟五古。念離之情,纏綿楮墨。漢魏遺音,真能絶超凡響。僕之得於足下者侈矣!乃復惠好有加,遠貽玉蕊,是欲置僕於丹邱、烏程之間,品水烹嘗,勝餐瓊液,寧徒破悶潤喉已耶!報謝依依。

葉丙霞曰:詩文知己,無隱囊紗帽習氣語,豈非文中之仙?

與陳亹齋書

都門握别,遂逾八載。客秋維棹吉州,再親道範。雖繾綣無多,而素心獲慰,一刻當千古已!别後漫賦俚章登笺,聊申良晤之雅,擬到會城,面請教益,而台旌已出莅萬年,謹偕大集郵奉郅正。僕疏謬無似,猥以大集屬令點定,念自奔馳以來,筆研俱廢,萬不敢以粗浮之氣點污拱璧。每誦佳篇,循諷數四,然後細加評隲。雖拘墟之見未必有當高深,然捫心自問,竊謂於朋友忠告之義庶幾無憾。榾几蓬窗,晨暉夜燭,凡半閲月而始卒業。因掩卷興嘆,深羡吾兄天分之高,學力之富,才思敏妙,屬對神奇。惜從前所與唱酬論定諸君,不能互有長益,而附和循聲,濫作俗文諛評,使吾兄率意騁才,任其支派流弊而莫知正也。慨自大雅中微,人思領異,鍾譚《詩歸》之選,流布宇内,明季操觚家奉爲津筏。雖去文存質,將以力排飛揚蹈厲之失,然天地菁華刊削濩落,風氣之衰亦遂中於運祚。大聲疾呼。末年雲間大樽急起而拯其弊,一木支廈,卒無救於變雅。當其時,吾閩曹公能始獨守宗風,不隨流靡,故其著作編輯,猶存膳部廷禮法派。至今海內談詩,往往推閩音爲不失正始,而誦石倉之功不衰。非阿所好。我朝景命方隆,元音復振,牧齋、梅村、芝麓、蒼巖諸公導源於前,荔裳、説巖、愚山、容齋、阮亭、苕文、綸霞數君子繩徽於後,數十年陋習於斯丕變,可謂救弊起衰,泱泱大雅者矣!吾兄年長於僕,《詩歸》一集,計丱角之歲已肄業及之。且記性過人,聞能篇掇其要,句擷其英。夫少之所習,近情之論。壯而安焉。雖欲易以他好,不屑也。細讀佳什,語清意真,力排陳腐。顧其流之所極清而不已,參詩三昧。問入於薄;真而不已,或至於率。率與薄相乘,漸且爲俚、爲野,皆爲《詩歸》所誤。吾兄則日沉咏於中而不覺者也!夫鍾譚《詩歸》,僕向亦嘗讀而好之。觀其持論峭刻,劌腎鉥心,直欲以空從前選者。然而體裁不分,豹犬莫辨,謬以才情氣格强分真假,遂使山澤之臞,盡登廊廟;尹姞之女,見擯蒯菅。僕之好而學之也,現身説法。初亦不知其清之近於薄,而真之近於率也。及與都中諸君子廣迭唱和,覽其堅義敷英,深厚醇雅,大異鍾譚持論,然後悔向者之迷途實遠。亟將前稿删改殆盡,而猶未敢自信,復就有道商榷數次,必期無憾而後即安。夫負暄知暖,思獻於狐貉之子,識者必笑其迂且拙。然僕與兄,生同里,仕同時,官同地,朋友之誼,視他人爲加篤,是以不避狂瞽,妄將佳集評削。吾兄倘以僕言爲一得可采,則將集中所選,另錄二册,内有奉商者,再加敲煉登集。盡去諸君舊評,蓋諸君才識皆出藋齋下,快論。音律一道尚未窺其藩籬,不足以選藋齋詩也。即此重登梨棗,以公海内,萬勿務博貪多,重增一首。嗣有新什,源源賜教,彙選成編,以遂吾兄不朽之業。僕亦得列名集中,俾海内詩人知吾閩風雅,國朝以來,有僕與兄同時、同地,聲應氣求如此,均藉不朽。如謂丹黄既設,藥石之言。濃淡皆可成章;和盤托出。鍾虞聿陳,雅鄭俱堪入奏。夫夫也是殆執偏私之見,以亂吾真詩,欲吾舍二十年來所得力自信而擅名於齊秦、江右者以從之,不能也,則佳集原刻評最侈、譽最工,以之行世足矣,無庸僕選削爲也!僕亦不敢復附不朽矣。唐突精嚴,惶恐惶恐。

　　黄庭表曰:所論《詩歸》之失,前人當無以自解也。然先生姿性和厚,非好議前人短者,膏肓之疾,擊之宜深,所謂心之不得已者也。

葉丙霞曰：評良友詩文，不爲浮譽。古道照人，文格方雅。

再與陳亶齋書

尊詩評選已竣，吹毛索瘢，實蹈深刻之誚，無可贅益矣。因讀大文詩删序中，有"六朝、中晚，千篇一律。對之恐卧，不能終卷"數語，乃敢再效管窺。五古上宗漢魏，固爲溯流窮源。然六朝詩，如《文選》所載謝、鮑佳篇，結體深厚，煉句古藻，正足以救淺率疏薄之弊，未可盡非。吾兄試細涵泳其中，自有深旨。五古之詩，當更大進，所謂救弊必就其性之所略也。真得學問之旨。李、杜宗工，於鮑、謝尚有俊逸驚人之譽。"對之恐卧"，寧足令六朝諸賢俯首乎？至若中晚之詩，佳者盡多，但稍近於薄耳。既以中晚爲不足法，則高渾雄健便當托體初盛。極是正論。細玩全集，五近能履王孟之室固無容贊；七言近製弘音亮節，亦有不讓初盛者，惜尚未數數見也。唯冀將來按此風格，多構彙編，成一家言，則真能不屑中晚矣！吾兄以一代風雅自命，吾鄉聲氣，幸得密邇，可與往來唱和適有亶齋一人。故敢因意所偶忽，及詣所已到者，硜硜勸勉，無非朋友任真切磋之義。近日交游，不乏面從之輩。即有相質，告之而不以其情，應讀《絕交論》。言焉而不盡其實。僕與吾兄，非敢然也！諒之，幸甚。

葉丙霞曰：論詩的有宗派，反覆進規，不止一字師也。

與魏和公書

先生昆季，嘉遯高張、邴之節，文章躡韓、歐之堂。海内諸公望金精雲氣，不啻天半朱霞，可望而不可即。僕以樸樕之才，謬司此土，獲近君子之光，欽式懿範，藉以裨益政教甚大。往從白門，晤令兄冰叔先生，造請定交，敷悉利弊，燦若指掌。抱甖拔薤之喻，永志於懷。《左傳經世》一書，參古準今，論皆碩畫，編成壽棗，業有成言。不謂傾蓋之初，便作素車之約。九原不作，未免有情。典型云遠，殄瘁如何！然有少孤先生在，固知萬年不死也。客秋行縣過寧，獲枉高士之駕，披挹緒論，雖相見未幾，而風雨鳴鷄，素心差慰。擬徒步翠微，式造子光之室，且以芻絮登堂，爲令兄先生奠，而期會紛紜，匆匆旋郡。方諸古人，先生高鱗士之風，而州將闕龍邱之體，簿領俗人，祇深浩嘆。竊謂禮高賢、尊名德，古之爲政者所以樹風聲、敦習尚也。然而季世慕榮，高尚者寡，故或官其地而不遇其人；遇其人矣，而或深今昔存亡之悲，或抱室邇人遐之嘆。使干旌良馬獨讓古人者，好賢如《緇衣》，世俗所少。何可勝道！如僕今日之於先生昆季是已。先生高明在抱，精於經術而達於世務，不以僕之不敏，屢垂辱教。精粲佳茗之餽，美於赤米綠葵，是先生於僕厚矣，侈矣，愧謝可言！區區抑强拯弱一二事，爲乎分所當爲，與力所得爲，又何足當齒頰哉？頃因公務稍暇，却掃構一誄章，佐以澗藻，附昭士致唁令兄先生靈几。哀痛之語，不暇計其工拙。雖朋友之誼，宿草不哭，而玉棺在殯，僕復屬以公敔，筆墨廢格，冥冥幽光，或能心鑒。承示近書四首，周旋往復，頌不忘規，於舟次、青城二書見之。其與愚山及牧仲函，情至文生，修約合度。愧疏陋不足發明萬一，然不敢效世俗濫評面諛，或亦素心所相諒也。憑楮覶縷。

　　黃庭表曰：先生求治之切，愛士之誠，念故之戚，一篇之中余得三善，贛南之政所以卓越一時也。嗟乎！有位者唯不思求其治，則必不能愛士；不能愛士，豈能念故乎？當讀是書矣。

　　葉丙霞曰：素心人化爲異物，能無傷逝之感？但此縷縷千言，纏綿淒惻，張、范之交不過如是，不知冰叔何以得此於先生也？

答徐電發太史書

　　連雪初晴，微陽乍暖，疏林遠水，橫抹銀綃，正騷人一尊引興時也。奈簿書相仍，不得與先生雅同此景何？承示《詞苑叢談》，真從來未有之書，分門別類，比計敏夫《唐詩紀事》，精密殆爲過之。拙詞過承采入，得無有教坊雷大使之誚否？小序容草就呈教。夜來燒燈，細讀南州草堂未刻詩，沉鬱蒼老，時放而之眉山、劍南。詩家熟徑，大爲掃盡。原評已悉其妙，僕未免唐突西子。別和卷端馮大木先生二絕句，以志服膺。楚山落木，旅思蕭條。敝署西偏，舊有高閣，近稍修葺，額曰"凌鵠"。閣之高居黃鵠山頂，是以命之。公餘當迂大駕一登。漢江如帶，望大別晴川，皆几案中物。先生引酌徵歌，紅牙白雪，無意中一照應。異日

《叢談》中又添一段佳話矣。

葉丙霞曰：雅潔。末段點綴尤佳。

與董蒼水書

足下以曠世才主持風雅，十五國聲詩一經評隲，借垂不朽，有若高言之詩是已。題清。在集中者，不以蕞爾閩鄉竟至置遺，得預采風之末，天下之人論聲學者，庶幾齒及敝鄉，敝鄉聲學實以足下之藻鑒品題重耳！譬之采木於山，山盡木也，而若者梗楠，有此引譬一段，文之勢張局舉。若者棗棘；若者棟宇資之，若者薪蘇用之。取其大，不遺其細；錄其長，弗棄其短。倘非匠石之明，而能若是與？僕於詩也，好而未工。曩在魯陽，僻處山陬，既無碩彥名流可相晤語，即有詹詹之作，不復檢校，久置篋中。而敝友黃辛子以錄閩詩故，謬取充選。足下復以選高言詩，故謬附一二於閩詩中，附之之意誠厚矣，庸詎知夫就閩論閩，如僕詩之可附者不又多乎哉！僕於足下，臂未握，履未接，笑語未通。向僅於諸選集內擷足下吉光片羽，不謂足下於僕之意如是厚也！雖然，足下特附僕詩，謂僕詩之有當足下心也，而僕還視，見附之詩，尚有弗盡自當其心，或刪或改，往往不一。今俱彙成卷帙，請正左右。足下試更取而論定之，果其悉當于心否耶？毋以錄閩詩，意深婉而筆轉曲。故一如夫錄之也；毋以既附僕於高言詩，故一如其附之也。以僕之未盡自當其心，真是不自滿假學問。而謂天下之人無有如僕之心；以僕之偶當足下之心，而謂天下之人皆能如足下心，僕竊未敢信其然矣。故因足下之厚僕，而復請之如此。

葉丙霞曰：舌本瀾翻，而謙冲之度可挹。中間罕喻一段是閑處着筆，故自綽有遠韻。○蒼水爲吾松騷壇宿老。樗亭之詩，玉兒之詞，實與先生蘭臭相合，誠非謬爲折節者。

答楚雲和尚書

魚珠乍獻，頓來夜月之光；布鼓方鳴，忽答雷門之響。盥持連璧，喜溢雙金。奏廣樂于鈞天，驚魂恂魄；聽潮音于法海，稽首皈心。硯拜端溪，志石交之永固；詩題雲閣，識李報之殊慚。舍弟過荷弘獎，小兒兼賜法名。波涵聖澤，當令一字求師；上稱絕倫。果種善根，妄意三花聚頂。志心合十，頂禮惟千。從茲馬首南行，徒盼慈雲于天際；猶冀獅音北吼，時飄貝葉于滇中。殿宇大雄，稍葺缺漏；人天小果，敬效灌輸。募諸一室之中，劣得若干之數。搏沙爲塔，咳唾皆成珠玉。敢同園内布金；聚繭成絲，聊比佛頭蓋笠。首座還山，詹言布牘。不宣。

張夏鐘曰：栖霞楚公，今之靈一齊已也。先生以文字禪結世外交，短札急章，亦復如許駢麗，便便中何能測其所有？

問山文集卷四

傳

喻生傳

喻生名全易，字子更。世聚族南昌，早歲失怙恃，倀倀無所依，因流落江淮，皈于乾竺，從剃髮，稱空門弟子焉。然雖受具持戒，繫心釋典，而氣獨磊落嶔崎，<small>此處總斷生平，下則逐事叙之。</small>英發不可制。遇人紛難力排解，見事不平輒怒髮揚眉，脫所衣方袍，以其身代犄角，人皆呼爲"顛僧"云。淮之北，有豪强某肆毒里閭無不至，里閭痛心疾首莫敢言。喻生稔知，恚甚，欲刃之。私自計："吾緇流也，秉西方聖人戒，毋殺生微物，且然況於人乎？<small>此人方非鹵莽者流。</small>"又念："吾不殺若，如此無辜者日受荼毒何？"竟約數同輩潛入其家，喻生手刃之。事聞，官捕逮繫累累，喻生則疾挺身自首曰："謀殺某而親殺之者，小衲也。諸人何與焉！"衆得省釋。官亦憐喻生公正發憤，業自訟，從減論，於是江淮南北無不知有顛僧者。嚮興化邑洊饑，輾轉溝壑相枕籍。喻生率衆比丘急走遐方，雜募金錢、粟米，設糜以賑，存活甚衆。邑中無賴者往以投旗爲名，勾黨魚肉平良，令莫敢問。喻生則引士民吁制府，請嚴保甲、立杖擊法。遇有匪類至鄉，十家衆共捔而縛之，以獻于官，風遂息。嘗於塗肆中見衆數十擁一宦人，欲戮辱之，修舊怨也。宦人惶遽不知所措，<small>當日景狀畢見。</small>喻生手執雙斧趨進，大聲叱咤，以所持斧擬數十人，數十人皆辟易，遂翼宦人出，護還其家。蓋急人之困、脫人於難多如此。諸所德喻生者，往往奉金幣爲壽，喻生則輒輾然笑曰："吾緇流也，以不貪爲寶。<small>能顧名義。</small>且吾之所以爲此，直以遂其格格不可忍之性，固非利若財也。"概無所取。喻生爲僧，數預人世事。自知色相難除，已亦遂舍叢林，回視南昌室廬、墳墓，蓄髮娶妻生子,而以《肘後方》、青囊術自給云。生之還於俗也,名動公卿間,所交皆一時達人。聞其嘗訪一友于官,友適遭吏議,禍且劇,交游、親戚、僕從皆如鶩引匿,喻生獨左右之。會議獄,喻生則謬爲其友兼僕,應質堂下,頭搶地,伸兩足入三木,悲切哀號,力雪主冤。其友事既白,即脫身去,公卿益以此嘖嘖重喻生。

論曰:喻生,古之豪俠人也。約略梗概,視史稱郭解、季心、貫高、趙午之行豈殊哉?然余數晤生,觀其狀貌都雅文弱,疑必遇事循循退縮,難以共艱大者;<small>龍門家法。</small>顧勇於爲義,存亡死生,不待再計而決行之,何也?噫,質者不可測,信夫!

<small>黃庭表曰:喻生好爲衝冠裂眥之態,文中寫得英英凜凜。昔太史公傳項羽,韓文公傳南霽雲,千百年後尚有生氣。以此方之,覺又未易軒輊。</small>

<small>葉丙霞曰:爲僧時,事未能免俗,故篇中重提"吾緇流也"句。雖然佛子、英雄原無分別,毀情滅性亦當非西方家法也。讀此正可與内典相參。</small>

烈婦張若觀傳

若觀爲惠安縣崇武所張氏女,予中表弟陳孫思婦。孫思字永汝,余四母舅元有公子,三母舅江寧太守轉庵公猶子也。張爲崇著姓。先是若觀母方娠,夢紅日當空,<small>左氏紀夢筆法。</small>照耀池塘,皆成五采。意當有男子祥,既而舉若觀。美好端慧,則亦甚鍾異之。稍長,精女紅,紉綉之巧,女流中鮮與匹者。兄其標,邑名諸生,復時導以文史翰墨,遂兼通書、傳、《女誡》大義。年十七歸孫思,逮事翁姑,得二人歡。其勖孫思以學,不亞樂羊婦風。嗣是翁殂,孫思隨伯父轉庵公宦游黔中。海氛歲警,翁遺業多濱海,遷棄後,家徒壁立。姑依媳養,甘脆之供,<small>叙事斬絶。</small>若觀悉以勤勞紡績得之,鄰里咸稱其孝。孫思游回,未幾,母旋逝,孫思哀毁過節,亦亡,靡有子息。若觀視含殮畢,即自投井殉,諸伯叔母救而出之,則猶絶口水漿。多方勸慰,<small>立言悉見萬全。</small>爲說立嗣大義,乃始許緩須臾焉。四母舅中表弟三人,長孫忠,次即孫思,三孫戆。戆後孫思,早世,亦無子。忠子一,承繼未有可屬。若觀乃獨與孫思女弟煢煢相依,居恒課以針刺績紉。嫂代母教,尤無不至。若觀雖故嫻文墨吟咏,于孫思殁後,絶不復操。間或與小姑講肄,操縱皆極自然。則皆以古貞姬烈婦事相誨勉,脂粉簪珥久已概斥不御,識者益覘其志操不渝云。轉庵公以內艱歸里,稔其冰霜苦節,敬重存恤,日有加焉。惠邑苦海患,久彌烈。丁巳二月,大師進剿,諸賊兵議棄城遁,將大不利於婦女。邑中人人惴恐,率以家屬竄深山窮壑。諸姑嫂氏勸若觀偕遁,若觀第頷之,乃悉部署其衣服簪飾,分贈姑嫂氏及素所供事老婢,而急呼兄其標至,應具兄。曰:"妹孑然未亡耳,出門誰扶侍者?萬一不幸落寇中,可奈何?妹知所自決矣。"兄其標含泪去。至夜,若觀題詩于壁,有"乾坤此際當自決"之句,遂投繯死,死後顏色如生。轉庵公敦後事,以禮殯焉。事定喪舉,吊者填門,莫不咨嗟驚異云。

　　論曰:張氏死於兵至之日,與死於夫亡之時,一也。乃獲救而生,遲至數年後者,為立嗣計耳。卒之嗣無可立,寇勢復猖,決計尋死,總欲無負其夫而已。余挽詩有云"白璧之身歸夫子",是蓋張氏意也。夫生有夢日之祥,而死以節烈應,孰謂忠臣烈婦非同為天地間氣歟!

　　黃庭表曰:傳神寫照,能使貞姬凜凜尚有生氣,非熟於《史》、《漢》傳紀者無此手筆。篇中敘若觀投井及以貞烈事訓小姑,皆於若觀之死極有關映,讀者勿草草看過。

問山文集卷五

文

祭嚴顥亭少司農文

　　嗚呼！天下之人，其生且没於世者，從古以來豈可勝道？獨有一人之身，生之所關甚重，可以生而不可以没。雖或不能不没，但苟遲以數十年之生，<small>文情委折，酷似歐公。</small>即可爲天下國家造數十年之福。不然，即遲以數年之生，亦可爲天下國家造數年之福。至欲遲其生而不可得，雖斯人之没猶不没，而天下國家之所損實多，非獨其身之不幸也已。少司農顥亭嚴先生，越杭儒者也。弱冠領賢書，再上公車，第於禮部，起家庶常，歷諫垣，轉卿臺，晉司農，官不謂不尊且顯矣。太翁親見其發解於棘闈，母太夫人得迎養於官邸，復歸承歡家舍，贈王父母、父母皆如其官階。四丈夫子皆成立，爲臺諫，第進士、明經、文學。孫支十餘輩，競爽黌序。其處人倫間不可謂不順矣。早歲文名播海內，所知交皆前輩巨杰。及身履貴，而文經武緯之才復盡得之穀中，以爲門牆桃李，其遇合不可謂不盛矣。然周十日十二子而捐館舍，當世之人，毋論遠近親疏，皆相與惜其没之遽，不能更遲至數十年、數年者，<small>一應論意。</small>非爲先生一人之身也。自先生克敦其族黨，內而諸父昆弟，以及繁族疏戚、比閭同里之人，各得其惠以相周。自先生雅好交游，上而縉紳大夫，獲取資之益，下而一才一技之士，藉其汲引成名者凡幾。自先生靖共乃位，先皇帝簡入庶常，克稱顧問，周歷諸垣。今天子倚賴方殷，寵眷逾隆，五旬三轉，由禮垣而僕卿、而宗人、而都憲，召入司農，出督天倉。聖天子久廉其精白慎勤之狀，舉四方之財賦悉需之，而竟勞王事以卒。嗚呼，天下國家之仰賴于先生何如耶！<small>再應論意。</small>使由是而遲至數年，必能致君民交足，得藏富之利；必能使人材盡興，有成教之體。由是而更遲以數十年，則藏富必愈無窮，成教亦愈無算。是則某輩之痛哭先生者，平日交游承事之情，不能一刻而去于懷，又非徒爲某數人之私戚也已。雖然，先生之勛，國史志之；所著作衡論，盈箱連屋，皆可千秋行遠，諸公子各能揚名以顯先生。長公所居之職，又與先生位地不遠，先生復早冥契空門，靜觀無始，則此日幻化，非先生之少留餘憾，顧所以爲天下國家之計者，又烏能已已？三應論意。嗚呼哀哉！尚饗。

黃庭表曰：篇中極有不愁遺一老之傷，嚴先生特足以當之。且其忠君愛國之誠，形爲云亡殄瘁之論。悲深哉！

葉丙霞曰：歷叙才名，惜其未竟。爲誄也可，爲壙誌也可。

祭洪畏軒太常卿文

嗚呼！吾畏軒先生之歿，京師公卿百執事哭之哀，四方旅游諸君子悲之甚痛，而余之心傷神悼，尤不覺其涕之交頤也！先生父太傅文襄公佐世祖皇帝入關，爲我朝開國功宗，賜襲三等封爵，入爲上公，出而經略天下。舉朝顯貴，半係其門。又以先生弱冠聯第，歷官儀曹、勛卿、廷尉、奉常諸要秩，公卿百執事，非太傅之桃李，即先生之交游，應公卿百執事。哀之宜也。先生忘其殊貴，折節下交，設館授粲，不下吐哺倒屣之風。待以舉火者無慮數百家，患難有求，雖未及謀面，皆過所望予之。先生之於四方士君子何如？應四方旅游諸君子。宜乎相與痛惜無窮也！若余於先生，生同鄉，事共主。余之子男，忝爲先生館甥，且有三世之好焉。往吾祖大司寇公居林下，結里中文社。每課成，令善書者重錄，不具姓名，以第甲乙。文出，而太傅輒居首，丹黃淋溢，題品繽紛，極遠大以相期。時太傅年方少，《史記》傳法。獨受先司寇物色，爲諸人不敢望。未幾，果以早歲魁省闈，捷南宮，入西曹。後至總制三邊，尚取向時司寇公品第藝文集成卷帙，出入自隨，不忘司寇公之知之也。及余待罪河間獻陵，太傅深喜司寇有孫，馳書慰勉。嘗謂先生曰："吾感司寇公深知，此恩久未報。今之獻陵丁令君，全是史遷矣。後來韓文公《張中丞傳》有此筆法。即司寇世孫，若與令君當結爲兄弟，令君有子，則以若女配之，以志吾之不忘於司寇公也。"以故余自縣令入備曹郎，太傅已捐館舍，先生與余敦莫逆，許以愛女字兒時爵，蓋遵太傅意也。嗚呼！三世締交，情親誼篤。一旦聞訃，余之心與公卿百執事之心，主意始明。四方諸君子之心，宜有過焉者矣！先生孝於親，忠於主，篤於宗族、師友。獨憶先生約與余爲婚姻，予兒時爵方幼，即令讀書其家塾。五經子史，手自講授。親教以所爲文，每月集士園亭校藝，俾獲觀摩益。予兒及冠，愛女嬪予門，諄諄戒以事翁姑、相夫子大義。至則朝夕跪上余夫婦食，與時爵相敬待如賓。觀其教及有齊如是，則南國諸侯大夫之風化不問而知矣。不幸于歸一歲，以娠亡。先生視時爵益親，不以女之存亡故易轍，厥德至矣。嗚呼！太傅公所感於先司寇者，先生能如其意以酬，而余父子之感戢於先生又將何以報耶！以太傅之助在國家，澤及天下，意天當有厚於先生。以先生之孝謹忠蓋，慷慨濟人，年未中身遽棄人世，膝下之孤藐爾僅十有一齡耳。豈獨零落歸山邱之感？南中家族罹寇，殛竄外海。門内執喪，靡有期服。不知所謂報施善人者，竟安在耶？雖然，宣孟之裔，是必有興；畢萬之後，其昌必大。公侯復始，予又竊爲先生之孤信之矣。先生有知，尚其翩然而式鑒也哉！

　　黄庭表曰：叙司寇公識太傅處，叙太傅語太常處，無非龍門家法，而更佐以韓之婉折、歐之淋漓。

　　葉丙霞曰：感之切，痛之深，非其親睹，誰能道之？○數語冒起全篇，逐段分應，章法逼古。○至性人寫至情語，字字酸辛。

祭陳轉庵母舅文

　　嗚呼！吾舅氏而竟以瘁於官，勤於事，勞形鑠生，棄煒以逝耶？痛哉！憶歲庚申，煒奉命監治贛南，途次金陵，展謁郡齋。入門拜跪問勞，伏見吾舅體癯貌悴，慨然若有憂色者，心竊慮之。謂舅素矍鑠，何遽至是？及設食命坐，蔬脯數器，用筆精細。爵醴不及三行，篝燈叙間闊，漏三刻，煒告退，而舅方據案作洛誦聲。質明起盥櫛，視讞牘數紙，皆欽憲疑難重事。旋趨謁公府，出詣江干，迎皇木使者，日晏歸，始就朝膳，復蒞聽兩造判曲直數事。入秉燭省文書，裁讞語如初夜。約煒居停十數日，求舅氏晷暇不可得。盡結上諸煩瑣。因乘間進曰："舅誠勞苦，盍稍節省頤攝，以慰國與民？"舅喟然曰："朝廷畀吾大郡，無亦數十萬生民之休戚是寄。今者灾黎未甦,逋賦未復,俗尚浮靡尚滋,公府征調猶急,此豈吾宴息時哉?吾憂吾郡之不治,而何暇憂吾生?"煒唯唯退,心慮舅氏者益甚。然猶謂得天厚者壽必延,天苟欲大造此一方民,必藉數十萬尸祝以益吾舅算。不謂積勞成疾,遂棄煒以逝耶!吾母同乳女兄一、弟三,惟舅少,卓犖力學。母氏謂:"吾祖父清白家聲,舅克紹。"煒稚齡失怙,即命就舅學,在三之節令人知重。授六經、子史、家言,率以忠孝大義相勵勉。煒自少長以迄服官,得稍有知識幸免罪戾者,皆舅教也,而不謂竟棄煒以逝也!且夫舅之瀕於死者數矣,往者遠宦思南,遭外祖母艱,徒步扶櫬,出崎嶇箐篁間,日行數十里,哀慟毀瘠,輒嘔血數升,幾於潛冲死孝,竟抵家無恙。甲寅之變,舅氏罵賊不屈,闔家垂饘鯢腹,亦竟不死。不謂今積勞遂足以死也。嗚呼痛哉!方煒發金陵而將之贛南也,舅執煒手泣而誨曰:"甥才具從容,居官久立名譽。今遠別,不知何時再見?愧無可相勗,惟以潔己愛民爲屬。"煒因敬佩無斁,自莅茲土,未敢稍渝明訓。竊謂再見有期,庶藉以得歡心。詎意江干一別,竟成永訣,而舅之不我復見也。嗚呼痛哉!母氏生煒兄弟三人,少依舅氏,固未嘗積歲月不相見也。丁酉,煒隨舅謁銓都門,嗣舅叱馭牂牁,煒亦奉檄魯陽。中間曠隔,幾十七八年。迨舅以艱歸,而煒留滯京邸。丁巳,舅補銓北上,煒始得於潞河官舍作閱歲追隨。越己庚,又復相繼出。江干別後,舅日夜念煒,慨泗齋洟,煒亦悲戀不能自克,致目瞀者經月。早知舅甥相見之難而相棄之易如此,則何不於金陵步趨累月,長歌當哭,不忍卒讀。尚得祗受提命。即使受事逾期,不過奪俸半載,何遽舍舅而來,今竟抱無涯之戚也!母氏歿,見舅如見母氏,而今亦不憖我遺也,煒之痛尚可言哉?嗚呼!舅氏往矣,然廉直之聲、慈惠之譽,久洽郡邑而被寰區。總制北溟于公聞舅病,遣官問視,歿復贈賻撤懸,哀榮之禮爲曠古所僅見。紳士齊民日哭奠者數千百計。此與荆人之悼羊公,交人之思賈父何異?而循良之行,方且登史册而光俎豆。是吾舅之在世者六十有七年,而其浩然之氣之常存,固終古未有艾也!烏鳥私情,不能自已。擗膺陳辭,血與泪傾。舅氏在天之靈,其尚鑒煒一觴。嗚呼痛哉!

葉丙霞曰：骨肉一堂，幽明異路。情摯之文，聲淚俱下。叙入太母，尤覺字字含凄。彼無渭陽情者，閱之得無汗顏？

魏和公曰：至情至文，不能多讀，又不能不讀也。

哭河南提學僉事林蜚伯文

嗚呼！自余仕京師，同里同官交游，未有如澹亭林君之親好益密者也。君年差長余，爲莆陽甲族，去余泉郡百七十里而遥，以辛丑名進士起家，令真定之饒陽，未滿考，即遷北城兵馬指揮，隨陞户部主事。即予從户曹遷兵曹武選之次年，君乃謂其已經，且同鄉故，數從老馬問途，遂深投契。是時滇、閩、粤三方告變，閩土陷逆。君與余同爲越之流人，情事淒凉，此已堪哭。日聚一室，詢問王師蕩定信息，聽人談鄉園湯火狀，親戚墳墓未知安否，相對泣數行下。未幾削平，通道路，則又日過從，斗酒相慰。京中士大夫方嚴議聲律，天子詔辟博學宏詞，充史館，君與余又無一日不相過論詩。予出通惠河差，間入都城，即先驅君署邸，談語移時始就寓。其爲君倡而余和，余倡而君和，爲君所許可而余當其意，爲余所譏彈而君亦不滿於心者，蓋數數類然也。庚申，余奉贛南監司之檄，君念離情勝歌，長歌爲别，叙余《問山詩集》，勉勸拳拳。余在贛南之二年，君出主考山東，衡文甲十五國。旋又出，督學河南，秩且滿，當事者方議以"公明尤著"屬君。朝中諸大卿稔悉中州學政，天下無出其右，共將以京堂秩望君，君竟未列奏章而溘然逝矣。嗚呼！同里同官，交游親好，真未有如吾兩人。方意旦夕以學政報最還朝，俾余有王陽在位之慶。嗚呼！今竟何如耶？今竟何如耶？不覺失聲。河南、江右，後先出都門始三四年耳，余蹇偃贛南，無似君藻鑒日有聲。乃偃蹇者，尚得如大樗以不中繩墨全，而有聲者邃如干將、莫邪難與爭鋒，遂爾傷缺耶？嗚呼！君巧慧過人，諸著作動有神語，錯落古法。非壽徵；而與人必盡其誠，退藏沖樸，宜壽。君享科第，詩文名太盛，疑天妒其年；而不以賢知名位相震耀，宜壽。余聞視學中州，窮日夕寒暑閱文牘，精神過憊，非頤養；而《詩》稱"作人壽考"，又何説耶？余頃與君各馳王事，方謂必當復有如向郎署追尋時。即不然，他日近懸車營菟裘，興泉不二百里，君命駕温陵，余亦間至莆陽。清源山下,烏石巖前,嘗有吾兩人者游屐籃輿,亦足追白社香山遺事。而今何如耶?而今何如耶?河南去江右贛南三千餘里,君凶信始聞而疑,恐類東坡在黃時傳聞之誤。繼詢之确,始慟然哭數日夜。將向所擬欲與君如此者,文就結束矣。皆無可問矣,豈不悲哉?君同懷兄弟三人,皆以科甲明經顯。先是聞君赴宰饒陽,伯兄、今行人涑亭君赴宰平順,同出里門。弟浣亭君已宰榆次,一時赫奕,又有餘波。動其里人。今聞行人君、榆次君獨扶君之櫬還也,尤可悲也已!余日以軍公奔走嶺嶠,未獲專走一束芻唁君靈前,以紓余哀。先爲文哭之,志吾兩人親好之密如是。尚冀君之靈垂鑒焉!

黃庭表曰:極述始之共聚,繼願復聚,無限快心稱意之事,正見今之不然之可哀也。東坡觀棋云:"勝固足欣,敗亦可喜。"喜心勝則憂亦爲喜。高駢《秋閨詩》云:"無情銀漢娟娟月,偏向愁人照別離。"愁心勝則可喜者亦生愁。文章不在全寫正面,固有反言之而益見者,此類是已。

葉丙霞曰:交心如結,老泪潸然,加以桑梓之情,身同離亂,不覺其言之悲也。陶靖節衰草白楊之句,徒挽歌常調耳!

哭葉丙霞少參文

嗚呼!丙霞先生竟不屈於叛兵逆賊而自刎頸死耶?直提法老。痛哉!五月廿有二日,武昌裁兵爲亂,圍中丞府,中丞死之。奪官印,劫掠帑藏,縛執朝廷命吏,變起倉卒。先生爲糧儲道,兼護藩篆,與予同處城中。賊輩指予兩人爲愛民官,不加害,予與先生則同誓以死。先生曰:"君何遽至此?君業解臬任,印不在身,各有當然,所謂義也。無死社稷責,去之可!予當職者宜死!"越二日,賊輩數十逼予寓,俾受僞巡撫逆命。予皇遽棄家,踰垣逸。門禁方嚴,不得前,從平湖門水竇出。出時不及告先生,心不忍,因潛附書入報,先生得書大慟。再二日而先生死,是爲戊辰五月二十有六日也。嗚呼!先生之死,死於忠也。大書。先生之死,早已決計。亂之始作,即自雉經,以母太夫人號慟救甦。既而謀脫太夫人武昌城外,即書遺疏,從容就義。服朝服,北向再拜,罵賊自剄。先生之死,又忠而全其孝也。痛哉!先生上海名族,父副都御史公將舉先生,得銀榴之祥,遂以名之。生而穎異,書過目不忘。早歲登第,讀書中秘,後爲郎,出督三秦學政,至今秩。國家之官先生,可謂能得先生而用之。先生每於其官,文中不及叙其政事,故用總叙法。輒能其職,可謂無負國家之用,直至報國以死,則忠甚也。嗚呼!予與先生自郎署晨夕知己素心,迥異等倫。及宦楚省,舊好綢繆,兩載益密。當太平無事時,杯酒談宴,先生恂恂儒雅,柔聲怡氣,弱不勝衣。一旦遇難,誓死輒死,何其壯耶!先生爲名進士,制藝馳海內,復精於聲律、古文。予諸著作,多先生評論。先生而死,朝廷科目中有人矣。先生而死,天下儒臣文士皆得先生榮而被之矣。嗚呼!魯公、信國,千百載後一聞其名,皆相與愾慕,想見其人,不意即於予之生平好友遇之。古稱死重泰山者,先生今日是已!叛兵之勢,雖據有全城,不過撲火之蛾、當車之螳,轉瞬即皆授首。假令先生稍自愛,待觀其斃,料賊輩知敬先生,無敢刃先生。一筆數轉。然逼先生不屈,必至刃先生,而先生竟不再計死耶?夫死於賊之刃,以後皆就自到處翻出忠烈。與死於己之刃,等死耳,而此中不無微分。先生之自到死也,不唯賊輩之所不敢刃,亦賊輩之所不得刃。先生自刃之,先生之忠,忠而烈者也。嗚呼!先生以死報國,我國家於死事臣,往往特旨贈恤,出於例外,知必不薄於先生。先生死得其所,永有榮名。其忠烈之氣,上爲星辰,而下爲河岳者,靡有窮期矣!嗚呼痛哉!

黃庭表曰:先生與葉先生兩人好友,居平遇難,形影相依。一爲死社稷臣,一爲抗僞棄家。葉先生之忠,先生之節,兩人可謂不負心期。嗚呼!亂識忠而窮見節,唯先生方可以哭葉先生哉? ○ 篇中以忠字爲綱,忠而孝、忠甚、忠而烈,皆不離綱。以爲言也,情慘辭哀,九原可作。

祭秦母吴太君文

嗚呼!臺去婉妤,風微少女。閨中失鍾、郝之儀,閫內鮮孟、陶之矩。相杵咸隕涕于女嬃,贈紵矧交游夫令子。悼鸞馭之不歸,洒龍賓而致誄。嗚呼維靈!慧頌菊英,姿薰蘭澤。生長龍蟠之地,系溯讓王家傳。鳳觀之文,源分吳質。既窈窕而幽閑,復端莊而凝一。聞詩早悟,亦風亦雅。晨風柳絮之庭,織素自工,夜雨條桑之室。固少習于姆儀,實夙嫻夫《內則》。迨夫《桃夭》既咏,爰歸貴麓隱君。雅操徐媛,遇秦嘉而賦鏡;高風翟氏,偕陶令以涉園。爾其鹿車對挽,鴻案共敦。問彼有無,黽勉醪鹽之備;恤其絡緯,焦勞軸杼之勤。寶珥長緘,無嫌椎髻;縞衣是御,不厭綦巾。既熊夢之有徵,亦燕懷之屢兆。駒游膝下,齊許邵於平輿;珠艷掌中,擬令暉於鮑照。桃花靧面,寧辭綉褓殷勤;熊膽和丸,肯憚荻書詔告。結佳兒之袆彩,錦雁雙輝;厖嬌女之鏡奩,釵鸞有耀。既相夫君而成嘉禮,亦綢姻黨而恤窮宗。薄笨輕車,散桂珠於市上；_{工儷絕倫}青絲截髢,餙脯醞於廚中。泊乎星隕少微,鬒素冠而蘋蘩豐潔;爾乃封崇馬鬣,斥珠鈿而松柏青葱。信徽音堪譜于彤管,宜眉壽聿永于萱叢。胡乃花甲方周,婺星遽墜;天姥峰傾,皇娲石碎。樊妃跨鶴,追劉綱以二年;鮑靚乘鸞,距葛洪而再歲。正貫月之浮槎,倏臨秋而隕桂。然而懿範雖遙,哀榮嗣萃。長公醇茂,千金少伯之風；_{雅帖}季子温文,六館何蕃之粹。行看龍衢振策,邀綸軸以焚黃;況睹鳳竹摩霄,蔚孫枝而聳翠。諒無怛化於恒修,應且怡然於幽隧。藉椒醑之芬芳,冀靈旗之仿佛。

　　黄庭表曰:緯雋思以韵語,麗藻淒音,温、庾本色。

問山文集卷六

行　狀

刑部尚書祖蓼初公行狀

　　公姓丁氏，諱啓濬，字亨文，號哲初，繼號蓼初。其先姑蘇人，宋咸淳間因賈遷居閩溫陵之文山里，再徙城南陳江鄉。五世祖後吾公諱懌，封承德郎。高祖槐江公諱自申，舉明嘉靖庚戌進士，歷任四川順慶、廣西梧州二郡守。曾祖肖槐公諱日造，郡增廣生。高、曾祖父均以公貴，贈通議大夫刑部侍郎。曾祖母莊氏，少司徒陽山公諱國禎女，贈淑人。

　　公生明隆慶己巳，有異徵，岐嶷款拔，内外二祖咸鍾愛異，謂："繩厥武者，子耶？"贈公暨淑人又嚴課之。自幼力學攻苦，從師山寺，經歲不歸。萬曆，學使者試弟子員第一。即以是秋舉於鄉，座師復所楊公于同譜中特器公，謂："當爲廟廊偉人。"偕仲父民部午亭公、仲舅方伯泰巖莊公同上己丑公車，二公第而公罷歸，卒業益加淬勵。壬辰成進士，出學士金華周公諱應賓門。所著《野獲草》，海内爭傳誦之。大學士玉壘陳公，槐江公守郡日首拔士也，將以館職授公，遜謝不往。

　　起家湖廣寶慶推官，莅事精詳，宿案疑獄，一讞立剖，積滑老胥爲咋舌，寶慶人有"半神仙"之稱。直指愚谷郭公按楚，見公韶年敏練，深加賞識，所部事無鉅細必公是屬。每巡行郡邑，以公自隨。還報命，首列公薦剡，前後直指亦如之。同考浙闈，得士姚公會嘉等七人。居五載，贈公視公至署，忽遘瘍疾不起，賴參藩鍾梅黃公贈賻，喪乃克歸。公四昆季，時仲、叔又繼殂，莊淑人哀傷甚，公偕季叔祖文林郎公朝夕溫清，奉甘瀡，淑人稍變戚爲愉。服闋，起補浙江杭州推官,諸大僚倚公如左右手。視楚中,嘗檄署仁和篆,公亟辭。蓋自在楚時,莊淑人誡毋干擾屬務,至是益凛守云。

歲餘,遷户部主事。初,三山能始曹公爲司農屬,大司農南渚趙公國士遇之。曹公出僉蜀憲,趙公特置酒祖其行,從容語之曰:"子在,部務非子莫理。子去,誰可與商榷者?"曹公離席對曰:"公無憂。新主政丁某者,材諝十倍某。諸繁瑣機宜俟其至,傾心任之,宜無不修舉。"趙公曰:"有是哉?世豈有材倍於子者哉?"公至,籌邊措餉,循舊典,酌時宜,剖决如流,上下稱便。無一處不迴環照應,故佳。趙公乃大服曹公言,移所以視曹公者視公矣。榷關差出,公辭。典楚試差出,又辭。雖公寧淡有素,亦由趙公不欲令公一日離部也。會天官以缺司員請,趙公力言于司柄者,轉文選主事。趙公雅謂公:"子清通簡要,衡鑒倫品,舍子誰任?吾豈以版曹一職淹賢者路?"趙公大難及。公參選事,以振拔幽滯爲己任。稍遷考功副郎,司内外察,門絶苞苴。澄叙無爽,時論韙之。以莊淑人家居,屢乞歸省。旋蒙起用,周歷四曹,最後即家起補文選郎中。束裝有日輒心動,徙期者再,淑人忽考終,含歛得親,人謂公孝所感云。服闋,仍補文選郎中。

公在天曹久,公慎素著,吏不敢欺以弊,人不敢干以私。至是益兢兢以慎名器,惜人材,獎恬抑競,求毋負職守。時明神廟深居静攝,章奏多留中不下。公佐太宰公,凡會推、行取、起廢、陞遷、選補,一疏不得請至再,再疏不得請至三。蓋荷諭旨者十七八,而銓政賴以無叢脞。秩滿,陞翰林院提督四譯館、太常少卿。掌垣某者于公掌選時,推補右納言,有所屬,公不可。至是修隙,以選事劾公,下部覆核無驗,而重違言路意,改調公南太僕少卿。是時逆閹薰炎已灼海内,正人漸遭譴逐。不受逆閹之禍,應德劾公者。公既以弋行至滁署,日偕僚寀徜徉平山堂、豐樂醉翁二亭之間,翛然若物外。未幾,遂浩然賦歸矣。

懷宗御極,斥逆閹及諸黨附者,衆正彙進,初召公南太常寺少卿,旋陞太僕卿,改太常卿。晋刑部右侍郎,再改爲左侍郎。時總憲、司寇二正卿俱缺,公秉理二署。魏、崔諸爰書,悉公手定。椓人李實者,故織造蘇州,以一疏逮綿貞周公、蓼洲周公、當世繆公諸君子斃詔獄者也,公讞擬立决。上御便殿召問公:

"實罪何以重坐?"公對:"實出片紙,殺十三人,又悉國家清介忠亮、不貳心之臣,罪惡容逭?"上曰:"此魏忠賢罪,于實何與?"公對:"即忠賢意,疏原出實手。"上曰:"當忠賢煽焰時,誰不爲頤指,寧獨實?夫實疏墨填硃上,蓋忠賢取空符紙以肆螫也。實罪如是,虎彪又何以處之?"公對:"虎彪稽誅,以未逮至。"上色頓莊,命諸閣臣從御案取實疏,殿外驗硃墨迹,一時情事,非如此史筆不能傳之。諸閣臣覆奏如上旨。移時,天顏未霽,諸大臣咸股栗,目攝公。公徐奏曰:"好生者,人主之德;執法者,人臣之職。臣據律定讞,惟皇上裁奪。"上方命公出。翌日命下,實得減死,屏遠方,諸附閹案續告竣。

適聞叔祖文林郎公喪,公哀慟,遽以病告,奉旨"馳驛歸攝,病痊起用"。家食數載,以刑部尚書會推者二,以總漕尚書會推者一。上遲迴久之,輒報罷,蓋病公執也。歲丙子,公年六十有八,有星隕於先祠左井上,而公棄人世長逝矣。訃聞,贈刑部尚書,諭祭賜葬,恩恤加渥,懷宗往往類此。上猶念公執也。

公之事親也,備極孝養。居喪哀毀骨立,營葬躬自負土以成。與仲、季諸叔祖友恭交篤,又時以道德文章相敦勉,有"金昆玉友"之稱。念仲叔祖早逝,季叔祖困諸生,盡舉先業相畀,祠墓則獨立肩焉。季曾叔祖五槐公薄宦歸,春秋高而家中落,公存而饔飧,歿而殯葬,咸預庀以需。族指數千,歲時數會,會必歡洽。內外親屬凡婚葬不能備及不能舉火者,賙給無倦,視疏戚爲差。遇士流,雖寠且賤,必優禮。立朝務持大體。於歷代沿革、明時掌故諳練習熟,故歷試咸宜。舉數鉅公作結,極有體裁。福唐文忠葉公最重公,謂如魏相,好條秦漢興以來典制,有大事,公可屬。予告林居,適值海氛洊警,撫軍陳師至境,式公廬,凛取成算,獲底寧謐。讀書手不釋卷,自幼至老,無日不然。著作宏富,有《平圃文集》、《詩集》行世。尤負知人鑒。文襄洪公爲諸生時,公於儔人中稱其學問經濟當爲海内推重,言卒如左券。洪公老,猶時時念公不置。觀察汪公元標以選人旅見,公大異之。汪公感其意,再就南宫試,獲雋,歷仕以丰裁著。公歿,汪公哭不絕聲。其他因文以決菀枯,無不人人奇中。與少司空匪我何公并號藻鏡。俱結矣。此公生平大概也。

公元配朱氏，贈淑人；繼配蔡氏，封淑人。丈夫子六人：搢，庚午恩貢生，工部虞衡司員外郎；槃，官廩生，櫕，官廩生，都察院照磨；楫，丙戌特用廣東惠州府推官；槐，即煒父也，邑廩生，以覃恩贈朝議大夫、兵部武選司郎中加一級；楷，戊子恩貢生，興化府教授。女七人。孫男十四人，惟炘、烓俱諸生，大伯父出；舉，丁卯歲薦，候選訓導，二伯父出；焯，丁卯副榜貢生，三伯父出；煒、煥俱太學生，爲煒同產兄弟。餘皆業儒。孫女十一人。曾孫男三十一人，時爵、坦俱太學生，餘皆業儒。曾孫女二十二人。五世孫六人。

公墓先營葬于南安縣十七都浯輋山兜鄉，兆不吉，煒延贛州興國名師曾君贊賡相視，果謂非宜。更購晉江三十五都楊茂鄉洪山，命弟煒專董厥事。於康熙二十三年十二月十四日丑時，奉公暨朱、蔡二淑人更葬焉。其山庚龍，坐辛向乙兼酉卯，凡三壙。煒生也晚，公捐賓時尚在童稚，於公懿行十不能悉，壯年又復薄宦奔馳，弗獲采摭舊聞，鋪揚徽美，顧不敢爽實以滋罪戾。伏乞諸名公先生鴻裁，闡公幽光，以信今詔後，幽明永不朽矣。

<small>葉丙霞曰：謝靈運述祖德詩，稱太傅車騎之功，未免過譽。大篇敘事核而詳，典而古，肆而醇。丁公佳傳，不必以千斛米倩作也。</small>

<small>張夏鍾曰：叙次有體，他人不能如此之詳且盡。述司寇公案李實事，此實録也。懷廟嚴明之主，司寇公反覆直陳，禍且不測，猶以執法爲詞。史傳汲黯、魏徵，當不過是，特有用與不用耳。得此家傳，國史載之，即稱信矣。</small>

誥贈朝議大夫、兵部武選清吏司郎中加一級先考顒初府君先慈貞懿陳恭人行狀

嗚呼！不孝兄弟今乃奉二先人以歸真隱也。憶先府君見背，煒纔四歲，而先慈棄不孝，煒則年十五矣。幼孤蒙瞀，煢煢在疚，親殯附祖，歲月如流。曩堪輿家曾以改厝爲言，而宅兆未叶，終天抱憾，不孝兄弟尚可視息人間乎？今秋弟煥家報至，云壽藏獲吉，襄事有日，可以永妥親殯于幽宮。惟是壙中片石尚闕，不孝煒撫膺涕泣，念二先人淳行苦節，素著鄉閭，若竟湮沒，終天莫贖。謹抆涕摭述，仰乞仁言泐珉，爲泉壤光焉。

府君諱梡，字幼薦，號顯初。其先爲蘇州守諱維清公之後，自始祖節齋公諱謹，于宋咸淳間卜居泉郡文山里，數傳仁庵公諱善，徙陳江，代有隱德。三傳逸翁公諱德，爲郡庠生，有三子。季爲後吾公諱懌，封承德郎工部主事。後吾公生槐江公諱自申，舉前明嘉靖庚戌進士，歷任工部營繕司郎中，四川順慶、廣西梧州二郡守，所至稱循吏。以第三子、萬曆己丑進士、户部主事諱日近公貴，晋階贈中憲大夫，以孫貴贈刑部左侍郎，祀鄉賢。長子肖槐公諱日造，郡增廣生，以長子貴贈刑部左侍郎。肖槐公四子，長即先王父哲初公，諱啓濬，前萬曆壬辰進士，歷典銓曹四司，晋南北太僕、太常二寺卿，累官刑部左侍郎，故貤贈祖父、父如其官。思廟時，手定逆璫大案，中外稱執法名臣。卒贈本部尚書，予葬祭。配朱氏、蔡氏，前後贈封均爲淑人。

公生府君伯叔六人，府君行五，與前都察院照磨三伯父隆初公、興化教授六叔父若木公，均出自蔡淑人祖母。府君幼端静不凡，司寇祖以青箱器之。稍長，受《易》。辛未，補邑弟子員。是冬，娶母先恭人陳氏。承歡克謹，視聽俱出形聲外。祖偕祖母咸欣佳兒佳婦云。庭訓素嚴，趣就外舍，晨夕習誦。月數進諸伯父泊府君與知名士較藝，優者輒酌酒滿上，可見古人教術。賜樽匜獎勞，並得以其器歸。府君所獲賞賚，月計恒多。癸酉科試，受知于學憲吳公道昌，冠軍食餼。試草殺青，時争膾炙。秋闈蹶，益自奮勵，從學於前庚辰進士吳青岳先生。與三伯父、四伯父下帷東湖，足不窺園，青岳先生每嘖嘖青藍焉。司寇祖間從夜分出郭潛視，燈火熒熒，昆季書聲答響。嘗咏《聞兒夜讀》詩云："不圖卿子弟，聊當歲耕耘。"蓋喜府君等敦勉也。

府君生平恬澹，冬縑夏葛而外，雅不效紈綺靡習。郡故多俠少，誘諸公子博戲，傾財産以自益；或選伎徵聲，相與矜炫，府君獨引避之。即諸伯父酣宴過當，輒云"無使五弟知"，其莊正類如此。府君内行醇至，與前虞衡郎大伯父長木公、前官廳二伯父器初公、惠州司理四伯父濟初公，雖各出於庶祖母，而府君之因心則友，視一乳之伯叔父無異也。丙子六月，司寇祖捐館，府君躃踊號慟，絶而復甦，喪祭盡禮，内外姻戚翕然稱之。司寇祖雅多遺書，不下萬卷。府君與三伯父思存之餘，共相抽探，學益宏邃，門無雜賓。前少師相國張二水姻公嘗過舍，題其門版曰："開徑延三益，過庭憶二聞。"嘉與之意亦概可見矣。

府君質素羸，以陟岵逾哀，力學過瘁，坐是漸嬰血疾，一切家政委之母恭人。恭人日夜侍床，衣不解帶，手調湯藥，不嘗不敢進也。戊寅臘月，勢成不起。易簀之辰，唯囑恭人善事祖母，撫立幼孤，言訖而瞑。節次舉不孝兄弟三人，時伯兄焯方七歲，季弟煥少不孝煒一歲，僅三歲。恭人號天搶地，誓從府君地下，屬纊後，抽刀自刺其吭。蔡祖母急前抱持曰："吾兒亡，有吾若孫在。新婦獨不能忍須臾，為地下人鞠藐諸者？"祖母哭，不孝等咸哭，恭人乃強留視息。不孝煒尚記當時一族老姑在傍，佐祖母奪恭人手中匕首狀。嗚呼痛哉！下狀母恭人矣。

恭人系出同郡惠安縣陳望族，前明萬曆辛丑進士、掌河道監察御史、管大計事、祀鄉賢荆璧公諱玉輝，是為不孝煒外祖也。先外祖母贈宜人柯氏早世，封太宜人駱祖母隨外祖巡按江南屯田馬政。娠恭人時，有同年同官宋先生諱磐者，精五行，預列干支，持過外祖曰："及格者主貴。"既誕，舉恭人如格。宋先生撫掌曰："若即非男子，當以其子貴。"外祖因字恭人曰宋，欣愛如宜男云。幼姿端淑，不苟言笑。習《四子》、《孝經》、《毛詩》、《女誡》諸大義。外祖與司寇祖同朝相善，遂為府君委禽焉。恭人九歲失怙，與母舅轉庵諸孤伶仃寒苦。於女紅紉織、中饋醴飾之法，靡不覃詣。于歸府君，勤修婦道，盥縱問安，雞明致警。高堂眉案間，雍雍然善也。蔡祖母性嚴毅，諸子婦戒旦肅妝，立床前省視，恒不輕假顏色。見恭人則怡然曰："若翁嘗稱若相貌有福，異日必能衍吾門者。"針繡燈光，恒與府君開卷相終始。賓友時集，中厨脯醢，戒若夙庀。恭人居府君喪，率不孝等痛哭上奠，誠物交備，旦夕臨拊柩前，哀毀骨立，自稱為未亡人。屏繪袿繡罷不御，木榻清齋，晨詣佛前誦《法華》數卷，已即與諸女奴共操作，紡車績筥，昏旦不離身影。及不孝等就塾，則師擇其嚴者，脡進其豐者，而尤謹不孝等步趨拜跪禮。不孝煒少病佗，出塾門則蹩躠，恒先伯兄、季弟返，至堂皇，必修容端拱，足徵母教。敘雁行乃敢進。屆夜必命不孝等背日所授書，弗成誦，則撻於府君靈前，且慟曰："吾所以不即溝瀆填者，冀汝曹讀書成立，竟汝父志。若此何望？吾不忍見汝曹墮家聲，爲汝父羞。吾亦從此逝矣！"不孝等叩首流血自訟乃止。恭人撑持門户，家庭之内肅若朝典，諸僕不敢進中閫，蒼頭小女使將命而已。外而庭院階墀，内而樓房室雷，以訖厨竈井臼、鷄塒豕圈，靡不區處井井，灑掃畢飾。

先時司寇祖之分諸伯叔池館也，府君與三伯父、六叔父共得宅西元圃一區。會堂室結構未畢，而府君厭世。三伯父欲竟厥工，恭人推鎺以佐曰：識大義。"是不爲兒輩弦誦地乎？"迨三伯父當謁銓，欲斥池館爲資斧計，恭人則又曰：又識大義。"行矣，徒荒三徑無益也。"復將所鬻折券之三百金，充三伯父行橐，無間言。六叔父既授室，當析居於文山里之拜清樓，蔡祖母則不欲其離膝下。恭人偵知之，又識大義。請推宅與六叔父，而自携不孝煒等移居拜清樓。又以稍遠不獲晨夕省視，則留五百金爲祖母甘瀡宴衎之歲需。樓爲司寇祖起家時建，歲久潓漫，恭人至則堲茨丹塈。飭材鳩工之具，皆隻手倚辦。且戒不孝等曰："忘吾拮據者，非子。"嘗命不孝煒鼓篋惠邑，就學於三母舅。三母舅爲授《左》、《屈》、《史》、《漢》及制舉家言，與中表兄駿汝、弟臣汝並抗法焉。

歲戊子，海氛薄郡，郡邑震驚，不孝煒回與恭人相依。有叛奴黃福者，竄充邑皂隸，虎而翼，倚長吏勢，恫喝諸伯叔少主，蠱及不孝等。恭人喑謂："若輩欲不利吾孺子耶？"搊攬痛哭，盡斥金鏐釵飾，約值五百金，以免於難。恭人痛先外祖之早逝也，益孝事駱外祖母。歲每歸寧，或迓至郡城，與蔡祖母結繡佛社，茗荈果糗，時怡二老人色笑。三母舅每入郡，賢豪長者，結靷過訪，恭人必爲飭庖款留，且令不孝等問奇字。表兄駿汝，甲午魁《葩經》，三母舅歷刺名郡，有清惠聲。恭人皆不及見。三母舅感念恭人，每一言及，未嘗不淹泪汍瀾也。居恒指不孝曰："汝材氣可亢而宗，然不自檢押，則踬跎必蹶。"迄今緬憶慈訓，猶明發驚心。

恭人於戊子蒲月遘疾伏枕，不孝兄弟早夜謹侍醫藥，叩天乞代，竟不肯爲不孝等少延。嗚呼痛哉！不孝等百身莫贖，摧心泣血。而恭人捋荼遺資，累累盈篋，含殮所需，皆取具焉。即當外寇内訌之日，而上足以急踐更，下足以供饘粥，不至與庚癸之民輾轉同盡者何？莫非恭人卒瘁所遺哉？當恭人之捐筐篋也，環城皆賊，禁旅未至，國門方令嚴出入。而蔡祖母挈諸伯叔眷屬於未令先潛避陳江祖里，不孝兄弟伏處苫塊，有某親者密商出城，約伯兄修字，預假旅人館爲居停計。是夜將半，伯兄屬草於恭人靈前，俄風吹滅燭者再，又墨從案上躍起，斷墮榻間，不孝兄弟驚惶輟筆。詰朝，某親出城，果爲國門盤獲，有斃於杖。倘非恭人靈斥訶，則假館數字或爲邏者所緝，不孝煒等闔家亦在斃中。祇今念及，猶若恭人神陟降於總維上下也。欲報之德，昊天罔極！今者不孝煒薄宦蹉跎，風水致慨，點點血淚。進不能乞懷清之褒於聖世，退不及奉親存之鼎於當年。寤辟有摽，真不禁淚盡而繼以血也。嗚呼痛哉！恭人歿未幾，叛奴黃福忽發狂疾，遙接前文。自訴其生平蠹害，且及詐恭人金事，引手搏頰，腸寸寸磔下死。

恭人長府君一歲，距府君下世僅十一載云。府君生於前萬曆乙卯年十月初三日□時，卒于崇禎丁丑年十二月二十九日戌時，享年二十有三。恭人生於前萬曆甲寅年七月十三日□時，卒于順治戊子年五月十四日戌時，享年三十有五。初，不孝煒官戶部，時丁未，恭遇世祖章皇帝配天，及加上太皇太后、皇太后徽號，覃恩得贈府君奉直大夫、戶部山東清吏司主事加一級，母贈宜人。不孝煒官兵部，時乙卯，恭遇冊立皇太子禮成覃恩，府君例得改贈今銜朝議大夫、兵部武選清吏司郎中加一級，母贈恭人。男三人：長焯，太學生，候選州同，娶前進士吏部郎蔡公應麟孫男、庠生逞春公女。次即不孝煒，歷任獻縣知縣，戶部山東清吏司主事員外郎、兵部武選清吏司郎中加一級、督理通惠河道、兵部職方清吏司郎中加一級、江西分巡贛南道按察使司僉事加二級、湖廣湖北等處提刑按察使司按察使，娶侯官縣儒學教諭、前癸酉舉人蔡公柟女，贈恭人；繼娶前世襲錦衣衛指揮使梅公應春男天祿公女，封恭人。次煥，娶廣西左參政前進士黃公廷師男、封中憲大夫南昌府知府煜公女。孫男六：堡爵，聘候補參將蒲公曰興孫女，焯出；時爵，太學生、候選州同，娶太傅大學士經略前進士諡文襄洪公男、乙未進士太常寺卿世襲三等阿達哈哈番士銘公女，繼娶提督廣東水師總兵官左都督精奇尼哈番許公龍女；增，聘山東布政使黃公元驥女；埕，幼未聘，焯出；坦，太學生,娶黃公永豐女;珇,幼未聘,煥出。孫女七:自煒出者,一適己丑進士禮部郎中柯公賡昌孫男、庠生煌生;一許字辛丑進士掌河南道監察御史陳公玉輝曾孫、太學生會津;一幼未字。自煒出者,一許字丙戌進士湖廣布政使黃公志遴男、太學生之騏,未嫁卒;一許字江西鎮守南贛吉總兵官左都督許公盛男、太學生廷璜。自煥出者,一適前進士雲南臨江府涂公喬芳男萬垣長男殿京;一適辛酉科舉人鄭君仲謀男、丁卯科副榜貢生于高;一適太學生林允捷男夢弼。

府君柩初殯于南安縣寶興山司寇祖墳左,恭人歿,又殯附之。堪輿家言曰:"祖山地狹,不更築,無以安逝者而昌厥後。"及今改卜,格於外吏,不獲臨窆。僅弟煥及同祖弟煒躬襄葬事。嗚呼痛哉!墓在惠安縣四十四都棲霞鄉之虎豹山,負甲揖庚,爲興國名堪輿曾君贊賡所卜地。康熙二十五年丙寅十月初八日亥時,奉府君暨恭人合窆焉。謹抆淚具狀如左。伏惟先生大人,哀而賜之一言,二先人骨且不朽。不孝等得爲人子,亦銜結且不朽。

葉丙霞曰:至孝之文,千古同淚,況先生少孤乎?兩尊人半生潛德,一片貞心,縷縷四千言,摹寫殆盡。灑血濡毫,令人悲淒欲絕。

張夏鍾曰:無一字不從性情中流出,愷至縝密。昔見《瀧岡阡》,得此而兩矣!

誥贈恭人先室勤順蔡氏行狀

憶歲丁巳,不肖奉命督河通惠之二年暮春,王師定閩捷至,見時爵跪泣請曰:"屬者鄉關告靖,兒時爵將重跰歸走郊原,求吾母恭人宅兆以襄事也。大人其賜之行!"不肖聞言,嗚咽淚下,曰:"微小子,_{悲惋}吾固日憂而母之淹淺土也。屬而母方殁,而父方勤外職於獻,迨遷版曹,猶未獲乞一日假,爲而母葬事謀。且而時尚幼,不任。甲寅春,而父權津報竣,方義請,而閩竟阻寇也。今茲底定,汝其往,相厥陰陽,更諸爽塏,妥而母於幽宮,以無俾汝父旦夕憂。敬之哉!小子行矣!"見時爵飲泣,又請曰:"倘歸而獲兆,_{文最有體}壙誌不具,且奈何?大人其狀吾母懿行,乞仁人之言,爲泉壤榮。"不肖復淚滂霆下。噫!吾豈忘之耶?念先恭人歸不肖,前後僅十有三年。乃不肖舍之而宦於漳,於豫,於獻,殆且九年。初終恩好,爲年僅四,而恭人之棄不肖以長往也,年且逾積矣。

慨由敖之無多,悼音容之不再。中情摧惘,其何能狀?未幾,兒時爵歿,阡兆未果。至今丙寅,潛扃獲吉,念兒時爵昔者有請,爲述其梗概云。

按恭人姓蔡,爲同邑華族。代著孝友,三世同居。父天生諱枏公,弱冠登前明癸酉擧人,名噪藝苑。時先祖父大司寇晢初公方在告,喜推轂後進,聞外父才名,且能孝友世其家,遂傾慕焉。甲戌,外父公車罷歸,司寇祖造室問勞甚歡,從容謂曰:"君眞孝廉哉!不佞有孫煒者,頗不凡,敢充君東床。"外父唯唯。丙子,外父方擧恭人,而先司寇祖已捐館,先贈大夫始爲不肖委禽,嘉舊好也。戊寅,先大夫謝世,不肖衰絰之餘,出就師傅。外父遽造塾視不肖讀書,聞咿唔成句讀,喜指謂所知曰:"若即吾婿,吾女爲有托矣。"外父元配孺人,有丈夫子二、女三,恭人其次。孺人早卒,恭人幼鞠於祖母,婉孌有志操,少儀内範,不肅而成。外父憐愛之,爲親授《四子》、《列女》諸書,過目輒誦。稍長,精女紅紝綉,人物花鳥之狀,手自描刺,多所默解,纖毫畢肖。

先母恭人戊子捐筐篋時,伯兄方娶嫂蔡孺人。越辛卯,恭人始歸不肖,年十六。婦道克嫻,靜好相莊,絶無兒女驕蹇習。恭人既以不獲事先司寇祖暨先大夫與母恭人爲憾,而先祖母蔡淑人時尚健飯,恭人孝敬問視,怡氣柔聲,察祖母顏色爲進止。祖母於諸孫婦中尤愛之,常以比先母恭人,曰:"有婦若此,恨不令若姑見也。"當是時,不孝兄弟猶未析匕,外政惟伯兄是問,内則一切咸掌於嫂。恭人所以事嫂者甚謹。柔婉之性一一寫出。嫂或故爲苛責以試之,而恭人退讓彌謹。及季弟焕娶婦黄孺人,恭人尤婉抑善視,不欲以齟齬見妯娌間。居諸廢箸,則佐不肖擧賓祭祀,輒戒旦飭庀,必豐必潔,無所不盡其誠敬。

不肖比歲前後所延經師,爲鄉貢縣令楊淡公、洪仲求二先生,析疑問難,多不遑家食。恭人則敕脯醢送齋中,餼備兼至。或客來,則肴旅倍之,客詫其咄嗟辦。不肖間歸内室,視恭人饌,乃最下草具,撫慰之曰:"吾家歲入不乏,何自苦乃爾?"恭人謂:"君第讀書耳,吾自甘此,勿强也。"不肖夜分就燈下肄業,恭人則緝絖以俟,開卷弗竟弗臥。紅作之餘,時從不肖習《詩》、《禮》及博士家言,作字端楷遒媚,間爲不肖手録奇文,雜卷帙間誦讀,見者竟弗辨爲閨閣迹。不肖或漫游過當,恭人則涕泣進曰:"往聞家大人言君才,終當雄飛。樂羊叔子之妻。奈何不自淬勵繩祖考武,報先姑冰蘗志?"不肖感其言,爲益下帷攻苦。

　　壬辰,不肖受知于學憲宋轅文先生,冠弟子員。甲午,試于學憲孔文在先生,高等食餼。其秋蹶歸,恭人慰勉甚至。恭人雖故名家女,然釵鉺襟裾之飾一切猶存儒素,繒彩罕御。歲時吉禮,一衣嫁時華服,輒襲布其上,少選竟緘篋中,恬澹蓋天性焉。乙未,舉兒時爵。是秋,蔡祖母棄諸孫,恭人哀慟逾禮,中外姻戚稱能孝焉。丙申春,平南將軍簡親王統大師克復漳州,受諭旨得便宜改置郡縣以下官,本省諸孝廉、明經多赴幕下試受職。不肖將應召,恭人爲趣裝治具。及試,學士鄂麟閣公并同考官中翰鄧偶樵先生拔不肖置第一,應授郡佐邑令職。格於本省例不便,改受漳平諭。恭人移書不肖曰:"廣文名教樂地,君青年早就,毋使湖南專美也。"歲餘,不肖赴銓改補,過家一視恭人。入門慰藉之餘,檢閱日用文簿,米鹽瑣屑登記皆有條理,惟附郭數畝,伯兄急應踐更,斥賣其半,大義分明。恭人未嘗言及,知不肖素無間,不欲以此徒亂人意也。恭人意不欲不肖遽屈就,且念當遠別,有可憐色,諷不肖曰:"日者,家大人嘖嘖君試有司文甚高,黃卷青雲,尚當用所未足,胡迫迫一官爲?"竟夜涕泣,不肖宛轉罕譬,以簡書可畏,且產中落,非祿仕當弗繼。詰旦,恭人掩泣,佐不肖理襆被行。憶出門時,恭人泪凝眸,潛拭者數次。媼抱兒時爵在旁,慮以啼聲添別恨,情景如畫,不堪再讀。命媼抱置他處。不肖錄別詩有云:"一夜紅顏損,三春華髮生。"又云:"但見嬌兒泪,頻從慈母垂。"乃一時淒惋至情。豈知徐媛掩鏡之辰,即爲亞之埋玉之會?撫今追昔,不禁中腸如劌。

　　丁酉秋,不肖謁銓,得豫之魯陽,信至而女報珠適誕,家計日蹙,恭人手自鞠育。及兒時爵當就塾,飭脩脯遣之。至不足供饘粥,恭人則取諸貴家女履綦縫紉之,取其直以佐酸鹹。即兒輩襦袴之類,咸取具焉。因弟煥至魯,寄不肖書曰:"自君之出,潟鹵益荒,衣食所需,取資十指。今指且憊矣,君獨能不念乎?"不肖苦宦窮愁,覽書中夜數旁皇起,爲搜括數年俸餘,僅得七十金以寄。至則恭人仍奉諸嫂,俟伯兄三分均給,大義分明。乃受其一,蓋銖兩不欲私内橐云。歲壬寅,伯兄將鬻宅千金爲治生計,而葺祖屋以居。有媪爲恭人畫策,謂當分折閱,可三百餘金以自給。恭人唯唯否否,謂:"吾家政掌於伯氏久,大義分明。今不當以泉刀故立異,傷遠行同氣心。且夫子宦誠達,區區者又何足計?"乃益依嫂挐擘,然其窘彌甚矣。外父司諭浦城,會丁外艱歸,過恭人問無恙。入室,見扃鑰闌珊,遽啓匱視之,僅餘脱粟數升。回顧衣桁妝篋,無復有嫁時長物。外父潸然出涕曰:"吾女貧至此乎!"因留雙縑以去。然恭人卒不以貧故廢兒女業,大義分明。即力詘不能爲兒時爵具束脡,猶時時呼至績筥之旁,口授訓。女報珠方六歲,即命習紡,叙事瑣細,純乎史筆。紡車衡廣可三四尺,女幼手不及握,往往右握輪而左所繅絲已斷,人車或辟易兩處。幼小女兒猶不姑息,母教甚嚴。恭人猶以不習抶之,其愛而能勞有如此。

　　癸卯冬,不肖量移獻令,報至,里中婦或賀,謂:"今不當翟茀榮耶?"恭人第頷之。甲辰三月,不肖履獻陵任,值恭人仲父、原諸暨令瞻岳公罷計,偕過署,不肖即遣二役隨弟煥同馳歸,迎恭人携兒女來署,共分升斗俸。泉郡大水,城中水數尺,漂没廬舍,死者甚衆。恭人竟以怔營涔濕故,於七月朔日遘疾。弟煥至未幾,恭人即卧床褥,然猶敕家人擇期辦裝,冀稍霍然,副不肖遠望。日夜手捧不肖札哦誦,竟服藥罔效,呼兒女立床前瞪視,執札哽咽而瞑。此心不死。嗚呼哀哉!先是恭人擬將登程,伯兄趣弟焯先期馳聞不肖,竊喜相見有日,時命灑掃堂室以待。十一月初三日,不肖往東鄉校逋賦,薄暮,方坐廳事視牘,忽有僕麻衣入,則恭人訃至矣。是時朔風凄緊,燈火青熒,迴念十餘年情好一旦成夢,而且黄口呱呱,顧復何恃?我心匪石,能不拊膺涕泗、同昔人婦死腹悲之痛也!嗟嗟,《詩》美鷄鳴,《易》稱幾望,女德之盛,自古志之。今以恭人佐不肖觀之,擬古樂羊翼缺之妻誠未知何如?但向使恭人稍延年壽以迄於今,則所以佐不肖居官治内,必更有可觀者。况乎珈帔之榮,可逮身享,子婦之養,可慰劬勞,庶不負爲不肖伉儷捋茶志。乃懿德方宣,芳年不永,一男一婦,亦僅魂魄爲依。而爲不肖者鞅掌天涯,篝帷暌隔,病不及問其醫,殁不及視其殮,即今松扃將掩,猶然不及憑其穴。恭人無負於不肖,而不肖之負於恭人者如此。噫!是可哀已。

恭人生於前崇禎丙子年六月十九日辰時，卒康熙甲辰年七月初十日辰時，享年二十有九。恭人殁之次年爲乙巳，不肖由獻縣令遷户部山東清吏司主事。丁未，恭遇世祖章皇帝配天，及加上太皇太后、皇太后徽號覃恩，得贈爲宜人。甲寅，不肖由户部山東清吏司員外郎，遷兵部武選清吏司郎中加一級。乙卯，恭遇册立皇太子禮成覃恩，改贈恭人。男三：長即時爵，太學生，候選州同，娶太傅大學士前進士謚文襄洪公男、乙未進士太常寺卿世襲三等阿達哈哈番士銘公女，繼娶提督廣東水師總兵官左都督精奇尼哈番許公龍女，恭人出，早卒；次增，聘山東布政使黄公元驥女，繼室恭人梅氏出；次埴，孺人楊氏出，尚幼未聘。女二：長許字丙戌進士湖廣布政使黄公志遴男、丁酉舉人候補主事之駼胞弟庠生之騏，未嫁卒，恭人出；次許字江西鎮守南贛吉左都督許公盛男、太學生廷璜，梅恭人出。墓先營於南安縣大壠山之陽，改卜晋江三十六都住頭鄉陳坑。坐壬向丙兼子午。其更葬封窆，爲康熙二十四年六月十九日丑時。伏惟先生大人，憐而賜之誌，不佞感不朽，兒增、埴等亦銜結且不朽。

葉丙霞曰：昔孫子荆婦服作詩以示王濟，濟曰："先生文生於情，情生於文，使人淒然增伉儷之重。"讀先生此文，一字一泪，覺奉倩神傷，安仁悼亡，情猶未摯。

魏和公曰：讀三行狀，公之世德世賢，才如此積厚流光，有以也夫！其文或典重以敦體，或愴惋以道情，至性敷注，靡不合度。人足傳，事足傳，文足傳，其傳信矣。

問山文集卷七

誌　銘

亡長女報珠墓誌銘

女報珠，先室贈恭人蔡出也。蔡恭人舉二子，一爲亡長男候選州同知時爵，次即女。幼端淑恬慧，蔡恭人嚴於姆教，女甫五六歲，即以縫紉紡績勤督課，故於紅務少習若性。甲辰，余調獻令，迎蔡恭人偕兒及女，而恭人適捐筐篋，女哀毀骨立，不果行。迨余遷戶部主事，娶今梅恭人，因遣人護女以來，於己酉春至京。梅恭人撫愛若己出，女亦婉娩敬事，稱無間焉。余曹務少閒，授《女孝經》、《女誡》、《論》、《孟》諸大義，女即目成誦，占對時出意表。稍稍導以聲律，每針繡暇，間出秀句呈余，余輒色笑。先是，孝廉、今候補主政黃公因齋計偕在都，時過余叙總角好，因及其弟之騏婚事，遂許字焉。甲寅，女及笄，當出閣，余命弟焯將女南還。次杭，辦治奩具。而閩關阻寇，寓杭經年不得歸。女以身違膝下，瞻懷菀結，往往形諸吟咏。嘗自杭寄詩云："遙望白雲飛欲迴，親闈長隔薊門限。憑欄鄉國知何處？寂寞庭前花又開。"其孝思深至類如此。女質素羸，緣是竟嬰疾弗起。時視含殮，則弟焯之側室吳在焉。閩寇平，女櫬旋里，婿之騏未幾繼殂。長男時爵後女十年卒。嗚呼痛哉！今秋弟焯信至，將以嘉平之吉殯女于先大夫塋左，其兆形家謂"封塋旺氣所鍾，毋滋他族"，故以女祔焉。余惟蔡恭人歸余十載，<small>説得真堪傷痛。</small>僅遺二息，女既殤，男亦弗壽，珈翟弗逮其身，杯棬弗永于子，天道人事之悲，有不勝愴于懷者。第念弱質孤墳，幸托先壠，祖孫一氣，魂魄長依。異時本支孫子祭先大夫墓者，念有吾女侍側，以一杯酹焉，勿俾培塿淪於鞠草，<small>所關者大。</small>他族逼處之患，其有豸乎？是烏可無誌？

女名報珠，字含章。生順治丁酉年十一月初四日午時，卒康熙乙卯年五月二十二日申時，享年十有九。許配丙戌進士湖廣貴州布政使黃公志遴次男、太學生之騏，未嫁卒。葬以康熙丁卯年十二月二十日亥時。墓在惠安縣一都栖霞鄉虎豹山，先贈朝議大夫、兵部武選清吏司郎中加一級顯初府君封塋龍砂之左，負丑揖未兼艮坤。因系以銘，銘曰：嗟淑姿之弗永兮，幸依祖妣于高原。冀奕禩長保此抔土兮，玉雖殞兮長存，魂有知兮戚爲欣。

　　葉丙霞曰：情至，語不斫自工。與昌黎《祭女挐女文》同一淒惋，不堪多讀。

問山文集卷八

雜　著

題趙文敏靖節圖卷後

　　文敏趙宋宗室，爲元顯官，翰墨妙名天下。此卷即淵明諸事，各繪爲圖，若有絲綉平原之意。説得凄凉情況，如見其人。無亦以白馬孤臣不及義熙處士，有慨於中而作此耶！余與山陰嵩渚周君半載南州，暇出此卷，俾書於後。噫！靖節尚矣，文敏之志亦可悲哉！君爲博雅君子，遇物能名，真賞在此，途路必偕。非徒以其畫事見珍，又可知也。

　　黄庭表曰：文敏而圖靖節，千載而下當以此爲定論。

黄升衢傳題辭

　　予讀史公《伯夷傳》，叩馬一諫，左右欲兵之，武王獨能容之。竊意夷、齊當日，固自擬必死而來。照下蹈火事。死之，而刀鋸湯火何擇焉？乃志欲求其死，不幸至不得死，於是嘆不死而終有不可，遂赴首陽死焉。照下蹈火事。死於餓與死於刀鋸湯火，又何擇焉？今觀黄君升衢城破蹈火事，方其舉家泣勸同逃，不許。繼而仲子朝烈緣城泣諫偕之出，又不從。噫！是蓋以死自擬者矣。其家屬盡遣以行，獨居空屋，是久以死於火自擬矣。夫赴火至烈也，升衢決不再計，毋亦盟於心而不可止耶？天下當開創時，逆我者殺無赦。迨乎一統大定，舉向之致身殉難者，且將褒之恤之，以勸忠義。然則升衢之慷慨激烈，明祖禮葬福壽祠余闕之意。亦我國家之所韙者乎？惜贛士民當日紛紛效死，弗知其名者衆，不獨升衢爲然。林子公韞，既感升衢之事，特爲之傳，升衢有孫名諸生廷珩請予題諸傳首。余又嘆當日之紛紛效死士民，良史臣用心。設更有一二知其名，公韜俱必樂爲表而出之。噫！此亦其後之人之過也。升衢何幸，可爲家傳。而有其子若孫哉！

<small>黃庭表曰：用筆如引徐夫人匕首，無不血縷縷出者。文章至此，方推堅嚴老練。</small>

題陸玉壘宜雪詩卷

雲間陸子玉壘曩與余弟韜汝定交於北闈，因遂與余善也。越十五年，爲今丙寅，與余會於豫章。是冬，陸子至鄂訪其友丙霞葉先生，與余又會於鄂。時鄂渚大雪累日，陸子成《宜雪詩》二十首，授予論之。予乃言曰：古今咏雪多矣，而最共推者"柳絮因風"之句，工且肖，莫有如焉。嗣是名語，<small>卓犖觀群書。</small>錢仲文有"長信月留寧避曉，宜春花發不飛香"，韓昌黎有"隨車翻縞帶，逐馬散銀杯"，石曼卿有"蝶遺粉翼輕難拾，鶴墜霜毛散未收"，蘇子瞻有"凍合玉樓寒起粟，光搖銀海眩生花"，皆極形容之致，都不若謝媛比擬爲逼其真也。夫謝固以一言絕唱矣。今陸子則有二十首，二十首則同以四韻，侈哉！難乎！雖然，雪景一一推出，<small>尚未知宜雪詩中寫景何如耳。</small>紫微之繞仗也，侍臣之點衣也，雁門之雰雰也，陶家之風味也，蔡州之入也，梁園之集也，袁安之卧，藍關之擁也，僧舍之飄，歌樓之灑也，景各不同，則因景寫象，亦宜其夥。雖未知與謝媛上下何如，若錢、韓、石、蘇諸公名語，往往居然有之矣。吾於此竊不覺其侈，而祇嘆其難。因綴數言，以貽陸子。

<small>黃庭表曰：題《宜雪詩》，無一句不用雪詩，胸之富有何如耶？然惟其才能制之，故有多多益善之妙。</small>

題陳緯雲秋水閣集

冰車雪柱，難清簿領之塵；竹屋梅窗，快睹球琳之製。詩則浣花入室，兼玉局以標鮮；詞則白石齊鑣，並金樓而比艷。<small>自然語，卻極追琢語。</small>芙蓉初日，豈同錯采爲工？楊柳曉風，寧俟鉛華借媚。讀陳琳之尺牘，可愈頭風；掇安石之碎金，堪療腹儉。況乎松陵名集，皮、陸之酬唱偏多；輞水爲川，王、裴之過從倍密。既薰迷迭之香，兼戢纏綿之雅。愧非周郎之識曲，聊學沈約以題紈。美不勝褒，笑丹黄徒污拱璧;言非學佞,冀河海不擇細流耳。

葉丙霞曰:唐人風調。

題林公韞贈答詩箋後

莆田林穆之先生道誼文詞,京華名公爭折節之,與余最稱莫逆。筆墨相資,事猶昨日。既又交其哲嗣公開、公韞。簡貼。羲之之後,信復有之也。少詹王阮亭先生評余《送公韞還里詩》,謂其孝比廉范,穆之可謂有子。少司農嚴顥亭先生則有"薪傳論次誠家學"之贈。噫!欲知公韞者,省盡許多筆墨。二先生之言可以徵矣。日者阮亭先生祭告南海使還,舟次龍山,寄《懷公韞》詩什,有曰"賓主東南一代材"。公韞時方居余贛署,謂公韞而謬及予也。公韞與其諸叔諸兄依韻和答,一門友愛之情,風雅之道,余於贈答諸章深致意云。

葉丙霞曰:文澹如菊。

題王四及游西山詩草卷

《游西山詩草》,宣城王子四及所爲作也。在歲戊午,余督通惠河,蝶園徐先生偕四及游潞陽。余交徐先生,因遂得交四及。迨余持虔節,道經白下,遇四及還宣城,送之以詩。忽忽六七年間,至是復與四及會於洪都。讀所吟咏,清秀挺拔,又得當代鉅公許可評論,蓋亦誠足當之也。篇中復見二絕,有"爲愛秋山發秋興,山葉紅時正閉門"、"長笛一聲人不見,白雲紅葉萬山秋"諸語,余又瞿然曰:"是詩不襲唐人牙慧,響高氣逸。"流連久之,急問四及:"此爲誰句?"則曰:"蝶園先生也。"噫!徐先生之詩如是,四及既嘗相與賡唱,宜其詩之加進也。余今一日獲見四及,蒼茫烟波繚繞。方念徐先生。及見四及西山諸詩,並獲見徐先生詩,則是草之移我情豈少也哉!

葉丙霞曰:短章結構自佳。

游宛石山詩引

宛石山距魯邑西北八十里許,派溯中岳,自辟靈異。獨以世無康樂,幾滅没終古。余吏事暇,頗與游事相稱。歲庚子仲春,風日新美,怡及草樹,遂偕僕二、鐮一,佐以短杖,至則攘椐剔柘,僅達其欯。若飛湍亘阻,即以所刊木駕而躋焉。遥望崇巔,雲霞蒸鬱,非攀葛莫從。及躡頂,則紅錯于趾,寄語子厚所未到也。始悟爲石,而霞反在下。因嘆大造鑄物,推見無窮。靈奇變幻,何所不有,又非特山水已也。俄而羲和移馭,林影屢换,俯折而憇翠釜,則靈湫在焉。幽邃淳泓,未易涯究。䗖鳳蘚斑,紀龍異甚悉。大約戒物下觸,觸則龍騰而雨。余目憸久之,遂呼僕去屐後齒而下。推論近情。夫不能忘情於搜陟者,恒以所悦爲安然。或景逝衷移,虛踐佳境,不有志咏,其何以伸謝客之懷哉?退而紀之以詩。

王阮亭曰:似蔡羽諸記。

葉丙霞曰:天然佳境,從眼底看來,筆尖寫出。謝公伐山開徑,頗覺多事。

西園易亭詩引

玉峽令君郁遜膚者,浙西佳士也。治成政暇,即署西偏辟園構亭,命之曰"易",貽書索予詩紀事。余曩來虔,及數以公事詣省,故嘗往還玉峽,一再晋接令君。溫文爾雅,望而知爲江陵道州一流人物。水途之朝暮也。惟是落景停舟,戴星移棹,顧未嘗一登斯亭,遍覽溪山之勝。夫未履其地而賦其境,非溢則誣,予其何以塞令君請?雖然,地以人傳,境由心造。琴臺竹樓,着色皆确。因名守令而遺徽不朽,千載下想見流風,猶能咏歌其盛,豈必手弄烟雲,目親魚鳥,始克揚榷無遺哉?夫《易》"窮則變,變則通,通則久",又曰"神而化之,使民宜之"。令君既拊玉峽之民,易瘠痍爲衽席,桑麻弦誦,蒸蒸區内矣。斯亭之作,行且後闢,雉以長存。合易亭。通久之義,洵乎有合。然而令君則顧謙讓未遑也,余因廣《易》之義而詩以紀之。

黄庭表曰:柳子厚記潭州東池,而言戴氏簡之行高,文峻,道懋;先生序西園易亭,而言玉峽郁令之拊民通久,文之有相本者也。是知爲文當以立意爲主,意美矣,又法周辭旨,何患不爲至文?

葉丙霞曰:"易"可名亭,詩以廣《易》,五經紛綸,吾於先生亦云。

曾載揚詩畫卷引

虔州東二百里有縣曰興國，覆笥之山峙焉。自唐金紫大夫楊筠松得金函秘書，栖隱其中，而虔遂多精形家言者。筠松高弟，首推曾文辿。而廖氏之伯禹、均卿，則又得傳於文辿者也。予祖父母與父母塋兆未協，議改卜，重難其人。迨觀察虔南，即加意延訪有如昔曾廖者，因得曾子載揚云。曾子爲文辿法裔，少業儒，長世其家學。能文解詩，時標雋異。其於輿地之説，尤爲獨詣。予邀至家園三年，所更塋祖刑部尚書、祖母夫人，先大夫、先恭人，先兄、先嫂暨先室，其塋凡四。安厝後漸有祥徵。地之吉，曾子之術之驗，皆足信。噫！爲人孫子者，此段文中吃緊處。毋亦惟是祖先栖靈妥魄事莫大焉！曾子所操者，報本追遠，承前裕後之功，且以遂天下仁人孝子不能自已之思，余是重有感于曾子也。曾子還家，余鄉聞達諸公、素與交游相推重者，共爲詩歌圖畫，以導其行。彙集成帙，頃携之楚，余得覽觀焉。嗟乎！自余出而之官三十餘載矣，桑邦朋舊，欲晤無從。至若某水某山，幾乎不復記憶。閲此卷也，其於親朋景物之際，是題卷意。一慰心焉。矧曾子之功，在余先後世間者又曷可忘？用題數言于首。

葉丙霞曰：興家源流，歷歷重標。仁孝大旨，爲興家出色不少也。題卷處，令人更起維桑之敬。

題廣陵陳子涵披香詞卷

詞雖小道，求美致精。精究詞學。即柳七、秦七，亦不能無議，寧易言諸！今觀《披香》一集，音節瀏浣，辭旨警新。悲歌慨慷，無銅喉鐵板之嫌；柔情曼聲，無狹邪狂且之態。知蓋幾折衷於此也！昔于國寶以《風入松》一闋，酒肆遇主，登時解褐。陳子涵集中，即古人詞句爲論斷。固多不讓"紅杏歌舞，緑楊秋千"佳句。且於"重携殘酒"，酸寒之氣又何有耶？噫，是若宜有遇矣！是亦可以傳矣！

黄庭表曰：題詞卷即標詞學，用詞事，最确最叶。我是以長歌低唱於《紫雲》也。

題吳子炯詞卷

詩餘以詞稱,所貴在詞,詞家寶筏。而意尤不容輕也。意固多參錯不同,而連貫之妙正不可易也。吳子年方少,按節徵聲,其於"曉風殘月"、"滴粉搓酥"佳句動思嗣響,蓋務爲好詞者也。姜白石論史梅溪曰:"融情景於一家,會句意於兩得。"此實詞人嫡傳宗法。以吳子之才力,一進求之,吾知定能至是。

葉丙霞曰:落筆自成名論。

楊柳枝詞引

辛酉九月六日,余從洪州回虔,舟泊廬陵張家渡。如誦"疏燈自照孤帆宿,新月猶懸雙杵鳴"佳句。征帆息影,萬籟鳴秋,寒柝侵宵,孤燈照夢。仿佛身在全州,襆被匆匆,作買舟他適狀。蘇公東坡追送江滸,歌詞贈別。維時烟雨溟濛,柳條綰恨,殊有黯然可憐之色。余時欲躡韵屬和,俯仰低徊久之。蓋心知蘇公爲千古詞人,未可輕持布鼓。而在全州握別,若有尤難爲懷者,因勉就原調一闋奉酬。醒後朦朧追憶,不遺一字,急呼僮爇燭書之,其調爲平昔倚聲所不及。按之樂府雅詞,仍不失分寸。但蘇公一詞,不復記憶,深爲悵然。余何人斯,曷敢冀公之曠代相接?而粵之全州,何遽嘆古今人不相接。尤非緣想所至。幻境迷離,姑述之,以記異夢云。

黃庭表曰:夢異矣,文異矣,詞又復異,是真謂之記異。

鷓鴣天詞引

庚申暮春,將之虔南。行次古平原,見村店泥垣,有姑蘇女子題《鷓鴣天》一闋,溫香旖旎,清浮染柳之篇;潤墨便娟,秀奪插花之態。嘆青蓮之出水,不知濕幾許青衫。何緣吹墮泥塗?悲彩鳳之隨鴉,此去傍誰門戶?玉壺殘泪,久涸紅冰;曲終人不見,悲涼情緒。錦瑟佳詞,空留粉壁。飛鴻踏雪,情同沾絮之泥;疲馬瞻星,興續繞梁之韵。慚非黃絹,徒搵青衫云爾。

黄庭表曰：邯鄲才人嫁爲廝卒婦，不由人不作江州司馬，况多情如先生者哉！

馴鹿圖贊

碧瞳緑鬢，挺羽化之殊姿；草服籜冠，仿道流之逸製。人本蘭陵名區，族爲都鄉著系。青箱黄絹，識懿業之家承；東箭南金，羡徽音之世濟。卜居江漢，樊川追漫叟清風；取友求羊，竹徑表元卿高致。爾乃簡息萬緣，捐除一切，白鹿爲徒，蒼藤獨曳。羅公遠化橋有術，杖鹿用事渾切。升桂殿以敖游；周義山采藥逢真，遇羡門而託契。雖無慕於逃虚，亦何妨以寄意？吾聞鹿象文明，公侯薦幣；仗彰者德，更老祝噎。彼美人兮，身將隱矣。亦念非文無以彰身，到底雙收，用意周匝。而惟德足以壽世。故咏苹蒿以寫心，而策桃枝以流憩耶！

黄庭表曰：以韵語作贊，法本史遷。而比偶精確，復饒宕逸之致，極似六朝人一則小賦。

書王汲公啞孝子傳後

百行之原，莫先於孝。大抵其境愈逆，其心愈苦，而其人愈可傳也已。今讀王汲公所爲《孝子崔長生傳》，竊嘆長生之孝爲極難爾！孝子生而啞，父跛母病，一家三口無全人，無以支貧可奈何？孝子因注視二人，頰上三毛神似不但形似。以手上指天，下指地，并自指其口及心，若曰："父天、母地、口養，皆己責也夫。"傭工所得，悉供二人。時值饑饉，哀鴻嗷嗷，甚而父子不相顧者有之。此時大聲疾呼，雖號天搶地，無所用之。啞則嚚瘖者也，提啞。當洊饑之際，惟有鼓腹吹箎，乞食於市。朝所得而貯之簞，夕傾以奉其親，茹草食皮，不暇自恤，其情誠有足悲者矣！父母既以天年終，又爲之備棺衾，鑿窀穸，啞啞然哭成禮而去。再提啞。夫至逆也，而啞子處之若順；至苦也，而啞子行之若甘，可謂委曲其孝矣。三提啞。若乃收拾棄字，遺金弗取，匹夫仗義，何處不勉焉？瘖者燋僥也，官師所不取。有司之賢不賢，於啞何怨何德哉？送賢令歸櫬，匍匐百里之外，迹其行事，皆古仁人烈士所爲。非其處心積慮，以孝慈爲本，蓄於中，發於外，以推及其餘哉！然則啞者雖嗇於人而豐於天，莊生所云"充德之符"者也，其聖賢之徒歟！

昔豫讓感國士之遇，吞炭爲啞，_{啞有對證。}行乞於市，欲報智伯，司馬公爲傳其事。千載之下，讀而哀之。此猶有故而然者。孝子固眞啞也，_{四提啞。}汲公又爲之傳。千秋萬世後，必有因子長而慕豫讓者。孝子可以不啞矣。_{結啞。}嗚呼！忠孝大節也，往往多出於乞者。_{嬉笑甚於怒罵矣。}乞人蓋可以忽哉？

葉丙霞曰：題《啞孝子傳》，以懸河之口、粲花之舌摹繪入神，悲歌作結，左盲、遷腐無以過也。

張夏鍾曰：孝固難，孝而誠更難，孝啞而誠尤難也！此文傳神，全在"啞"字，故妙。

問山詩集

問山詩集序

華亭沈 荃撰

　　今談詩家人人殊,言唐言宋,宗尚各異,爲正爲變,派別流分,譬黑白之不相爲,南轅北轍之分途而騖也。余竊以爲不然。詩生於情,情緣乎境,境之所會不一,則聲情隨之。故朝廟之計,噌吰而莊雅,《猗那》、《穆清》諸什是也。山林之詩,蕭放而閒止,衡門獨寤之歌是也。道歡娛則韶冶而多風,寄離愁則凄惻而善感。比之脾胾羹醴,咸稱適口;玉環飛燕,並號姱容。令必執一家之尚,守獨是之見,尊郊、島則非沈、宋,習溫、李而貶高、岑,是將施黼黻於沾塗,被□衣於尹姞,違情易向,彼此貿趨,風人之旨去斯遠矣!吾友丁君澹汝,深於詩者也。生自八閩,其中山水秀杰,人物瑰奇。高、鄭振藻於前,林、曹繼軌于後。意其所爲詩,必有巉峭幽迴,如武彝之奧折,笋江之鬱紆者。又筮仕魯獻,夙稱巖邑,繼遷郎署,復膺猥煩。間關躑躅,則羈孤之感易生;鞅掌簿書,則麋鹿之懷間作。疑其歡娛難工,而愁苦易好。今春馮子寶初携澹汝《問山集》示余,受讀卒業,諷諷乎,怨不至誹,愉不近流,清者不癯,華者不縟,優游乎中,衆製備美。擬古則登建安之堂奧,近禮則揚大曆之飆流,閑居述懷則韋陶方駕,扈從應制則燕許分鑣,以至別處士於山中,送校書於江上,莫不指河梁而寄恨,佇渭北以纏懷。文質相宣,纖濃合度,既麗且則,直追風人之遺,豈與夫南園、北郭雄長一方,竟陵、公安支流別出者比哉!異時簪筆承明,鼓吹大雅,當有昭夏九章、鐃歌數闋上獻闕廷,比於歌虞頌魯之作,潤飾一代,又豈特爲詩學梁津已也!是爲序。

序

　　昔人有言："莫爲之前，雖美弗彰；莫爲之後，雖盛弗傳。"諒哉！諒哉！吾觀於丁雁水先生詩文集而益信。先生以人才舉，由教諭擢縣令，由縣令擢主事，轉員外，遷郎中，出爲贛南道，遷湖廣按察使，緣事降爲姚安守，尋復陳臬以病歸，卒于家。生平清節惠政，載在《泉州府志》、《贛州府志》。至詩文著述，又見於《東越文苑傳》。蓋《循吏》、《文苑》，一身兼之。先生所著《問山詩集文集》及《紫雲詞》，爲王阮亭、朱竹垞、施愚山諸公所嘆賞。當時已次第刊行。乃百餘年來，印本既希，原板亦佚，先生族孫星南上舍憂其失墜，慨然出資重刊之。且勤勤焉，缺者補之，譌者訂之。於是先生所撰著煥然一新，而先生之精神心血亦昭然復見於世。使非星南爲之，後能保其不湮沒而失傳乎？然則星南雖族孫，謂即先生之孝孫可也。星南多材多藝，所著《演礮圖説》及《增訂則克錄》二書，道光間曾進呈御覽，恩賜六品銜。咸豐三年，福建大吏復奉文取書奏進。是星南又先生之賢孫。星南重刊先生遺集，問序於余。余既約叙先生生平，并星南之材藝亦略綴於後，以見先生之家聲日盛，而遺風流澤蒸蒸焉日起而未有艾也。咸豐四年孟夏之月，番禺張維屏拜序。

問山詩集序

鄂渚余國柱撰

　　予與雁水初遇，見其澄懷若谷、凝神若遺，知其必得性情之正，而未知其能詩也。及予量移農部，適與雁水同郎署，比軍書旁午，籌餉孔切，鹽策、度支諸大事，雁水口計指畫，剖決如流，人皆以劉穆之目之，又知其有經濟之才，亦未知其能詩也。一日首夏雨過，署前有古槐蔭垂數丈，三五同人偃仰其下，感時觸緒，寫懷分咏，而雁水則擊鉢立就，遂為絕唱，始知其不惟能詩，而且服其深於詩者也。退食之餘，得時相往復，耳熱酒酣，撫今追舊，或尋道士之桃花，或折春明之楊柳，挹西爽則風開閶闔，聽曉漏則履曳河橋，雁水莫不有詩以紀其事。予亦偶隨其後，雖才本天定，學悔少作，不逮遠甚，然而吾黻子佩之雅，神聽和平之誼，固已歡然無間矣。未幾，予濫廁掖垣，雁水亦有潞河之役，相距僅數十里許，職分內外，迹落晨星間，一問好寒暄而外，無他及。客歲冬杪，雁水三年報竣，候補邸舍，出《問山詩集》以行世。其由魯陽而畿輔，由邑宰而部署，約計生平所作不下數千首，今刪者十有七八，大都頌聖明而猶存忠規，感時遇而不傷搖落，選聲調而無香奩之習，出幽峭而絕寒儉之容，純乎風人忠厚和平之旨焉。濟南、宣城諸君子評之詳矣。獨是雁水以制作之才，不得為金閨石渠之彥，高議雲臺之上，乃以風塵之踪迹，閱歷之情事，發為聲歌，豈天欲揚而故抑之？則詩之成就，亦有幸不幸乎！今且列戟嶺表，駐旌橫浦，登鬱孤之層臺，望梅花之香國，憑高眺遠，慨然有賦。其挹江山之勝，而成偉麗之觀，所就豈有量哉！雖然，章貢為先大父中丞公舊游地，先大父與鄒南皋諸先生講學白鷺書院，力阻璫祠，後以嶺北參藩軍功坐晉虔撫。雖時遠事微，其流風遺韵猶尚有可揚挖者乎？藉余友而光祖德，予之一往情深，曷能已已？寧都魏叔子，文章節義士也，予昔以應聖天子博學弘詞之命，因伯子故，堅辭不出。雁水高軒偶過，請以予言質之，當必有合也。予不暇論詩，祇論吾兩人之交誼如此，又何敢云皇甫耶？

問山詩集序

萊陽宋琬撰

　　吾友丁君雁水,用邑宰起家,有聲於三輔間。既而爲民部主政,剔釐鹽策,悉中窾要。大司農以下,咸器重之。余以爲此經濟之杰士也。既而讀其所爲詩,春容閑雅,清新幽異,渢渢乎何其麗以則也!獨念雁水以淹雅之才,本宜載筆於承明著作之庭,乃俯首爲貧,閑關躑躅,絶無憔悴羈孤之感,是豈凡情之所易及哉!夫屈左徒與陳思王,千古文章之士也。一則求白而無以自明,一則求試而無以自展,輒散步行吟,其音悱惻。陳思王至謂所懷萬端,竟夕不瞑。二公之文非不瑰麗,然天地冲和之氣,抑亦疑其太削矣!雁水則隨寓而安,委心任運,筮仕爲吏,縣最瘠而其中泊如。今雖優游郎署,復爾繁瑣雜沓,絶不以爲煩苦。斯非充然有得於中,豈能幾及耶?至於鑿山川之奇奧,集賓朋之勝游,是不爲造物所縛而獨得夫優柔平中之致者歟?兹且名位益隆,撰述益富,清廟明堂之什,足以鼓吹休明者浟浟未艾。要之,雁水之胸次,固未嘗以歷境而異視之也。雁水之言曰:"詩貴合法,然法勝則離;詩貴近情,然情勝則俚。"余聽其持論,益爲心折,復何問論於其詩哉!是爲序。

問山詩集序
堯峰汪琬撰

　　予往在户曹，從晋江丁子澹汝游，愛其爲人磊落多奇。未久，而予奉使以出，既還，而以養疴請告南歸。雖嘗讀丁子之詩，然未暇窺其全也。逮予應詔至闕下，丁子始投予《問山集》若干卷，予受而卒業，大篇、短章間見層出，訇然如鐘吕之鳴，煌然如藻火之麗，洵乎其爲詩人之雄也。蓋丁子之少也，生長嶺海萬里之外，長風怒濤，魚龍變幻，靈泉窮壑，雲霞出没，怪禽珍獸，嘉華異果，極瑰瑋閎闊，非常之觀，既有以觸發其心志。及其仕也，回翔畿輔，以達乎天子之都，博通國家之故事，習聞名公鉅卿之議論，而周覽乎古昔酒人俠客仗劍擊筑、悲歌慷慨之遺址，至於簿書稍暇，則所過從者，悉皆四方騷雅之士，日夕從客乎壺矢棋局、鉛槧樽俎之場，又有以恢拓其耳目而陶冶其情思，故其發之於言，無不陳黼黻、中鏗鏘，未嘗求工而自造于工也。予比年以來，退老田野，舉凡杖履之所，栖不過跬武，而輪楫之所至，亦不及一舍。入與蓬首赤脚者居，出與鐮樵筒釣者爲伍，以是學術日陋，而神氣日衰。雖間一賦詩，往往頹唐跅弛，叩之喑然而無聲，循之黯然而寡色，固不足以上齒作者之林。夫豈能睎丁子所造哉！而丁子猶惓惓寓情於予，殆不知其老將智而耄及之也。幸而復得相見於此，願往就丁子學焉，則又自顧其學術之陋、神氣之衰、年齒之蹉跎放廢，其尚可與研窮其曲折，而追溯其波瀾否耶？丁子必有以告我。

問山詩集序

秀水朱彝尊撰

　　閩自十才子以詩名,而高廷禮集唐人之作,別其源流,嚴其聲格,若圭景籥黍之無爽。當是時,吳有北郭十子,粵有南園五先生,名譽實相頡頏。其後吳中之詩屢變,而閩獨未之改。梁公實名列七子,詩猶循南園遺調,鄭繼之規法。李獻吉、曹能始與竟陵二子游,倡和甚密,今讀其詩,所操蓋依然土風也。三十年來,海内談詩者知嫉竟陵邪説,仍取法於廷禮,比復厭唐人之規幅,争以宋爲師。夫惟博觀漢魏六代之詩,然後可以言唐。學唐人而具體,然後可以言宋。彼目不睹全唐人之詩,輒隨響附影,未知正而先言變,高詡宋人,詆唐爲不足師,必曰離之始工,吾未信其持論之平也。武選郎中晉江丁先生雁水,分司通惠河之暇,彙其所作爲《問山集》,讀其詩,直者不伉,綺者不靡,約言之而可思,長言之而可歌。先生之詩,可謂善學唐人者矣。今夫離支之爲樹,相其柯葉無以大異於凡木也,當其薰風被,朱實垂,問其種以百數,雖下者亦可敵四方之珍果焉。矧夫凝冰、挂緑之尤美者乎! 顧吳越誇以楊梅,燕齊侈以蘋婆之果,閩粵之知味者將笑而不應,則以中有所得,自不遷於所好也。先生之於詩,既自得之,假有操宋人之流派,欲先生盡變其土風,吾知先生有所不屑已。

問山詩集序

龍眠錢澄之撰

余客閩最久,故生平之詩作于閩者居多;而閩士大夫在四方者,亦往往多與余交好。今老矣,又于鄂城得交丁雁水、張夏鍾兩先生。兩先生皆有詩文名于世。夏鍾文多未見,見其《匏野集》,昌明正大,禀經析理,一矩于宋之大家、明之先正諸作,而不爲詩。雁水雖未識面,吾友龔千谷亟稱之,而葉慕廬、蒼巖俱深嘆其詩詞之美。今儼然以所著《問山集》全部見示,而命之序。余既序其文矣,讀其詩,則二葉子所稱爲一代作者,信非虛語也。吾嘗論詩,以性情爲本,而行之以氣韵,和之以聲律。《虞書》論樂曰:"詩言志,歌永言。聲依永,律和聲。"此數言者,即詩之道盡于是矣。詩至漢魏極盛,沿及唐代,創爲律體,而後世宗之,至今要未有不具是三者而可以詩傳也。往者,歷下、瑯琊專事聲律,調甚高,學者習之,益爲膚曼之詞,襲其鏗鏘,鋪陳故實,而氣韵性情蔑如矣。至于竟陵,幽寒刻削,聲律既亡,何論氣韵?彼其所謂性情,不過本其方隅之見,詖私之智,惡知古人之所爲性情哉!而虞山乃力辟何、李,尤詆北地,夫北地枕藉少陵氣味文句,不自知其浸淫而出,雷同庸有之,而謂專事剽竊,過矣!且何、李即不少陵,要不失爲大雅,于吾所論詩之道,或猶有存焉者。今欲辟之以成己是,作意決摘,何所不得?然豈爲定論乎?詆之已甚,使學者競趨中晚,其勢不得不流爲宋元,以致今日背唐宗宋,皆虞山爲之嚆矢也。且亦知今日宗宋元,即爲異日復蹈竟陵之漸乎?今觀先生之詩,春容渾雅,情至詞給,屈曲匠意乃極自然。蓋一取法于唐,而深有合于吾論詩之指也。雖曰學之所致,蓋亦有天授焉!往黄東崖相國于閩詩最佳,何紫屏語余曰:"公每詩成,輒慮音有不諧。"今先生審音叶律,妙合宫商,以致所撰詩餘,柔情壯采,宛轉合拍,聲律之精,無或逾之。吾謂其有天授,即此非一端。與先生言詩,謂清而不已,必至于薄;真而不已,或至于率。率與薄相乘,漸且爲俚,爲野,遂入竟陵一派。夫先生之詩,未嘗不清且真,而畏其流之所極。若此,則其學詩之宗旨于斯可見,而防微杜漸,維挽風氣之深心,亦具見于斯矣。余于詩,學之有年,其意向略與先生等,而才力謭陋。晚而益好苦吟,常慮失之野俚,誠有如先生所云者。世外窮老,持其説以語人,人不之信。今先生方將當大有爲之任,而力學不倦,常有風氣之憂,則主持斯道者,舍先生其誰?吾竊幸吾説之將信于人也,故樂而爲之序。

問山詩集序

寧都魏禧叔子撰

庚申五月，雁水丁公以分守嶺北，路出金陵，部民魏禧將就醫雙林，亦暫停於此。公聞之，枉車騎臨客舍，不值。明日報謁，公首詢地方利弊，繼談詩，因出示《問山詩集》，而命以序。蓋禧，贛之寧都人也，而公泉州人。贛閩粵壤相錯，贛屬利害，必與閩粵爲連，即比年事可觀矣。古者太史采十五國之詩獻于天子，閩與吾江西無與。其時文教未開，風雅之道爲蠻方所不講。近數百年間，人文輩起，足與中原南服相畸勝，故能聲詩者，山郡水邑多有其人，而公特以詩名于南北士大夫之間者且數十年。夫泉州濱海之地，貨寶所充牣，其人奇巧多藝能。倘韓愈氏所謂天地清淑之氣于是焉，窮非丹砂物寶所能當，而技巧之智不足以勝其氣，故特鍾之於公歟！比年閩粵既靖，吾贛稍稍休息，徵役之困，尚未知所息肩，百室空虛，而民愁苦猶且弦誦咏歌者，比户而不絕。以公之寬仁，振之以學道之化，拊循而涵濡之，所謂小人易使者，亦庶幾其可見。禧讀公詩，和厚而深摯，藹然謂仁人君子之言，其感人也，油油乎若春風之被物，吾知其爲政必猶是矣。《干旄》之三章曰："孑孑干旌，在浚之城。素絲祝之，良馬六之。彼姝者子，何以告之？"古卿大夫之下士者，非徒希折節之名而已，必將有所諮詢，俾有益於其德與政事。然處士盜虛聲者，自古多有。故詩人於干旄之臨，唯恐夫姝子之無以相告，而賢大夫勤求諮詢之意，不言而可以想見。公深得乎詩人之義，禧學疏識鄙，無能有所啓告，即讀公詩，能知其工而不能深言其所以工，況進於是者乎？或謂後世下士有單車徒步躬款於其廬者，毋乃賢於干旄六馬之爲？余曰：不然，《書》有之曰："樹之風聲"。夫世之重貴而輕賢也久矣，干旄六馬，人所炫慕，而一旦貴止於荒郊茅茨之間，則必相與驚而傳之。而賢者之聞風而欲告大夫以善者，將源源而不可止。公以溫柔敦厚之教治吾贛，興利彰善，而去其泰甚。贛之士讀公詩，聞公行事，必有所以告公，禧固不足道也。

問山詩集序

莆田林堯英撰

　　兵部職方郎中丁雁水先生，裒其所爲詩若干首，王阮亭侍讀、施尚白侍讀爲之論定以行。索序於余，余未有以應也。會雁水銜命司贛南，瀕行謂余曰："吾兩人生同里，少同學，及來京師先後官户曹，倡酬無虛日，不可以無言。"余聞之古云："一國之事，繫一人之本，謂之風。"言諸侯爲化，無自專之道，必統繫於天子，以成優柔動物之治也。周續之云："由我化物，謂之風；物由我正，謂之雅。"體殊而指一也。春秋卿大夫過都越國，必因詩以觀其志，與夫政事之得失。漢集群臣爲七言，類皆各述其職。建安已後，變爲雕繢綺靡之辭，而詩與政二。嗟乎！此古今人才之所以盛衰也與？今制設郡邑，以監司挈其綱，厥任甚專且鉅。虔故厄塞地，雩峽三江，鬱嵂而蕩激，篁箐蒙翳，虎豹奸宄出没于其中。往者氛祲交作，烽舉燧燔，丁男轉輸，旄倪瑣尾，嘆怨愁苦之聲數百里而不息。賴天子仁聖，下熊羆鳧藻之師，章江以南，不旋踵而底定。雁水今茌其地，喁喁然望之者不知凡幾，方痛惜噢咻之不暇，奚及詩？竊謂不然。夫詩爲萬物之祖，本於摯性，發爲聲歌，雖區宇之廣，深山大澤之遥，不能使之流連而感奮者，余未之信也。雁水少負趻踔之才，受司寇公書，盡發其藏。起家邑令，入爲郎，卓卓有聲。尤喜哦咏山川風物，耳目所觸，一發之于詩。今讀《中州》、《三輔》諸什，遭時坎壈，多怫鬱沉澹之音。洎居長安，益得博涉典故，交海内名公碩彦。其詩閎以暢，論者謂其祖述漢魏，規模三唐，豈知溫柔敦厚爲《三百五篇》之遺哉！他日行部之餘，登鬱孤，鼓枻九十九泉，不必復尋白、蘇之遺刻，取諸《問山集》而足矣！余拿陋，不工《石林》、《漁隱》之談，而舉作詩之有源本者，爲乘韋先云。

問山詩集自序

昔安仁托賦於《閑居》，文通屬思於雜體，豈僅抽素含毫，鋪揚風雅？亦先辭見志，聊申作者之意云爾。余雅耽聲韵，窮鑽未涉藩籬，其於詩之工拙，蓋難言之。然聞詩道性情者也，性情之所發，怫者不可使愉，欣者不可使戚。故江潭憔悴，必無廣大之音；廊廟清和，自鮮煩嚚之調。則情以事遷，其大較矣。曩滯魯陽，其時身之所履，目之所遇，非麋鹿木石與居，則畸士田夫與處，惟有户外青山差堪共語，因成《問山》一袠。率多幽憂無聊之詞，雖稍戾和平，而亦不忍自秘者，蓋怨誹言傷，聖人所不禁也。暨調獻陵，地當畿南之衝，水旱相仍，日從事於簿書徵發，而虎旅皇華，復時勤奔命，亦何暇榷揚作洛生之咏哉！入都以來，獲理舊業，時遭昌穆，正聖天子問夜求衣之會。瀛臺南苑，輒思獻頌；茂陵泰畤，竊擬徵歌。雖謙讓未遑，然二三好友擁節鳴騶，送客懷人，則又感慨繫之矣。歷時既久，篇袠散亂，以視昔年所作，聲情大不相類。今春移病之暇，稍自編次，適王阮亭先生過訪，出就繩削。先生曰："吾今乃得讀子之全詩也。何向善秘？豈以世無嗣宗乎？"余謝弇鄙，且告以故。先生曰："是奚足哉？今夫一人之身、一日之感，窮達殊遭，旦暮異致，樂則鐘鼓言歡，哀則輾轉寄愾。先王之詩教，大抵如是。必謂異曲者不必同工，是仲武不必振響於西川，而少陵無俟攄情於夔府也。子之志，若抑然有以自下者，吾又何敢以今日而定子之詩？"余既感王先生言，因刪闒茸，而述數語于前，顏以"問山"，仍舊志也。

康熙丙辰三月望日，丁煒澹汝識。

十子齊名錄

王文簡公選十子詩

宋　犖_{商邱人}
王又旦_{郃陽人}
曹貞吉_{安邱人}
葉　封_{黃岡人}
汪懋麟_{江都人}
顏光敏_{曲阜人}
丁　煒_{晉江人}
田　雯_{德州人}
謝重輝_{德州人}
曹　禾_{江陰人}

目　録

問山詩集序 …………………………………… 沈　荃　115
序 ……………………………………………… 張維屏　116
問山詩集序 …………………………………… 余國柱　117
問山詩集序 …………………………………… 宋　琬　118
問山詩集序 …………………………………… 汪　琬　119
問山詩集序 …………………………………… 朱彝尊　120
問山詩集序 …………………………………… 錢澄之　121
問山詩集序 …………………………………… 魏　禧　123
問山詩集序 …………………………………… 林堯英　124
問山詩集自序 ………………………………… 丁　煒　125
十子齊名録 …………………………………… 王士禎　126

問山詩集卷一 …………………………………………… 151
　古樂府 ………………………………………………… 151
　　君子行 ……………………………………………… 151
　　怨歌行 ……………………………………………… 151
　　猛虎行 ……………………………………………… 151
　　棄婦篇 ……………………………………………… 151
　　蝦䱇篇 ……………………………………………… 152
　　門有車馬客行 ……………………………………… 152

休洗紅 152

結客少年場行 152

長別離 153

讀曲歌 153

淥水曲 153

少年子 153

紫騮馬 153

折楊柳 154

銅雀妓 154

關山月 154

出塞 154

愛妾換馬 154

采蓮曲 155

東飛伯勞歌 155

從軍五更轉 155

楊白花 155

問山詩集卷二 156

五言古 156

詠史 156

擬西北有高樓 157

擬涉江采芙蓉 157

擬明月皎夜光 158

擬迢迢牽牛星 158

雜詩 158

游仙詩 159

鬥鷄 159

| 夏日，訪王九青侍讀 | 159 |

| 玉泉次貽上韵 | 160 |

| 游卧佛寺，次貽上韵 | 160 |

| 三月十一日，同李奉倩給諫、汪竹巖比部桑雨嵐郭，曾瞻、陶槎儔
儀部，房慎庵同官東郊祖餞邵瞻兩學使兼泛舟游佟家園，言歸
有詩 | 160 |

| 懷馮訥生 | 161 |

| 阮疇生游盤山回，過訪齋頭，因談登覽之勝，作詩紀贈 | 161 |

| 懷王貽上使蜀 | 161 |

| 偶成 | 162 |

| 大中丞宋先生屬覓《名山藏》，家中舊有藏本，適寄至，賦詩侑呈 | 162 |

| 秋日，徐庶常過訪潞署賦贈 | 162 |

| 柬汪茗文 | 162 |

| 思南郡守陳轉庵母舅服闋赴銓，賜臨潞署，深宵歷叙故鄉亂離之苦，
欣慨交至，賦此奉呈 | 163 |

| 訪林蜚伯新移寓齋 | 163 |

| 秋日，余佺廬給諫招集寓齋賦贈 | 163 |

| 施尚白點定拙集，聞體中少違，作此奉訊 | 164 |

| 奉送陳轉庵母舅出守江寧 | 164 |

| 仲春，同黄鶴巖、紀孟起、孟枚仙、衛枚吉過房慎庵齋頭觀書畫
圖章 | 165 |

| 送張一衡游五臺 | 165 |

| 鄭遠公投示西山紀游詩賦贈 | 165 |

| 聞魏惟度續石倉詩選有寄 | 166 |

| 戒驛 | 166 |

| 撤樓 | 166 |

述哀詩	166
游宓石山詩	167
訪歐陽行周修禊亭舊址	168
聞機杼聲有作	168
書感	168
散步	169
秋夜彈琴	169
留別汝州任木生	169
哭陳駿汝表兄	169
晨起	170
叢桂篇柬黄用錫	170
熱嘆	170
東林寺小憩	170
詠庭蕉和牧仲用松陵集新竹韵	171
夏日，阮疇生過集芥坳	171
過雩都峽口	171
舟下十八灘，和牧仲用林蚩伯游南華寺韵	171
西園易亭詩	172
魏冰叔徵君挽詩	172
贈魏和公	173
月夜舟泊	173
癸亥孟春，同殿工使者洪學士閲木袁陽，于文侯郡守邀游化成巖，次施尚白留題原韵	173
鄱陽湖	173
守風長嶺，尋迴峰禪院少憩，贈梅上人	174
忘歸巖次王文成公韵	174

問山詩集卷三 …………………………………………………… 175
  七言古 ……………………………………………………… 175
    從軍行 …………………………………………………… 175
    征婦怨 …………………………………………………… 175
    乙卯秋，洪畏軒奉常招集賜莊金魚池，次和原韵 …… 176
    張南溟給諫自書《觀王右軍〈樂毅論〉真迹歌》見贈，賦謝 … 176
    沈石田山水歌 …………………………………………… 176
    嶺南歌送王仲錫觀察 …………………………………… 177
    戈育仲侍御茶馬復命，贈余《蘭州淳化帖》，作歌以答其意 … 177
    贈許實夫 ………………………………………………… 177
    送邵瞻兩視學江南 ……………………………………… 178
    立秋後二日雨霽，小理花木漫興 ……………………… 178
    慈仁寺僧房看西府海棠花，同沈康臣用東坡定惠院海棠韵 … 178
    送程翼仲之江南學使幕 ………………………………… 179
    何雲子觀察將之閩中，適頒至今上六年所馳恩命，喜遂先榮，索賦
      題贈 …………………………………………………… 179
    五月朔日，同官衛枚吉歸里省覲，詩以送之 ………… 180
    己未正月廿一日，潞河喜雪，用歐陽公聚星堂韵 …… 180
    陳門張氏若觀節烈歌 …………………………………… 180
    初秋，龔瞻蓼、莊素思、富韜上過訪金魚池寓園，同李瞻航、郭舒霞、
      陳轉庵母舅留酌，用施愚山金魚池歌韵 ………… 181
    次和田子綸移居 ………………………………………… 181
    次韵酬林澹亭十月初雪過訪寓齋，兼懷修來幼華千仞之作 … 181
    荔枝曲 …………………………………………………… 182
    冬夜聽美人隔幛彈琴 …………………………………… 182
    望太華 …………………………………………………… 182

131

夏雨嘆 …… 183

過瀼溪,懷元次山 …… 183

月下獨酌 …… 183

哀馬行 …… 184

汝石歌 …… 184

庭中秋海棠溽暑餘蒸,將次就萎,偶深宵微雨,粲然復妍,喜而有詩 …… 184

柘浦山行,時烽烟初靖,夜宿漁梁,凄涼達旦,歌以紀之 …… 185

觀射行 …… 185

鸚鵡 …… 185

小孤山次宋牧仲韵 …… 185

鬱孤臺歌次宋牧仲韵 …… 186

辛酉除夕,同伯兄素汝,弟獻汝、韜汝使院守歲,漫爲長句 …… 186

舟過彭蠡,望匡廬,和牧仲用斐伯游懸空寺韵 …… 186

大孤山 …… 187

癸亥仲秋,吴薗次粤舟將發,招同緯雲目天彤本韜汝宴集曾波閣話別,即此賦送 …… 187

問山詩集卷四 …… 188

五言律 …… 188

瀛臺啓事 …… 188

西苑 …… 188

早春,同宋荔裳、沈康臣游會香亭,次大宗伯王公留題原韵 …… 188

二月,移寓梁家園 …… 188

上巳,過訪宋荔裳寓齋留飲 …… 189

送林穆之雲中訪弟 …… 189

春日,李厚庵過訪 …… 189

初夏,宋荔裳招集梁家園別業 …… 189
香山寺月夜 …… 190
由磴道上洪光寺 …… 190
碧雲寺次王貽上韵 …… 190
晚望翠微寺 …… 190
春事 …… 190
卧病,酬和林蜚伯見訊之作 …… 190
秋後苦雨,黄褐公詩示次答 …… 191
送劉介庵請告終養歸里 …… 191
癸丑除夕雜感,同韜汝弟作 …… 191
甲寅上巳,沈康臣過集 …… 192
懷劉介庵 …… 192
遣舍弟焯展視祖塋,兼携小女于歸 …… 192
三月,許於王招同鄭山公、高紫虹、曾二改小集許中丞園亭,兼懷鄭鞠思肇修 …… 192
施愚山招同林澹亭、舍弟韜汝宴别,次愚山韵 …… 193
乙卯十二月,懷王仲錫 …… 193
送唐習之游金陵 …… 193
舍弟獻汝寓南昌經年,奇疾已愈,書至志喜 …… 193
閱河次楊村舟曉 …… 193
晚出東便門,返潞河,同家次蘭 …… 193
春暮,自潞河入都,寓金魚池,和嚴夫侍御過訪 …… 194
道經順義縣,至牛欄山宿 …… 194
林穆之寄櫬潞河給孤寺詩以奠之 …… 194
聞信 …… 194
次答王貽上見懷,時聞漳泉之捷 …… 194

俯鑑臺晚眺 …………………………………………… 195
丁巳六月廿九日，得素汝伯兄家報志喜 ………… 195
葉慕廬過訪潞署，贈詩次答 ……………………… 195
荔支 ………………………………………………… 195
龍眼 ………………………………………………… 196
菩提 ………………………………………………… 196
黄柑 ………………………………………………… 196
柚 …………………………………………………… 196
甘蔗 ………………………………………………… 196
貽上曉過金魚池寓園見訪不遇有作次答 ………… 196
重游天寧寺 ………………………………………… 197
豐臺看芍藥 ………………………………………… 197
贈阮疇生 …………………………………………… 197
舟中買蘭限韵，示舍弟韜汝、兒時爵 …………… 198
元夕，余浣公侍御招同薛梁公觀察，遲順之運使集長蘆鹺署看烟火 …………………………… 198
詠蟹限韵同黄用錫 ………………………………… 198
章澹公郡丞贈詩次答 ……………………………… 198
花朝，同劉介庵、遲默生、蔣晉侯、葉丙霞集鄧元固齋頭，出家姬作劇 …………………………… 198
初夏，李召林招同史鴻公、洪畏軒諸公飲西河酒樓 … 198
秋日，同劉淑甫、程周量、葉丙霞泛舟玉河觀蓮，和周量韵 ……… 199
贈黄辛子少尹 ……………………………………… 199
九日同王仲錫對菊 ………………………………… 199
伯兄素汝旋里 ……………………………………… 199
過夏内侍園，遇碧松上人，賦贈 ………………… 199

悼亡兒廣明詩 …… 200
夜夢對鏡,徑是老僧面目,醒後聊成一偈 …… 200
二月望日,洪畏軒招同夏鹵均、謝呂璜、黃原虛、曾子允、謝亶芳、
　周聞仲、彭鄴侯金魚池賜莊宴集 …… 200
臘月至都,王耻古過訪 …… 200
封臺春望 …… 201
寒食東郊即事 …… 201
奉懷雨航叔 …… 201
夢先塋 …… 201
商家林聞鶯有感 …… 201
恭謁聖廟,用林貞肅公韵 …… 201
夫子手植檜,次施愚山韵 …… 202
子貢植楷,次施愚山韵 …… 202
登露山 …… 202
魯署雜感 …… 202
病中送秋 …… 203
舍弟獻汝自家至 …… 203
留別伊陽孫丹扶明府 …… 203
燕 …… 203
過熊背嶺 …… 203
劉爾三司李左遷,自汴入都,約赴汝墳相會 …… 203
中夜署垣傾壓臥榻,余適先起,倖免 …… 204
送王仲錫之定州守任 …… 204
覃懷興隆寺遇楊臣至 …… 204
關中旅嘆 …… 204
宿泥陽 …… 204

自慶陽往閬邊城 ································· 205

過信陽恨這關 ··································· 205

雨泊 ··· 205

憶家 ··· 205

久客 ··· 205

聞李熊生補漳州教授歸里 ······················· 205

春晴訪李少文靜得堂 ···························· 206

送馮寶初聞母訃歸里 ···························· 206

元日試筆 ·· 206

送謝亶芳之秣陵 ································· 206

舟泊天津 ·· 206

曉渡揚子江 ······································ 206

泊瓜州得家信作 ································· 207

潤州有懷 ·· 207

游虎丘寺,和楊淡公先生韻 ····················· 207

恭侍大將軍簡親藩江干行幕次鄂學士韻 ········ 207

軍中秋夜 ·· 207

夜泊雙溪口 ······································ 207

泊水口,縱步小武當山 ·························· 208

紀別 ··· 208

秋夜聞蛩 ·· 208

月夜聽許儀卿彈琴 ······························ 208

七月十八夜 ······································ 208

聞箏 ··· 209

春日訪李茂才南河庄居 ························· 209

歐陽石室 ·· 209

巢雲巖 ……………………………………………………… 209
過磨盤嶺,至大柳驛宿,同舍弟韜汝分得"懸"字 ………… 209
曉發大柳驛,登關山嶺,同韜汝分得"殊"字 ……………… 209
魏冰叔處士就醫金陵,晤次賦贈 …………………………… 210
文筆峰次黃用錫韵 ………………………………………… 210
舟過石人壩 ………………………………………………… 210
秋日和牧仲,用李義山韵 …………………………………… 210
聞蟬次牧仲韵 ……………………………………………… 210
辛酉春暮,過集權署亦蘇堂,懷葉丙霞、宋牧仲,即用牧仲集兹
　堂韵 …………………………………………………… 211
雨發萬安 …………………………………………………… 211
春日同查王望泊舟大洲 …………………………………… 211
泰和避風,用牧仲野泊韵 …………………………………… 211
亮口舟中苦熱 ……………………………………………… 211
舟雨 ………………………………………………………… 211
行部至大庚 ………………………………………………… 212
宿小溪驛,敬步先祖父大司寇公良鄉夜宿韵 ……………… 212
曁園雜咏 …………………………………………………… 212
晚泊,散步田家,次舍弟韜汝韵 …………………………… 213
夜至樟樹鎮,次舍弟韜汝韵 ………………………………… 213
游化成巖,次施尚白原韵 …………………………………… 213
送洪學士過湖口鱘魚嘴話別,兼贈吳比部 ………………… 213
初秋,吳觀莊過訪曁園,即邀菌次、目天、彤本暨舍弟韜汝宴集,
　分得"蘿"、"尊"二字 ……………………………………… 214
奉陪王貽上登八境臺次元韵 ……………………………… 214
王貽上過曁園次和元韵 …………………………………… 214

次和王貽上泊攸鎮見懷之作 …………………… 214

初秋,鮑讓侯過訪蘭藻堂 …………………… 215

中秋夜雨,闈中即事,和張壺陽大中丞韻 …………………… 215

雨夜有懷次韻 …………………… 215

次韻答徐電發太史見贈 …………………… 216

戊辰十月,武昌亂後晤遲默生,次韻賦答,兼以志别 …………………… 217

問山詩集卷五 …………………… 218

七言律 …………………… 218

駕上陵回恭紀 …………………… 218

冬至陪祀郊壇 …………………… 218

長至後,上自温泉奉太皇太后回宫,駐驛潞河,迎駕恭紀 …………………… 218

奉寄陳轉庵母舅,時由黔郡丞擢守思南 …………………… 218

丙辰元日喜雪 …………………… 219

薊門詠懷古迹,和蜚伯作 …………………… 219

送程伊人赴雲中幕,兼柬何克東總戎 …………………… 220

憶家園梅花 …………………… 220

詠水仙花分得"銜"字 …………………… 220

立秋前一日柬黄御遠孝廉,次計甫草韻 …………………… 220

曉起至五華寺尋水盡頭,次貽上韻 …………………… 221

石景山 …………………… 221

松江田髴淵寄詩次答 …………………… 221

梁大司徒奉命使粵,回朝敬贈 …………………… 221

九月十五夜懷李厚庵 …………………… 222

書甲寅臘月事 …………………… 222

上王大宗伯 …………………… 222

乙卯五日,同林蜚伯、蔡玉汝、林石來集楊大山寓齋,即席次蜚

| 伯韵 | 222 |

贈李容齋學士 …… 223
寄懷趙山子 …… 223
夏日，王大司馬招同陶槎儔宴集怡園賦呈 …… 223
丙辰六月六日，赴通惠河任，道上有紀 …… 223
姚濮陽給諫省兄丹徒令回，過訪潞署留飲，兼懷王仲錫粵臬 …… 223
浚治潞河，用陸澹園先輩壁間韵 …… 224
初秋，同諸西侯、張寰六民部、閻梅公水部、羅周師郡丞諸公陪嚴
　少司農宴集大樹堂 …… 224
重陽，同勒、賽二郎中，戴、沙二員外諸公登石壩樓，霍晋生觀察攜
　樽小飲。時傳次日聖駕將幸遵化溫泉，至此駐蹕 …… 224
西洋國貢師子恭紀，次富少宗伯韵 …… 224
寄懷薛梁公江南臬使 …… 224
送洛湄大兄給諫典試兩浙 …… 225
柬金萬涵榷部 …… 225
長安雜興 …… 225
拜李卓吾墓 …… 226
陳節母詩 …… 226
董蒼水來都投詩，次韵走答 …… 226
潞署七夕有懷，和舍弟韜汝作 …… 227
喜蔡稚力内弟至 …… 227
送何信周歸里 …… 227
富少宗伯奉使諭祭忠勇王，便道還里，奉贈二律 …… 227
送龔介岑方伯之任金陵 …… 227
柬余佺廬 …… 227
過大通橋署有懷田子綸 …… 228

送葉丙霞視學三秦 …………………………………… 228
方伯景行大兄駐節姑蘇。丁巳冬,兒時爵南歸,道經趨省,
　　慈愛深至,兼荷示問,賦此寄謝 …………………… 228
東張梅庵 …………………………………………………… 228
春泛 ………………………………………………………… 228
送朱錫鬯之秣陵 …………………………………………… 229
九日登潞河城樓,次韜汝弟韵 …………………………… 229
和毛焕文游東牟見貽之作 ………………………………… 229
贈徐健庵贊善 ……………………………………………… 229
對菊同許徵若、蔡稚力、韜汝弟作 ……………………… 229
重陽後菊花爛漫將殘 ……………………………………… 230
送林公韞扶尊甫穆之靈櫬歸里 …………………………… 230
房季子挽詩 ………………………………………………… 230
仲夏,寓洪太常池莊有感,用兒時爵原韵呈陳轉庵母舅 … 230
聞簫同阮疇生、鄭遠公、韜汝弟分得三肴 ……………… 230
送鄧元固民部假歸東昌 …………………………………… 231
寄懷黃天馭觀察 …………………………………………… 231
送陳鶴屏舍人請給省覲 …………………………………… 231
朱人庵罷官馬邑,寄寓棗強,有詩見柬,闕報久之,重晤都門賦答
　　…………………………………………………………… 231
送勞書升督學山左 ………………………………………… 231
趙山子將歸,以詩索近稿兼贈畫扇,次答 ……………… 232
黃用錫至天津贈詩次答 …………………………………… 232
督漕河西,偕黃用錫、韜汝弟舟行分韵 ………………… 232
初秋,同章澹公、黃用錫、舍弟韜汝小集津頭別業,次用錫韵 …… 232
黃用錫將之太原,臨發雨阻,次和 ……………………… 232

將返都門,張蔚生參軍、張雪子參戎泛舟相送,各賦詩見贈,率和留別 …… 232

辛亥二月,柏卿魏師相予告歸里,時余榷役未回,不及與祖青門,荷寄讀彙刻諸公贈別詩,悵然瞻懷 …… 233

贈吴耕方太史 …… 233

許生洲公子年十四賦雙松詩,次韵贈之 …… 233

送李厚庵太史省覲 …… 233

元日即事,次上官三立大廷尉韵 …… 233

送何觀察之任 …… 233

挽王誕登處士 …… 234

許節母詩 …… 234

次和黄褐公五日懷友 …… 234

送姚高陽之任丹徒 …… 234

薊鎮有感 …… 234

薊州道中遇雪,同伯兄素汝 …… 235

獻陵懷古 …… 235

仲夏雨後,過劉處士齋頭留酌 …… 235

送黎觀予還楚,次左念源大銀臺韵 …… 235

行縣至東郊,過獻王陵 …… 235

雪後過景城 …… 235

道經趙北口 …… 236

雨霽望泰岳 …… 236

曲阜紀事用李文正公韵 …… 236

鄴都懷古 …… 236

汴梁懷古 …… 236

朱仙鎮謁岳武穆祠,敬步先祖父大司寇公原韵 …… 236

重陽前三日，登元紫芝琴臺 ……………………………… 237
中秋夜宴歸有感 ……………………………………………… 237
游雲夢山 ……………………………………………………… 237
洛陽道紀事，同王仲錫 ……………………………………… 237
隨德元招同王仲錫、余未也、王石航、孫丹扶飲吳氏園亭 …… 237
阮節庵明府招游少林寺 ……………………………………… 237
清明有感 ……………………………………………………… 238
酬黄用錫見訊 ………………………………………………… 238
壬寅除夕作 …………………………………………………… 238
憶同學楊伯歆、伯昭，李翰卿，陳臣汝諸子，兄千汝、素汝，
　　弟韜汝 …………………………………………………… 238
寄懷洪畏軒儀部 ……………………………………………… 238
癸卯三月生日 ………………………………………………… 239
別琴臺 ………………………………………………………… 239
河内史公一，沈禹錫、箕陳，張乾雅、明雅過鐵塔寺餞別 …… 239
東寧州守呂霖侯 ……………………………………………… 239
謁軒轅廟 ……………………………………………………… 239
都門將之魯陽，留別陳轉庵母舅，兼送入黔赴行軍司馬之任 …… 239
臘月十五夜書懷 ……………………………………………… 240
長安對雪用東坡韻 …………………………………………… 240
哀范佩蘭山人 ………………………………………………… 240
望江郎石，同蔡稚力、舍弟韜汝作 ………………………… 240
乙未二月，王師過仙霞嶺 …………………………………… 241
戎行紀事，呈鄂麟閣學士 …………………………………… 241
船下建溪 ……………………………………………………… 241
劍津晚泊 ……………………………………………………… 241

贈黃維讓鴻臚 …… 241
謝節母詩爲秀才超宗贈 …… 241
訪王嵩甪學博 …… 242
賦得暗水流花徑若木,六叔命和 …… 242
奉寄楊可庇先生濯纓湖隱居 …… 242
見春郊走馬有作 …… 242
同游彌陀巖,用葉文忠公壁間韵 …… 242
登齊雲巖,分得"阿"字 …… 242
金陵懷古,同舍弟韜汝分得"鴻"字 …… 243
金陵送王四及歸宣城,同韜汝得"歌"字 …… 243
皖城登迎江寺塔,用壁間韵 …… 243
登潯陽鎖江樓懷古,次韜汝韵 …… 243
登滕王閣 …… 243
佛桑次牧仲韵 …… 244
山呼次牧仲韵 …… 244
憶昔 …… 244
病起示舍弟韜汝 …… 244
南康阻淺,用許丁卯韵 …… 244
使院夜坐 …… 244
辛酉九月,舟過吉安,重晤陳子帥參軍 …… 245
奉懷張壺陽台州觀察 …… 245
寧都晤魏和公處士 …… 245
石城示諸父老 …… 245
新淦舟行 …… 245
夏盡,夜泊鎖口洲 …… 246
送于畏之歸携李,即次泰巖中丞大兄送別來虞原韵 …… 246

寄懷泰巖大兄用前韻 …………………………………………… 246

虔署桂花、木芙蓉盛開，讀壁間漢甫中丞二律，聲情並擅，香艷絕倫，
　　因躊和原韻。體物未工，殊愧前輩風流也 ………………… 246

癸亥花朝，同洪學士宴集張澹明方伯使院，舟回賦謝，兼以志懷
　　…………………………………………………………………… 247

舟泊吳城，登望湖亭，次舍弟韜汝韻 ………………………… 247

青山頭舟中苦雨遣悶，次韜汝韻 ……………………………… 247

舟回至南康盡米湖避風，信宿，即景感賦，次舍弟韜汝韻 … 247

寒食維舟，同舍弟韜汝小步張吳渡作 ………………………… 247

吳菌次將之嶺表，訪留村制府，舟過虔江賦贈，次魯文淵韻 … 248

癸亥初秋，邀同吳菌次、錢目天、吳彤本、龔衛公、舍弟韜汝游通天巖，
　　即席分得"雲"、"依"二字 …………………………………… 248

次韻走答吳菌次見柬之作 ……………………………………… 248

初秋，吳菌次、陳緯雲、錢目天、吳彤本、龔衛公、舍弟韜汝集覽園，
　　分得"舟"字 …………………………………………………… 249

秋日，邀吳菌次、吳觀莊、陳緯雲、龔衛公、錢目天、吳彤本、舍弟韜
　　汝集八境臺，分得"灰"、"歌"二韻 ………………………… 249

秋日，菌次、觀莊招同緯雲、子韶、目天、舍弟韜汝集曾波閣待月，
　　分得"陽"、"尤"二韻 ………………………………………… 249

秋日，鮑子韶招菌次、觀莊、緯雲、目天、彤本、舍弟韜汝集蓮社庵，
　　即送觀莊游粵。是日，菌次先歸，席中分得"真"、"侵"二韻
　　…………………………………………………………………… 249

送吳彤本隨尊甫菌次游粵 ……………………………………… 250

送錢目天游粵 …………………………………………………… 250

贈丁子肩 ………………………………………………………… 250

癸亥冬，楚雲上人過訪虔署，賦贈，兼送還山 ……………… 250

癸亥冬,聞阮疇生祝髮入山,悵然有感。甲子春,入都過晤,賦贈 ………… 250

甲子三月十八日,恭逢皇上萬壽,直省守巡諸道臣賚捧表章慶賀,臣煒得隨鵷班九叩三呼萬歲恭紀 ………… 251

范節母詩 ………… 251

甲子三月,賚捧事竣出都,邵子湘賦詩贈別,次答 ………… 251

次和王貽上同謁王文成公祠堂 ………… 251

金悚存大中丞乙丑季秋重修三山共學書院,作詩示勉多士,次韵奉和 ………… 252

贈送沈馨聞東歸,兼懷家泰巖兄,次留別元韵 ………… 252

送沈似之游粤 ………… 252

乙丑重陽,張澹明招同孫潔躬、查王望、遲默生、鮑麟遇、周柱峰、李敬庵宴集江天閣,同得"陽"字 ………… 253

秋日,洪都野眺,次張澹明韵 ………… 253

重陽後三日,鮑麟遇招同張澹明、查王望、遲默生、高九龍、李敬庵集四宜亭賦謝 ………… 253

贈别山陰周嵩渚 ………… 253

留别南昌謝郡丞 ………… 253

赴楚别湖口榷使尹子登侍讀 ………… 254

丁卯二月,登黄鶴樓,呈葉丙霞 ………… 254

丁卯夏日,奉邀大參鄧偶樵先生、方伯徐即山、觀察龔千谷宴集蘭藻堂,次偶樵先生韵 ………… 254

寄懷張澹明方伯 ………… 254

丁卯中秋前三夕,同胡絹庵方伯、成仲謙少參、龔千谷僉事奉陪張壺陽大中丞監試賦呈 ………… 255

中秋夜闈中聽雨,和壺陽中丞韵 ………… 255

闡中中秋次夜得月 ………………………………… 255

闡中十六夜記異，和壺陽中丞韵 ……………… 255

闡中十八夜月 ……………………………………… 256

闡中喜晴次韵 ……………………………………… 256

闡事竣，志喜和壺陽中丞韵 …………………… 256

雜興 ………………………………………………… 256

登晴川閣 …………………………………………… 257

初夏，錢映斗招同徐子星、胡絹庵游洪山寺 ……… 257

戊辰中秋前二日，李素園招同胡芝山、蔡龍文宴集 ……… 257

過洞庭湖 …………………………………………… 257

過湘陰吊屈原 ……………………………………… 258

賈誼宅 ……………………………………………… 258

長沙拜蔡江門先生祠 …………………………… 258

己巳季春，楚雲和尚招游攝山，同登五雲閣，兼懷大中丞于公 ……… 258

送楚雲和尚游燕兼之五臺 ……………………… 258

問山詩集卷六 ……………………………………… 259

五言排律 ……………………………………… 259

重陽後一日，恭迎聖駕侍太皇太后駐蹕平家疃較獵，次日臨幸遵化溫泉 ……… 259

恭謁聖林紀事 ……………………………………… 259

上魏總憲四十韵 …………………………………… 260

游馮相國萬柳堂 …………………………………… 260

浴象 ………………………………………………… 261

贈沈繹堂宫詹學士四十韵 ……………………… 261

通惠河泛舟 ………………………………………… 262

奉懷荆南大參鄧偶樵先生 ……………………… 262

送孫予立太史請給省覲 …… 262

謁嵩岳 …… 263

哭大中丞松江宋先生三十八韻 …… 263

送程職方出守桂林 …… 264

游西湖至靈隱寺作 …… 264

奉懷吳留村兩粵制府 …… 265

奉贈汪涵齋掌科、馮大木內翰主試楚闈二十韻 …… 265

奉贈偏沅興子延大中丞三十韻 …… 266

問山詩集卷七 …… 267

七言排律 …… 267

南苑大閱恭紀，次法黃石方伯韻 …… 267

除夕前三日，宋大司馬招同史省齋參議、張式似郡守宴集呈謝 …… 267

問山詩集卷八 …… 268

五言絕 …… 268

古意 …… 268

望遠曲 …… 268

吳宮怨 …… 268

明妃怨 …… 268

偶題小齋 …… 268

盧師山 …… 268

秘魔厓 …… 269

龍潭 …… 269

酒中八君咏 …… 269

俠客 …… 269

老馬 …… 269

夜坐 ··· 269

漢口別友 ··· 269

應山曉行 ··· 270

道經确山縣 ·· 270

村居 ··· 270

田間雜興 ··· 270

曉發小密,至瑞金縣作 ··· 271

湖口縣次舍弟韜汝韵 ··· 271

登普度閣望雨,次韜汝韵 ·· 271

問山詩集卷九 ··· 273

六言絶 ·· 273

雜感 ··· 273

怡亭 ··· 273

山居四時 ··· 273

溪東閑步 ··· 274

問山詩集卷十 ··· 275

七言絶 ·· 275

贈別馮寶初歸雲間 ·· 275

壬子長安燈夕 ··· 275

西湖雜咏,次王貽上韵 ··· 276

李梅崖齋中春海棠秋日復花,詩以贈之 ························ 276

季夏俯鑑軒閑坐率咏 ··· 277

潞署二鶴聞擊雲板則長鳴對舞,愛而有感,因成二絶 ······· 277

里兒四竹枝詞 ··· 277

示和小女報珠越中却寄之作 ······································ 277

津門有感 ··· 278

過馮氏思園	278
哭亡女	278
秋閨	279
秋山	279
秋月	279
秋雲	279
秋燕	279
秋蟬	279
秋笛	279
秋砧	279
邠州聞歌	280
慶陽道中遇雪	280
魯陽別王嵩甪	280
武昌渡江	280
題便面上畫竹有贈	280
流螢	280
廣寧門曉發	281
宿張夏次壁間韵	281
舟過淮安口占	281
虞姬墓	281
維揚秋泊	281
梅溪偶作	281
永安道中	281
雨中觀釣	282
題吳菌次《愛山修禊圖》	282
秦淮竹枝詞次舍弟韜汝韵	282

次韵東坡登八境臺雜咏 …… 282
魏和公以楔樝山芥見餉，口占寄謝 …… 283
白梅 …… 283
紅梅 …… 283
蠟梅 …… 283
青蓮洞次尚白韵 …… 284
春暮，舟次南康，阻風累日，因憶虔署覽園花時方好，不及宴賞，感賦絶句 …… 284
舟回至吴城作，次舍弟韜汝韵 …… 284
舟行見岸上殘花有感，次韜汝韵 …… 284
曉起見游蜂入舟，戲題絶句，次韜汝韵 …… 284
次和王貽上同謁王文成公祠堂 …… 284
題徐電發南州草堂詩集，次馮大木韵 …… 285

問山集後序 …… 丁 煒 286
跋 …… 丁拱辰 288
泉州府志·文苑傳 …… 289

問山詩集卷一

古 樂 府

君 子 行

君子慎所履,矩步盛趨蹌。整冠乃見客,攝衣始升堂。君子慎出話,有言必有章。好言如春溫,莠言似秋霜。謙謙君子德,肅肅慎所將。慈儉以爲寶,剛戾反致殃。非夷亦非惠,時哉任行藏。屋漏苟無愧,未然不須防。

施尚白曰:亮節古音。

怨 歌 行

送君河梁去,別意常惻惻。人生非賢聖,誰能免過失?高堂豈不慈,酸辛在堂下。竭力事饔飧,小姑猶未嫁。鬱鬱山中松,歷歷原上草。草色自經春,松心歲寒好。阿姊幼相憐,出門無來往。君子重別嫌,妾行非魯莽。瀝血磨霜刀,欲截青絲髮。髮短妾心長,君懷易斷絕。

王貽上曰:三緯相錯,深得古樂府意。

猛 虎 行

山南猛虎正負嵎,山北行路斷樵蘇。少年射牛不射虎,夜夜田間彀弓弩。耕牛漸少虎漸多,村中父老奈爾何?

施尚白曰:急響哀弦。

王貽上曰:文昌、文潛二張之間。

棄 婦 篇

棄置難自保,不如路旁草。結髮歲云深,命薄已成今。誰謂妾無色,愛憎生

151

反側。誰謂妾無裳,不御忘温涼。君心不可測,胡爲讒者惑?寥落遺此身,慚愧問新人。妾情無今昔,願君剖肝膈。

蝦魁篇

蝦魁本微質,托足在污池。東風桃花浪,吹送東海湄。蝦魁見東海,浩浩無津涯。聚族窮智力,跳躍安可施?茫然始自悔,窮大失所歸。寄語螺與蚌,閉户守樞機。

施尚白曰:與"枯魚過河泣"比肩。

門有車馬客行

門有車馬客,黯黯風塵色。問客所從來?三年離鄉邑。故鄉夫如何?却語先太息。高門化爲塵,喬木摧爲薪。道旁冠蓋子,海邊捕魚民。勸客且飲酒,盤中何所有?園柑三寸許,河鯉三尺餘。慎勿烹鯉魚,恐有腹中書。

王貽上曰:口齒是東漢人語。

休洗紅

休洗紅,洗多顏色減。不惜機上絲,但惜良工染。良工染絲莫染紅,猩猩被縛啼林東。

王貽上曰:意別。

又

休洗紅,洗多顏色變。得免素絲悲,與君長相見。聞君水田過百弓,不種桑麻種紅茜。

結客少年場行

結交須結游俠子,許身一旦爲君死。結交莫結鄉里兒,負恩不報反遭欺。少年場中喜結客,散盡黃金終不惜。一朝勢利盛風波,不信人心長反側。高堂客去君莫嗔,市上或有屠沽人。

王貽上曰:有慨其言之。

長別離

鬱鬱千仞松,離離女蘿草。念君有遠行,出門事征討。關河阻且深,何以慰綦縞?含情久踟蹰,所思在偕老。丈夫志成名,遑計歸期早。仰視天上月,隨君萬里道。孤輝照妾心,感結傷懷抱。努力愛景光,相期金石保。

施尚白曰:音情全是古人。

讀曲歌

贈歡縑,歡猶嫌。不恨繰絲薄,恨不織鸂鶒。

又

欲綉雙芙蓉,爲歡襯錦衾。見蓮不開箧,何處見儂針?

又

三更歡始來,五更歡復去。冬青也自長,不够兩頭鋸。

淥水曲

拍岸春水生,隔船人如玉。慊慊各自持,欲語重矜束。流艷動清漪,揚袂香斷續。倚棹看鴛鴦,微吟《懊儂曲》。

少年子

紫陌長安道,春風事冶游。千金酬趙璧,一笑脱吴鉤。挾彈過芳苑,鳴筝坐翠樓。上林傳羽獵,列隊出皇州。

紫騮馬

寶劍珊瑚鈎,青絲鞚紫騮。浮雲躡絶域,落日過長楸。俠客誇金埒,佳人上玉樓。鳴鞭花下去，佇立爲誰留？

折楊柳

緑楊三月時，歷亂各成絲。歲歲供攀折，行行贈別離。新鶯惟有恨，舊曲只相思。飛絮原無定，東風且莫吹。

施尚白曰：淡而怨。

王貽上曰：有姿制。

銅雀妓

歌舞如平昔，香殘曉夜燈。漳河自東去，妾望盡西陵。施尚白曰：自然傷心。瓦冷銅臺月，床空玉簟冰。綺羅長不御，魂夢若爲憑？

關山月

良秋三五夜，月色滿關山。祇照勞人苦，爭教思婦閑。離情傳笛吹，素影學弓彎。斜向邊城落，深閨夢裏還。

出塞

慘淡邊聲起，驚沙向夕飛。猶傳鬥兵合，未許解重圍。赤氣隨金鏃，黄雲上鐵衣。荷戈成白首，擁節幾人歸？

王貽上曰：老氣無敵。

愛妾換馬

豈爲功名切，真成薄倖悲。玉釵輕駿骨，金絡重蛾眉。躞蹀初來意，纏綿去後思。空群與傾國，最恨是同時。

王貽上曰：結妙。

采蓮曲

朝隨采蓮去，暮逐采蓮歸。但憐花並蒂，莫愁水濕衣。

又

暗香若有情，一任微風送。願言將遠心，吹去繞歡夢。

又

采采復相嬉，繫船湖邊柳。花枝拂儂面，花刺傷儂手。

又

薄言遺所思，聊把芳馨折。常恐秋風生，坐使朱顏歇。

東飛伯勞歌

前飛鵓鳩後烏鵲，翡翠屏開烟漠漠。女郎二八彈箜篌，當窗理曲不知愁。斜墮雲鬟佯不整，博山霧散沉灰冷。東家宋玉謾窺墻，阿母許嫁郭門王。

施尚白曰：似昌谷樂府。

從軍五更轉

一更新月明，風露滿邊城。軍中聞號令，人馬斷行聲。二更列宿稀，候雁正南飛。邊風嚴刺骨，誰復寄寒衣？三更夜色沉，四野盡秋陰。枕戈長待旦，烈士暮年心。四更天漢低，霜氣重淒淒。參差聞擊柝，城上復烏啼。五更戍角哀，捲甲下烽臺。前鋒先破敵，共唱凱歌回。

楊白花

楊白花，飛來飛去落誰家？春風不住花無力，吹入西園無舊識。昨夜東墻桃李枝，暗中相別未相知。還借東風頻寄語，相憶長如未別時。

王貽上曰：余最不喜今人作樂府，非謂樂府不可作，正惡今人樂府無寄託也。凡有寄託，即元、白、張、王，皆古樂府之苗裔。余獨喜雁水先生樂府者以此也。

問山詩集卷二

五言古

咏 史

桓公柄諸侯,周疆賴以廓。葵丘一振矜,畔者乃九國。何爲業垂成,爲德使人薄?大矣皇王功,萬物同所托。

又

孟嘗昔好士,賓客冠諸侯。結納既云廣,感恩自有由。以義報君家,功與管甯侔。縱橫事已遠,此道亦悠悠。養士不適用,空知爲身謀。

王貽上曰:不說壞戰國,亦大有見。

又

季子擁金貂,張儀席藁薦。貧賤志氣卑,富貴交情見。一激成大功,終當愧顔面。先施用權謀,何如忠告善?策士尚縱橫,達人觀世變。

又

倉鼠有餘糧,李斯發浩嘆。逐客歘見親,功名非不爛。結綬相嬴秦,詩書乃變亂。緬彼沙丘行,國鈞倚獨斷。立亥易初心,黨閹豈長算?恬毅功並摧,亡秦從此判。法網既匪疏,天刑詎可逭?悲哉上東門,黃犬空遺憾。

又

漢武志求賢,公車競交薦。作賦來相如,詼諧進曼倩。煌煌廣川儒,賢良策尤善。道德姚姒窺,源流洙泗衍。理實貫天人,學豈獨灾變?苦無希世資,江都獨遭譴。置彼下帷功,曲學乃成眷。三復《繁露》篇,精深翼麟傳。

王貽上曰:經術之言,古風之格。

又

伏波遇漢光，功名標絶塞。臨老尚據鞍，不忘烈士概。坎坎武溪深，毒雲愁鑾鶱。薏苡托輕身，文犀謗盈載。奇禍中梁松，貽書空垂誡。藁葬得還鄉，故交朱勃在。雲臺竟掩勛，椒房徒寵賚。

王貽上曰：漢代世有女禍，獨馬伏波及馮子明、竇游平最賢，而或不與功臣之列，或絀于王氏，或死于宦官，天道其可知耶？誦此爲三嘆息。

又

炎祚屆將衰，群賢沸鼎足。吾獨愛德操，逃名栖澗曲。偕隱龐德公，忘形超世俗。公子枉車騎，田奴甘污瀆。養晦道彌貞，辭榮身不辱。瑩瑩水鑑姿，名士多品目。翊漢薦卧龍，推轂定西蜀。

王貽上曰：直而老。

又

龍性多變化，誰云不可馴。因時爲潛見，進退自有神。施尚白曰：大儒之言。惜哉嵇中散，好道喪其真。守雌違老氏，且哲遜詩人。智愧孫登晚，才多竟累身。悠悠竹林下，千載同悲辛。

王貽上曰：即本遠慚柳下、近愧孫登之旨。

擬西北有高樓

高樓倚雲端，美人結瑤室。日晏不成妝，却坐理清瑟。弦急聲何悲，迴風慘白日。不知樓外人，流盼當軒疾。未審曲中音，徒矜塵外質。玉貌有時緇，知音那可得？遲暮多感傷，煩紆獨反側。

擬涉江采芙蓉

漢江何渺渺，朝露何溶溶。緑蘋與芳杜，錯雜見芙蓉。愛彼灼灼姿，采采亂殷紅。鵁鶄相對出，翡翠翔西東。所歡不可見，紉佩與誰同？

擬明月皎夜光

寒風淒北戶,清砧罷迴廊。明月照我牖,皎焉生輝光。懷人惕長夜,攬衣坐空房。良朋昔游宦,燕粵成參商。豈無貂襜褕?道遠不得將。感此歲寒節,嘆息徒彷徨。願言懷好音,素心永難忘。

<small>施尚白曰:似古人柔澹處。</small>

擬迢迢牽牛星

牽牛眷西顧,織女在其東。豈繄川無梁?欻使銀河通。帝命不可又,經年各異踪。嘆彼遠游子,星期已十終。秋霜被樊圃,蘭蕙成飛蓬。金膏徒自耀,綠鬢為誰容?懷憂不能寐,起坐聽哀鴻。

雜 詩

天地有大尊,量人酌所受。達者飲其間,無營亦無咎。取醉非有餘,獨醒伊則否。忘機飽天和,冥情躋上壽。如何沉湎者,不啻挹以斗。試問果腹餘,所需竟何有?以茲感物情,占爻得盈缶。

又

野人設檻蹄,縛虎如縛鼠。方其見縛時,剖腹有肥羜。殺身先後間,相看何爾汝?不見雲間龍,夭矯自遐舉。神變既無方,飛潛恣所處。歛迹視危機,債軸在平楚。

<small>王貽上曰:少陵雞蟲之旨。</small>

又

時雨滿四澤,農夫喜萬寶。爰有行路人,憂思怒如搗。豈不念怨咨?黃茂得堅好。倘失齊物心,天道亦草草。傷哉夸毗子,憂喜自顛倒。元化等虛舟,抱蜀以自考。

又

中庭桃李花,春來何灼灼。谷風中夜起,零亂相迴薄。卑者澗沙塵,高者入常幕。既已謝本根,安能擇所托?季孟自尊榮,回憲終窮約。貴賤在修爲,斯理得無錯?

又

梓漆本無心,橫來見剝割。致用非不榮,生理苦已撥。壽哉樗櫟姿,百年自萌蘖。有材貴嘉名,無材安苟活?慎勿兩躊躇,書空徒咄咄。

又

上古結繩代,其風何沕穆。迨及書契興,奸宄潛竄伏。五刑濫秦觟,六官脂莽鞕。<small>王貽上曰:造句精刻。</small>民命日迍邅,咨嗟罪案牘。吾欲訴蒼頡,帝閽難匍匐。願倚崆峒劍,罄斬南山竹。簡策既芟夷,有鬼不夜哭。

游仙詩

大道如玄珠,下士不知寶。蹉跎誤年華,坐使朱顔老。側聞圜丘山,其上多靈草。中有采真人,服食長壽考。驂鸞窮八荒,駕虹游三島。愧乏凌風姿,聳身侍縹緲。默坐檢丹經,煉形窺窈冥。谷神中夜存,遐齡庶永保。

鬥鷄

六合久洗兵,群公安爾位。太平有餘歡,請作鬥鷄戲。曾得紀省方,豢養遠羅致。赤幘羽翼齊,金骹嘴距利。邁彼荆蜀姿,巍然三尺崎。逞身向場中,凡鷄争走避。大敵當其前,養全廢疾視。奮啄落纖毛,揮拳折巨翅。角觝百餘周,追奔窮所際。上客袖黄金,藉兹觀成敗。叶百萬欻已空,含情但一悸。主人羅珍饈,稱觴賀得意。迴樽酬衆賓,出門皆盡醉。昔聞田饒言,兹禽五德備。如何季郈間,禍端起微細?壯士冠雄冠,毋忘仁勇志。聖主歌《大風》,玉鷄獻奇瑞。

<small>王貽上曰:此篇近似杜公。</small>

夏日,訪王九青侍讀

仲夏天氣蒸,羲暉正卓午。何處避炎歊,迴車過南杜。謖謖子淵居,幽亭面平圃。選樹鶯屢遷,銜泥燕方乳。曲徑度香風,落紅紛可數。岸幘倚南窗,抗懷圖書府。金石富遺文,瘦肥較《定武》。歐虞既已收,旁及薛與褚。裝潢製必佳,臨摹志已苦。《道德》五千言,飛金仿孟頫。篆記出精思,煉汞鑄蚺虎。況有漢魏章,羅列埒琮琥。愛君嗜古心,超超出名語。茶瓜為我修,清霏却煩暑。逝將卜芳鄰,時挹松枝塵。

玉泉次貽上韵

山老蒼龍鱗,石吐蝦蟆水。冷暈玉光圓,日照垂虹似。昨夜春流添,帶長青蘿委。十里夾堤楊,人影落清泚。宿霧隱芰荷,游魚唼蘭芷。昔時望湖亭,寂寞春山裏。猶想翠華臨,龍旂青雀尾。巍巍功德寺,無人識舊址。惟有華嚴庵,巖洞鑿神鬼。壁間耶律詞,苔畫猶未毀。既傷人代遙,遂嘆浮雲駛。暝然萬壑深,烟徑問樵子。

游卧佛寺,次貽上韵 寺旁即孫北海先生退谷。

山曉望無際,選徑造香林。卧佛示妙相,午鐘清梵音。仰矚杪欏樹,遍覆殿墀陰。飛觀丹霞景,削壁青銅岑。王貽上曰:造語似鮑明遠。客去茅亭寂,僧閒晝院沉。果園通藥圃,翠影豁塵襟。勇退欽哲士,幽棲愜道心。竹間過流水,一聽嵇生琴。

王貽上曰:結洒然。

三月十一日,同李奉倩給諫、汪竹巖比部桑雨嵐郭,曾瞻、陶槎儔儀部,房慎庵同官東郊祖餞邵瞻兩學使兼泛舟游佟家園,言歸有詩

霓旌南浦去,翠帳東皋開。鳴騶既已集,佇望佳人來。鬱紆盼河岫,歷歷見亭臺。褰裳就輕舸,泛泛玉川隈。拂棹岸花落,衝波沙鷺迴。微風蕩蘭芷,蒽茜相瀠洄。遵渚造名園,垂楊夾芳徑。欵户山鳥驚,飛鳴輒交應。王貽上曰:換韵處見

姿。夭桃萼已滋,紅藥華未騁。曲榭眺流霞,丹甍冠蒼磴。藉草倒金樽,開襟豁清興。林表散斜暉,迴舟重送客。分袂野躊躇,征鑣雲樹隔。所嘆行者勞,敢云居者逸？眷茲幽賞心,歸途聊共適。摛藻愧江淹,徒傷春草碧。

<small>王貽上曰：結撰本齊梁,別具秀骨。</small>

懷馮訥生

青霜墜高梧,在堂鳴蟋蟀。歲暮歌《唐風》,懷人感非一。念此金閨彥,謙冲存樸質。羔裘恬素絲,鶉居審容膝。坦然大雅心,直躡風騷室。煌煌雲中詩,鮑謝遜高筆。綢繆翰墨交,滌蕩紈綺習。別來遺古歡,泥塗淹白日。城闕一何深,烟雲蔽原隰。有情知望君,誰能髮如漆？

<small>施尚白曰：竟是古人之作。</small>

<small>王貽上曰：秀外惠中,朗然玉振。</small>

阮疇生游盤山回,過訪齋頭,因談登覽之勝,作詩紀贈

秋色結庭陰,脫巾臥松腳。微聞剝啄聲,呼童啟肩鑰。故人山游回,烟嵐繞芒屩。剪韭命新篘,歷歷訴巖壑。突兀盤龍山,縈紆薊門郭。怪石紛龍嵸,飛泉互噴嚼。萬松鐵杈枒,蟠鬱蒼虬攫。躡屐禮定光,塔影丹霄落。旋磴仰飛鳶,攀條學哀玃。其時天氣清,八荒何寥廓。決眥小神州,長嘯凌大漠。絕塞萬峰攢,齒齒排劍鍔。<small>王貽上曰：四句最豪健有氣。</small>晚飯叩齋廚,罩雲開翠幕。聽僧話九華,層巒更巉削。<small>王貽上曰：又轉一境。</small>信宿出山腰,中盤訪大博。傳鉢有宗公,機鋒捷可樂。聳身下青岑,反顧神猶愕。以君濟勝才,不受塵鞿縛。名岫與高僧,恣覽飽詩橐。笑余簿領拘,勞形徒刺促。會了婚嫁緣,枯筇手自斫。禽夏與向平,高風庶可作。

懷王貽上使蜀

金波麗叢桂,玉露湛清荷。停尊怨芳夜,引睇蜀山阿。美人握金鏡,衆妙歸

161

網羅。錦官存往迹，琴臺倚清歌。因風散珠瑟，吹綴珊瑚柯。平生襟帶歡，怨別空蹉跎。何時發三峽，聽此哀猿多。

王貽上曰：結體在鮑、謝之間。

葉井叔曰：《三百》性情，六朝風格。

偶　　成

大道本夷曠，人心自逼側。耳目乖所營，行役苦未息。繒繳智已施，天衢鮮暇翼。眷言返余真，嗒然静胸臆。幽趣愜林泉，寂境冥機識。俯仰萬古情，達生庶有得。

大中丞宋先生屬覓《名山藏》，家中舊有藏本，適寄至，賦詩侑呈

先世神熹日，鏡山稱黃耇。吾祖得忘年，論交班尹厚。親見校名山，搜羅窮二酉。編成首見遺，鄴架收藏久。人事閱滄桑，祖澤猶在手。緬維薄宦來，巾笥不及有。愧無延篤才，敢希游夏後。吾師宋夫子，博雅茂先偶。聚書等石倉，縹緗光户牖。憫兹文獻没，史材將安取？命訪《名山藏》，舊章或不朽。昨夜南風吹，布帆至津口。開緘檢遺書，斯篇燦星斗。送詣西堂中，高懷庶無負。鄭子學春秋，還從季長受。永言親絳紗，執經資善誘。

秋日，徐庶常過訪潞署賦贈

秋色落高槐，空堂人吏散。抱蜀寡歡娱，索居起長嘆。君子覽德輝，遥賁凌風翰。微言見冲襟，清篇發淵玩。持此樂新知，深杯酹無算。宴坐竟忘疲，疏星忽有爛。預愁駕華輈，明發悲獨旦。

施尚白曰：古甚！老甚！

葉井叔曰：清深遒上。

柬汪茗文

夙昔同心人，夷猶樂懷卷。乘時出一鳴，收光駛如電。好爵不受縻，丘園歸

獨善。著作擅東南,起衰主壇墠。干謁來紫騮,碑銘盡黃絹。詩句屈曹劉,風騷入組練。蘊璞自山輝,珪璋方屢薦。延佇來徵車,稅鞅金素變。咫尺隔容徽,心思日難遣。願此拂長纓,與君一相見。

<small>王貽上曰：雅潔。</small>

思南郡守陳轉庵母舅服闋赴銓,賜臨潞署,深宵歷叙故鄉亂離之苦,欣慨交至,賦此奉呈

滄海正橫流,天吳恣傾覆。狐火既稱兵,潢池亦帶犢。萌隸觸鯨吞,哲人甘蠖伏。王師掃江湄,摧鋒若破竹。三載苦塵氛,一朝欻屏逐。吾舅間關來,扁舟指河曲。驚喜走相迎,單騎不及僕。入門拜容光,典型何肅穆。坐久忽生悲,摩娑涕泪目。稍戒盤中蔬,暫充肥羜速。開尊如夢寐,歷歷叙寒燠。經始黔中歸,素冠返茅屋。襄事陟屺哀,若堂高原卜。幸崇馬鬣封,旋駴蝸角觸。乳贅穴間鬥,骸骨原野暴。頭會盡錙銖,膚剥靡煢獨。屠沽竊要津,冠裳道僇辱。思執義熙年,謬起洛陽獄。正直神明俱,未携浮海族。遁迹隱林廬,爲儀鎮雅俗。幸脱虎口灾,重問熊車禄。陳咸沛上居,工部武功躅。千載有同心,大義昭往牘。諸甥非魏舒,薄宦徒碌碌。感嘆渭陽情,含哀思顧復。縱耻瓶罍空,荒齋聊信宿。微雨夜方深,檐花燈外撲。

訪林蜚伯新移寓齋

林子倜儻士,好事輒卜居。齋心人境中,數椽十笏餘。門巷相紆迴,竹樹搖扶疏。白雲護墻屋,黃鳥鳴階除。伊余寡朋合,時獨愛君廬。圖書悅岑寂,巾拂伴清虛。瓮底傾濁醪,盤中列新蔬。三珠既云集,<small>謂覲伯、聞伯。</small>四美良復俱。酣宴忘夕歸,咏嘯結歡娛。凌雲滿四壁,端不愧相如。

秋日,余佺廬給諫招集寓齋賦贈

游子悵行役,三年沮洳湄。眷此平生歡,斗酒不復持。如何素秋夕,重披君

子帷。華榱蔭瑶席,嘉肴旨且時。開簾下白鳥,岸幘起涼飈。懿彼庭中花,蘭蕙紛葳蕤。馨香盈懷抱,酌言豈知疲?夜闌散緗帙,著作多芳詞。讜言補衮職,游藝鳴新詩。淑美信非一,佩服安可辭?飽德歌既醉,食萍懷今玆。古歡洵能再?願以歲寒期。

王貽上曰:雅作。

施尚白點定拙集,聞體中少違,作此奉訊

聊雲麗天章,榮光出河洛。文采擅風騷,經國理無怍。末技矜雕蟲,菁華日刻削。不有起衰人,雅頌終澆落。先生握靈蛇,十年臥雲壑。黽勉應玄纁,從容侍講幄。憫玆微言絕,健筆救膚弱。語必屈宋期,力與班楊角。爛然見經術,斯文增式廓。昨登君子堂,獲睹未雕璞。和氣如太羹,大斗恣斟酌。<small>施尚白曰:大儒之言,小巫何敢當!</small>示我宣城詩,精深存矩矱。大哉滄海觀,詹言愧束縛。願以樸樕姿,仰丐般倕斫。極口瑯琊公,<small>謂貽上。</small>推轂相揚榷。想見若谷心,謙冲柄慎恪。朔風屬仲冬,陰陽正迴薄。服食養天和,有喜占勿藥。愛此金玉軀,吾道資先覺。

王貽上曰:通首深摯,是至性人筆墨。"爛然見經術"五字,得宛陵學問本原。所云詞林有根柢也。

奉送陳轉庵母舅出守江寧

搖光指仲冬,玄風飄絳節。寒帷倚圖書,遥睇鍾山雪。<small>王貽上曰:瀟灑可愛。</small>鍾山佳麗地,連甍森閥閱。纂組被天隅,筐篚輦京闕。置守或乖方,所憂民力竭。<small>王貽上曰:仁人之言。</small>天子念東南,虛懷簡時哲。吾舅蘊經綸,從容黃綬結。直如朱絲弦,皎如冰壺月。會敷嘉樹陰,重繩驄馬轍。<small>外祖父侍御公前按江南屯政,釐剔宿弊,特著清望。</small>蹁躚長離羽,崇臺振高潔。煌煌漢潁川,璽書行賜秩。

又

離筵倚河曲,祖帳臨城隅。驪駒方躑躅,賤子起躊躇。束髮受明訓,黽勉學

操觚。敦詩誦《蓼莪》,罔極思勤劬。母氏既云遠,渭陽恩豈殊?_{王貽上曰:天性之}言,真摯可感。屢閱京華春,顧復必我俱。如何嬰圭組,遂分燕與吳。承宣達元化,寧復念私圖?願爲反哺烏,長向府中趨。騫飛限河梁,引領空延紵。德音未或遺,庶以代萱蘇。

<small>王貽上曰:溫柔敦厚,於先生詩猶庶幾遇之。</small>

仲春,同黃鶴巖、紀孟起、孟枚仙、衛枚吉過房慎庵齋頭觀書畫圖章

微風陌柳青,過雨城草綠。籃輿蹋軟塵,延紵深巷曲。主人喜客來,革帶不遑束。把袂坐東軒,列筵出藏蓄。禊帖永和年,樂志吳興錄。_{慎庵出褚河南《蘭亭記》、趙松雪《樂志論》真迹。}丹青蛺蝶圖,烟雲輞川幅。金石刻印章,琳瑯光簡牘。奇篆逼之罘,名鈕肖天禄。觸目盡離奇,斟酌亦滿腹。食古神已酣,況有玉缸撲。髠懷既屢開,陶巾亦再漉。歸來卧荒齋,夢想高人屋。會掃東閣床,更借異書讀。

送張一衡游五臺

我聞清凉山,縹緲紫雲間。六月餘冰雪,清净非人寰。古佛曾示現,曇花繞松壇。張子高曠士,五岳恣游觀。每吐胸中奇,名山爲解顏。携詩過冷署,調古垂不刊。蕭蕭風雪夜,同擁竹爐寒。翩然西北去,登陟忘險艱。聳身千仞臺,國土在眉端。眼中除金屑,杖底驂銀鸞。東望遼海鶴,千歲方來還。

鄭遠公投示西山紀游詩賦贈

雪晴苑樹青,長安春色早。馬首望西山,山光自矜好。長紵仁智心,塵冥迹如掃。謝監有高懷,佳辰事幽討。濟勝招良朋,蠟屐向晴昊。始探玉泉源,復陟香山道。高崖聳秘魔,雲竇深杳杳。翠微既蕭森,石景何窈窕。離奇飽所歷,蒼然滿懷抱。掃磴醉芳尊,抽毫流逸藻。歸輈示佳篇,琳瑯恣傾倒。爽氣盈綺疏,

清暉娛昏曉。休沐如可期,踵君拾瑤草。

聞魏惟度續石倉詩選有寄

大雅久云亡,起衰方再盛。海內數宗工,孰司四始柄。翩翩石倉園,持論趨醇正。是時遘迷陽,風騷將不競。吾祖共雞壇,哲初公與能始先生同時唱和甚夥。戮力同制勝。滄桑四十載,遺篇具家乘。魏子性情人,夙昔耽佳咏。遨游吳越間,《詩持》操選政。惟度有《詩持》選。邇來客燕南,百家復刪定。吾閩宗膳部,林子羽。繼起稱高鄭。高廷禮、鄭繼之。見素振中流,林見素。遵巖推後勁。王遵巖。數馬與果亭,黃鍾梅、張二水。聯翩相掩映。欲發篋中藏,遲君一商訂。

戒　驛

下車視荒驛,馬敝驛且圮。卒吏半尪羸,呼來泪不已。長跪前致詞,吞聲訴瘡痏。南國未銷兵,羽書走如蟻。騎士好誅求,材官多觖歔。笞掠仇興徒,號呶問酒篋。況乃乏芻茭,我馬鞭箠死。長吏閉關愁,小吏逃鄉里。貪緣遂至今,積弱誰能起？聞言未及終,祿食當愧恥。呵咤非所安,罕譬乃其理。秣馬充厩閑,積粟供儲峙。尺符後命來,努力共更始。慎勿廢公徭,俾爾鄰封鄙。

撤　樓

署北有高樓,樓高費登陟。仰瞻百里雲,俯睨萬井室。鎖鑰擬重關,雉堞紛剡剕。昔人勞構此,非爲資宴佚。多盜邑夙稱,自衛固宜力。嗚呼四郊壘,卿士溺其職。置令本爲民,所以關休戚。愧乏保障才,相示惟悃愊。一朝撤危垣,坦然示不惑。罷聞樓鼓聲,聊師買犢迹。蕞爾弄潢池,庶幾或屏息。

王貽上曰:可追踪道州無慚色矣。

述　哀　詩

霜草斷春暉,風柯無靜響。陳鼐薦牲牢,不逮生前養。痛哉銜恤人,歲晏徒憯悯。拜跪展冬烝,含哀憶疇曩。緬維我生初,家禎方穰穰。吾祖爽鳩公,中朝喉舌掌。翩翩先大夫,第五荷嘉賞。日誦過庭詩,操觚擬銀榜。坐無握躓賓,門有鴻生緔。吾母柄瀡潃,咄嗟敕椒欞。潔膳歡高堂,馨饎佐書棍。顧復我弟昆,齒齒膝前長。我祖驂尾箕,大夫劇悲怏。經年卧縂帷,玉樓召遽枉。吾母誓捐生,抽刀徑堪吭。祖母蔡夫人,倉皇急抱搶。新婦不我延,孤兒竟誰仰?是以母恭人,遄回暫勉強。日夕長拊棺,血泪紛泱漭。時余方四齡,伯兄歲先兩。幼弟甫及周,呱呱未離褓。辛苦翼孤雛,凄涼黃鵠影。叶舉兩切。縞素事清齋,鐘魚禮金像。操作偕女奴,綢繆課績紡。小子既勝衣,擇師訓愚莽。和熊力彌敦,畫荻學逾廣。軋軋機杼間,齒授伊吾朗。靜夜焚蘭膏,觀書或臘朓。涕泣訴府君,詞答對靈幌。余少好狂走,勦如犢破鞅。心懍母儀端,修容晉堂嚮。由來陰教專,功與嚴君仿。産本中人家,權奇積餘帑。脯修既無虞,蘋蘩豐歲享。遂擴堂構規,推宅更塏壤。崢嶸拜清樓,櫨梲丹霄上。塗塈自經營,躋芋益宏敞。遺我鶺鴒枝,未憂風雨蕩。吁嗟丁戊年,山海走夔罔。啄屋有饑鴟,公然肆噬攘。母氏鏡幾先,斥金弭奸黨。城中方藿食,餓骨委塵坱。黃口靨珍糧,免拾南山橡。豈非鞠育恩?罔極齊穹蒼。詎意劬勞躬,卒瘏遽長往。時在烽燧中,摧肝復搏顙。慟哭慘朝昏,煢煢竟安仿。鮮民徒虛生,歲月嘆飄蕩。即今統組纓,時深版輿想。珈翟雖裔皇,無路獻泉壤。翻慕菽水歡,終朝承几杖。而我徒彷徨,思存希肸蠁。灑涕酹椒觴,明發益淒愴。

<small>陳轉庵母舅曰:凄音恫魂,如聞皋魚之慟。先姊一生苦節,歷歷行間循覽,益悲在原矣。</small>

游宓石山詩有序

宓石山距魯邑西北八十里許,派溯中岳,自辟靈異。獨以世無康樂,幾滅沒終古。余吏事之暇,頗與游事相稱。歲庚子仲春,風日新美,怡及草樹。遂偕僕二、鑣一,佐以短杖,至則攘椐剔柘,僅達其骿。若飛湍亘阻,即以所刊木駕而躋焉。遥望崇巔,雲霞蒸鬱,非攀葛莫從。及躡頂,則紅錯于趾,始悟爲石,而霞反在下。因嘆大造鑄物,靈奇變幻,何所不有,又非特山水已也。俄而羲和移馭,林影屢換。俯折而憩翠釜,則靈湫在焉。幽邃渟泓,未易涯究。鱗鬣蘚斑,紀龍異甚悉。大約戒物下觸,觸則龍騰而雨。余目懾久之,遂呼僕去屐後齒而下。夫不能忘情於搜陟者,恒以所悦為安然。或景逝衷移,虛踐佳境,不有志咏,其何以伸謝客之懷哉?退而紀之以詩。_{王貽上曰:似蔡羽諸記。}

暇日愜冥游,澄懷展幽眺。叠巘出雲端,飛泉懸石竅。往往人迹絶,林薄射靈曜。振衣渺八垠,天風迴絶嶠。奔悦忘嶔崎,沉寥傳振嘯。越山不記重,山山各臻妙。_{王貽上曰:措語亦復妙。}空翠入襟裾,畢景恣欣笑。

訪歐陽行周修禊亭舊址_{唐四門助教歐陽公諱詹,字行周,泉州人。爲魯令時,歲以三月三日集僚吏飲此。}

幽蘭有異芳,托根在空谷。威鳳有高儀,翔止擇嘉木。卓哉歐陽公,出處超凡俗。秋風石室巔,猶疑聞誦讀。_{吾郡北山有公石室、書院。}禊亭訪遺墟,寒流清可掬。悠然涵春熙,閑情寄醽醁。曠懷晋賢游,暢叙繼芳躅。千載里閭心,踐迹愧初服。寥閴增慨欣,清朗蕩胸目。俯仰竟忘歸,餘暉散林麓。高風信可追,寤寐幸私淑。

聞機杼聲有作_{施尚白曰:佳題。}

雲黑亂山低,野店留人住。茅檐荆作門,朴質得其趣。雜花撲几香,兀坐愜幽素。山月凄客心,輾轉若有慕。軋軋起西鄰,機聲隔林度。誰家復相_{去聲}舂,辛勤警夜務。無端兩物情,倡和竟昏暮。僮僕亦何知,憎彼輒驚寤。人生不耕織,絲粒將焉措?家稔與國豐,熙皞由兹寓。不見兵燹方,編氓廢安作?_{音做。}泠然夜色深,寒風動草樹。窗外列宿稀,鷄聲滿行路。

書　感

少無適俗姿,誤有耽書癖。蘭膏日夜焚,輾轉費駒隙。架乏禦寒衣,釜少晨餐麥。妻孥顧我愁,高吟亦何益!昨登故人門,有客居上席。百金裝鶻鵃,千金買狐腋。騎射超等倫,談笑露肝鬲。問知新督護,南征隨破逆。致身亦有階,何必盡經籍。咄哉魯諸生,儒冠終被斥。

施尚白曰:唾壺擊碎。

散　　步

散步入幽林,晨光耀叢薄。宿鳥夢初醒,青山宛如濯。春色著花枝,東風吹不落。遥想灌園人,桔槔方寂寞。

秋夜彈琴

微風吹凉月,流景照孤琴。琴聲清且切,木葉下空林。商調刺人骨,羽調縈人心。豈無鳳凰曲?所貴在知音。關山一何迥,河水一何深。長天孤雁唳,命匹哀雲陰。嗟彼焦尾恨,不如成灰沉。零落感朝露,腸斷白頭吟。

王貽上曰:掩抑幽咽,亦有朱弦唱嘆之音。

○ 此謂古雅。

留別汝州任木生

寶劍倚崆峒,神奸皆辟易。但睹芙蓉光,誰辨土花碧?與君樂新知,忘年締三益。君文清廟珍,方圓中珪璧。赤汗騁霜蹄,都塊隨所歷。愧我轅下駒,迷途傷逼側。陌上柳初條,青青送行客,別離悵兹辰,邂逅知何夕?汝水自清漪,蒼茫烟樹隔。

哭陳駿汝表兄

十月悲繁霜,蘭枯百草瘁。悠悠埋玉人,靈虬返六轡。憶素失怙日,曰惟舅是恃。舅氏課督均,子甥無異視。予齡甫十三,兄年届十四。風雨共晨昏,相資質經義。四郊忽烽火,言歸將母侍。螺陽一日程,隔爲兵燹地。爾時倉卒中,慈母復我棄。施尚白曰:苦事可雪涕。哀慟廢《蓼莪》,孔懷憶《棠棣》。亂後理青氈,等身餘經笥。駿汝兄幼聰敏,過目成誦,母舅署其讀書處爲"等身庵"。兄文日以新,秋風標錦字。屈指曲江春,聯翩當得意。夫何邁龍蛇,遽隕修文淚。腸斷褰素帷,人琴俱何寄?搜篋剩遺篇,讀罷益晞嘘。

<blockquote>陳轉庵母舅曰:情至語真,忍痛讀之,感憶亡兒如在初没。</blockquote>

晨　　起

晨起曙光静,好鳥交交鳴。澹烟籠翠篳,零露浥朱櫻。攬衣啓庭户,葱巃落檐楹。床上書盈帙,尊中酒復清。陶然適幽賞,嗒爾喪吾形。宇宙何寥廓,無爲心自寧。安用損精志,憧憧逐世榮。

<blockquote>施尚白曰:恬適。</blockquote>

叢桂篇柬黄用錫

零露何團團,涼飆起中夜。萬籟盡秋聲,木葉蕭蕭下。叢桂獨扶疏,枝柯琪樹亞。素質挺巖阿,孤懷閲春夏。檀蕊吐奇香,疑從月中瀉。翳彼出塵姿,幽芳肯相借。悠悠招隱心,千古同悲詫。寄傲飽烟霞,珍重彌增價。運序欻逝遷,華實互代謝。托根幸自全,盛名安可藉?遲暮結深交,待君一命駕。

熱　　嘆

燭龍騁炎馭,秋來勢愈驕。奇雲空作峰,莫解山澤焦。饑烏不啄粟,爓火在枯苗。吾廬如覆甑,悒鬱耐昏朝。流爍及几簟,紈扇空招摇。翻書與伏枕,輾轉成紛囂。故園有池閣,松陰覆長橋。披襟讀騷史,不雨自瀟瀟。舍爾今幾載,蘭蕙應寂寥。枋榆違素志,一枝愧鷦鷯。願乘長風起,憑虚凌九霄。

東林寺小憩

廬岳聳疊屏,縹緲白雲際。行行遵山麓,曦午未停騎。過雨净襟眸,林端見初地。選徑鑑華池,素藥發香氣。列巘逼諸天,清静送蒼翠。梵閣禮旃檀,飛來詫靈異。三乘悟皆空,六塵捐匪易。擬酌智慧泉,方井苔蘚翳。跂彼十八賢,冥棲蘊真意。徘徊出虎溪,遥岑新月霽。

咏庭蕉和牧仲用松陵集新竹韵

甘蕉競森爽,蔭此讀書楹。豈惟蔽炎焰,直欲捎青冥。紛疑越孔翠,炫尾展修翎。當窗扇凉颸,碧色摇雲屏。頓拓臨池興,染翰清泠生。良宵微雨過,浙瀝聞前庭。灑灑浮蟻蠡,于于覆鹿醒。高秋擷嘉實,玉案饒芳馨。方春能敷華,何憂霜雪零。

夏日,阮疇生過集芥坳

齋閣隔塵鞅,槐徑絶氛埃。翠篠冒松牗,紅蘭覆苔階。悠然想儔侣,蘿户臨風開。故人能遠至,把袂欣無猜。聊爲池上酌,暢此真率懷。方塘白蓮静,馥烈浮香醅。瑶尊既屢覆,綺咏當復裁。且共嘯桐月,未憂清漏催。

過雩都峽口

青靄結層岑,朝暾翳回麓。掉鞅越林阿,寒松凄以緑。嘉卉競紛葩,幽禽響邃谷。夷猶涉清溪,漣漪净如沐。暫假濯纓娱,希心塵外躅。登頓歷修塗,駛驟互起伏。巖壑恣延紆,烟霞盛覽矚。向夕望崦嵫,畇畇綉壤錯。農父穿黄雲,腰鐮穫秋熟。會咏豳雅詩,南畝勞載俶。

舟下十八灘,和牧仲用林蜚伯游南華寺韵

贛石挾奔流,詭激紛萬變。汎濟憂濡尾,投荒愧屢踐。臨淵疑九折,徘徊廢餐膳。灩澦嗟未經,黶淡愁載見。嵯岈嚙崩濤,齒齒厲于箭。微命寄支撑,安危在一盼。篙師鼓戚櫓,力與漩渦戰。劣乃脱惶恐,得假布帆便。崷崒莽迴複,排奡風勢轉。叢薄翳朝暾,亂蒿實饑涎。反顧挂長綃,欹側浮素練。忠信托虚舟,夷猶到江面。

西園易亭詩有序

玉峽令君郁遜膚者，浙西佳士也。治成政暇，即署西偏辟園構亭，命之曰"易"。貽書索予詩紀事。余曩來虔，數以公事詣省，故嘗往還玉峽，一再晉接。令君溫文爾雅，望而知爲江陵、道州一流人。惟是落景停舟，戴星移棹，顧未嘗一登斯亭，遍覽溪山之勝。夫未履其地而賦其境，非溢則誣，予其何以塞令君請？雖然，地以人傳，境由心造。琴臺竹樓，千載下想見流風，猶能咏歌其盛，豈必手弄烟雲，目親魚鳥，始克揚榷無遺哉？夫《易》"窮則變，變則通，通則久"，又曰"神而化之，使民宜之"。令君既柎玉峽之民，易瘡痍爲衽席，桑麻弦誦，蒸蒸區內矣。斯亭之作，行且後閫雉以長存。通久之義，洵乎有合，然而令君則顧謙讓未遑也。余因廣"易"之義而詩以紀之。

歲晏寒風吹，江雲紛靉靆。臥閣理韋編，觀爻發蒙昧。忽有素心人，瑤華傳聲欬。示我《易亭》篇，江山迴盼睞。想見英妙姿，政閑試茂對。激湍繞園西，疏軒出堂背。梅竹含冰霜，清静官舍內。岸幘或憑高，千峰開晻曖。崖岸丹葩繁，阡塍碧流滙。蓬户士歌商，麥郊農載耒。地是懷葛鄉，俗擬羲農代。移風政已成，名亭存勝概。會埒玉笥山，終古托厚載。

<small>阮疇生曰：就"易"字上寫亭、寫人、寫景，毫髮不亂，卓然名手。</small>

魏冰叔徵君挽詩

昔聞魏徵君，逃名隱雲壑。冥鴻迹既騫，烟霞牖自鑿。鬱彼金精峰，易堂構巉削。日與數君子，共研丘墳學。二難稱競爽，三高茂杰作。理蔚周程醇，力厚遷固角。溟漲挹榮光，丹霄仰鸑鷟。公卿從交辟，纁蒲竟屢却。終古漢侯山，高風未寂寞。往者膺簡書，謬筦章貢鑰。喜近鄭公鄉，獲麋中孚爵。征驂稅白門，徵君時行藥。邂逅遘彼姝，問俗造東郭。授我經世編，精思韠公穀。析義知服勝，諷本希延祚。願發槖中裝，鋘鉢佐刀錯。庶幾麐經旨，千秋朗玉燭。別後臨江關，嚴霜隕貞籜。咄咄龍蛇嗟，少微中夜落。猶子遠單縗，<small>謂昭士。</small>鹿車返荔牼。廬岳損精靈,長江悲絶澗。慨自風教微,處士多齷齪。月露争雕蟲,道器寖衰薄。煌煌魏徵君,樹軌激貪弱。悵兹白日徂,斯文竟安託? 雪涕嘆藏舟,椒觴酹幽魄。叶。遺書有子將,謂和公。息壤期永諾。

<small>弟焯曰:冰叔當今之鄭康成也。白下定交,遽嗟長往,三復斯篇,如讀《八哀》之咏。</small>

贈魏和公

真人魏伯陽,爰作《參同契》。功合九還成,理與十翼際。奕葉衍盤根,三株挺嘉植。縹緲翠微巔,吾廬帶薜荔。一堂究《河》、《洛》,默成非卜筮。龍德擬乾初,潛确蘊深意。間以文字祖,發爲載道器。黼黻象昭回,璠璵走遐裔。伯仲耿含輝,白眉更稱季。昔爲雲雁翔,今見靈光巋。大業荷一身,斯文氣獨萃。直道彦方規,知非蘧瑗歲。大過夙已寡,掛搩應罔愧。五十始中宫,丹訣隱妙諦。會試餐玉方,駿虬謁青帝。

<small>葉丙霞曰:筆力嚴重。</small>

月夜舟泊

艤棹幽意愜,眷此秋夜良。澄江霽凉月,素練飄流光。遥天净如拭,草樹分微茫。蘋風静鷗鷺,桂露沾衣裳。浩然發清曠,長嘯咏滄浪。

<small>王貽上曰:不減"鈎簾宿鷺起,丸藥流鶯囀"。</small>

癸亥孟春,同殿工使者洪學士闆木袁陽,于文侯郡守邀游化成巖,次施尚白留題原韵

放棹沿淪漪,振策陟巖壑。揮手謝塵鞅,縱懷得疏豁。過雨濯寒松,微陽曖春蘀。延眺俯澄江,峰巒鏡中落。罾罟集沙村,鷄豚散晴郭。風流愛賢守,殷勤具杯酌。夕醉澹歸心,疏鐘警幽廓。

鄱陽湖

渺渺鄱陽湖,烟波浩無際。誰洩尾閭墟,注此浮漚地。幽秘隱龍宫,精靈走

蛟魅。颶母挾天吴,驚濤矗矗矗。崔嵬萬斛舟,杌桯戒顛躓。往往津梁人,舂糧嘆遲滯。我來及芳春,積雨偶開霽。朝旭散陰霾,輕颷掃蒙翳。澄川似掌平,物象見纖細。篙師顏色喜,擊汰舵還捩。鷺鷗靜不飛,鸂鶒戛然唳。欻見廬阜峰,鬱崒遞蒼翠。艤棹落星灣,奇石詫飛墜。境幽情彌怡,目曠心無累。申咏忠信篇,循端庶罔愧。

守風長嶺,尋迴峰禪院少憩,贈梅上人

峽雨過層岑,風泉落危磴。時聞樵斧喧,谷鳥鳴交應。攀蘿玩翠微,臨流鑒清瑩。映竹疏茶畦,穿花度梵磬。遂造遠公廬,栖真見禪定。

又

迴峰舊名刹,法印宗南岳。開士久安心,對客儼無學。盤果定猿供,拄杖枯藤劚。靜發箭鋒機,能使鈍根覺。塵纓如可濯,重來拈兔角。

忘歸巖次王文成公韻

霽雨净嵐陰,冷冷巾帶好。崖左納清虛,游神寄三島。已悔入林遲,偏虞出谷早。迴風度晚鐘,烟庭黄葉掃。

問山詩集卷三

七言古

從軍行

年少羽林郎，翩翩大道傍。寶劍千金值，名馬百金裝。邊檄夜傳刺閨急，宵衣未曉承明立。飛將何人議築壇，柳營倏見旌旗集。生平不用讀父書，談笑臨戎算有餘。久將名姓書軍帖，新領兵符拜玉除。河陽渡頭殘雪在，魚麗陣連楚雲改。五月瀟湘水北流，三軍百戰仍堅壘。湘雲漢水自悠悠，鴻雁聲中萬馬秋。絕域征夫方捲甲，深閨少婦謾登樓。此身甘向沙場死，何況區區戀妻子。麟閣勳高不足言，丈夫意氣當如此。君不見古來征戰幾人還？梅花笛裏度關山。縱得旋歸歲已暮，風沙戚戚非朱顏。朱顏有時老，烟塵何日掃？將勇無庸召外兵，時平只在廟謨早。轉看賣劍買耕牛，盡放驊騮試春草。

施尚白曰：大關係語以風雅出之。

征婦怨

邊風颯颯秋蕭索，鄰砧夜搗霜月白。空閨夢斷戍烟深，重理殘燈動刀尺。憶從南國羽書飛，嚴冬雨雪正霏霏。將軍受詔辭金殿，戰士長征卧鐵衣。孤城百仞重圍合，間道短兵日相接。終年苦戰陣雲黃，丹楓空墮離人血。妾來猶未拜姑嫜，煢煢獨守只空房。男兒能備公家急，生女真堪棄路旁。昨夜春風入桃李，纔見花開旋結子。知君不逐南歸鴻，妾心自誓東流水。

葉井叔曰：右丞風格，樂府遺音。

乙卯秋，洪畏軒奉常招集賜莊金魚池，次和原韵

昭代元臣眞競爽，鈞衡手握平于掌。太府難忘九伐功，午橋特敕三公賞。邸第舊傳戚畹家，銀塘碧沼最堪誇。無數錦鱗浮荇藻，燦如雲漢麗朝霞。韋成繼相西京裏，休澣閑來俯芳沚。蒹葭浥露何蒼蒼，折簡招余對秋水。三徑頻過迹不疏，雕盤渠碗羅紛如。銜杯喜共公榮飲，就廡猶懷皋子居。年來未睹櫨槍落，嘯海鯨鯢何跳躍。安得君家舊孝寬，指揮如意都銷却。我但與君痛飲醉清淪，逍遥藝苑漱芳津。不講干戈講禮樂，鏗然蕤鐵躍河濱。

張南溟給諫自書《觀王右軍〈樂毅論〉眞迹歌》見贈，賦謝

古來翰墨擅工巧，詩有杜陵書逸少。其餘鱗甲各分張，千載何人兼二妙？京峴張君迥絕倫，玉衡金鑑照青春。致身早射東堂策，補衮今為左掖臣。諫議才名何翕赩，捵藻臨池人辟易。競傳麗句壓隋珠，況擅銀鉤輕趙璧。昨者高會小馮君，裝潢墨妙出右軍。眞迹家傳《樂毅論》，規虞撫褚徒紛紛。紫荆花下同開展，觸目琳球盡一卷。詩思欻發若有神，醉後虬髯不用撚。奔騰浩汗森波濤，璀燦陸離光琬琰。詩成點檢晴窗裏，半幅吳綾剪秋水。銅雀瓦硯天峰煤，烟雲繚繞行間起。奇姿嘯樹見仙人，秀態插花逢美女。鳳閣天門希世珍，寧數縱橫一萬里。色絲幼婦錦爛斑，封題肯寄馬曹閑。百濟千金買不得，忽落吾手開吾顏。君不見金谷詩、蘭亭字，文采風流長不墜。我今靜對日焚香，何用公孫大娘舞劍器？

施尚白曰：豪興堂堂。

沈石田山水歌

石翁絕藝凌等夷，騰踔不受盛名羈。同時畫師乞題識，坦然落筆無相疑。遂令砥砆雜拱璧，披麻大皴矜神奇。施尚白曰：筆力老健。此圖爽秀見眞迹，筆勢頡頏黃大痴。疏林瘦石倚平莽，數椽書屋清溪上。披帷挾册有幽人，演漾烟雲眼中蕩。出竹柴扉半已開，過橋酒客遥相訪。別有崇岡俯碧灣，波光不動意逾閑。

尺幀欲饒萬里勢，方壺蓬島疑堪攀。五言長城擬鮑謝，蒼巒倒向行間射。心畫心聲兩絕倫，石田題詩有"衬兹乃心畫，其情聊自多"之句。法書況是涪翁亞。友人寶此重兼金，錦軸裝潢什襲深。開櫥未走甘相送，使我飽看松杉陰。我家茅茨山澗曲，廿載園荒秋草綠。何時拂袖歸衡廬，得對此圖坐臥貧亦足！

嶺南歌送王仲錫觀察

漲海風波久不揚，名藩猶藉省中郎。璽書夜降辭三殿，旌節春深下五羊。南天隱隱標銅柱，柱嶺炎雲照日暮。越王潭上水連空，尉佗城邊草如霧。桄榔垂葉拂行帷，翡翠銜花點綉衣。疍戶蠻珠歸合浦，島彝皮服貢離支。共識清修曾似鶴，千金不羡陸生橐。船移岙口憶沉香，文到潮陽能徙鰐。從容坐鎮海天秋，風捲濤聲月滿樓。賓朋才調多佳興，如澠之酒百斛舟。有時遙望思京邑，應話平生馬少游。

<small>王貽上曰：右丞、東川之間有此風格。</small>

戈育仲侍御茶馬復命，贈余《蘭州淳化帖》，
作歌以答其意

能言鸚鵡不足請，葡萄美酒不足進。知余染翰好臨池，閣帖攜來充雅贈。君走龍虯始漢章，臣起蒼頡稱發刃。宋代天子真曠觀，陋却襄陽但寶晉。焚香座上對張芝，捲幔窗中逢子敬。驟見游龍卧天門，復覺驚蛇入草徑。愛道憑虛迥欲仙，快馬隨人初入陣。自非蕭府妙雙鈎，真贗雜出誰堪信。何年摹刻出西安？工人爭避遠致艱。盡鉗紙尾國初年，潛篆《淳化》續其端。古人神明不復見，正須好事分神奸。戈君識鑒天下絕，善本遠購自皋蘭。西來易致大宛馬，銀鞍輕載縹緗還。驊騮貴骨不貴肉，鍾王筆法作是觀。慚無奇字報君札，擬種芭蕉學閉關。

贈許實夫

閩海丁生有印癖，世間奇石苦難得。青田舊凍價兼金，绣山璠璵雜五色。

龍文龜鈕手自磨,錦帕封題仗誰刻？當今篆籀最稱雄,前有葛起後許容。飛騰筆勢均無敵,刀法源流迥不同。許生本是名家裔,炯炯雙眸秋月霽。弱冠遠陋經生言,冥搜奇字古初前。上窺蒼頡下嬴氏,六書體要精其傳。垂露懸針凌碧落,健腕揮來動金錯。北海靈芝集一身,豈有風流讓擇木？叶。遠攜絕技走京邸,藝苑群公爭倒屣。憐予好古得相親,為刻玉章摹漢璽。莊如諸真謁帝驂鸞翔,勁如虯松古幹摩穹蒼。奇如禹碑岣嶁開鴻濛,逸如空江獨夜鳴孤鴻。其時落日照金臺,酒酣出袖天為開。施尚白曰：忽着閑語,生色。親見周宣篆石鼓,秦斤燕鎛安在哉？嗚呼許生真奇士,安得儒衣見天子？李蔡功名從此始。一睹文章出上台,綠字丹文銘泰嵪。

送邵瞻兩視學江南

春風搖漾青門柳,紅亭朝醉梨花酒。使君懸綬建雙旌,惜別故人重分手。憶昔風塵暗海邊,名流書劍滯烽烟。忘年自愧非文舉,未得定交君子前。鷲翼鶱騰睇望勞,幸向雲霄接羽毛。聊步共趨丹鳳陛,度支軍國又分曹。多君洊典容臺禮,余亦移官掌列榮。時從玉帛借輝光,甲兵擬向天河洗。閑來更跂中郎屣,岸幘攜樽同徙倚。飲我醇醪公瑾交,侵人爽氣西山紫。把袂言歡恨較遲,那堪芍藥賦將離。天子臨軒咨牧伯,諸生倚席待經師。到處停車攬霸圖,三吳才氣無時無。美箭南金寧足貴,須知江左有夷吾。

立秋後二日雨霽,小理花木漫興

秋陰昨夜黯不開,今朝雨霽秋光來。新紅未墜霜林葉,老翠猶鋪石面苔。町疃泥沾屐齒滑,旭日初照絕氛埃。眾草何當欺晚菊,枯松聊可伴寒梅。呼僮剪剔除蓊翳,靜觀蟲鳥渾無猜。但使曠懷隨寄托,荷鋤孰謂非周才？

施尚白曰：清事楚楚。

慈仁寺僧房看西府海棠花,同沈康臣用東坡定惠院海棠韻

慈仁古寺森嘉木,偃松輪囷稱奇獨。殿庭盤鬱眾所欽,闤闠喧豗未免俗。

海棠亦是琳宫種,高寄僧房似幽谷。葳蕤碧葉蔭經臺,修篁交柯出梵屋。乘春帝女散天花,冰紗霧縠籠肌肉。朱粉畫來竟不成,丰姿看去應難足。捎烟裹露麗以清,累蕚承跗閑且淑。蛺蝶從教抱蕊房,螻蟻未容穿樹腹。祇園欄楯久護持,不用編籬插疏竹。良朋拉我花底行,霞光爛漫炫心目。天下海棠孰最佳?昌州異種冠巴蜀。施尚白曰:開宕法本杜老。倘遇此花相頡頏,平章未易分鷄鵠。生平綺語習未除,聊對瓊枝按歌曲。賞心莫待楝風吹,片片落英驚鳥觸。

送程翼仲之江南學使幕

長安春暮瀟瀟雨,送客開帆去南浦。借問攜樽欲送誰?云是當今伯休甫。程子學儒兼學仙,從容好事詎能數。讀盡龍門篋裏書,調來神鼎爐中虎。已看筆法走鍾王,但恨無詩過鮑庾。昔爲思親客海隅,今爲上書滯京土。新識經師馬季長,知君詞賦擅鸚鵡。挾君更向秣陵游,共索球琳貢天府。蒼黃此別意何如?勿爲離憂徒自苦。但令授簡得枚皐,應勝軍書重阮瑀。稚子能文意不疏,遲君一振天池羽。若看江月照江花,回頭一望燕山樹。

施尚白曰:住陡健有情。

何雲子觀察將之閩中,適頒至今
上六年所貽恩命,喜遂先榮,索賦題贈

美人發京國,瀟灑事輕裝。圖書已盈篋,綸綍生輝光。天孫織雲錦,卷帙爛縹緗。玉軸兩頭飾,金花七葉張。青虬及紫鳳,合沓紛翱翔。制詞代天語,展對生矜莊。上言天下治,道在勵官常。教忠與移孝,嚴父作其昉。朕臣有何武,夙昔司激揚。乘驄比桓典,埋輪繼張綱。亦越分陝命,旬宣績彌彰。今茲有懋典,禮數宜褒崇。而身暨而父,敕賜官職同。母儀與閨範,錫號均龍章。女其悉朕意,三命茲益恭。人生得此事亦足,行道揚名稱式榖。鼎養雖瞑五熟鬵,尊榮已給五花軸。以茲感嘆欽殊遇,益借冰霜砥臣素。不將南顧憂至尊,滿捲潤河向東注,絳節飄飄七閩去。

王貽上曰：有法。

五月朔日，同官衛枚吉歸里省覲，詩以送之

　　四月紅藥花滿蹊，五月菖蒲葉已齊。菖蒲猶是仙人草，將離芍藥何萋萋。與君同省久投契，雲龍相逐舟共濟。朝回竟日作淹留，情重何煩彩縷繫。杯酒歡呼共論文，朗朗璧人自超詣。平生肝膽輸友朋，不學纖兒好權勢。時談先代表遺清，亭亭獨立誰能繼？浩歌感嘆見君情，愛君鳳毛重君世。如今忽作花時分，笛裏梅花那可聞？歸去從看蒲葉綠，九節高堂佐壽尊。

己未正月廿一日，潞河喜雪，用歐陽公聚星堂韵不用玉月、梨花、練絮、白舞鵝、鶴銀等事。

　　條風昨夜綻新萼，雪花歷亂相迴薄。朝來擁鼻出門庭，雰雰更帶寒威作。冥濛瞥見壓城闉，瀰漫驚看滿山郭。沾衣拂帽細無聲，惟有光芒眼中爍。震雉掠將竹外飛，凍烏踏向松梢落。美人垂幕薰麝蘭，公子披裘擁貂貉。周原沉漭如砥平，轍迹衝成老蛟攫。應知入地盡遺蝗，不用占年聽銅雀。長安西城有銅雀，一鳴則五穀熟。呼童掃徑延嘉賓，揮毫縱橫没草屩。宜麥真堪釋杞憂，莫嗤赫赫田家樂。興至就爐酒易賒，醉後敲冰茗可瀹。廉纖日暮轉淒清，四顧天低尚漠漠。抽毫欲作喜雪行，手重呵寒如握槊。白戰何當學醉翁，倘遇髯蘇慚一噱。

陳門張氏若觀節烈歌

　　爲臣死忠婦死節，王凝妻臂常山舌。此道昭炳千古間，叔世綱維嘆屢絕。嗚呼甲寅閩亂興，百爾臣工孰義烈？方面有陳師武吳，謂觀察陳公啓泰、總戎吳公萬福。總制精誠貫日月。謂總督潘陽范公。外此寥寥難可期，胡廣中庸成一轍。詎知螺陽巾幗中，勁節棱棱映霜雪。夫君早逝隨黄泉，以身投井幸復延。勉作未亡十二載，望養嗣孤還所天。不弔孤亡亂未已，鯨氛肆虐婦人耻。血潺灘洓絕命詞，此際乾坤存正始。張題壁有"乾坤此際當自決"之句。從容就義付雉經，白璧之身歸

180

夫子。杜陵貞白克刑家，作傳真堪繼青史。謂轉庵母舅。嗚呼婦節與臣忠，不負此心惟一死。輶軒遙訪殉難人，彤管應書及彼美。

<small>王貽上曰：可愧男子，使奸諛九原猶有顙泚。</small>

<small>葉井叔曰：以臣忠婦節合斷，可備信史。</small>

初秋，龔瞻蓼、莊素思、富韜上過訪金魚池寓園，同李瞻航、郭舒霞、陳轉庵母舅留酌，用施愚山金魚池歌韻

韶光過眼如鳥疾，虛擲流年諒非一。三秋荷鋤復歸來，喜見賓朋猶昔日。眼前濠濮良可尋，莊惠翱翔戀儔匹。渭陽別館騏驥鄰，步屧相過交契密。爛爛何當問主賓，携具開樽坐我室。瓮堆綠醑金鹽香，盤登鮮鯽銀絲出。狂呼不復拘醉醒，痛飲真能見膠漆。紅鱗池畔柳枝新，丞相園林非舊春。我來三度依皋廡，轉憶當時把臂人。謂洪畏軒太常。水蘋花發菰蒲綠，殘霞落日空傷神。醉後高歌應不惜，拍浮但願常相親。飛鴻雪爪元無定，且門樽前強健身。

次和田子綸移居

水曹移居聞借車，湫隘頗類曲逆家。檐下菊荒巢蝙蝠，門前葉落驚麋麖。身閑屢給大官籍，洛誦朗朗蜂排衙。長鬚遠糴太倉米，歸遲屋角日西斜。<small>施尚白曰：正似韓、蘇。</small>先生擁鼻但隱几，魚湯初沸蒙頂花。興來爛漫詩百首，聯翩有似銜尾鴉。<small>王貽上曰：妙句。</small>篇終騰沓只自賞，擊節潛應迴帆檛。愛君佳句逼錢起，中夜鼓瑟聞靈娲。

次韻酬林澹亭十月初雪過訪寓齋，兼懷修來幼華千仞之作

與君相見無虛月，夜坐每待星河沒。有時叉手發長吟，清辭往往無枝葉。同心更有二三子，一日不見歌城闕。曾將詞賦擬凌雲，坐擁牙籤輕列戟。驊騮塵路喜先開，駑馬長途愁屢蹶。年來王事各東西，幾人尚作長安客？候屆小陽

春氣寒,雪花片片點瑤席。爐中宿火撥成灰,几上膽瓶凍欲裂。剝啄叩門疑是君,歡然一笑冠纓絕。急呼鸂杓傾醇醨,潦倒玉山暖侵骨。作達曾無世法拘,偷閑或恐天公罰。冰霜歲晚正懷人,珍重加餐足調攝。三千里外歸鴻稀,安得頻修慰問帖?

荔枝曲

丹樓啓朝霞,青幕蔭玄圃。冰雪仙人著絳紗,欲呼與語不得語。空有明珠解佩心,一水流雲隔銀浦。翠釵憶掛紫荷囊,日斜幾陣飛紅雨。

冬夜聽美人隔幃彈琴

瑤階霜重夜如水,美人垂簾拂湘几。天漢沉沉寂不譁,寶鴨生烟爇檀蕊。冷韵初調玉軫和,芳情暗逐清弦起。一派流泉澗下鳴,置身恍在青溪裏。識曲由來閨閣稀,臨邛人去空綠綺。今夜忽聞環佩聲,浣盡十年箏笛耳。轉縵還爲一再彈,潜引清商換流徵。曲罷悠然初月高,縹緲餘音繞窗紙。

王貽上曰:清辭逸調。

望太華

華山何嵯峨?三峰削如矢。巨靈手劈不可成,女媧煉爲天柱砥。上有太白之星精,寒芒閃爍光萬里。下有巋然宮殿壯金方,道旁來往車塵駛。車塵來往幾時休,岳色山光只如此。邃城杳渺秘秦碑,真宰含靈配虞祀。鴻濛氣象割朝昏,晻藹陰晴變青紫。誰將玉女洗頭盆,灑向雲根作珠蕊。流淙飛霰亂松風,倒澗崩崖瀉石髓。凌空高插玉井蓮,絢爛長涵金掌水。我欲從蒼龍峽上訪羽客之遺踪兮,但見鐵索縋空樹杪人行歷歷如浮蟻。施尚白曰:亦兼《蜀道難》筆意。自昔希夷學仙兮,五龍潛蟄一枕清風兮長酣未已。胡爲乎?浮生夢不到華胥,日日緇顔兼錯趾。百二秦關驅客身,千仞丹梯隔源委。極目層巒生暮烟,迴首落霞散成綺。何時長嘯立其巔,九有十州皆一指。

王貽上曰：歐陽公自負《廬山高》，以爲可追太白，此篇似未多讓。

夏雨嘆

樂陵杏子頰紅後，溽暑蒸人如中酒。無從隙地覓清凉，聊冀滂沱洗塵垢。昨宵一雨忽翛然，列缺馳光蟄龍走。溟濛淒滀滙繁雲，颯颯驟風飄户牖。屋後高摧栖鵲巢，庭前拗折藏鴉柳。傾盆汪雷不肯休，倒海翻江驚未有。花棚藥檻一時頹，漏床塌壁吁嗟久。竈下濕火吹不燃，赤脚厨奴啼老醜。解熱已見天心慈，過多反使三農詬。田禾狼藉没泥塗，后土被污失高厚。憶昨田秧未入土，南東龜坼愁旁午。此時涓滴比珠璣，招致神龍蜥蜴舞。邇來百物漸垂成，一遇霪霖翻速腐。安得上天沛澤均，五風十雨盈倉庾？

過瀼溪，懷元次山

瀼溪曲曲流，巖谷互奔逐。溪雲澹蕩生，回抱瀼村緑。王貽上曰：起四句如畫。瀼村鄰里半荒榛，漫叟清風寄幽麓。立言砥行古人間，澆世真淳不傷獨。憫時自作《春陵行》，千載尤堪警民牧。我來訪勝弄潺湲，橋影山光漾林木。悠悠世路悔平生，對此冲融塵慮肅。

王貽上曰：峻潔無長語。

月下獨酌

小園草樹交成蔭，秋月當空如水浸。一杯獨酌誰勸酬？月色花香相對飲。悠然萬籟發笙竽，先生放歌觀無悶。月中營魄幾時生？纖阿御輪但一瞬。圓者爲誰缺者誰？但照人間雙白鬢。吁嗟萬物如土苴，天地洪鑪一灰燼。盜跖縱横鮑焦枯，彭殀殤壽疇能信？忽施雨露忽雷霆，徒握化權資喜愠。安得羲農長不改，覆載無私同任運。睢睢盱盱今古齊，不識不知帝則順。不然燭龍腐爛六鰲死，元氣茫茫混沌甚。何須老氏《五千言》，未用莊生《齊物論》。我欲痛哭呼蒼旻，悲風蕭蕭月生暈。酒罷歌殘夜色深，倚床剪燭續《天問》。

哀馬行 余乘善馬來魯，調習日久，所向殊倚其力。
會長途過苦，飲河而病，及斃，瘞之，仍哀以詩。

海舶指扶桑，篙師失鼓枻。舟馬事懸殊，所關皆匪細。此馬騎來自幽燕，追風歷塊垂三年。萬里長途信可托，一朝遽嘆房星落。毛卷皮乾久病侵，駿骨嘗感路人心。驊騮一去不復返，昭王臺上空黃金。痛爾汗血枯，憐爾伏櫪癯。戀戀敝帷愛，瘞爾琴臺西北隅。凋鞍殘勒空狼藉，徒步踉蹌吊孤魄。主人尚懷短馭悲，爾馬銷沉復誰惜！君不見，絕塞烟塵苦戰爭，追奔逐北饑腸鳴。傷心萬古長城下，歲歲春風草自青。施尚白曰：結出悲響。

陳轉庵母舅曰：仁愛天植，形于筆墨。窮愁寄托，更自凄惋。

汝石歌

元氣傾欹西北圻，媧皇煉石補天缺。爐飛火走不復收，散作珠璣媚川澤。五行正色居中央，汝水清深蘊丹碧。紛然肖物各象形，奊𩒹肌分與理擘。麟騫鳳翥翻雲車，海立山騰破鮫宅。仙人倚樹嘯閶風，田父釋鋤臥南陌。垂綸釣叟冒青簑，挾笴將軍巾赤幘。羅壁躔奎金瑣碎，閃電蒸霞紅辟易。火齊木難寧足多？鞣鞨玻璃詎可惜？寶光隱見各有時，夜氣不貪間一獲。我友縛檐倚溪住，冥情探討窮歲月。謂任木生。小奚罔象窺天倪，累累檢得丹砂液。縹囊什襲等璜琥，露袖一瞥驚几席。慷慨出手肯相遺，命我倉皇趣袍笏。我有一尺哀玉瓷，綠沉香橐膩且滑。已命承取天中泉，鋪排錦石鑑毛髮。陸離倒射瑩雙瞳，泓淨因之沁心魄。從茲長署水石交，昏曉山窗伴挾冊。只愁中夜雷霆爭，石兮韜光無使六丁嚇！

葉井叔曰：詭譎陸離，如入波斯賈肆，賞不暇給。

庭中秋海棠溽暑餘蒸，將次就萎，
偶深宵微雨，粲然復妍，喜而有詩

炎薰簾外撲塵垢，數朵花枝難自守。微陰一夜散飛英，喚起真妃醒宿酒。

紅潮初褪尚凝腮，軟玉生烟艷作堆。返魂香爇長生殿，不待林風破曉催。綠衣侍女候新妝，搖曳湘裙向鏡旁。銀盤罷浣金莖露，同倚欄杆待晚涼。亭畔紛紛秋蝶度，淡雲微雨長相護。天公尚解惜傾城，莫道當年天子誤。

柘浦山行，時烽烟初靖，夜宿漁梁，淒涼達旦，歌以紀之

古道荆榛斷人迹，千峰倒影日將夕。數家荒店半橫斜，僅存四壁無安宅。入門蠨蛸網檐楹，立久主人始出迎。皤皤鬢髮白勝雪，扶杖惟聞嘆息聲。借問寇氛今靖否？低徊不語但搖首。入夜空村虎豹嗥，瑟瑟寒風吹戶牖。驚心饑鼠鬥人前，聒耳寒蟲隨我後。飛磷明滅盈丘墟，幾點疏星掛碧虛。不寐偏愁更漏永，聽僮數問夜何如。

觀射行

桓桓十五幽燕子，手挽勁弓架長矢。弓強六石矢稱之，粘羽含笴三尺咫。東家少年亦可兒，出入意氣相傾馳。長郊平蕪新草綠，招携鬥射早春時。楊柳枝邊一鵠懸，中有赤日小如錢。蒼茫布武百步遠，欲射未射眼已穿。自矜妙技不知難，一箭劈破紅瑛盤。南來書生見咋舌，嘆斯命中真奇絕。雄心如虎臂如猿，等閒貫革如嚼鐵。余曰少習成性亦無奇，巧者自應習者師。痀僂承蜩輪扁斲，以彼解此將無疑。用志凝神臻要妙，拂脊落毛供一笑。天寒日暮捲侯歸，嗷嗷空中下黃鵠。

鸚鵡

曉夢初迴星月曙，窗前鸚鵡分明語。便便學佞已堪悲，況對畫堂惜毛羽。金條玉架違所歡，翠衿短盡竟何故？多言招忌物性同，三緘汝舌當自悟。沉香亭畔雪衣殘，芳草洲前迷舊處。烟雨空林有羽儀，冥冥不啄向天去。

小孤山次宋牧仲韻

大江瀉浪何沆瀁，遠見晴螺劣如掌。中流詫此石筍崇，刻削雲根卓波上。

砥柱不礙東朝宗,蓬山瀛島凌空濛。松杉葱籠宿鸛鶴,谽谺硏磕驚蛟龍。晶官隱隱聞鼉鼓,仿佛神妃出銀浦。金支翠羽踏潮頭,觸突天吳那敢怒。我來正值晚濤平,秋風拂拂綃帆輕。烟鬟宛在不可即,冷然長嘯懷青冥。

阮疇生曰:一結有健翮摩空之勢。

鬱孤臺歌次宋牧仲韵

高臺屹崒爽氣浮,下有章貢互奔流。崩灘激浪排岸渚,漁榔估舶凌清秋。千載遺基委黃土,蔓草荒藤翳斷礎。崆峒山勢徒蜿蜒,叠嶂運雲走橫浦。我來躑躅看嵯峨,中懷磊砢感慨多。蒼茫魏闕雲際遠,回風落日增悲歌。

吳蘭次曰:與韜汝作俱蒼老。

辛酉除夕,同伯兄素汝,弟獻汝、韜汝使院守歲,漫爲長句

今夕何夕歲將除,官齋梅萼含復舒。江高地暖霜雪少,春風飄飄吹華裾。冰盤剪韭饌格磔,銀罌浮柏傾屠蘇。放衙鎖印却人事,一堂同氣聊歡娛。大兄別來鬢髮白,舍弟久客森髭鬚。雁行參差隔年載,此地乃復同杯盂。風蓬雪瓜漫回首,聚散感激生悲愉。人生期頤駒隙疾,冠組何必勝蒓鱸。坐令既翕阻言笑,馬醫夏畦共嗟吁。芳樽殘夜莫虛擲,膠餳粉荔風未殊。但令年年臘長,相見一飲直須三百壺。階前爆竹走山鬼,城上坎鼓驚畢逋,慎莫不飲歲空徂。

葉井叔曰:蒼勁突兀。

舟過彭蠡,望匡廬,和牧仲用蚩伯游懸空寺韵

傾羲耀藻明江濆,爛漫霞錦繅天孫。風帆漂忽歸鳥疾,側帽一眺廬皁尊。元氣磊砢數百里,遠從衡岳分精魂。上霄峰棱拂雲海,長虹斜挂飛流奔。滴瀑噴沫瀉晴雪,勢若匹練趨吳門。巉巖欲黑嵐氣重,香爐突起青烟痕。五老朝元御沆瀣,儼騎白鹿高低蹲。須臾月出林壑靜,澄湖倒影驅黃昏。泠泠思折九節

杖,拄到絕頂窮崑崙。匡君縹緲如可即,翩然握手駿鸞軒。玉顏易緇金骨老,琅函丹訣誰與論？尚平婚嫁了何許,怫鬱徒嘆塵嬰繁。橫笛數聲豁覊感,坐聽舵底蛟龍翻。

葉丙霞曰：生新瑰麗,駭恫心目。

大　孤　山

大孤力砥大江流,坐見狂瀾帖奔伏。盤根溷瀁誰與群？惟許小孤埒高躅。摩空白塔削瓊標,絕壁蒼藤蒙翠玉。攀躋最羨老僧閑,飽弄烟雲應自足。

癸亥仲秋,吳菌次粵舟將發,招同緯雲目天彤本韜汝宴集曾波閣話別,即此賦送

吳興太守盛文詞,與我握手贛之湄。尋山共蠟幾兩屐,望闕時抗雙颦眉。檀槽壓得露紅酒,蠻欘提攜馬前走。拔劍狂為斫地歌,叩壺驚縱談天口。池上山公騎屢迴,相逢一笑即銜杯。荒齋看竹過白日,曾閣觀瀾俯綠苔。神交漸已忘賓主,咫尺仙都如對宇。但知題扇有王筠,寧數班荊逢伍舉。勝事相期到百年,何當秋水拍離船。燒燈更約南皮會,行炙重開北海筵。筵上哀絲雜急管,啁啾似促傳觴緩。八拍翻殘鶯語圓,六么撥盡鷗筋短。金䀉玉鱠羅東南,的爍珠光火鳳銜。華池印月湛清影,梅桃朵朵紅俱酣。<small>時緋梅、緋桃並開。</small>賓朋不少鄒枚輩,射覆彈棋各精銳。抽毫同製《兔園》篇,不灑臨歧子高淚。送君八月到禺陽,去看仙人騎五羊。珊瑚截作徐陵管,翡翠裁成屈子裳。四百峰頭梅勝雪,登臨興指玉龍折。買賦常存陸賈金,還丹應訪勾漏穴。將車有子樂誰如,<small>謂彤本。</small>勿忘懷人數寄書。章貢臺下雙流急,尺素時時問鯉魚。

葉井叔曰：先生與菌次傾蓋投轄,留連彌月。雙江名勝,眺咏賡酬,業富盛山荊潭之句。臨別贈言,復爾洋洋纚纚。詩人多情,余於先生益快定交,不後菌次矣。

問山詩集卷四

五 言 律

瀛臺啓事

啓事趨宸苑,平明水殿開。疏鐘穿御柳,殘月落宮槐。_{施尚白曰:唐音。}朝列金章貴,官厨紫袖催。酪漿分湛露,敕賜坐傳杯。

又

聖主憑軒出,群工鵠立齊。衣香浮菡萏,扇影動玻璃。捲幔聞天語,開緘見御題。小臣隨靖獻,金馬尚鷄栖。

西苑

曉騎踏芳塵,閑看上苑春。波光晴不動,柳色濕初匀。鳳舸蘭橈漾,龍樓藻井新。無能歌五柞,深愧往來頻。

早春,同宋荔裳、沈康臣游會香亭,次大宗伯王公留題原韵

候入芳春早,園通小徑幽。携樽來白社,看竹共清流。_{施尚白曰:句身分。}門對孤峰静,窗含遠樹浮。誰將丘壑意,晴日此遲留。_{施尚白曰:結淡永。}

又

到此亦人境,翛然物象幽。亭高花底出,水曲檻前流。翠靄牽裾潤,疏香點屐浮。晚來邀沈宋,壁上和詩留。

二月,移寓梁家園

爲愛名園好,移居就水涯。漸鋤三徑草,待種一庭花。芳渚鳴孤鶴,危樓集

暮鴉。莫嫌春事澹,絲竹在鄰家。

上巳,過訪宋荔裳寓齋留飲

芳鄰懷舊好,綺席和新篇。客醉花風下,鶯啼穀雨前。竹疏朱檻出,船動玉壺偏。施尚白曰:小景從無人道出。良會思今夕,無慚修禊年。

送林穆之雲中訪弟

高士名逾重,玄亭賦草工。尺書來代北,孤礮指雲中。堠火催邊騎,笳聲落晚鴻。吟詩蘇李地,惜別古今同。

王阮亭曰:結佳。

又

閩海歸期杳,燕山客思繁。不堪今夕會,同此醉離樽。雁塞秋風早,龍沙落日昏。施尚白曰:警句。到來談骨肉,仿佛是家園。

又

伯兄憑軾去,賢季尚淹留。謂二史皋思。離恨看青冢,鄉心在白樓。馳驅方北向,慷慨復西游。相對黃花日,應悲宋玉秋。

又

吾弟垂言別,巾車駕未停。憐君重作客,聚首向邊庭。書劍風塵老,關山涕淚零。塞垣鄉土異,歸語故人聽。

春日,李厚庵過訪

花時深巷靜,晴日自幽尋。命駕來嘉客,開軒動素琴。水光雙鏡碧,柳色一園深。莫訝朝參懶,新裁白雪吟。

初夏,宋荔裳招集梁家園別業

曲巷成幽徑,烟深隔市門。風騷推宋玉,賓客盛梁園。施尚白曰:此爲古雅。柳岸月初上，荷塘風乍翻。銀盤紅燭冷，更欲問青樽。

香山寺月夜

夕靄嵐光合，來青望不窮。獨留松杪月，散作杏花風。古塔穿林出，疏鐘隔寺通。幾回游屐倦，今夜宿山中。

由磴道上洪光寺

石磴攀蘿上，松陰夾路分。始知清境外，別自離人群。圓殿圍層嶂，高臺倚落雲。遙思深夜梵，惟許上方聞。

碧雲寺次王貽上韵

松徑標層級，春山帶艷陽。雲飛高閣迥，泉瀉小池涼。偶見前朝衲，時聞內賜香。人間觀浩劫，塵夢一何長。

王貽上曰：第六句別。

晚望翠微寺

孤磬千峰外，禪宮隱翠微。不教游客到，惟見野樵歸。碧澗苔花滿，青林柳絮飛。頻從幽磴轉，暮靄漸霏霏。

春　事

春事真無賴，偷閒懶最宜。鶯啼殘夢後，花發獨吟時。施尚白曰：叫絕。茗碗微風度，琴床曉日移。悠然身世外，匡坐自支頤。

王貽上曰：第四句尤妙，通首全別。

臥病，酬和林蚩伯見訊之作

初日西園照，芸窗宿霧披。靜煩佳客問，懶覺報章遲。愈病非關藥，微吟偶得詩。經旬秋已晚，仍負素心期。

又

輕寒腰帶減，窗竹漸離披。未得高眠早，常慚退食遲。青山秋後夢，黃葉雨中詩。酒熟東籬下，君閑可預期。

王貽上曰：五、六一聯，司空表聖之佳句。

秋後苦雨，黃褐公詩示次答

伏雨門長閉，攤書只自眠。人烟寒暮靄，河影没秋天。獨樹歸鴉少，荒池吠蛤連。誰驅詩思懶，新得起予篇。

送劉介庵請告終養歸里

杳杳秦關路，君歸意若何？逢人詢井里，到處慎風波。離闕瞻雲遠，寧親愛日多。別來時有憶，朋舊更誰過？

施尚白曰：全穩。

癸丑除夕雜感，同韜汝弟作

共對辛盤坐，爐寒火欲虛。懷新春尚隔，戀舊歲將除。銅馬嬰城日，朱弓錫命初。漢廷需賈誼，誰上治安書？

又

十載春明直，蹉跎嘆積薪。敢懷遷谷想，徒剩觸藩身。貧畏流光換，愁添華髮新。乾坤方戰伐，獨夜倍酸辛。

又

近得南中信，荆榛已塞途。苗頑橫楚塞，越貢阻番禺。將恐防微慮，深謀柔遠圖。殷憂煩聖主，禄食重嗟吁。

又

節序當窮臘，王師重遠征。前鋒臨灞水，羽檄到都城。門少新桃換，街空爆竹聲。深閨愁戌婦，離別獨關情。

又

淒涼當此夕，荏苒又明年。國計曾何補，身謀敢自全。施尚白曰：深厚如許。禁鐘侵曉動，樓角帶霜懸。爲想鵷行集，春城北斗邊。

又

守歲家人在，椒觴亦強持。江湖鴻雁影，風雨鶺鴒詩。婚嫁行當畢，鄉關去轉遲。不堪鼙鼓動，愁思隔天涯。

<small>施尚白曰：諸作並有關係，有身分，欲逼杜陵。</small>

甲寅上巳，沈康臣過集

佳辰須強飲，誰慰寂寥居。花柳看顱頷，江山待祓除。王貽上曰：名句必傳。休文能過我，逸少有遺書。且共追觴咏，情深感慨餘。

懷劉介庵

聯步同趨省，分携獨抵家。邊風鼙鼓急，隴水道途賖。朔雪無來雁，官梅正作花。相思如曉月，偏向渭川斜。

遣舍弟焯展視祖墓，兼携小女于歸

廿載歸無計，殷勤送汝情。傷心携弱女，揮淚問先塋。行役仍余季，論文即友生。桃花春水滿，屈指是來程。

<small>王貽上曰：天性之言，絕無雕飾，而感人最深。</small>

三月，許於王招同鄭山公、高紫虹、曾二改
小集許中丞園亭，兼懷鄭鞠思肇修

雅集追觴咏，都忘旅宦情。柳陰遙繫馬，花底近聞鶯。舊雨春城隔，新烟晚墅橫。因思良會少，促席話平生。

施愚山招同林澹亭、舍弟韜汝宴別，次愚山韻

鶯花春正好，雅會愜幽尋。入座聞高咏，知君惜別心。江湖憐宦遠，文酒話交深。後夜相思處，聽猿淚不禁。

乙卯十二月，懷王仲錫

臘盡無消息，遥驚瘴海塵。十年懷老友，萬里泣孤臣。風雨交情舊，乾坤畏路新。銜恩看寶劍，慷慨欲沾巾。

送唐習之游金陵

都亭春霽後，送子復南游。篋裏仲宣賦，樽前元禮舟。<small>時附邵瞻兩舟行。</small>啼鶯移苑樹，乳燕入江樓。故國今如許，清吟且莫愁。

<small>施尚白曰：時近高岑。</small>

<small>王阮亭曰：尚有弘正諸賢風格。</small>

舍弟獻汝寓南昌經年，奇疾已愈，書至志喜

吾弟三年別，風塵自苦辛。遙傳春後信，轉憶病時人。力怯憂親串，情危杖鬼神。青燈微雨後，獨坐暗傷神。

閱河次楊村舟曉

莽莽沙村岸，涼飆散早秋。寒鐘來遠寺，落月滿孤舟。屢作滄波使，翻生白髮愁。行藏吾未卜，前路信悠悠。

晚出東便門，返潞河，同家次蘭

出郭消塵慮，聯鑣信晚歸。黃雲回獵騎，白雁下漁磯。冰合河流細，天寒野

渡稀。施尚白曰：與右丞"人繁野渡晴"同妙。頓忘行役倦，新月上人衣。

春暮，自潞河入都，寓金魚池，和嚴夫侍御過訪

車塵初拂拭，池館暫淹留。忽枉山陰棹，如登有道舟。日斜魚影散，風動鳥聲幽。共對春光晚，花開説舊游。

道經順義縣，至牛欄山宿

策馬沿河岸，沙塵静不飛。稍知村徑暝，漸見野禽歸。山縣惟殘堞，人家半掩扉。欲投巖下宿，烟火出林微。

王貽上曰：蕭撼如見，不減孟襄陽"日暮馬行疾，城荒人住稀"。

林穆之寄槻潞河給孤寺詩以奠之

斯人長寂寞，風雅竟頹波。吾道成今古，羈魂戀薜蘿。心傷《鵩鳥賦》，愁絶雁門歌。穆之有雲中訪弟諸作。掛劍哀無地，延陵涕泗多。

又

乍病疑觀化，纏綿始覺非。方期留孺子，竟爾托朱暉。蜕骨依蕭寺，蛛絲網總幃。會須呼哲嗣，送汝返巖扉。

施尚白曰：二首具見范、張交情。

聞　信

海國飛書急，重圍起揭竿。周親升斗困，伯氏踐更難。魚鳥新營列，松楸舊壠殘。忽傳家信至，悲喜是平安。

次答王貽上見懷，時聞漳泉之捷

地限金門遠，天寒白露初。詩成頻寄客，酒熟正懷予。難買山陰棹，期乘下澤車。樓船方奏捷，喜得故園書。

王贻上曰：結老。

俯鑑臺晚眺

秋來疏眺望，興至獨登臺。日落砧聲急，霜高雁影迴。數家臨水靜，孤塔逼天開。極目鄉關路，翻生庾信哀。

丁巳六月廿九日，得素汝伯兄家報志喜

喪亂吾兄在，三秋得報書。全身辭井邑，舉室狎樵漁。頭白干戈後，田荒會歛餘。鶺鴒呼正急，回首一沾裾。

施尚白曰：通首清老。

又

數行今日至，烏鵲乍相喧。棠棣花無恙，池塘草正繁。松楸圍祖宅，書劍返衡門。即此寬離恨，餘懷未敢論。

葉慕廬過訪潞署，贈詩次答

含香新賜直，束矢舊書庸。秀濯王恭柳，森開和嶠松。大名揮草著，小隊看花逢。施尚白曰：新句。自把清暉照，蕭疏減病容。

又

中原推十子，葉適最稱賢。命駕初相見，班荊各問年。荷風催送酒，瓜月促迴船。時余方候代。別後吟佳句，驪珠個個圓。

王貽上曰：五六巧而不纖，所以佳。先生奉使潞河，不與都門十子之列，然其與諸君子實如芝蘭之臭、壎篪之應，後之論世者當知之。

荔支

粵蜀傳名久，閩中晚特殊。炎雲沉黑葉，絳雪濯瓊膚。果熟園丁取，山深驛騎無。空思三百顆，著譜續君謨。

龍　眼

琪樹原旁挺,族蕃閩海邊。繁星垂彈小,老蚌吐珠圓。春畎封鹽溉,野人于樹根所及處埋以鹽,則花實肥茂。秋房漬蜜鮮。荔奴呼未稱,應署果中仙。

菩　提

種疑西域出,結果自南方。品比訶摩貴,《阿含經》:育王以半訶摩勒果研漿,分施衆僧。林同薝蔔香。《維摩經》:如入薝蔔林,不嗅餘香。曉烟迷客坐,秋雨爛僧房。爲問盧居士,心空即道場。六祖云:菩提本無樹。

黄　柑

霜枝金剪下,露葉翠光寒。指剖香成膩,牙沾蜜帶酸。千頭徵歲絹,三寸薦春盤。紫帕承恩澤,曾聞賜大官。

施尚白曰:杜意。

柚

累累霜實重,寒色動烟村。謾擬萍如斗,仍呼橘作孫。遐方登貢獻,玉食佐盤餐。酒渴需猶甚,中宵夢故園。

甘　蔗

野圃叢生茂,抽竿帶葉長。剖時分地味,壓處墜天漿。齒健通佳境,腸枯得秘方。世情真嚼蠟,誰解幻爲霜。《地理志》:僧曰:子知蔗之爲糖,而未知糖之爲霜。遂傳其法。

施尚白曰:諸作可補《南方草木志》。

貽上曉過金魚池寓園見訪不遇有作次答

乍枉高人駕,依依去後情。曉林空自緑,秋水爲誰清?王貽上曰:五字甚佳。風外雙筇遠，月中孤杵鳴。閑齋愁坐處，洗藥夜燒鐺。

重游天寧寺

咫尺招提境，重來已十年。鳥啼山雨後，花發講堂前。塔影雲中落，嵐光樹杪懸。遥憐鐘磬夕，説法到人天。

_{王貽上曰：三、四秀逸天然。}

又

野寺仍初地，兹游興轉賒。山僧猶補衲，曇樹已開花。碑圯苔文古，園添草徑斜。莫愁歸路晚，城闕未昏鴉。

豐臺看芍藥

曉騎指豐臺，名花望裏開。翻風香乍泛，挹露艷成堆。情爲將離繫，詩因相謔催。遲回看不厭，莫羨廣陵栽。

贈阮疇生

蹈海稱高士，游燕獨後時。千山雙蠟屐，萬里一毛錐。篋隱驪珠貴，臺空駿骨悲。咏懷兼覽古，十載鬢成絲。

又

春草沿階長，披帷識馬融。_{鄭慕恩伯師事疇生。}侯鯖青玉案，趙酒碧荷筒。道氣澄秋月，書聲韵晚風。自聞鸞鳳嘯，飛動意無窮。

又

曠達超塵世，風流劇可親。斷金能事友，投璧畏逢人。秘笈長充枕，名山漫託身。臨邛羞作客，珍重馬卿貧。

又

時下南州榻，深宵意氣偏。寒霜催刻燭，流水寄鳴弦。抗志懷三古，安心學四禪。未須謀去住，兵甲尚閩天。

舟中買蘭限韻,示舍弟韜汝、兒時爵

靈卉移空谷,幽芳憶謝家。葉分金掌露,根蔭玉池沙。逸韻余頻對,秋心爾共遐。最憐停槳處,湘水暮烟斜。

元夕,余浣公侍御招同薛梁公觀察,遲順之運使集長蘆鹾署看烟火

火樹燦銀柯,浮光照綠波。綉衣初命酒,翠管復徵歌。月向花枝滿,春隨柳葉多。蓬萊瓊闕近,樂事又如何?

咏蟹限韻同黃用錫

蛟宮來介士,結陣渡金波。郭索真無賴,横行可若何。迎沙朝喋黍,望月夜攀荷。一入老饕賦,還應勝水梭。

章澹公郡丞贈詩次答 余舊令獻陵,爲公屬吏。榷津時,公適左遷。

似有三生約,來酬拂劍緣。循墻重就日,依廡舊忘年。十翼龍門體,雙金鳳閣篇。匡床呼共酌,浩氣滿樽前。

花朝,同劉介庵、遲默生、蔣晋侯、葉丙霞集鄧元固齋頭,出家姬作劇

佳辰同宴賞,忘却在他鄉。芳草東風幕,飛花細雨觴。詩傳金谷雋,曲愛玉簫長。焚盡蘭膏永,猶言夜未央。

初夏,李召林招同史鴻公、洪畏軒諸公飲西河酒樓

緑水城隅路,清風遠客携。高樓臨大道,新柳繞長堤。酒憶唐人價,詩看謝朓題。醉歸須後騎,初月小橋低。

秋日，同劉淑甫、程周量、葉丙霞泛舟玉河觀蓮，和周量韻

霽雨放船好，芙蕖淨野塘。金鋪青幕卷，銀甲素箏張。移席鄰沙鷺，停歌起暮螢。共饒山簡意，有客盡高陽。

贈黃辛子少尹

鹿鹿青門道，秋風兩鬢催。憐君經歲至，正遇菊花開。筐筥歸天府，<small>辛子屢以部運來都，今歲復有解布之役。</small>文章屈吏才。積薪聊復爾，相對且銜杯。

又

屢運東南粟，茲來路更長。帆開京口月，衣拂薊門霜。翰墨勞知己，<small>辛子代刻拙稿送至。</small>魚蝦話故鄉。夜分瞻斗氣，灼灼動干將。

九日同王仲錫對菊

不是籬邊菊，安知重九來。蕭蕭風雨近，冉冉歲時催。客況賒山興，秋心老賦才。日斜簾色暮，相對盡殘杯。

<small>王貽上曰：格調高老。</small>

又

謾欲登高去，蒼山足臥遊。微風三徑晚，落日半城秋。陶令惟黃菊，王郎自黑頭。茱萸誰遍插？獨雁下江樓。

伯兄素汝旋里

言送吾兄去，相看欲白頭。三年同作客，一別又逢秋。<small>施尚白曰：自爾難堪。</small>落日城烏亂，黃雲塞雁愁。謀生嗟宦拙，未敢問菟裘。

過夏內侍園，遇碧松上人，賦贈

捨宅成初地，鋪花飯聖僧。相過閒半日，趺坐話三乘。翠靄浮朝磬，黃昏上

佛燈。當年薛內侍，親自禮南能。_{唐睿宗遣內侍薛簡詔召六祖，薛問道，有悟。}

悼亡兒廣明詩

拋離今日苦，撫養四年艱。杳杳生前夢，依依歿後顏。摧心看玉折，幻想望珠還。自失占熊兆，虛期舞彩斑。

又

經旬傷痘劇，輾轉勢頻添。慰勞言猶省，芩連苦不嫌。青箱中夜失，白骨上方淹。嗚咽柔腸斷，悲風月滿檐。

夜夢對鏡，徑是老僧面目，醒後聊成一偈

四大塵中幻，三年夢裏真。未參圓鏡智，頓現比丘身。離垢觀無相，趨空解夙因。深慚狂演若，何處渡迷津？《楞嚴經》：演若對鏡迷頭而狂走。

二月望日，洪畏軒招同夏鹵均、謝呂璜、黃原虛、曾子允、謝亶芳、周聞仲、彭鄴侯金魚池賜莊宴集

池館當春辟，君恩舊賜榮。檻花初引蝶，堤柳欲藏鶯。擊鉢裁黃絹，停樽理素箏。酒闌幽興愜，珍重主人情。

又

雅集東南美，瓊筵選勝移。魚游新月上，花醉夕陽遲。平圃孤臺俯，危橋古木支。擬成公宴咏，染翰愧丁儀。

臘月至都，王恥古過訪

歲晚瞻宮闕，雲開曉日懸。微才淹一令，內秩愧諸賢。幸枉故人駕，重吟嘉樹篇。獨嗟焚諫草，淒絕禁門烟。

又

直節人皆信，懷忠豈近名？君恩存特簡，吏議失持平。海內傳章疏，天涯見

友生。終蒙宣室召，不比道州行。

封臺春望 明北海太守牛鏡卧其地，有夷、齊二聖異夢，建祠祀之。今舊址尚存。

共指封臺古，蕭然野水湄。蕨薇虛想象，桑柘久參差。翠浪春田遍，香風晚杏遲。孤高時遠望，真與首山期。

寒食東郊即事

選勝沿河曲，尋幽出郭遙。人行紅藥徑，舟過綠楊橋。薄醉新篘熟，清歌語燕調。誰知花信晚，春色故相饒。

奉懷雨航叔

落葉滿清樽，愁心不可論。每懷諸父宴，其奈有司存。一水分疆邑，三秋隔縣門。獻縣距永清僅二百里許。何當同作達，對酒話家園。

夢先塋

歷歷佳城道，寒風遍野田。深松聽鶴唳，細草見牛眠。游遠悲霜露，歸遲感歲年。朝來猶記憶，孺慕倍潸然。

商家林聞鶯有感

春光忙裏過，四月始聞鶯。芳草江南夢，垂楊薊北程。間關疑屬和，睍睆見深情。駐馬長堤下，前村酒斾橫。

恭謁聖廟，用林貞肅公韵

至德參天地，斯文世禴祠。一中千聖道，四教六經師。映日山龍煥，蟠雲檜柏奇。瞻依如辟呬，欣仰及門時。

夫子手植檜,次施愚山韵

靈檜含生意,栽培聖澤長。孤柯餘左紐,元氣鬱青蒼。歷世周秦遠,擎天歲月荒。披圖欽夙昔,何幸始登堂。

子貢植楷,次施愚山韵

聖林開自昔,靈楷尚傳今。獨表如存誼,長留反築心。盤根涵雨露,孤幹老晴陰。封植知無忘,瞻懷泪滿襟。

登露山

拔嶂臨平地,層巒拂落星。路迴烟不盡,樹入雨俱冥。二室分空翠,三河注遠青。此心忘去住,清磬出林坰。

王貽上曰:道警。

魯署雜感

邑小如蕭寺,憐荒減俸錢。_{邑已除荒徵熟,舊賦十僅存一,官給俸稱是。}居官慚罪歲,讀史憶書年。徑冷牛羊夕,霜寒雁鶩天。辛勤難自慰,回首倍淒然。

施尚白曰:儒者作吏,風味自別。

又

貧仕違初願,投閑且著書。地經征戰後,人困亂離餘。頹壁蹲饑虎,窮檐泣涸魚。所嗟徵檄急,徭嘆幾時舒。

又

不厭荒陬地,孤城四面山。磽田橫樹杪,叠嶂落檐間。幸免勞人累,翻悲倦鳥還。故園松菊在,遥酌破愁顏。

又

家山萬里阻,書到隔年期。加食慚閨語,無才負鬢絲。夢迴孤月柝,泪隕一緘詩。呱泣添嬌女,_{余出門後女始生。}劬勞繫遠思。

陳轉庵母舅曰：吾甥澹汝少孤，就業於余，時極器其朗悟。乃少年初仕，便能如此安貧正志，不忘民瘼，知此中正自卓爾。慨嘆之餘，不禁破涕。

病中送秋

冷署誰相問，栖遲笑此身。爐前童檢藥，燈下鼠窺人。泪迸寒霜冱，思深曉夢真。始知秋已盡，漸覺敝裘親。

舍弟獻汝自家至

天涯惟汝至，喜極泪沾衣。苟禄微官在，多憂宿病依。干戈何郡少，燕雀幾巢歸？昨夜池塘夢，春風舊釣磯。

施尚白曰：第六句問得悲凉，通首凄朴。

留別伊陽孫丹扶明府

冰霜先後共，別意竟何云？匹馬嘶殘日，千峰走暮雲。抱琴憐古調，沽酒醉離群。從此伊川水，潺湲夢裏聞。

王貽上曰：三、四聳拔，通首俱警，"走"字尤奇。

燕

到此途應遠，相違足判年。辛勤營北壘，迢遞憶南天。香幔遲遲日，瓊樓漠漠烟。雙飛時共語，來往使人憐。

過熊背嶺

不厭三鴉險，登臨性所欣。聞鐘知寺迴，渡瀨覺溪分。草暗非無路，山深半是雲。前村多虎迹，籬落閉斜曛。

劉爾三司李左遷，自汴入都，約赴汝墳相會

淑問勞司李，清秋古汴河。艱危同逆旅，厲揭慎風波。酒熟憐燈燼，鐘催惜

月過。聞雞驚起舞,待爾發高歌。

中夜署垣傾壓卧榻,余適先起,倖免

風雷驚半壁,出險倍傷神。地厭窮愁客,天留患難人。檢書呼稚子,乞火問西鄰。欲識安危意,聞雞坐向晨。

弟焊曰:"天留患難人"句奇警。破荒知命之學,即此可以靜會。

送王仲錫之定州守任

薄宦悲同調,殷勤慰旅愁。連床時聽雨,作賦共登樓。遠夢勞今夕,離情感暮秋。中山形勝地,路繞滹沱流。

又

相送河橋上,秋風汝水寒。停驂憐故友,攬袂指長安。天迥鴻聲斷,霜深木葉乾。政閑如寄憶,應得素書看。

覃懷興隆寺遇楊臣至

相見或非夢,忘言意轉深。差池霜雁影,寂寞曉鐘心。歧路還兄弟,河山自古今。樽前豪氣在,不復計升沉。

關中旅嘆

壯麗古長安,關山客思寒。床留孤劍冷,囊澀一錢看。翻覆交情易,安危世道難。故鄉雲外杳,回首路漫漫。

又

五陵游俠地,行子尚羈栖。夜月邊鴻唳,秋風櫪馬嘶。有懷逾絕塞,無夢到深閨。野哭知何處?燈殘漏正凄。

宿泥陽

遍山皆復穴,犬吠識人居。草白經霜後,泉幽帶雨餘。衣冠存太古,徭役憫

追胥。萬里鄉愁遠，邊城落照虛。

自慶陽往閱邊城

欲覽秦關勝，邊行路不窮。亂山銜落日，匹馬度秋風。_{王貽上曰：警絕。}草白餘孤壘，天青没去鴻。長城空築怨，恃險問誰雄。

過信陽恨這關

三春京洛客，行役向南天。地轉河流盡，山迴楚甸連。行踪隨落日，古道入孤烟。到此增離恨，重關險不前。

雨泊

水路陰晴變，羇栖意未降。亂雲奔晚岫，片雨壓秋江。_{葉井叔曰：十字神到。}岸圻青楓亞，波搖白鳥雙。前村沽酒近，燈火照船窗。

憶家

窮秋猶作客，落葉動疏林。香閣懷人遠，孤帆去國深。光分萬里月，悲合五更心。錦字知曾寄，江空雁影沉。

久客

久客難爲客，新寒易覺寒。關河霜鬢改，砧杵露華團。綠綺憐孤調，青山憶舊歡。夜來歸夢好，秋水上漁竿。

_{施尚白曰：起句與"今夕是何夕？他鄉說故鄉"同妙。}

聞李熊生補漳州教授歸里

淹泊歸無計，荒城得自閑。頻將鄉夢續，遥見故人還。苜蓿開新釀，烟霞識舊顏。_{余與熊生舊同游于漳。}何時重躡屐，隔浦問潺湲？

春晴訪李少文靜得堂

門向城陰啓，遙山入眼青。呼童開竹徑，款客論《茶經》。鳥語移春樹，花風散夜庭。悠然如有得，欲擬子雲亭。

送馮寶初聞母訃歸里

我心真蘊結，送子獨言歸。不見倚閭望，空悲陟屺非。曉風吹靜樹，春雪點麻衣。養志嚴君在，登堂泪暗揮。

元日試筆

帝闕逢元日，書雲又一年。千官趨曉漏，萬戶靄春烟。橘笋談鄉土，鶯花醉客天。紛紛車馬路，來往亦堪憐。

送謝亶芳之秣陵

棲遲同作客，憐子得南游。不解別離夕，偏逢烟雨秋。風塵催兩鬢，身世泊孤舟。遙憶經過處，開樽醉莫愁。

舟泊天津

風沙津市暝，晚泊倚城陰。芳草縈歸夢，孤舟繫客心。春潮官渡漲，漁火海門深。施尚白曰：真叫絕。屈指金臺近，遲回思不禁。

王貽上曰：宛然大曆十才子。

曉渡揚子江

孤帆涵日照，曉色一江深。潮入海門白，雲來瓜步沉。微茫輕世慮，浩蕩見天心。古寺中流出，如聞鐘磬音。

葉井叔曰：全首高渾。

泊瓜州得家信作

客路隨篷轉,停舟此夜寒。江風漁火亂,汀月雁聲單。少賤拋家易,干戈見面難。親朋能遠憶,秋思滿琅玕。

潤州有懷

晚泊懷歸切,傳音雁羽遲。故園兄是父,羈旅僕爲兒。烟火南徐晚,星河北固垂。偏憐明月夜,短笛隔江吹。

施尚白曰：結亦閑遠。

王貽上曰：大曆佳作。"星河北固垂"五字尤妙。

游虎丘寺,和楊淡公先生韵

屐響千人石,生公舊講臺。寺從山頂出,雲帶水聲來。夕磬烟中鳥,春泉雨後苔。待將庭際月,清影共徘徊。

恭侍大將軍簡親藩江干行幕次鄂學士韵

寶牒專征重,金方大火西。龍標開別府,虎帳倚新蹊。畫角寒濤壯,雕旂北斗迷。烟塵消瘴島,指顧靖雕題。

軍中秋夜

列營屯虎豹,落月照旌旗。夜色三更動,秋聲四野垂。傳餐分幕府,橫槊賦新詩。無限凄涼意,悲笳斷續吹。

夜泊雙溪口

星河天末迴,新月照流霜。林葉經秋落,船燈入夜涼。村中喧水碓,溪畔寂漁床。客夢篷窗裏,猶疑在故鄉。

施尚白曰：此首工力不減。

泊水口，縱步小武當山

偶爾尋幽去，逢僧半日緣。屐分樵徑葉，衣拂石蘿烟。樹密雲疑斷，山深地自偏。溪村漁火暮，乘月趁歸船。

紀　　別

到家方匝月，攬袂復長征。一夜紅顏損，三春華髮生。樂羊知學失，季子未名成。落日鳴班馬，躊躇空復情。

又

出門徒惘惘，未解若何之？但見嬌兒泪，頻從慈母垂。關河征戍恨，烽火故園悲。安得忘憂草，相將慰別離。

秋夜聞蛩

秋來何自苦，切切向墻陰。衰草霜偏重，寒更月易深。空幃愁織素，小苑罷鳴砧。此夕聞君語，驚予百感心。

王貽上曰：三、四一聯，寫聞蛩之神，繪風手也。

月夜聽許儀卿彈琴

空齋簾月净，虛閣篆烟遲。古調斯人奏，春風一夜吹。宮商隨律轉，山水與情移。倚曲應難和，知君自得師。

七月十八夜

天闊銀河冷，人閑早閉門。牽風花欲墜，避月鵲爭喧。清漏隨愁永，殘燈入夢昏。秋來腸易斷，何事更聞猿？

聞箏

誰撥春愁曲,秋檜朗月中。幾番疏竹雨,一隊落花風。燕語驚斜雁,蛟珠泣斷虹。如聞江上笛,鄉思浩無窮。

春日訪李茂才南河庄居

結廬臨野渚,即景若浮家。隔水人如畫,沿堤柳作花。披襟談舊史,掃榻鬥新茶。亦未嬰淄磷,何須學種瓜。

歐陽石室_{唐歐陽詹公讀書處。公與韓愈、李絳聯第,時稱龍虎榜,閩舉進士自公始。}

仰止高賢在,荒祠百代餘。松杉三徑老,風雨一燈虛。韓李齊名日,甌閩得第初。夜深探石室,仿佛見遺書。

_{施尚白曰:望古情深。}

巢雲巖

群峰相映抱,曲磴足遨游。芳蘚沿崖碧,鳴禽隔樹幽。雲飛山欲動,花落水爭流。何處追觴咏?蒼烟起暮愁。_{舊有詹昆亭先生曲水流觴處,今廢。}

過磨盤嶺,至大柳驛宿,同舍弟韜汝分得"懸"字

嶺路盤紆上,中分南北天。亂雲低澗樹,一水繞山田。板屋居人少,檀車客思懸。遲回看暮色,巖下起炊烟。

曉發大柳驛,登關山嶺,同韜汝分得"殊"字

客路春將半,南行景自殊。瀑流兼樹響,嶺斷借雲鋪。入寺逢茶話,尋村得酒沽。重關閑古戍,不用戒征夫。

魏冰叔處士就醫金陵，晤次賦贈

邂逅本無期，歡然似素知。鶯花行藥地，風雨紉蘭時。客舍書床集，河橋酒舫移。翠微先立馬，待咏彼姝詩。

文筆峰次黄用錫韵 文信國讀書處。

信國遺踪在，江流日夜聲。丹心留史永，古道照人明。不有靈峰秀，誰傳彩筆名？經過遥仰止，長嘯發幽情。

舟過石人壩

怪石迎舟出，紆迴十里看。嵐光團野濕，樹影入江寒。過雨開斜照，驚淙落急灘。鵾鵠聲不斷，客思亂春殘。

葉井叔曰：深秀。

阮疇生曰：葱茜逼人。

秋日和牧仲，用李義山韵

生涯秋正好，節序静方知。醉客題三雅，尋山想五芝。渚烟蓮謝晚，瘴雨雁來遲。鄉路盈盈隔，江皋負素期。

吳菌次曰：初盛遺音。

聞蟬次牧仲韵

人事蕭齋静，殘蟬雨後吟。夕陽移樹急，秋意入簾深。短夢孤眠覺，他時百感侵。空思玄鬢影，淒切欲沾襟。

葉井叔曰：三、四幽澹，耐人沉咏。

辛酉春暮,過集權署亦蘇堂,懷葉丙霞、宋牧仲,即用牧仲集茲堂韵_{二公先後權使。}

積雨朝來霽,芳庭白日新。鶯歌催送酒,山色對延賓。二妙詩能好,雙江花落頻。素心空蘊結,不共此時春。

雨發萬安

已覺危灘盡,翻愁水驛多。山川長不改,烟雨幾回過？虎落迷深樹,漁磯占淺莎。乘流輕棹駛,春草送微波。

春日同查王望泊舟大洲

落日空江靜,分橈就渚沙。孤村聞犬吠,深樹有人家。烟靄千山合,春流一徑斜。武陵仙路近,沽酒問桃花。

泰和避風,用牧仲野泊韵

移船驚浪起,繫纜倚平沙。虛市爭菰米,荒村落薺花。閑知風日永,愁見水雲賒。薄暮汀洲外,歸鷗個個斜。

王貽上曰：亦不減牧仲"青山出菜花"之句。

亮口舟中苦熱

無處逃炎暑,方舟困井蛙。隱囊疑中酒,散帙屢呼茶。天闊驕陽橫,灘多怪石斜。苦吟銷永日,前路水郵賒。

舟雨

長天鳴急雨,沾灑荻蘆齊。鶂首危灘上,鴉聲古樹西。烟捎荒驛暝,雲壓亂山低。且喜歸程駛,空茫水拍堤。

行部至大庾

五嶺襟喉地,荒城踞水濆。市虛經戰伐,土瘠廢耕耘。雨暗了山樹,天低橫浦雲。黍苗今漸熟,碩鼠漫成群。

宿小溪驛,敬步先祖父大司寇公良鄉夜宿韵

石徑俯溪深,荒山小驛臨。蝸涎書古壁,蛩語亂秋心。吏散孤燈寂,庭寒衆壑陰。披衣頻坐起,曉色動疏林。

<small>阮疇生曰:全首深細。司寇公原作"古驛一燈深"之句,向於牧齋先生詩選曾味鼎臠,讀此知老杜家法矣。</small>

氄園雜咏

運氄園初構,重門隔市塵。蜂鬚營壘濕,鳥迹印泥新。槿雨疏籬晚,桃風曲檻春。稍欣幽意愜,何事武陵津?

又

十笏東軒地,栖遲興自長。風流規兩晉,格律和三唐。簾静芭蕉影,庭寒橘柚香。此中堪用拙,莫漫計行藏。

又

閑身兼吏隱,即景每堪怡。古桂傳香早,新篁上粉遲。露零雙屐蘚,月落一燈棋。深坐渾忘寐,縹塵泛素瓷。

又

虛亭遷小築,秀野仿林泉。拓牖延山入,移花補徑偏。曝書支石几,揮塵響琴弦。客至聊觴咏,何愁損俸錢。

又

當階明玉樹,繞屋艷山茶。差勝牽舟住,宜稱老圃家。夏人删太史,秋水補南華。晨鼓休頻報,黄紬已放衙。

又

谷口懷空結，名山願畢難。寧知户庭内，容易得林巒。種石留雲宿，憐梅秉燭看。蓬廬隨地有，慚愧一枝安。

<small>葉井叔曰：雁水先生持節雙江，政成物阜，即署東構甓園，雜植修竹名花以供游息，因作是詩紀事。往來名流競相賡和，卷帙爲繁。韵人韵事，傳以韵語，遂爲寰中佳話。六作句擷新英，篇饒逸藻，自是先生能事，而爲政風流亦從兹可以想見矣。</small>

晚泊，散步田家，次舍弟韜汝韵

舍舟聊縱步，晚色一村賒。槲葉疏前路，炊烟見數家。鹿場喧凍雀，牛背落歸鴉。更喜忘機叟，殷勤話種麻。

夜至樟樹鎮，次舍弟韜汝韵

百丈迎江上，推蓬已夕昏。墟烟催戍暝，船火入江繁。荻亂漁歸港，籬鳴犬吠村。更闌人事寂，深坐竟忘言。

游化成巖，次施尚白原韵

徑幽盤磴曲，江折抱巖根。行共山雲語，時聞水碓喧。松濤吹佛閣，花雨靄漁村。灰劫禪燈寂，空憐勝地存。

又

探奇摩石笋，空翠拂衣生。欲問荒臺迹，因參古澗名。野鶯栖竹亂，江燕掠波輕。墨妙虚亭滿，長吟思轉清。<small>亭建自尚白。扁以語石詩記在焉。</small>

送洪學士過湖口鰣魚嘴話別，兼贈吴比部

殘春催遠客，芳草滿平湖。地限東西楚，帆分大小孤。烟浮江蜃立，沙暝水禽呼。揮手增離恨，觀風舊姓吴。

初秋，吳觀莊過訪甓園，即邀菌次、目天、彤本暨舍弟韜汝宴集，分得"蘿"、"尊"二字

江路停棠楫，園林款玉珂。烟霞知己少，山水客情多。步屧聞芳蕙，攤書映綠蘿。夕陽秋氣肅，涼籟起庭柯。

又

新知誠莫樂，舊雨更堪論。入洛才名早，游梁卷帙繁。華燈移密坐，蓮漏促行尊。後夜看蓬徑，蒼苔有屐痕。

奉陪王貽上登八境臺次元韵

積年難會面，今日共登臺。詩看前人咏，樽因我輩開。霜鴻依澤集，星使泛槎來。極目江天外，風烟蔽草萊。

葉丙霞曰：三、四少陵風格。

又

當年烽火息，此地罷干戈。高閣登臨迥，比閭轉徙多。贛江灘曲折，庾嶺路盤陀。信宿皇華駐，憑欄一放歌。

又

遠水雙流合，嚴城四望孤。春潮通野渡，夕鳥下平蕪。宿雨藏墟市，輕風過舳艫。明朝愁欲別，握手緩斯須。

葉丙霞曰：一目千里，筆端善繪。

王貽上過甓園次和元韵

甓園花木好，恨未得君詩。不謂軒車過，偏多雨露滋。惜陰寧暇逸，澹慮遂冲夷。遠愧上林客，無由借一枝。

次和王貽上泊攸鎮見懷之作

王程期自迫，幾日過炎州？爲想停橈處，高灘正急流。野花開躑躅，山鳥響

鈎輈。慰我相思夕,題詩寄隴頭。

初秋,鮑讓侯過訪蘭藻堂

爲下南州榻,虛堂暑氣清。曲高憐楚調,人静愛秋聲。竹露侵階濕,桐風拂袖輕。論文如有約,尊酒或重傾。

<small>葉丙霞曰:第四句雋。</small>

又

乘暇臨齋閣,花開動隔年。欣逢梁苑客,得誦灃蘭篇。夜月南樓迥,秋城北斗懸。漢江烟水闊,且泊孝廉船。

中秋夜雨,闈中即事,和張壺陽大中丞韵

早歲曾程藝,希將郄桂攀。善刀慚滿志,秉燭嘆衰顔。名豈逢時著,才因濟世艱。祇今真碌碌,<small>黄魯直闈中詩:"因人享成事,賤子真碌碌。"</small>洛誦未偷閑。

又

坐久聞天籟,悠然萬慮消。文星方照夜,秋雨竟連朝。燈暈圍紅碧,檐聲滴沉漻。群才歸品目,椒桂看和調。

雨夜有懷次韵

高館清秋夜,仍爲苦雨吟。叢花倚小徑,落葉響空林。楚水烟波闊,鄉山歲月深。栖遲隨所適,恬澹本無心。

又

殘燈猶吐焰,夜色久參差。秋水懷人遠,青山入夢疑。<small>葉丙霞曰:句幽。</small>林昏鴉集後,霜冷雁飛時。且盡尊中酒,無爲嘆路歧。

又

窗暗微螢度,寒蛩四壁餘。遣愁時覓句,無寐強攤書。志潔安微尚,心閑得自如。元龍樓百尺,豪氣未曾除。

又

紅塵消白日，暑退夜初長。失馬空嗟塞，亡羊並笑臧。詩書原不賤，竹帛愧垂光。曾有鏡湖乞，深懷賀監狂。

又

歲時仍有記，佳節愛橙黃。薄酒難成醉，寒花却耐妝。微風沉漏永，積雨變秋涼。葉丙霞曰：眼前妙語，人自寫不出耳。爲想親朋隔，應吟《采葛》章。

又

寂寞甘長守，茅亭擬子雲。桐陰鋪翠幕，竹影掃青雰。倚枕聽殘雨，開窗待曉曛。披襟聊靜對，入眼少埃氛。

又

漸近黃花節，招尋有後期。焚香登小閣，洗硯就平池。江漢懷舟楫，雲霄望羽儀。行吟憐楚客，蘭佩紉湘湄。

又

百感朝來集，中宵息衆緣。鄰鐘飛遠水，漁火點疏烟。酒力尋常減，詩通次第鐫。人間隨俯仰，何必問桑田。

又

楚天風雨夜，羈旅感深情。作賦追王粲，投騷吊屈平。才疏難自掩，藝賤悔思呈。祇合尋鷗鷺，清波狎主盟。

又

徙倚閑庭遍，蕭疏曲檻凭。三秋空偃蹇，百事尚因仍。刻鵠誠云拙，雕蟲敢曰能？感恩知己在，風雅愧何曾。

次韵答徐電發太史見贈

折柳金臺日，題詩玉笥年。雲山空自邈，節序共遥遷。人隔章江月，官閑楚雨天。葉丙霞曰：中唐佳句。嶺梅開向暖，春色未應偏。

又

閑種甓園樹，頻留過客詩。別來更歲晚，雨後想苔滋。念昔勤行役，無由會所知。今朝江閣上,好盡酒盈卮。

又

楚山烟景好,得句錦囊收。且對三騶飲,還爲十日留。秋風吹北渚,夜月上南樓。攬古欣多暇,清言共勝流。

又

爲鼓吴趨曲,休將唤奈何。江霞紛綺席,林月隱崇阿。戀闕心猶壯,經時髮未皤。行看宣室召,不用嘆蹉跎。

戊辰十月,武昌亂後晤遲默生,次韵賦答,兼以志别

兩年同客楚,相隔一江中。遷謫傷時異,亂離嘆道窮。驚心鴻羽鎩,遠害豹文工。重會繁霜節,征裘感朔風。

又

出險波濤裹,生還兵革中。無爲歧路泣,寧悔著書窮。夢繞燕雲遠,歌慚郢雪工。應憐分手處,殘壘起悲風。

問山詩集卷五

七 言 律

駕上陵回恭紀

昭告園林禮數虔，卿雲如蓋護松阡。九天冠劍迴鑾日，三輔壺漿賜復年。都尉彎弓傳射虎，詞臣作賦擬《甘泉》。時駕迴，駐蹕薊門，大獵，史臣孫侍讀獻《射虎賦》。雙龍咫尺來丹闕，不着瑤池八駿鞭。

施尚白曰：古雅。

冬至陪祀郊壇

天門紫氣靄融融，詔舉圜丘祀典崇。大輅鸞旂臨漢畤，朱弦清瑟頌虞功。貢通九域琮璜潔，禮肅千官拜舞同。郭璞南郊應有賦，趨陪却愧屬詞工。

長至後，上自温泉奉太皇太后回宮，駐蹕潞河，迎駕恭紀

仙蹕初迴瑞氣濃，况乘葭律轉黄鐘。羽林日麗輝千騎，閶闔雲開馭六龍。視膳簫韶諧舜樂，觀光黎庶祝堯封。十年執戟微臣職，鵷列還欣此地逢。

奉寄陳轉庵母舅，時由黔郡丞擢守思南

問訊音書各異方，遠慚子敬列甥行。一麾猶自稱蠻府，三仕何曾出夜郎。銅鼓聲喧桑社晚，竹鷄啼過稻花香。遥知垂白高堂上，碧草春暉正舉觴。外祖母迎養在署。

王貽上曰：三、四警策。

丙辰元日喜雪

歲內三農愁少雪,凌晨雪色滿平臺。莫嫌騎馬頻沾濕,已兆多魚慰草萊。北闕連雲金鳳迥,西山積素玉龍迴。歸來簾幕深深下,獨對寒窗詠早梅。

薊門詠懷古迹,和蜚伯作

漁子峰前百尺岡,翠華舊日過軒黃。起銷涿鹿經旬霧,來訪崆峒至道方。玉策雲旂虛想象,玄珠丹鼎久蒼茫。橋山自是藏弓劍,何處仙踪更可望？ _{軒轅堂}

又

姬宣獵碣老陳倉,轉徙何時入帝鄉？一代菟苗歸聖武,千年蝌蚪傍宮牆。焚餘秦火還留石,刪後周詩尚有章。世遠寧愁多漫漶,長存古色埒琮璜。_{石鼓}

施尚白曰：金聲玉色。

又

悵望高原蔓草深,當年此地置黃金。聞聲已重驊騮價,感遇真懸國士心。返照城頭銷暮雨,環流樹外起秋陰。山川寂寞雄圖息,惟見空臺自古今。_{黃金臺}

王貽上曰：何減李獻吉？

又

擇主間關作合難,乘時建策獨登壇。師連五國前仇雪,功墮三城霸業殘。故鼎空嗟淪灌莽,荒墳誰復拜衣冠？秋風落日生憑弔,却憶遺書洒淚寒。_{樂毅墓}

又

燕臺事去竟如何？紫陌塵飛車馬過。市上偏逢屠客少,眼中空見酒人多。白虹西貫摧殘日,易水東流嘆逝波。惆悵漸離相繼盡,寒風無復動悲歌。_{燕市}

施尚白曰：如聞易水遺音。

又

猿臂封侯事渺然,無雙才氣竟誰憐？心傷醉尉嚴訶日,恨切前軍遠徙年。古道驚沙迷戰壘,荒原臥石起寒烟。只今雁塞爲關輔,祔髀應思將帥賢。_{北平城}

又

立馬郵亭訪故居,司空遺躅已丘墟。老成極意推寒士,博雅何人繼令譽?此日蒼苔封廢井,當時綠蕙被清渠。漫嗟龍劍晨飛去,猶有星文動碧虛。張司空宅

又

青山名傍古人存,賈島窮居有故村。客舍無烟成獨嘆,秋風落葉向誰論?十霜幾墮并州淚,萬里空歸蜀道魂。汀月石樓寒瑟瑟,夜深疑叩老僧門。賈島峪

王貽上曰:通用島詩,又是一體。○澹亭《咏懷古迹》詩最工,余久嘆絶。雁水先生八章殆不相下,真一時瑜亮也。

葉井叔曰:似許鄆州懷古諸篇。

送程伊人赴雲中幕,兼柬何克東總戎

蒼葭秋水去何之?欲向桑乾訪貳師。自是郗超堪入幕,更緣嚴武重能詩。白樓夜醉他鄉酒,趙女歌翻幼婦詞。聞道雲中多善馬,安西督護肯相貽?

憶家園梅花

回首家園憶歲時,瓊姿鶴影共離離。江亭立雪肌應瘦,月榭浮香夢每遲。是處相思頻弄笛,何人索笑獨題詩?裁書好寄閩南道,珍重春寒護北枝。

王貽上曰:風調似高季迪。五、六則幾于老杜之"幸不折來傷歲暮,若爲看去亂春愁"矣!

咏水仙花分得"銜"字

曾伴幽蘭寄翠巖,冰壺移貯出塵凡。娟娟素質斜臨鏡,冉冉寒香細撲衫。露下瑶池仙佩冷,月明漢浦夜珠銜。餐花自解凌波去,何事清都訪玉函。

立秋前一日柬黄御遠孝廉,次計甫草韵

與子論交二十年,客中回首各淒然。畏看霜雪來侵鬢,況有駸駸未著鞭。梧葉空階前夜雨,荔枝殘夢五更天。莫愁世路波瀾似,受侮還應勝見憐。

施尚白曰：英雄語。

曉起至五華寺尋水盡頭，次貽上韵

躡磴攀蘿曉磬前，振衣初陟翠微巔。白雲自宿山中寺，野衲陪尋澗底泉。巖徑竹深流曲折，石池風過漾清漣。携瓢試就仙源飲，不覺亭皋日已偏。

石景山

蓮峰拔地千餘尺，寶塔浮空第幾層？盧水自流春雨急，西山偏愛夕陽登。當年羽客朝金閣，此夜孤村見佛燈。山最上金閣寺，舊有羽士，今住僧。極目關門遙悵望，碧天無際鳥飛騰。

施尚白曰：通首許渾杰作。

松江田髴淵寄詩次答

秋水蘆花月色妍，幽居最喜近湖邊。藥欄開後留人坐，酒譜刪來任客傳。谷飲巖栖皆盛世，鱸肥蒓美即豐年。九峰深處常移棹，題遍山陰九萬箋。

梁大司徒奉命使粵，回朝敬贈

漢廷侍從盡詞流，才藻恒陽望獨優。賦動春雲三殿麗，花垂湘管八磚浮。中樞舊錫推司馬，內相新榮重祝鳩。一自蕉林吟嘯日，行藏久已繫方州。

又

從容更直向明光，曳履聲依日月傍。爭喜度支歸杜預，何勞計相說張蒼。供憑九賦牙籌靜，富貯三農玉律長。正值清時煩聘問，重臣親自壓巖疆。

又

皇華萬里動旌旗，玉節臨邊拜簡初。檄諭天南歸屏翰，臺修朝漢肅車書。荔枝紅入詩人咏，茉莉香隨使者裾。海國同時尊陸賈，風流儒雅定誰如。

施尚白曰：風神如許！

又

珠江江畔罄離杯，叱馭炎荒報命回。夢繞羅浮山下月，衣沾大庾嶺頭梅。艱危臣節同懷璧，咫尺天顏喜賜醅。今日酬勞徵異數，經綸黃閣待徘徊。

九月十五夜懷李厚庵

蕭疏今夕有誰同？獨倚南樓聽遠鴻。經歲干戈荒菊徑，故人離別廢詩筒。鄉園玉笛三秋月，京國寒砧一夜風。惆悵乘槎歸路隔，銀河渺渺碧霄空。

葉井叔曰：全似鄖州。

書甲寅臘月事

羽書夜至楚江東，殘臘繁霜恨不窮。早歲身餘鋒鏑後，經年心落鼓鼙中。都亭日暮催征騎，故國烟深斷去鴻。極目松楸徒涕泪，那堪歸計嘆飄蓬。

施尚白曰：字字淒斷。

上王大宗伯

建禮詞臣北斗行，十年簪筆並持囊。席前宣室承恩切，詔賜金屏隔坐光。地望楊家垂四世，風流晉代嗣諸王。鑑湖一曲從歸隱，蘿帶還應比繡裳。

又

結廬物外自超然，坐擁芸緗不記年。能事杜陵詩轉細，清思庾信賦爭傳。人倫當代歸廚俊，文藻他時擷蕙荃。獨愧卑栖通世好，每緣奇字拜床前。

又

止足遺榮道倍尊，養生樂志事重論。干戈倥傯新馳檄，几杖蕭疏久閉門。天下正須司馬法，草堂猶擬臥龍村。施尚白曰：工警。何時更慰蒼生望，極目邊荒靜鶴猿。

乙卯五日，同林蜚伯、蔡玉汝、林石來集楊大山寓齋，即席次蜚伯韻

勝友高軒戶外停，葡萄疏影入簾青。裁詩此日方金谷，載酒還期到草亭。

競渡龍舟江月渺,連營魚陣海雲腥。五絲喜結同心縷,歸去斜陽已半庭。

贈李容齋學士

玉堂元是謫仙居,學士承恩直禁廬。鳴佩風翻紅藥晚,揮毫月上紫薇初。人推楊馬千秋筆,家有談遷太史書。他日延英同坐論,雲屏隔坐映金魚。

又

平章地望冠鵷班,屈宋風騷共往還。龍爪書成懸帳底,雁箋題就壓花間。自籠紗帽修茶事,屢解銀貂醉客顏。憶昨玄亭初問字,祗今清夢不曾閑。

寄懷趙山子

帝里花時酒共酣,別來重見柳毿毿。美人何處浮蘭棹,好月中宵憶塵談。自有驪珠驚海內,可無魚素過江南?平章藻采真君事,肯許繅絲到野蠶。

夏日,王大司馬招同陶槎傳宴集怡園賦呈

五月南薰入舜琴,上公休浣許招尋。金鋪別館當花麗,玉碗行厨出竹深。綺樹含風清几簟,碧山如畫照園林。應劉何幸陪公宴,共對華筵折寸心。

丙辰六月六日,赴通惠河任,道上有紀

雙旌近向潞亭開,疏瀹深慚賈讓才。雨後河流歸壑去,馬前山色抱城來。未須下揵搜淇竹,且見同舟有楚材。<small>時滿同官沙比部偕行。</small>落日匆匆猶緩轡,水邊鷗鷺故徘徊。

姚濮陽給諫省兄丹徒令回,過訪潞署留飲,兼懷王仲錫粵臬

雕鞍乍解笑相迎,正值花開酒復清。京口猶懸春草夢,玉偕還聽曉鐘聲。捲簾坐愛松風入,剪燭吟逢浦月生。遙想故人方駐節,烽烟不隔越王城。

浚治潞河，用陸澹園先輩壁間韵

舉鍤如雲聚水濱，春光柳色滿堤新。河山襟帶環三輔，風雨懷柔洽百神。北極冠裳通道遠，東吳粳稻轉輸頻。自從疏鑿舟帆利，滄海何勞更問津？元朝漕運皆由海道至，明永樂始開潞河。

初秋，同諸西侯、張寰六民部、閻梅公水部、羅周師郡丞諸公陪嚴少司農宴集大樹堂堂爲故侯劉澤清別業。

庾公逸興有風流，參佐叨陪集勝游。曲徑穿花看立馬，名園對酒擬登樓。瑤琴調按高山靜，綺樹凉生碧簟秋。最愛捲簾班坐處，避人嬌鳥一聲幽。

又

賓主嘉筵禮數存，華堂絲竹不聞喧。將軍臺榭清陰滿，謝傅登臨勝事繁。亞柏垂藤供賭墅，夕陽初月更移樽。南皮雅會今能再，敢托篇章望討論？

重陽，同勒、賽二郎中，戴、沙二員外諸公登石壩樓，霍晋生觀察携樽小飲。時傳次日聖駕將幸遵化温泉，至此駐蹕

登高望幸羽旌催，勝事疑同戲馬臺。落日帆檣天際出，斷虹雉堞鏡中開。看山更上層樓去，把菊偏逢送酒來。咫尺天章雲漢近，從游誰是柏梁才？

西洋國貢師子恭紀，次富少宗伯韵

異獸西來貢道通，遙徵服教九州同。軒皇自布綏遐德，《瑞應圖》：黃帝巡東海，白澤見，能言語。賢君德及幽遠而出。疏勒能懷載纘功。《東觀漢紀》：陽嘉中，疏勒國獻師子。幸睹神威林苑備，方知勝策畫圖工。太平天子揮弦日，率舞從容應八風。

寄懷薛梁公江南臬使

新開柏府凜冰清，幾度琴樽對月明？閣裏梅花何水部，詩中江色謝宣城。下車久繫蒼生望，解網仍深聖主情。前席他年勤顧問，故人京洛慰平生。

送洛湄大兄給諫典試兩浙

夕捧天書出未央,皇華載路指錢塘。銀河夜傍星槎近,金粟秋隨使節香。盡網珊瑚歸上國,遥同橘柚貢江鄉。時艱正值需才亟,應有公孫策擅場。

柬金萬涵榷部

皎潔明河悵水湄,秋風每憶舊游時。山濤異寶懷金玉,_{萬涵以吏部領榷。}劉晏兼才管度支。綉府旌旗烟外遠,牙檣簫鼓鏡中移。津城夜夜南樓月,爲寄清暉贈所思。

長安雜興_{戊午作。}

光華復旦奏虞琴,喜起真堪頌有臨。已見含章臣節美,始知恭默帝思深。萬方共慰披雲願,一介猶懸捧日心。自是清時稀闕事,碧梧間聽鳳凰音。

又

聖主當陽正右文,蒲輪趨闕應玄纁。進賢此日先莊助,獻賦何人繼子雲?拭罷吳鈎能射斗,驅來冀馬總空群。金門亦有栖遲客,寂寞蘭膏祇自焚。

又

露布頻年徹未央,無端跋扈尚飛揚。早教細柳軍吴地,豈有包茅廢楚疆?轉餉長紆蕭相國,揮戈更出郭汾陽。何時息甲寬宵旰,舞羽虞階格鬼方。

又

軍興日費水衡錢,廟算應知制勝全。重使彝吾官煮海,況饒卜式勇輸邊。中朝暫敕堂封減,内帑多爲甲士捐。聞道飽騰堪奮擊,鼎魚穴蟻詎能延?

又

戎馬經過半草萊,東南民力總堪哀。四知獨憶楊公操,三異誰徵魯令才?每嘆荆山潛玉掩,那看合浦夜珠迴。眷懷何日瘡痍起,擊壤謳歌遍九垓?

又

閩海揚波幾十秋,滄桑誰復柱中流?荒村夜雨青磷泣,故壘西風白骨愁。

諸將有書徒馬服,生涯無地問菟裘。葉井叔曰:馬服、菟裘對法工。王師昨報重圍解,可泛戈船下鷺洲?

又

禄食餘閑愧聖時,北窗岸幘獨支頤。最憐游宦潘生拙,敢嘆爲郎顔駰遲。腰裊瘦來無客顧,侏儒飽後笑臣饑。祇應歸泛滄江櫂,緑箬青蓑理釣絲。

又

霜華漸向鬢毛加,半世行藏祇自嗟。末技已窮鼯鼠穴,殘編空作蠹魚家。從貪摩詰詩中畫,那得文通夢裏花?老去勤經如可補,願迴龍馭駐天車。

拜李卓吾墓

適楚游吴久拂衣,風流身後友朋依。先生被逮絶命時,潞河馬御史治其葬事。放言荀况偏違世,好道嵇康誤觸機。風掃墓門黄葉滿,日斜村徑白楊稀。縱令化鶴歸華表,故國人民盡已非。

王貽上曰:合作。

陳節母詩

大節何曾問小星,江沱泪盡一燈青。齧來碧血共姜指,授得黄金韋氏經。十畝鴉音能載好,雙飛鳳翼久通靈。當年若使甘同穴,南雅誰人紹典型?

董蒼水來都投詩,次韵走答

泖湖烟景動幽思,曾有雙魚遠寄詩。蒼水先自松江寄詩見贈。正憶王孫芳草暮,忽傳名士過江時。維舟張賀初相識,入洛機雲不厭遲。蒼水與令兄闇石並以詩名。水國官田新秋好,爲君預釀菊花巵。蒼水詩有"珍重新凉把酒巵"之句。

又

垂鞭重向帝城過,《繁露》書成近若何?千古梁園詞客少,一時燕市酒人多。忘年謾作彈冠語,長夜誰聞叩角歌。匣底芙蓉頻自拭,星文灼灼動津河。

潞署七夕有懷，和舍弟韜汝作

懶漫聊登薊北樓，干戈隔歲亂鄉愁。夢迴砧杵千家夕，露下梧桐萬井秋。望裏靈槎空泛泛，客中歸路正悠悠。故園風景曾如昨，誰傍天街看女牛？

喜蔡稚力內弟至

鄉關迢遞隔烽烟，出險今來倍黯然。蕭史重悲臺上曲，蔡邕新示《枕中》篇。兒曹呼拜渾疑夢，鬢髮驚看欲問年。施尚白曰：好語動人心。樺燭高燒忘夜永，連床風雨未成眠。

送何信周歸里

翩翩逸藻捲銀濤，不減才名驃騎豪。奪解曾超珠蕊榜，承家殊有鳳凰毛。木綿開遍春山晚，鴨鵊啼殘曉月高。到日鄉關銷戰壘，可無尺素慰吾曹？

富少宗伯奉使諭祭忠勇王，便道還里，奉贈二律

詞臣建禮領容臺，奉使兼徵屬國才。貫月楂隨雙節迥，表忠碑向七閩開。海天秋色寒濤壯，鵝鸛新軍侯騎來。自是駪駪懷靡盬，肯因休沐且銜杯。

王貽上曰：字字典切。

又

丹霞咫尺近桐城，還闕初看畫綉行。父老競傳巴蜀諭，兒童盡識鄭公名。樽開紫帽峰頭色，笛按紅雲曲裏聲。不爲尚書公望重，前期那即動雙旌？

送龔介岑方伯之任金陵

潞河旌節擁清秋，又見高牙向石頭。撫字心勞今牧伯，旬宣職重古諸侯。六朝佳麗青山在，萬井恩波碧水流。試睹遺風追渤海，中丞倚席待咨籌。

柬余佺廬

西莊給事近何如？輒有瑤華問索居。新疏共傳真諫議，故人猶自困河渠。

朝回佳客傾鸕杓，睡起晴窗拂蠹魚。咫尺通津同素湍，忍教踪迹暫蕭疏。

又

日日河干帶鋪行，相思迢遞隔都城。青春久負巾車約，舊雨空懷倒屣迎。藥圃雲亭初結構，竹爐松麈久縱橫。何當把臂清秋夜，共聽芭蕉瑟瑟聲。

過大通橋署有懷田子綸

青門二月景偏饒，岸柳初垂雪乍消。官舍簾櫳依水静，人家烟火接城遙。波光滉漾漁投網，夕影參差馬度橋。<small>葉井叔曰：詩中畫。</small>莫嘆年來疏酒伴，故人曾此一相招。

送葉丙霞視學三秦

秋風黃菊照行旌，立馬河橋送客情。奉使再當秦北地，論文更起漢西京。<small>丙霞先曾典秦試。</small>芙蓉岳秀褰帷色，楊柳歌殘出塞聲。獨有蕭條河上客，含香猶憶共春明。

方伯景行大兄駐節姑蘇。丁巳冬，兒時爵南歸，
　道經趨省，慈愛深至，兼荷示問，賦此寄謝

漕河東去隔斜暉，春草青青入夢稀。稚子扁舟過白下，先生尊酒話烏衣。<small>《爾雅》云：父之昆弟，先生爲世父，後生爲叔父。</small>多情歲暮還相憶，薄宦天涯未息機。爲想南樓清興夜，月明應見塞鴻飛。

柬張梅庵

憶昨龍門再御車，別來青鬢換年華。縱橫鹽鐵桓寬論，縹緲星河博望槎。薊苑看鴻人中酒，津城試馬雪如花。所思勿忘貂褕意，未覺盈盈一水賒。

<small>王貽上曰：五、六佳。</small>

春　泛

明湖春霽水漫漫，放棹携樽夕照殘。曲岸舟迴山色近，層樓人倚鏡光寒。

流鶯低喚移深樹,浴鷺驚飛過淺灘。縹緲江鄉如可問,仙槎猶隔暮雲端。

送朱錫鬯之秣陵

紅亭雨散碧天寒,別意休歌行路難。古寺秋風祠短簿,橫塘落日照長干。三都麗藻花箋貴,六代繁聲錦瑟殘。自是少卿能下士,應知結襪罄交歡。謂龔方伯。

又

秣陵風物迥如何？烟景仍容才子過。牛首山晴秋月滿,鴛湖水近晚帆多。五更中酒霜侵被,千里懷人雁渡河。還憶漁陽曾把臂,有時擊筑和狂歌。

九日登潞河城樓,次韜汝弟韵

潞河風急水聲哀,木落孤城朔氣催。戍卒鳴笳驅馬去,罟師蕩槳打魚來。山川滿目秋堪泪,歲月驚心客未回。惆悵登高鴻雁隔,茱萸亂後沒蒿萊。

和毛煥文游東牟見貽之作

惜別匆匆心事違,且將詩酒戀清暉。霜寒池館人方去,月滿關河雁正飛。秦篆留殘碑蘚碧,蜃樓初起島烟微。探奇莫愛東游好,極目秋風向早歸。

贈徐健庵贊善

江東才子有徐陵,五色雲依玉座升。雁序書名聯鼎甲,華宮采實重家丞。牙籤朝授經筵字,鳳蠟宵分禁院燈。施尚白曰：二語工麗。聞道萼樓多氣象,參連榮戟帶霜凝。

又

十載簪裾滿舊游,還朝初賜錦宮裘。才華綺麗三珠樹,意氣憑凌百尺樓。玉敦登壇興絕學,烏衣入坐盡名流。彈冠喜遂新知樂,促席疑登有道舟。

對菊同許徵若、蔡稚力、韜汝弟作

忽睹秋榮向晚披,素心若與故人期。誰憐淡蕊深相賞,獨采金英慰所思。

疏圃可堪霜落後,步叢偏愛月來時。夜闌更就花前醉,冉冉清芬泛酒卮。

重陽後菊花爛漫將殘

搖落偏驚物候遷,寒花竟日共留連。亭亭晚節疏籬外,濯濯秋容曲檻邊。淺白輕黃經宿淡,斜風細雨倍人憐。故園三徑今何許?陶令懷歸已廿年。

送林公韞扶尊甫穆之靈櫬歸里

間關欲報蓼莪恩,執紼牽舟望故園。檐外乳鴉隨孝子,雲中哀雁送吟魂。霜寒柘浦知雷蟄,潮落蘭江見水痕。他日松楸封馬鬣,願憑尺素慰思存。

<small>王貽上曰:公韞五千里重趼扶櫬,孝如廉范。其《述哀詩》如哀猿斷雁,不忍竟讀,穆之可謂有子矣。</small>

房季子挽詩有序

季子名延祥,字發公,爲同官慎庵介弟。早歲以黃冠從尊甫司馬公,間道赴難,親歿廬墓,撰述甚富。與慎庵訂游西山,未至遽逝,作詩輓之。

孤臣戀闕已堪憐,將父猶傳季子賢。赤羽塵霾關輔路,黃冠淚盡武功天。著書還是居廬日,共被終暌入洛年。惆悵子安今莫問,三珠庭畔倍潸然。

仲夏,寓洪太常池莊有感,用兒時爵原韵呈陳轉庵母舅

水榭淒清五月秋,居停三度憶風流。賓筵曾擬梁園勝,草樹空餘蔣徑幽。黃鳥避人穿竹去,錦鱗衝雨唼花浮。不堪重侍東都話,同向壚邊感舊游。

<small>施尚白曰:似錢、劉。</small>

聞簫同阮疇生、鄭遠公、韜汝弟分得三肴

煮茗攤書臥陸巢,虛庭零露滴花梢。何人律呂聲相和,此夜家山夢未拋。雲起秦樓飛彩鳳,月明滄海舞潛蛟。遥遥秋漢參差度,疑是鈞天碧玉敲。

送鄧元固民部假歸東昌

何事仙郎不肯留,故園風雨感松楸。著書舊近莊生宅,載酒重登太白樓。立馬千峰看岱岳,當門一水下漳流。施尚白曰:此聯不讓于鱗。大東此日征輸急,自有元侯奏冕旒。

寄懷黃天馭觀察

風高木落正繽紛,南去歸鴻隔歲聞。四野暫消豺虎鬥,三江已罷鸛鵝軍。匡廬岳翠明新黛,彭蠡秋濤捲暮雲。最羨幕中賓佐暇,好陪飛蓋共論文。

又

廿年鄉國暫分携,却帶腰間紫綬齊。地近豐城宜舞劍,天空楚塞易聞鷄。戍樓月出餘清嘯,樂府秋深檢舊題。誰念故人相憶處,落霞遙指大江西。

送陳鶴屏舍人請給省覲

清潤元方玉不殊,白雲親舍憶仙鳧。鶴屏尊甫前爲儀封令。早時簪筆陪龍馭,他日聞詩學鯉趨。楓嶺瘴開鄉樹出,輪山月上海雲孤。遙憐彩舞新歡宴,肯記高歌舊酒徒?

朱人庵罷官馬邑,寄寓棗强,有詩見柬,闕報久之,重晤都門賦答

每從童稚憶情親,矯首雲中欲愴神。懷袖三年存好我,投簪七尺暫依人。鯨波平地搖閩海,馬首東風染洛塵。先達重逢欣載酒,論交猶自溯陳遵。謂陳轉庵母舅。

送勞書升督學山左

都亭尊酒日相尋,小別遲回繫素心。千里行旌依日觀,一時秀色起秦林。使臣應致奚斯頌,高士誰爲梁父吟?莫道平時羞霸業,才如管子漫浮沉。

趙山子將歸，以詩索近稿兼贈畫扇，次答

誰采風詩續簡編？歸心忽棹孝廉船。素絲豈有文章貴，白雪真疑投贈偏。便面桃花舒曉日，踏枝翠羽拂晴烟。_{扇畫桃花翠羽。}相逢乍恨論交晚，又向長河望遠天。

黃用錫至天津贈詩次答

浮名不繫壯游心，到處雲烟有屐尋。彩筆留題山寺曉，錦帆斜掛海門深。十年久負青樽約，一曲新傳白雪音。下榻休嫌關署冷，茗香花氣夜沉沉。

督漕河西，偕黃用錫、韜汝弟舟行分韵

王事餘閑即勝游，長河萬里碧天收。青山向晚迎帆駛，新月涵光入樹流。静按清歌催鷺羽，時揮玉麈引觥籌。憑欄最有滄州趣，芳渚翩翩起白鷗。

初秋，同章澹公、黃用錫、舍弟韜汝小集津頭別業，次用錫韵

層軒傍水趁晴光，樽酒談深恣客狂。兩岸朝烟村樹暗，片帆秋雨海潮凉。謾教勝事追金谷，偶有閑園似辟疆。高捲湘簾時擊鉢，猶餘清韵繞爐香。

黃用錫將之太原，臨發雨阻，次和

漫懷隴首賦亭皋，勝事還知二仲豪。銀燭離堂調寶瑟，金刀渠碗膾霜螯。重雲夜過楓林黑，積雨秋連海氣高。且繫白駒聊永夕，蘭陵醉客有香醪。

_{王貽上曰：高調沉鬱。}

將返都門，張蔚生參軍、張雪子參戎泛舟相送，各賦詩見贈，率和留別

東風吹斾捲晴天，一棹移來載鶴船。高閣層雲遙積翠，長橋疏柳近含烟。

鳴珂早向中書里,開篋驚傳白傅篇。願托關門明月好,素心夜夜到君前。

辛亥二月,柏卿魏師相予告歸里,時余權役未回,不及與祖青門,荷寄讀彙刻諸公贈別詩,悵然瞻懷

避賢暫欲解朝簪,許就林泉主眷深。未遂青門追勝餞,翻承綠野寄高吟。蕭曹事業成規畫,濓洛淵源見道心。四海蒼生長繋望,莫教霜鬢二毛侵。

贈吳耕方太史時爲監丞。

毗陵詞客數家風,韋杜名稱尺五崇。三世被榮同國子,一官著解似文公。經傳門下諸生貴,字問亭中賦草工。誰羨漢廷稽古力,千年吾道已皆東。

許生洲公子年十四賦雙松詩,次韵贈之

爭怪詩人喜咏松,崢嶸頭角現雙龍。不教翠色隨春草,却帶疏聲似曉鐘。植地根盤無曲處,凌雲身並最高峰。君家玉樹真同茂,霜雪紛紛正耐冬。

送李厚庵太史省覲

右文聖主啓經闈,威鳳聯翩集帝畿。君去采風兼視寢,誰從問夜佐求衣?龍池月向西清滿,仙掌雲連北闕飛。聞道延英勤眷顧,玉階簪筆幾時歸?

元日即事,次上官三立大廷尉韵

鵷鷺班歸徹火城,陽回初囀上林鶯。嘶風寶騎聯鑣出,映日宮貂簇錦行。
施尚白曰:每有壯句生光焰。柏葉共分春晝酌,梅花獨結歲寒盟。喜瞻雲物新開霽,應念調和屬老成。

送何觀察之任

驄馬霜威舊望隆,璽書重拜保釐功。崤函劍佩還朝日,閩越山川攬轡中。

官閣花迎何水部，帝京人憶漢司空。最憐月白秋江滿，獨倚南樓嘯晚風。

挽王誕登處士

經行修明遇數奇，清風俠節少人知。門欄却見乘龍喜，君快婿爲楊大山民部。華表空聞化鶴悲。書卷高堂花落夜，松楸孤冢月明時。他年嶺外傳耆舊，無愧中郎有道碑。

又

遺名尚挂簡編中，身退懸知道不窮。潮海經師宗趙德，河汾弟子諡王通。青山骯髒儀型在，白璧沉埋歲月空。惟有舊閭還可式，數株喬木老秋風。

許節母詩

獨懸孤月照高堂，愁聽烏啼屋上霜。截髮晨炊供老母，燒燈夜績課兒郎。青箱不墜先人業，彤管偏留異代芳。四十餘年栖別鶴，碧梧枝上漏聲長。

次和黃褐公五日懷友

帝里天中已十周，佳辰倍憶昔年游。彩絲宛轉同心縷，蘭槳參差競渡舟。濁酒他鄉成獨醉，故人何處更相投？明光草就思賢賦，不比張衡咏四愁。

送姚高陽之任丹徒

風華江左久聞聲，君去花時細雨程。帆外金山京口寺，尊前鐵瓮潤州城。高流尚憶焦先傳，治行應齊袁粲名。回首故人同水部，謂濮陽。吟梅繞樹獨含情。

薊鎮有感

神京左輔踞雄邊，開府空懷出牧年。自是來王存德意，誰云設險恃山川？霜寒鸛鵒呼殘壘，日落牛羊返戍田。聖代祇今家六合，黃花北望斷狼烟。

薊州道中遇雪，同伯兄素汝

薊門木落旅人稀，爲感征途賦《采薇》。雲裏喜瞻鴉鵲近，雪中愁見塞鴻飛。沙明水碧層冰合，野曠天低遠岫微。漫憶故園松菊在，閑乘款段願俱違。

獻陵懷古

同姓占封此地嘉，賢王禮樂有光華。當年大雅師毛氏，落日遺宮憶漢家。鴉啄殘紅翻柿葉，雁迷淺碧過蘋花。翛然立馬蒼茫外，城角秋深起暮笳。

王貽上曰：懷古諸篇最饒情致，而格調亦遒。

葉井叔曰：清麗多風，當使義山北面。

仲夏雨後，過劉處士齋頭留酌

覓得墻東小隱家，碧桃紅藥滿園花。壺天迤邐松三徑，春事經營酒一車。時共孤雲窺海岳，閑隨野鶴訪烟霞。興來欲繪滄州意，倒影山頭日正斜。

送黎觀予還楚，次左念源大銀臺韵 觀予善日者。

每從易理悟天真，讀老還疑屬後身。端策無心詢屈子，論交有意識陳遵。輸將杖履酬簪紱，迭向湖山問主賓。歸去沅湘堪卜隱，一簾市肆息風塵。

行縣至東郊，過獻王陵

遲日心閑愛晚晴，罷衙出郭問春耕。柳風十里舒輕騎，麥浪千疇漾遠城。隴畔避人携楛女，花時求友隔林鶯。當年説禮聞詩地，寢殿蒼凉落照横。

雪後過景城

荒村寥落舊城阡，雪滿平蕪没野田。萬樹寒光生積素，千家霽色動炊烟。人沽遠市歸殘堡，僧背斜陽剧凍泉。立馬渾忘詩思冷，風期對此一悠然。

道經趙北口

漠漠烟光接遠陂,迴塘沙圻見舟移。平橋瀉碧晴猶濕,老樹含青近始知。山似故園看恐盡,吟逢絕境思偏遲。長途未覺征塵困,笑問旗亭酒熟時。

雨霽望泰岳

岱宗高峙鬱巑屼,此日東游矯首看。三觀雲霞晴後色,五松風雨夜來寒。銘功異代遺秦碣,禪草何年奏漢官。會駕蒼虬凌絕頂,一杯滄海恣觀瀾。

施尚白曰：風格似空同。

曲阜紀事用李文正公韵

曾從京國拜橋門,闕里今來見俗敦。道統中天回日御,公封奕代衍雲孫。弦歌四壁音長在,俎豆千秋禮尚存。薄暮徘徊奎閣上,遺書故籍總堪論。

鄴都懷古

漳流東下古城高,此地曾經建羽旄。魏國山河存割據,鄴中父子擅風騷。繐帷香冷銷宮粉,銅雀春深沒野蒿。馬首徘徊已惆悵,晚鴉何事噪空壕？

汴梁懷古

落日驅車古大梁,蒼茫遺迹盡堪傷。彝門伏劍思公子,博浪空椎恨始皇。赤水東來朝市變,翠華北去寢園荒。多情惟有清秋月,猶照城中萬瓦霜。

王貽上曰：讀二詩,劉滄、趙嘏未足多也。

朱仙鎮謁岳武穆祠,敬步先祖父大司寇公原韵

雲堂磊落識英姿,千騎曾雄百萬師。故國川原餘戰壘,淒風日夜捲神旗。黃龍莫挽金牌恨,白馬徒傷玉曆移。來往朱仙頻吊古,遲迴不忍讀殘碑。

陳轉庵母舅曰：正大淋漓，不愧祖武。

重陽前三日，登元紫芝琴臺

千年遺迹傍城隈，極目蕭條曉雁哀。芝宇不隨芳草歇，琴聲猶向古臺迴。檻浮瀍水秋雲遠，簾捲嵩山暮雨來。吏隱莫嫌幽興淺，還能重醉菊花杯。

王貽上曰：何其高秀。

中秋夜宴歸有感

庾樓客散興誰同？落葉蕭蕭四壁空。萬里關河懸北斗，孤城砧杵亂西風。冰弦入夜聞歸鶴，錦字經秋斷去鴻。三五月明何處是？教人霜鬢嘆飄蓬。

葉井叔曰：與上"檻浮瀍水秋雲遠"二句皆自然獨得，必傳名句。

游雲夢山蘇秦、張儀從鬼谷子學道處。

山腰欲轉衆峰連，縹緲孤雲入望懸。樹杪泉飛巖塔雨，鐘聲路隔水簾烟。龍頭鐺老花皆藥，鳥迹書傳洞有天。學盡縱橫成計拙，投簪應自悔當年。

山有巖塔、水簾之勝。

洛陽道紀事，同王仲錫

城闕參差異昔時，郵亭信宿駐青驪。挑燈夜說元康事，攬轡晨歌大曆詩。金谷閑花遺客恨，銅駝荒草繫人思。同來入洛名誰問？徒負春江舊釣絲。

隨德元招同王仲錫、余未也、王石航、孫丹扶飲吳氏園亭

別館清陰四月寒，招攜勝侶共留歡。當筵落絮輕沾袂，繞檻飛花亂撲冠。紫袖人歌金縷曲，銀絲鱠薦水晶盤。從來良會知能幾，莫厭杯深燭影殘。

阮節庵明府招游少林寺

天中梵宇重迦維，選佛開山紀魏時。貝種三花新寶樹，燈傳六葉舊禪枝。

香厨磬響巢鳥下,古洞雲歸遠岫移。何事當年彭澤令,到來白社一攢眉?

清明有感

感物傷懷驚節序,青精寒粥又朝曛。三春魂夢懷霜露,十載行藏類水雲。野陌有錢飄古樹,故園無草覆先墳。汍瀾幾咽哀哀泪,腸斷啼鶯不忍聞。

<small>陳轉庵母舅曰:孝思鄉心淒人肝脾,客中不堪循諷。</small>

又

荒城細雨客來疏,慘澹難過二月餘。濁酒他鄉寒食節,青燈殘篋隔年書。持餳有女悲將母,乞火如僧慰索居。最是棠花開落候,舊山啼鳥正愁予。

酬黄用錫見訊

六年相別竹溪居,吏隱兼名感遂初。誰信閑門羅有雀,自憐薄俸購無書。孤雲碧澗秋先老,幽鳥寒花夢未疏。見説故園粳稻好,幾回新釀憶南徐。

壬寅除夕作

冷署頻經歲序移,無端此夕轉凄其。詩書千卷灰心後,風雪三更冷夢時。秉燭難留殘臘去,聞鷄獨起故鄉思。蹉跎廿九明朝是,莫笑潘生鬢早絲。

憶同學楊伯歆、伯昭,李翰卿,陳臣汝諸子,兄千汝、素汝,弟韜汝

風流久矣斷琴樽,每向花時獨掩門。避世淵明慚斗米,倦游司馬戀鄉園。青燈聽雨春宵永,白日看雲午夢昏。悔負名山禽尚約,閑中回首倍銷魂。

寄懷洪畏軒儀部

春風別後聽鶯鳴,六載看雲繫遠征。公子含香歸盡省,客心隨夢到都城。錐鋒争脱囊中穎,<small>時同學黃儆庵新擢給諫。</small>焦尾空餘爨後聲。爲想聯翩鵷鷺侣,肯因

萍迹問鷗盟？

癸卯三月生日

幾度春回不記春，天涯拓落十年身。漸看裘馬慚知己，無賴鶯花媚故人。弓冶業荒空鼓篋，蓼莪詩廢更沾巾。憑誰問取三生約，香蕙巖前待拂塵。

別琴臺

長嘯登高不厭頻，孤琴離曲恨方新。村烟冉冉迷紅樹，塞雁蕭蕭下白蘋。六載名山成好友，一天暮雨剩歸人。臥游應有他年約，未許宗生獨問津。

王貽上曰：似劉隨州。

河內史公一，沈禹錫、箕陳、張乾雅、明雅過鐵塔寺餞別

涼秋古剎促晨征，銀燭光搖祖帳明。風雅塤篪真滿座，分携詩酒倍多情。太行日落單車過，河曲天低一雁橫。孤塔不堪回首望，殘鐘斷續暮雲生。

柬寧州守呂霖侯

鶯囀晴光柳色勻，知君露冕自行春。徵歌猶見秦風古，坐嘯方知漢治淳。花滿訟庭閑白晝，燕巢官閣落香塵。從容吏散青燈夜，應有新詩寄遠人。

謁軒轅廟

古廟松陰覆几楹，垂裳遺像睹文明。雲中疑柱崆峒駕，霧裏曾銷涿鹿兵。祀典千秋崇俎豆，元音異代識咸英。殘碑剝落誰堪問？望斷橋山暮靄橫。

王貽上曰：典穆，與題相副。

都門將之魯陽，留別陳轉庵母舅，兼送入黔赴行軍司馬之任

一片秋風過禁城，離樽共向客中傾。司空舊泪懷能子，桓豹無才愧外生。

細雨蒼葭伊水恨，斷烟疏柳渭陽情。相如近有傳巴檄，直向西南望遠旌。

王貽上曰：兩聯對句尤精。

臘月十五夜書懷

高燒銀燭迫殘年，心事蹉跎欲問天。三五夜分風帶雪，六千鄉路水如烟。魯公乞米徒存帖，趙壹探囊少剩錢。惟有西山春色近，曉來爽氣落檐前。

長安對雪用東坡韵

凍風吹霰作簾纖，雪意偏增酒力嚴。遠客叩門疑被氅，小奚掃徑欲雕鹽。殘燈避影寒窺幌，微月含聲夜落檐。静對西山最佳處，白波遥起數峰尖。

又

紅樓晴色動栖鴉，門外新迴碾玉車。映樹日高猶落絮，隔墻風過正飄花。幽閨晝静頻停織，久客霜深倍憶家。郢曲由來應寡和，自憐凍手幾回叉。

哀范佩蘭山人有序

金陵范子善琴解詩，家吾泉有年矣。特與余友善，時造山齋，一彈再鼓，如坐我于高山流水間。丙申春，《廣陵散》絕，余時寓燕。凡六閱月，始聞鄉問，剺絮無從，愴然成咏。

名山勝友兩茫然，剩有風流說往年。雅操誰傳塵外句？冰心秖托匣中弦。烏衣雲冷歸江燕，紫帽春深泣杜鵑。腸斷鍾期流水杳，孤情空使古今憐！

王貽上曰：聲情最妙。

望江郎石，同蔡稚力、舍弟韜汝作

山勢東來拱越封，巍巍砥柱湧三峰。蒼苔亂點寒逾净，老樹高懸翠幾重？絶巘玄池浮錦鯉，中天霽日削芙蓉。《廣輿記》：山頂有池，産碧蓮、金鯉。駿驁莫問江郎事，雲母丹砂何處逢？

乙未二月，王師過仙霞嶺

彤弓遠賚自京畿，七校銜枚卧鐵衣。粤自南荒煩北討，祇今霞嶺作金微。峰迴玉勒明星近，樹繞雕旗曉月飛。聞道前鋒先破敵，漳南一夜徹重圍。

戎行紀事，呈鄂麟閣學士

平沙白草散龍駒，擐甲連營到海隅。鐵箭三更秋月冷，堠烽萬里曉雲孤。炎荒諭檄慚磨盾，幕府傳餐念棄襦。聖代師貞憑壯略，功成何事羨英盧？

船下建溪

扁舟西下思紛紛，回首孤城日未曛。百道飛灘奔石門，千峰積翠到溪分。叢蘭夾岸空過眼，浴鷺衝波自不群。瞬息乘流三百里，斜風急雨半空聞。

施尚白曰：余舊過建溪，有"劍棱歆側過，眉睫死生分"之句，未免用力，此更以灑落語寫盡。

劍津晚泊

雉堞橫崖瞰碧津，參差估舶集城闉。九峰直鎖閩關水，雙劍猶傳晉代人。笳鼓有時驚客夢，風雷永夜壯龍神。最憐小艇春寒候，獨向危灘理棹頻。

贈黃維讓鴻臚

風流才俊筆如杠，早宦金門意未降。漢代君卿原第一，黃家安陸本無雙。班聯珠履趨丹陛，客解銀魚醉玉釭。不是松喬長結好，何緣嘯倚白雲窗。

謝節母詩爲秀才超宗贈

淑質貞心映玉毫，直從多難著憂勞。悲殘隻影空鸞鏡，贖得孤雛是鳳毛。

超宗幼掠於亂兵，節母鬻簪珥贖歸。

荻筆傳書霜月白，萱堂視膳曉雞號。東陽才調今如許，坐看凌雲寶樹高。

訪王嵩甪學博

逶迤修徑綠陰偏,何用幽居遠市廛。絳帳談經秋月上,青山吹笛晚風前。羈栖漫作登樓賦,風雅初傳入洛篇。最喜相將消永日,竹窗清話揚茶烟。

賦得暗水流花徑若木,六叔命和

零亂花源碧草侵,静隨泉響得幽尋。輕流夕引寒香泛,細萼春含雨氣深。清淺迴欄魚避影,葱蘢夾澗鳥啼陰。猗蘭欲寫聞芳佩,月落參橫擁素琴。

奉寄楊可庇先生濯纓湖隱居

滄浪佳興近如何？南望幽村繞薜蘿。少室烟霞違世久,茂陵風雨著書多。深耕犢過垂楊路,罷釣船歸菡萏波。最愛湖頭秋色好,問奇他日許相過。

王貽上曰：第四句佳。頸聯何其苕秀。

見春郊走馬有作

二月城南淑景明,芳郊來往馬蹄輕。杏花野店青絲控,楊柳春堤匹練橫。踏遍香塵迷去影,嘶殘夕照帶餘聲。遥知少婦高樓上,正憶良人事遠征。

同游彌陀巖,用葉文忠公壁間韵

齊雲山半賞心多,曲徑幽香雨曼陀。幾杵疏鐘僧自定,一灣流水鳥空歌。維摩法焰傳燈火,謝傅清吟寄薜蘿。倘得閑園分十笏,静看人世任風波。

登齊雲巖,分得"阿"字

閑支輕策躡層阿,繞磴松杉積翠多。巖頂香泉流石髓,岩有乳泉,郡名本此。洞中仙蛻隱烟蘿。唐裴道人隱此,常騎虎往來城市,後蛻去。春深坐見桐花落,夜静時聞虎嘯過。咫尺江城環碧檻,頻從雲裏聽笙歌。

弟焯曰：此兄十四歲時所作也。時雨航、若木二叔父方與楊可庇淡公、黃用錫諸先生共結吟社,兄以早悟間從屬和。嘗偕游源山,遍探諸勝,各有題咏。舊稿散軼,今存集中僅五律歐陽巢雲二首,七律惟彌陀巖及茲篇而已。其選聲諧暢、煉句工穩,讀者定能辨為少作否? 聊代識以當年譜。

金陵懷古,同舍弟韜汝分得"鴻"字

建業城邊檞葉紅,繁華猶記帝圖雄。千峰形勢三吳會,萬里梯航百越通。雨暗魚龍江岸坼,烟銷松柏寢園空。興亡自古無窮恨,故壘蕭條落晚鴻。

金陵送王四及歸宣城,同韜汝得"歌"字

西風蕭瑟度關河,折柳新亭別思多。作賦不須悲趙壹,獻書終自遇常何。人來薊苑辭鴻雁,路近孤山繞薜蘿。悵望雙江天色暮,分携忍復聽離歌。

皖城登迎江寺塔,用壁間韵

崚嶒高塔插雲頭,拾級憑虛快壯游。山勢平臨吳地盡,潮聲遠帶楚江流。千家烟火城邊市,兩岸兼葭浦外舟。舊國孤忠餘戰壘,荒原落日吊余侯。

阮疇生曰:三、四清曠,五、六俊邁。寫景妙在從高處見。是登臨合作。

登潯陽鎖江樓懷古,次韜汝韵

荒城一半枕蒿萊,楓葉蘆花晚照開。天外山迴三楚合,樓前潮落九江來。人經郭默全家少,地憶陶公百戰回。莫向暮鐘談往事,白頭僧在不勝哀。

葉井叔曰:形勝如畫。

登 滕 王 閣

高閣臨江夕照秋,蒼茫烟樹繞汀洲。山連廬霍西南峻,地坼荊揚日夜浮。終古干將騰氣象,千年詞賦擅風流。劫灰幾度空回首,慷慨頻生陵谷愁。

王貽上曰:頷聯确。

佛桑次牧仲韵

幾樹深紅映淺黃,炎州別有遠條桑。寧同木槿矜朝艷,應比芙蓉傲晚香。雨霽江霞紛散綺,月明庭露浣新妝。可憐傾國無人問,空羨芬葩數蜀昌。

山呼次牧仲韵一名珊瑚。

宛轉還偷百舌奇,參軍蠻語舊相知。不將錦翼齊鴛羽,誰譜新聲付翠眉?金闕望懸雲路遠,碧山吟斷曉風悲。平生未愛雕籠困,丘壑何年慰所思?

<small>吳蘭次曰:風流蘊藉,一結更多逸致。</small>

憶　昔

憶昔含香十六秋,每趨封事拜螭頭。蓬萊柳暗聞鶯入,太液花明駐馬游。東省看山朝拄笏,西園醉客夜藏鈎。那堪嶺嶠頻回首,魏闕天邊紫氣浮。

<small>弟焯曰:春容儒雅,句有餘音。戀闕深情,隱然言外。</small>

病起示舍弟韜汝

三秋臥病嘆支離,冷雨幽窗祇自悲。換得衰顏驚鵲鏡,移來廢硯觸蛛絲。暫抛世累鐘殘後,頓起鄉心葉落時。莫道身慵生事減,池塘猶示惠連詩。

<small>葉井叔曰:一派性情,天機靜悟。</small>

南康阻淺,用許丁卯韵縣屬南安郡。

曲折灘迴擁淺沙,舟牽百丈水程賒。啼殘苦竹鈎輈鳥,落盡空山枳殼花。返照城邊來候騎,斷雲谷口見人家。南征自古多詞客,莫恨倦飛天一涯。

<small>王貽上曰:宛然丁卯風調矣。</small>

使院夜坐

簿領腰肢困此生,小閑暫得暢幽情。桐陰轉處月當枕,竹露下時風滿楹。

紈扇欲辭秋意早,素瓷初點夜吟清。兒曹隔榭呦唔近,可有新畬慰晚耕?

王貽上曰:頷聯亦是丁卯。

辛酉九月,舟過吉安,重晤陳子帥參軍

八年燕市悵臨歧,執手廬江倚棹時。老去陳琳猶入幕,閑來鮑照更耽詩。樽前風雨重陽節,話裏蓴鱸故國思。莫嘆干將埋沒久,夜深光氣斗間垂。

阮疇生曰:肝膈之語。

奉懷張壺陽台州觀察

一別春明隔使星,遙持玉節鎮滄溟。詩篇發興追康樂,風度凝懷憶九齡。郡閣雲浮天姥白,江城潮落海門青。銜恩未遂貂褕報,鴻雁來時不忍聽。

葉丙霞曰:置大曆集中無辨。

寧都晤魏和公處士

元方握手隔年情,候館逢君慰此行。道上王弘虛送酒,山中魏野愛逃名。丹崖翠壁當軒靜,早韭秋菘入案清。咫尺易堂雲外望,何時藜杖聽書聲?

石城示諸父老

迢遞單車到石城,一方民俗此關情。尋常喜見雞豚靜,辛苦翻勞父老迎。好去漚麻供婦織,莫憑佩犢廢兒耕。輸完公賦安居樂,蛇虎何憂有吏橫?

新淦舟行

城下空江向北流,虔州西上正悠悠。柳邊過雨鷺窺網,花外夕陽人倚樓。漁笛數聲愁欲劇,篷窗孤枕夢偏幽。一川烟景頻來往,每對青山憶舊遊。

王貽上曰:似李嘉祐。

夏盡，夜泊鎖口洲

寥落孤村隔渚烟，晚來停棹轉悠然。江行計日詩盈篋，客夢經宵月滿船。暑氣未消衾簟上，秋聲先到荻蘆邊。三更却怪潮鷄唱，誤向銀河望曉天。

送于畏之歸檇李，即次泰巖中丞大兄送別來虞原韵

雙江垂柳綠成行，霽雨開帆趁曉涼。客路遥憐天接水，郡樓空對月如霜。九宮異數傳黃石，七字清吟擅柏梁。康樂由來多逸藻，遲君刻燭夜初長。

寄懷泰巖大兄用前韵

越客西來見數行，騑弓古道未全凉。軍儲散罷門如水，官燭吟殘字有霜。暮雨鳴禽愁格磔，春風香草寄都梁。方伯兄有詩贈懷，三月沈馨聞郵至。相思忽動江南興，明月薇樓曉夢長。

虔署桂花、木芙蓉盛開，讀壁間漢甫中丞二律，聲情並擅，香艷絕倫，因踵和原韵。體物未工，殊愧前輩風流也

桂　　花

葳蕤叢桂近高樓，卧對身疑閬苑游。金粟霏霏雲佩冷，天香脈脈月魂收。佳人舊曲翻黃雪，仙友同心結素秋。曾端伯以桂花爲仙友。莫道淮南空有賦，他年遲爾小山頭。

木　芙　蓉

幾朶輕盈放曉葩，霜前爛漫數秋花。乍呈素質偏多艷，半醉瓊膚不染瑕。舞罷《霓裳》風繞檻，歌殘絳樹月籠紗。由來蜀國詩如錦，散向江城作綺霞。

癸亥花朝,同洪學士宴集張澹明方伯使院,舟回賦謝,兼以志懷

青蒲高譽動神京,十載重看擁絳旄。財賦西南歸武庫,江湖岳牧即長城。花深官閣聽鶯坐,草綠射堂調馬行。料得心閑多遣興,春光一半入詩情。

葉井叔曰:典雅復爾閑適。

又

麂麂空隨漢使槎,薇樓清宴興偏賒。開樽雨帶棠花落,卷幔烟浮石笋斜。金錯自裁平子賦,玉章端擬孝侯家。鬱孤臺畔勞相望,千里江天起暮霞。

舟泊吳城,登望湖亭,次舍弟韜汝韵

烟火千家枕岸隈,虛亭疏牖面湖開。雲邊岳色看深淺,天外舟行辨去來。草暗番城荒址廢,沙沉漢艦晚濤哀。三年重作知津客,愧向東風酹酒杯。

王貽上曰:與韜汝作頷聯,工力悉敵。

青山頭舟中苦雨遣悶,次韜汝韵

欲拂塵纓苦未除,生涯聊復問舟居。雲霾岳頂迷蒼鸛,雨點波心跳白魚。暫得身閑銷判牘,偶因禪定罷觀書。最憐寂寂春如海,啼宇聲酸午夢餘。

舟回至南康盡米湖避風,信宿,即景感賦,次舍弟韜汝韵

長湖千頃匝天昏,几席寒侵夜氣渾。身外波濤憐仲海,鏡中骨相笑虞翻。靈風燈閃泥神廟,陰雨磷飛板屋村。咫尺星灣空悵望,紫陽遺迹至今存。

寒食維舟,同舍弟韜汝小步張吳渡作

江鄉物候記清明,野望偏宜宿雨晴。矮屋夭桃雙掠燕,斷畦疏柳數聲鶯。

澆墳處處飄殘紙,浸穀家家蓺早粳。回首故園荒馬鬣,汍瀾空作踏莎行。

又

短屐青衫小徑前,塵融沙軟劇堪憐。山花就落猶含雨,村釀將沽恰禁烟。黃蝶繞籬香菜甲,白鴉驚樹散榆錢。一春好景無多在,莫遣斜陽下綠阡。

阮疇生曰:三、四穩秀天然。

吳菌次將之嶺表,訪留村制府,
舟過虔江賦贈,次魯文淵韵

京洛才名擅往年,棠舟初拂贛江烟。鄭莊老去猶耽客,疏廣歸來不買田。艤棹吟過椰子月,登樓醉倚荔奴天。始安高誼驅湖海,已許柴桑辦酒錢。

癸亥初秋,邀同吳菌次、錢目天、吳彤本、龔衛公、
舍弟韜汝游通天巖,即席分得"雲"、"依"二字

江城何處避炎氛,西崦奇峰迥不群。古洞虛從巖下入,秋畦疊向澗邊分。崖陰到地全無雨,石氣盤空欲作雲。題壁風流存往迹,摩挲姓字過斜曛。

又

閑來兩度叩禪扉,幽性真宜水石依。清磬一聲山閣寂,野花千點路霏微。猿猱日落窺僧鉢,苔蘚年深繡佛衣。六客堂中人後至,飛觴興劇竟忘歸。東坡守吳興日,重集李公擇六客堂。菌次舊官吳興。

葉井叔曰:五、六取徑幽寂。

次韵走答吳菌次見柬之作

懶逐秋風上廢臺,尺書懷袖獨徘徊。杜陵多病還憂世,司馬倦游肯負才。臥起藜燈孤榻冷,吟殘松月半窗開。床頭白酒聊分餉,敢比江州刺史來?

又

不謂高風見古人,轉憐交晚倍相親。芙蓉體製原殊衆,冰雪聰明不染塵。醉後昇興心自遠,客中贈鏡夢難真。公述夜夢與江夏君對語,聊戲解之。荒齋雞黍猶堪

約,莫笑行厨脱粟貧。

  初秋,吴薗次、陳緯雲、錢目天、吴彤本、龔衛公、
  舍弟韜汝集甓園,分得"舟"字

 層軒新拓小窗幽,湖海人同非水舟。叢桂摇風三徑夕,殘荷過雨一簾秋。著書那比虞卿富,縱酒偏逢茂世儔。天際浮雲空汗漫,玉壺滿眼且淹留。

  秋日,邀吴薗次、吴觀莊、陳緯雲、龔衛公、錢目天、
  吴彤本、舍弟韜汝集八境臺,分得"灰"、"歌"二韵

 百雉孤城傍水隈,清秋層閣共銜杯。俊厨平挹三吴秀,詞賦還推二陸才。疊嶂連雲官路峻,澄江如練估帆開。望中魏闕天邊遠,客思臨風不易裁。

      又

 新涼裌服曳輕羅,賓主談深逸興多。風急莎村砧乍起,月明楓浦雁初過。琅琅八咏懷前哲,渺渺雙流嘆逝波。醉後憑欄還顧曲,芙蓉樓外有笙歌。

  秋日,薗次、觀莊招同緯雲、子韜、目天、舍弟韜汝集
  曾波閣待月,分得"陽"、"尤"二韵

 玲瓏幽閣俯芳塘,折簡招携對夕陽。過水榕陰清不散,牽風蘭葉潤生香。逃名未忍嗤潘拙,作達真能恕阮狂。況有季方同愛客,肯教蟾兔負秋光?

      又

 約社珠宫事事幽,瓶花爐茗足風流。三更月向橋中滿,四座人同鏡裏游。鶯版聲和詩律細,龍文彩結竹厄浮。燒殘椽燭方歸去,又憶明朝送别舟。<small>觀莊將於次日長發。</small>

  秋日,鮑子韜招薗次、觀莊、緯雲、目天、彤本、舍弟韜汝集蓮社庵,
  即送觀莊游粤。是日,薗次先歸,席中分得"真"、"侵"二韵

 城南地僻草如茵,花雨禪關迥絶塵。修竹翠分聯社客,圓荷香似解經人。

奇雲賦就琴初叠,好鳥啼殘酒數巡。康樂招來還命駕,生天別自有前因。

<small>葉井叔曰:第四句別。</small>

又

屢從巾舄共幽尋,此日征帆繫遠心。偏喜七賢同北阮,可無三笑比東林。過橋月出蟬聲咽,度嶺風高雁字沉。重到珠江懷舊侶,蝶花誰復和清吟? <small>觀莊與余友王仲錫共事時有《蝴蝶花》唱和詩。</small>

送吳彤本隨尊甫菡次游粵

相逢二却贛江隈,客次相邀月幾回。詩興正同蟾桂發,離情偏遣鷁帆催。尋山直過花田路,貰酒頻登玉鏡臺。度瀨文章傳鶴觀,他時猶記少坡來。

送錢目天游粵

章江渺渺水平堤,相送臨流惜解携。峽路霜寒沽酒客,沙村月警候潮鷄。海幢香刹乘槎到,湘瑟新詞倚醉題。別後青楓看搖落,愁心無限嶺雲低。

<small>葉丙霞曰:警秀。</small>

贈丁子肩

清時肥遯有高人,鳩杖初徵六十春。楚澤蘭心交自淡,輞川詩意畫還真。桑麻故里談晴雨,麋鹿深山伴隱淪。丹訣何須求駐歲,儂家遼鶴是前身。

癸亥冬,楚雲上人過訪虔署,賦贈,兼送還山

珠林白社舊關情,說法初來竺道生。香繞苾蒭知性定,氣含冰雪報詩成。雙江曉月浮杯影,六代寒松隱梵聲。他日相思攝山頂,懸崖撒手正經行。

癸亥冬,聞阮疇生祝髮入山,悵然有感。
甲子春,入都過晤,賦贈

楚天魚雁迥難憑,舊雨晨星百感增。沙淺恒河空劫海,人傳名士作高僧。

吟邊桂子當軒落，杖底香山帶雪登。京洛重來塵夢客，擬將半偈問金繩。

葉丙霞曰：有此題不可少此詩。

甲子三月十八日，恭逢皇上萬壽，直省守巡諸道臣賫捧表章慶賀，臣煒得隨鵷班九叩三呼萬歲恭紀

南極星躔耀玉墀，封章遥奉引朝儀。欣看野老歌衢日，正值遐方格羽時。白獸香浮千日醑，金鶯調轉萬年枝。長生殿上翔青鳥，閬苑無煩八駿馳。

又

閶闔雲開劍佩聯，九重曙色藹祥烟。專征有道神謨遠，籲俊無方睿鑑懸。苑柳宮桃春似海，汾歌鎬飲日如年。自慚分牧曾何補，還誦虞廷喜起篇。

葉丙霞曰：唐人早朝無此精确。

范節母詩 節母爲少司寇鄭山公姊。

灑盡江濤見泪痕，霜幃塵鏡耐朝昏。含餔彌月傷兒誕，負土終天慰母魂。有恨長吟黃鵠操，無家深念鶺鴒恩。可知孟博承慈訓，范氏芳名萃一門。

甲子三月，賫捧事竣出都，邵子湘賦詩贈別，次答

夢回紫禁聽鐘聲，朝罷猶深戀闕情。楚水烟波愁跋涉，京塵歲月怯崢嶸。佳筵自是調金鼎，賦筆還看繼玉衡。己未春，上召試博學鴻儒，以"璇璣玉衡"命賦。莫遣東風吹落絮，上林春色駐流鶯。

又

鎬宴曾沾賜大官，滿携香袖出長安。每懷四牡馳周道，頻數孤帆過急灘。客送河橋春酒緑，人歸江閣暮霞丹。多情別後如相憶，莫忘花時看藥欄。

次和王貽上同謁王文成公祠堂

清風百世自堪師，開府虔南有舊祠。遠向漢唐尋絕學，紹將孔孟悟良知。

文章豈爲功名掩,俎豆能安社稷危。身後追封公論定,當年幾陷黨人碑。

葉井叔曰:是文成公一生實録。詩中有史。

金悚存大中丞乙丑季秋重修三山共學書院,作詩示勉多士,次韵奉和

翹材高館倚雲開,髦士横經起草萊。化蜀文翁親建學,作人姬旦本多才。應圖駼駬乘秋至,入網珊瑚照夜來。宜向千秋商絶業,崢嶸歲月易相催。

又

鼓篋欣逢樂育宏,薪傳須續紫陽燈。因求志謀溫飽,正好希賢慰寢興。溲渤何緣歸攬擷,芝蘭况許共蕕薰。從容養就凌風翮,始信圖南九萬鵬。

又

鴻裁燕許冠清時,廣勵兼爲慈惠師。下士冲襟齊北海,論文高會擬南皮。如雲車滿公超市,《繁露》書成董子帷。星聚斗奎騰氣象,楚天南望憶追隨。

又

海陬何幸得名賢,常相文風慶再傳。藜杖宵燃搜秘笈,講堂朝入靜鳴鞭。儀型親借迓鴻重,剪拂遥看逸驥騫。他日宫墙盛桃李,辟門勛業更無前。

贈送沈馨聞東歸,兼懷家泰巖兄,次留别元韵

身閑卧對瘴江天,把袂欣同入洛年。僧舍彈琴風瑟瑟,官齋聽雨草蕭然。咏懷雅繼《詩三百》,沽酒慚無斗十千。歸去吴門逢敬禮,看雲勿忘寄新篇。

送沈似之游粤

落盡桐花雨霽初,扁舟送客出菰蘆。依聲舊識東陽賦,攬筆難裁阮瑀書。露下珠江搴茉莉,月明香浦膾鰻魚。鬱孤官舍清如許,肯寄瑤華慰索居?

葉丙霞曰:一氣卷舒,貫珠之筆。

乙丑重陽，張澹明招同孫潔躬、查王望、遲默生、鮑麟遇、周柱峰、李敬庵宴集江天閣，同得"陽"字

蕩漾蘭橈趁雨涼，莎汀選勝醉重陽。非因鼓澤貪看菊，自是平原愛舉觴。繞閣遙山凝爽氣，凌空孤塔倒蒼茫。獨憐江國浮沉久，羞把紅萸點鬢霜。

秋日，洪都野眺，次張澹明韻

東郊聯轡踏沙平，風色微涼袷服輕。遠浦殘霞楓葉落，閑園宿雨菜花生。橋通村舍青帘直，岸斷烟江白鷺橫。漫說悲秋仍有賦，由來宋玉最多情。

_{葉井叔曰：秋色宜人，於頸聯中想見。}

重陽後三日，鮑麟遇招同張澹明、查王望、遲默生、高九龍、李敬庵集四宜亭賦謝

河清獻頌舊風流，宴客名亭景物幽。座上杯傳金谷滿，花間曲度彩雲留。重陽已過茱萸節，千里還同鴻雁秋。自是天涯良會少，醉歸且待月當頭。

贈別山陰周嵩渚

零雨高吟重子荊，歡然置榻豫章城。馳驅燕趙原豪俠，游歷王侯舊老成。久客漫愁過歲月，他年願與慰平生。江湖浩蕩烟波接，爲報巨源數寄聲。_{時余將赴楚任，君還孫廉使幕中。}

留別南昌謝郡丞

高才猶滯楚江濱，儀羽雲霄早致身。司馬久爲賢刺史，_{君五攝郡篆。}玄暉元是舊詩人。離情暮雨懷滕閣，別路秋風上漢津。同在天南烟水隔，論交他日更相親。

_{阮疇生曰：後四句矯健。}

赴楚別湖口權使尹子登侍讀

國計全資權政平，東南特簡出權衡。風流吉甫周詩伯，儒雅彥明宋禮卿。吳楚中分金節聳，江湖遙帶玉堂清。雲帆高挂愁難別，肝膽尊前一夕傾。

丁卯二月，登黃鶴樓，呈葉丙霞

千尺飛樓俯漢陽，萬家烟樹鬱蒼蒼。詩人題句江山在，仙客乘雲歲月荒。玉笛吹來梅乍落，金堤種後柳成行。廿年曾憶荆南路，風雨瀟瀟過暮航。

葉丙霞曰：頸聯已盡此樓今古勝概，崔司勳當亦慚謝。

又

黃鵠磯前水急流，白蘋芳草滿空洲。遠看江漢疑無地，直上雲霄更有樓。神澴自貽交甫佩，清歌誰共鄂君舟？祇今楚澤烟波靜，寄語騷人不用愁。

葉丙霞曰：氣薄霄漢。

丁卯夏日，奉邀大參鄧偶樵先生、方伯徐即山、觀察龔千谷宴集蘭藻堂，次偶樵先生韵

因山小葺舊亭臺，移得新花手自栽。荒徑乍邀佳客至，晴江偏送好風來。調將燕語隨歌板，折取荷筒作酒杯。清宴慚非河朔飲，停驂竹外喜趨陪。

又

楚天南望隔雙魚，江上何緣駐屬車。坐久濤聲環榻冷，談深花影入簾疏。廟堂安石名尤重，湖海元龍氣不除。最是當年曾問字，別來常憶子雲居。

葉丙霞曰：第三句如坐我凌鵠臺望江矣。

寄懷張澹明方伯

籬邊驟見菊花黃，還憶登臨共羽觴。千里懷人分兩地，一年佳節又重陽。樓中玉笛秋風早，閣上珠簾暮雨涼。欲寄雙魚愁隔歲，漢江西望楚天長。

丁卯中秋前三夕,同胡絹庵方伯、成仲謙少參、龔千谷僉事奉陪張壺陽大中丞監試賦呈

奎宿星聯翼軫明,龍門瑞藹正新晴。中天文運開三楚,南國人才紹二京。清映玉壺冰鏡滿,香飄金粟彩毫生。從來手筆推燕許,更有名言足楷程。時中丞公擬程見示。

又

晝漏聲遲午夢迴,月宮蟾桂照蘭臺。東南璣組歸天府,江漢菁茅盡楚材。永夜藜光燃太乙,清秋仙籍注蓬萊。搜羅滄海無遺憾,贏得驪珠映上台。

中秋夜闈中聽雨,和壺陽中丞韵

佳節欣逢夜色闌,虛堂靜聽雨聲寒。詩篇計日傳三卷,歐陽公與范景文、梅聖俞六人同在鎖院五十日,得唱和詩集成三卷。燈燭和風記一般。唐裴令公主文,同窗劉虛白獻詩云:"三十年前此夜中,一般燈燭一般風。"出籠龍團應共啜,渡河蟾影却賒看。欲知多士歡顏甚,棘院曾如廣廈寬?中丞公今科增場屋三千間。

葉丙霞曰:第四句押韵那得如許典切不俗!

又

桂落槐黃序屬秋,雨窗雲撥墨花浮。鄭虔應是稱三絕,平子何須咏四愁。每愧徵歌終下里,誰知清興在南樓。夜檐鈴柝聲相和,坐挹天河更命儔。

闈中中秋次夜得月

素娥雨後浣新妝,林外遙騰匹練光。漸喜微雲開碧落,還看大塊盡文章。河山照耀連宮闕,棫樸敷榮挺棟梁。三五良宵猶在望,飛觴擊鉢詎能忘?

闈中十六夜記異,和壺陽中丞韵 是夜四鼓,丹霞內外喧阖,疑火照耀,是得人起大之瑞。

沉沉夜色鎖重闈,萬丈霞光現紫薇。射斗龍文飛劍浦,連城荊璧照巖扉。

齊名珠蕊高標榜,獨步天香暗拂衣。辛苦求賢稱國慶,待看臚唱彩雲輝。

闈中十八夜月

望後天街月漸殘,冰輪縹緲廣寒寬。此時滅燭談初劇,何處催砧夢未安？水滿空階浮藻荇,雲歸碧海露烟鬟。比來已悟盈虛理,留得清光共倚欄。

闈中喜晴次韵

空江猶帶碧烟籠,遠望晴霞一線紅。羲馭乍升迴地軸,咸池初浴代天工。朝陽山近原栖鳳,夕渚樓高欲跨虹。爲惜分陰還佇立,秋聲檻外引疏桐。

闈事竣,志喜和壺陽中丞韵

黃遍槐花舉子忙,兩旬曾是畢文場。誰箋經義堪專席,已信詞源免濫觴。壯志奪魁真足羨,宋黃冕仲嘗有魁天下之志,次年對策第一。喜心見獵未能忘。風簾静捲秋光滿,消盡爐烟對夕涼。

又

丹梯霄漢競躋攀,閶闔朝來正啟關。題字籠紗藏甲乙,謄篇撤幕燦朱殷。主賓美具東南宴,詞賦雄誇大小山。尤喜庾公饒逸興,爭酬白雪得餘閑。

雜　興

空階滴雨夜中聞,睡起烟江净曉氛。忙閱年華曾過半,閑看秋色正平分。數杯濁酒憐青眼,一曲清商愛《紫雲》。曲名《紫雲回》。鄴架久疏充蠹飽,還從澤畔采香芸。

又

晴江西望隔章門,猶記閑園辟小軒。虔州結構甓園。兩處秋光曾似舊,一時清興尚堪論。功名豈薄匡衡疏,騷雅難招屈子魂。落葉堆來荒徑滿,誰將屐齒印苔痕？

又

悠然身世片帆輕,極目烟波一棹撐。鷗鷺夜深猶有夢,江湖歲晚自多情。尊前綠鬢空留影,籬畔黄花已吐英。獨坐空堂渾不寐,霜天月落聽鷄鳴。

葉丙霞曰:澹遠。

又

畫省仙郎唱和頻,當年憶踏軟紅塵。地分江漢愁成遠,囊有詩篇幸不貧。雲暗終南埋捷徑,花飛桃水杳迷津。何時芳躅追禽向,五岳烟霞契夙因。

登晴川閣

野色波光互有無,蒼然高閣倚雲孤。江從大別流通漢,地接三湘勢會吳。遠浦漁歌停落日,長天雁影没寒蕪。憑虛獨立滄溟外,便覺閑身入畫圖。

葉丙霞曰:三、四雄渾化工之筆。

初夏,錢映斗招同徐子星、胡絹庵游洪山寺

靈峰秀出抱蓮宫,寶級層層有路通。古塔長摽松杪月,虛亭好受竹邊風。天開荆楚浮雲外,寺閲隋唐劫火中。心賞期將簪紱謝,數聲清磬萬緣空。

戊辰中秋前二日,李素園招同胡芝山、蔡龍文宴集

避地逢君慰索居,侵晨折柬到吾廬。何當司馬倦游客,來讀猶龍新著書。八月蟾光團露冷,六朝山色過雲疏。風流王謝歡相會,倒盡青樽醉眼舒。

過洞庭湖

遥溯空明一葉舟,楚天烟景望中收。雲連青草湘波晚,廟近黄陵古木秋。鄉國夢迴聞塞雁,江湖身在狎沙鷗。西風欹棹看明月,楓葉蘆花動客愁。

吳蘭次曰:賦景寫情,俱極興會。

過湘陰弔屈原

相逢漁父話江皋,愁吊靈均醉濁醪。逐客行吟空涕泪,清湘流恨自波濤。九秋何處搴芳蕙,三户無人遍野蒿。我亦傷心同宋玉,不堪長夜讀《離騷》。

賈 誼 宅

洛陽才子屈長沙,舊宅開殘橘柚花。天下治安猶痛哭,南方卑濕謾傷嗟。霜寒廢閣啼妖鵩,日落荒庭集暮鴉。千載懷湘同有恨,賦成騷客鬢應華。

<small>吳藺次曰:三、四與"漢文有道恩猶薄,湘水無情吊豈知"同一深婉。</small>

長沙拜蔡江門先生祠<small>先生諱道憲,前丁丑進士,仕長沙司理,巴賊破城殉難。</small>

困守危城力不支,忠魂夜夜泣江湄。長憐李芾捐軀日,政似常山罵賊時。秋草荒墳埋碧血,夕陽遺廟卧殘碑。生芻薦罷懷同里,憶讀當年《悔後》詩。<small>先生詩集名《悔後篇》。</small>

<small>吳藺次曰:諸作風格大致俱似丁卯。</small>

己巳季春,楚雲和尚招游攝山,同登五雲閣,兼懷大中丞于公

杰閣憑臨結構新,烟花物外總無塵。千巖佛静光初地,五色雲生兆異人。<small>先是山中五色雲起,越日于公臨寺,楚雲因建斯閣紀瑞。</small>名世由來干氣象,中台長憶奉星辰。彝門何計酬知己,半日閑身感慨頻。

<small>阮疇生曰:氣格高渾,愈朴愈老。</small>

送楚雲和尚游燕兼之五臺

相逢未暇叩三乘,又指幽并朗佛燈。倚杖晴看雙闕樹,振衣春踏五臺冰。烟霞詩句凌齊己,瓶鉢宗風闡慧能。應憶他時蓮社侣,點蒼天際望金繩。

問山詩集卷六

五言排律

重陽後一日,恭迎聖駕侍太皇太后駐蹕平家潭較獵,次日臨幸遵化溫泉

玉衡齊九月,金令紀三秋。布德占和義,承歡展豫游。徽音歌太姒,功烈繼成周。彩服披龍衮,褘衣獻鳳裘。扶輪羲馭駛,清路巽風柔。扈從傳千騎,時乘導七騶。旌旗搖爽氣,劍舄滿通州。羽葆疏林外,虹橋碧水頭。合圍剛獺祭,振旅是貙劉。鳴鐸軍聲壯,彄弦甲士稠。猲獢初縱緤,鷹隼乍騰韝。厲飾天威重,臨戎聖武修。玉花驄白騁,繁弱矢頻抽。鏑響妖狐遁,弓開狡兔愁。射夫同畢柴,音次。羅氏贊張罘。舍逆昭中正,充庖佐瀡瀙。慈顏應有喜,道弋總無憂。落日期門靜,清霜帳殿幽。御香薰寶鴨,漏箭散靈虯。制下緹城徹,鑾移溫谷流。萸房承委佩,菊蕊媚行輈。遠勝橫汾宴,真同洛水游。小臣膺使節,隔歲奉宸旒。去歲亦以是日迎駕。願獻迴波頌,遙追入告猷。

王貽上曰:精煉無凡響。

恭謁聖林紀事

百代祥長發,千秋道莫殫。山川存禮樂,日月照衣冠。間氣陰陽會,神靈奠麗安。樹封崇四尺,昭穆表三壇。王阮亭曰:典雅。反築廬猶在,治任淚未乾。却流瞻泗水,侍立見防巒。鳥雀巢爭避,荊榛迹自刊。龜將蓍草守,兔檢藥苗餐。楷檜星霜古,松楸風雨寒。苔深輦路迥,歲久蹕亭殘。享殿新丹堊,思堂舊墨翰。穿碑題歷禩,柜鬯奉千官。天地參仍易,皇王配却難。羹墻如可睹,滄海悟

觀瀾。

上魏總憲四十韵

聖德昭元化，虛懷倚直臣。九州多士望，三晋一儒真。王貽上曰：杜。地接雲中迥，才高席上珍。淵涵珠朗潤，風度玉璘珣。榮世文章貴，登朝雨露新。乘時重衣綉，執法獨埋輪。愷惻三千牘，吹噓萬彙春。仁能甦鮒涸，忠豈觸龍鱗。止輦來深眷，恢紘獎後塵。明良方有喜，遷擢必殊倫。秉憲躋烏府，司徒佐國鈞。張蒼元柱史，杜預更親民。道大財恒足，班修賦自勻。轉輸規鄧畫，筦榷薄商緡。元老躬持鉞，邊方静脱巾。恭聞參議切，默贊折衝神。獨坐司風紀，中臺領搢紳。精誠通帝座，正氣肅秋旻。白簡摧貪墨，青蒲薦隱淪。窮檐情必達，善類志俱伸。王貽上曰：皆切事實。抗疏甘辭紱，加恩輒賜綸。冠仍獬豸峻，秩是爽鳩掄。疾惡孤飛隼，祥刑一角麟。王貽上曰：精煉。論思期自靖，震叠偶逢屯。彌切交修儆，逾殷顧問頻。乾坤符一德，社稷荷微身。王貽上曰：杜。已睹官常肅，行看俗尚淳。敝裘齊相儉，脱粟鄭公貧。樓徹臨街第，門多翹館賓。單寒陪託乘，詞翰賴陶甄。燕許詩篇麗，程朱學問醇。經猷安地軸，知覺達天垠。睿藻毫揮玉，王章印是銀。上書卷軸賜公。忠清來寵錫，詩禮有傳薪。魏相匡君日，文貞翊運辰。風霜清赤縣，鼎鉉輔彤宸。樸樕慚無似，趨蹌幸有因。度支承約束，簿領屢逡巡。敢擬干爲莅，蒙題石作珉。高堅欣在望，卓爾誓遵循。

施尚白曰：字字工整貼切，真杰作也。

葉井叔曰：長律難于排比有法、鎔鑄無痕。如此，行間茂美，的是當家，不但其工煉之句層見叠出也。

游馮相國萬柳堂

元老登庸日，平章賜沐時。亭臺環竹木，廛市隱茅茨。緑野賓朋盛，丹丘水石奇。圖看摩詰畫，墨賞右軍池。庭敞三槐静，堂開萬柳垂。揮觴粘落絮，卷幔觸新枝。王貽上曰：工。蝶舞當花亂，鶯歌出葉遲。翠條春雨净，疏影夕陽移。鄰寺清鐘發，城樓畫角吹。高懷還命酒，晚興罷彈棋。醉憶東山屐，狂吟鄴下詩。

華燈須盡照,歸路恐相疑。

葉井叔曰:格調、句法俱本少陵化出。

浴　象

聖德周荒服,扶南久戢戈。赤烏臨禹甸,香象出堯河。王貽上曰:起手鉅麗。鼉鼓迎金闕,鸞旗導玉珂。岧嶤分隊列,絡繹友群過。踏處蹄無迹,卷時鼻似窩。六牙撐巨笋,雙耳覆圓荷。馴狎知人性,歡呼識物和。掀騰翻雪浪,澡刷噴銀渦。揮帚蠻奴跨,摐金羽騎訶。堤楊垂暍蔭,岸草漾晴波。寧有焚身戒,還追率舞歌。尚方不貴異,職貢正辭多。雲物瞻臺面,珍奇縱網羅。閶門晨立仗,應問夜如何?

贈沈繹堂官詹學士四十韵

吳下多真氣,雲間有大賢。九峰蟠突兀,三泖秀便娟。地擅東南美,才超晉魏前。綺齡初桂擢,妙技必楊穿。瓊苑探花雋,金鑾視草偏。宣麻鈴在戶,入直影過磚。執簡同狐史,奇文類馬遷。群誇稽古重,帝敕采風還。特給中朝節,兼乘上駟傳。褰帷過太室,露冕向伊瀍。野絕無名稅,農耕凤駕田。黃鶯爭集潁,暴斧轉移燕。左輔盧龍鎮,峨冠獬豸懸。鉯笄輕廣漢,屏翰佐周宣。好士膠投漆,歸仁水滙淵。試功天聽近,返闕主恩鮮。翰墨通宸鑒,聲華聳御筵。詞林重珥管,講幄載臨旃。無逸題丹宬,垂綸賦渭川。公屢奉旨書經史格言,面賦《太公釣渭圖》。法書銀詰曲,麗句璧規圓。屢稱官家旨,時承內賜箋。貂裘頒獸錦,鳳蠟徹金蓮。祭酒尊韓愈,傳經邁孝先。譽髦親愷悌,禮樂荷陶甄。少海銀潢潤,前星紫極躔。商山須借皓,瀛館似登仙。仲武官仍峻,雲卿秩久專。讀書明漢法,采實謝春妍。諭教推今日,鹽梅卜異年。如公真藉甚,令子更森然。疊笏家聲大,鳴珂世德延。他時承顧盼,往日托周旋。曾枉敬通信,蒙需正禮篇。馮寶初述公屢索拙稿。郢斤知不靳,世網奈相牽。操斧慚于役,歌驪倍見憐。一縑紛爛漫,七字藹纏綿。鴻雁頻來矣,琅玕報闕焉。相思葭菼水,問訊菊花天。束帶腰圍减,諧聲字韵編。赫蹶將敝帚,敢藉筆如椽。

通惠河泛舟

徑鑿神山水,仍通郭外船。輕流三十里,遠滙百重泉。縹緲含秋雨,空濛浸曉天。園黃梨棗熟,沙白鷺鷗眠。風剪蘋花碎,露傾荷葉圓。漁村依別渚,獵火接平川。柳岸深藏塢,花蹊曲繞田。午橋莊迤邐,金谷墅周聯。似出長安道,如經灞水邊。江湖心自戀,舟楫意徒懸。客興逢新月,王程憶舊年。滄浪多釣侶,閑咏濯纓篇。

施尚白曰:通體明潤。

奉懷荊南大參鄧偶樵先生

廟略規全楚,儒臣寄上流。甸宣周召虎,甸服禹荊州。駐節詢安堵,單車化佩牛。金堤恬漢沔,玉壘靜貔貅。五袴謳歌溢,千倉儲備修。榮門閑卧鼓,鈴閣自輕裘。舞羽苗方格,增金秋已優。三公新露冕,四履盡昭丘。王貽上曰:好。已兆徵黃近,還因借寇留。郢斤勞善斫,漢粟未遑搜。庚府行開鎮,班升會駕騶。由來經濟彥,自篤聖明求。王貽上曰:絕有開闔。岳牧官仍貴,登臨興莫儔。接羅山簡馬,綉被鄂君舟。王貽上曰:切。雲白空艅曉,峰青月峽秋。山川資攬擷,蘭蕙入雕鎪。印榻新詩滿,琴床彩筆抽。五言真轢謝,八俊舊推劉。歲月候芭老,河渠賈讓憂。三年操畚鍤,一別隔旌旒。榱棟謀方劇,提攜德未酬。後堂何日到?喬木幾時休?雁信馳千里,貂襜擬四愁。王貽上曰:對工。臨風思振策,佇則仲宣樓。

王貽上曰:典麗精切,今日長律當推先生獨步。

施愚山曰:氣色古甚。

送孫予立太史請給省覲

渥水多龍種,丹山有鳳雛。青箱傳舊德,璅闈啟新圖。能事推孫楚,家聲邁顧敷。清標鸞聳立,健筆隼騫呼。經術探中壘,風騷逼左徒。鯤騰原海運,鶴唳必雲衢。獻賦題蓉鏡,書名榜蕊珠。鑾坡稱近侍,虎觀重名儒。作史推班固,編年類董狐。正修殷作鑑,兼藉禹陳謨。表爲陳情入,程因愛日趨。彩衣裁獸錦,官騎給驪駒。王貽上曰:新。沙笋含霜綠,江魚帶雪腴。潘輿花外出,陸橘袖中殊。屢話天顏喜,堪承壽母娛。揚名洵不忝,傾蓋只斯須。小宅鄰王翰,謂尚白。論詩愧聖諭。交新惟繾綣,惜別重嗟吁。眼與雙旌揚,心隨一雁徂。離亭初折柳,空谷尚生芻。蓮炬停宵燭,龍池待夜珠。王貽上曰:往往偶句妙出意表。春風吹彩鷁,莫更戀蓴鱸。

謁嵩岳

靈岳應探遍,嵩高記首游。戒途逢暇日,携侶及清秋。霽色開峰面,嵐烟匝杖頭。登封傳漢武,峻極誦成周。風雨中原會,陰晴棠壑收。遙瞻伊洛繞,俯瞰澗瀍流。寂寞仙人館,虛無玉女樓。天窗光互映,霞閣翠交浮。谷暗泉逾響,林香笋乍抽。尋僧過少室,味道訪丹丘。契理心方寂,冥懷境自幽。誓當期帝子,控鶴問真修。

王貽上曰:高秀。

哭大中丞松江宋先生三十八韵

宣室虛前席,台星隕法芒。斯文嗟寂寞,吾黨竟淒涼。物望機雲舊,先生與尚木先生齊名。詞源江海長。聲華歸哲匠,蘊藉憶仙郎。降典司刑慎,虛懷析律詳。引經裁漢議,明罰犁周疆。共睹鉤金直,應知藻鑑良。獄能消怪鳥,冠乃借神羊。節擁閩山外,經傳劍水傍。王貽上曰:章法井井,卓然老手。掄才搜杞梓,相馬品驪黃。風教追常袞,倡明紹紫陽。青雲資拔擢,卿月借輝光。符璽交龍寶,驛魚牡馬臧。僕臣重命圉,廷尉遠繩張。豈獨兵刑靖,兼令禮樂彰。奉常精廟典,宗正肅天潢。玉牒分昭穆,烏臺凜雪霜。城狐銷伏穴,梧鳳翽高岡。已識公才盛,能扶帝道昌。昴精方佐漢,箕尾遽沉商。玉柙頒新器,金刀掩舊鋩。勛猷摧丙

263

魏,詞翰失盧王。城闕朱輪去,河干素旐揚。悲風迴叠鼓,流水咽哀簧。僚友椒觴奠,門人《薤露》章。群公俱慘淡,小子倍淒愴。往者搜多士,經生謬擅場。不才慚顧盼,短翮許翱翔。誤逐征南騎,仍催冀北裝。折腰違辟呼,執戟重趨蹡。幸履階前地,分榮宴後堂。風騷期法宋,奇字總師揚。不分千秋誼,真成異代傷。夢楹悲木萎,操縵感琴亡。有子芝蘭秀,無言桃李芳。今詩存製作,國史紀行藏。谷水波瀾閼,高原松柏荒。在三終一哭,餘恨迥蒼茫。

<small>王貽上曰:長律結體於少陵,挼華於沈、宋,故為獨絕。</small>

送程職方出守桂林

聖朝貞泰運,吏治簡醇儒。星宿郎官貴,文章大雅殊。遠宗傳衛尉,獨秀出番禺。紫禁雕龍侍,黃扉小鳳趨。度支平準使,王會職方圖。才學應劉重,勛猷汲鄭俱。群賢推綉轂,明詔剖銅符。象郡山川古,陽江瘴癘無。地非輕魯衛,風亦近衡巫。帝謂汝霖雨,人思公孫膚。尊榮真刺史,旌節況吾徒。魚笥辭當寧,熊蹯賜上都。門生留劍佩,詞客賦驪駒。慷慨過三楚,縱橫盼五湖。馬前青嶂合,鷁首紫菱敷。到日桄榔熟,先春稼穡腴。溪蠻朝濯錦,峒女夜吹蘆。翡翠隨行部,蚺蛇罷賦租。詩題探鈷鉧,筆法走珊瑚。不愧顏光祿,真成陸大夫。頤生餐桂蠹,懷友寄貂襦。莫作羅浮夢,君恩到海隅。

游西湖至靈隱寺作

風景當春暮,江山屬客途。<small>王阮亭曰:起真杜法。</small>綠樽傾北海,翠袖泛西湖。畫舫隨波轉,籃輿傍岸趨。林深飛雨燕,荷動浴晴鳬。高塔凌丹嶂,平橋帶綠蕪。游魚驚粉黛,鳴鳥奏笙竽。列岫開還合,疏烟淡欲無。詩歌追白傅,梅鶴憶林逋。宴賞時多暇,遲回日未晡。松陰低澗壑,草色雜菰蒲。選石皆堪坐,攀藤不用扶。溪流重委宛,岡勢互盤紆。鷲嶺遺靈迹,龍宮隱梵徒。潮平高閣迥,泉冷小亭孤。馴鴿檐間落,玄猿洞裏呼。夜燈分佛火,晨飯借僧厨。金界鄰天竺,雲津到海隅。陸生方入洛,張翰已思吳。暫覺塵緣息,終疑世網拘。欲歸留偈別,歧路正踟躕。

<small>葉井叔曰：以長律寫景，能令山川如繪，委曲盡致，尤人所難。</small>

奉懷吳留村兩粵制府

炎海銷烽日，元公坐鎮時。千城屯虎豹，百粵偃蛟螭。梅嶺平通桂，陽江遠滙灘。雄風清瘴癘，湛露起瘡痍。儋耳耕耘適，雕題禮教垂。島人裁罽舞，蠻女采茶嬉。俗化同川浴，民吟樂職詩。珠從合浦返，鱷自惡溪移。威信何速，訏謨本自奇。龍韜翻甲乙，魚麗訓熊羆。磨盾檄文就，談兵羽扇持。續摽銅柱迥，侯笑玉關遲。偉略齊陶侃，清操邁隱之。丹砂芝服餌，越布茸襜帷。翡翠巢油幕，珊瑚照墨池。五君閒獨咏，三石醉能麾。<small>廉州欽江上三石，宋余靖題曰：釣石、醉石、臥石。厓上陶弼有詩。</small>翹館圍盧橘，賓筵出荔支。雅歌歡鬥酒，軍帖靜彈棋。吉甫萬邦憲，阿衡百世師。會瞻名叶卜，親見業銘彝。誼竄在三重，榮懷號萬吹。韋平方繼盛，孔李敢言私。乘托鄴中貴，鞭慚轅下疲。寸心依几舄，隔歲拜牙旗。劍倚崆峒近，書將雁鶩馳。信陵原有客，慷慨願酬知。

奉贈汪涵齋掌科、馮大木內翰主試楚闈二十韻

全楚人才盛，熙朝文運昌。大科推富弼，主試簡歐陽。青瑣薇垣客，皇華秘省郎。乘秋懸藻鑑，計日貢雲章。漏鼓輕雷殷，<small>去聲。</small>宵燈列宿張。官曹嚴出納，邏卒謹周防。食葉春蠶鬧，<small>歐陽公闈中詩云：下筆春蠶食葉聲。</small>爭丘晝蟻忙。<small>黃魯直觀試詩：儇趨蟻爭丘。</small>嘔肝詞煥彩，黔吻墨生香。<small>宋時試諸生無茶湯飲，硯水皆黔其吻。</small>講論誇專席，吟哦競擅場。進言皆董晁，獻賦並班楊。五色迷紅紫，繁音雜徵商。品題資具眼，剖斷藉剛腸。刻意非求備，寬恩在錄長。披沙金現影，攻璞玉垂光。辛苦搜巖穴，公忠佐廟廊。周邦稱譽髦，漢室重賢良。自顧慚疏拙，遭時效贊襄。登庸同點檢，敬典獨趨蹌。雨化霖為澤，霞標燦紀祥。<small>闈中自十一日連雨至十六夜，忽霞光燦爛。</small>高岡瞻鳳翽，天外正翱翔。

<small>葉丙霞曰：典切詳贍。</small>

265

奉贈偏沅興子延大中丞三十韻

分陝周家彥，封留漢室英。雍岐良弼會，豐沛濟時并。聖代鍾王氣，長祥啓盛京。依光多巨杰，應運見先生。孝友人同慕，儀型世共榮。高才齊八愷，嘉譽邁三明。早歲皇途騁，芳年顯宦成。冰壺推藻鑑，玉尺重銓衡。雅繼山公譽，遥追裴叔名。逴方思攬轡，秦地看揚旌。閩外竿争揭，關西節獨擎。司農嚴叱咤，廷湊出忠貞。增秩閩方重，搴帷粵嶺平。鬱林傳載石，巴峽望長城。頻最中書考，殊深當寧情。寧須循例簿，特爾拜專征。榮戟開新府，江湖屬上卿。法操喬岳峻，心對碧湘清。慈惠原真性，諮謀達隱情。秋霜文武憲，膏雨溉陬盈。邇者潢池弄，頽然鄂渚傾。北門疏鎖鑰，南戒逼鯤鯨。半壁苞桑固，中流砥柱撑。消萌歸鎮静，待敵厲精誠。斥堠銷烽燧，郊原偃甲兵。三軍潛整暇，四國倏澄清。化蜀風胥變，平淮頌載賡。肅躬瞻鳳采，飽德醉犀觥。銀信今堪卜，槐音近已鳴。廟堂資鼎鼐，民物奏咸䪨。

問山詩集卷七

七言排律

南苑大閱恭紀,次法黃石方伯韵

春融北闕藹晴烟,聖主初修吉日篇。我馬既同稱舉柴,音次。非熊叶夢卜于畋。黃輿迥出雙龍動,紫蓋斜飛五鳳翩。控弩材官新賜號,屬車都尉舊防邊。千行組練趨南苑,八陣風雲護北燕。刻漏傳呼銀箭静,選徒命中綠楊穿。從禽彌識中樞肅,搏獸争看左纛先。頓網上林初止殺,擩輪鹽浦正烹鮮。緹城列侍名王裔,甲帳傳餐奉邑錢。翠羽征斾星乍捲,桃花汗馬血初湔。建橐遠邁姬周日,舞羽行追虞舜年。振旅歸來還問道,虎賁脫劍侍經筵。

除夕前三日,宋大司馬招同史省齋參議、張式似郡守宴集呈謝

節近青陽歲欲除,禁城淑景望中舒。上公賜沐開東閣,下士依風托後車。鶴蓋停雲傳客到,貂裘就日覺寒疏。爐烟飄霧清珍簟,盆卉含春麗綺疏。幔捲青綾浮翡翠,盤登玉鱠映車渠。梅花賦譜清歌裏,蓮炬燈輝促席餘。醑賜上尊來白獸,函開寶籙走蟬魚。猶龍道德高千古,司馬韜鈐冠七書。自有羽干銷戰壘,何妨絲竹醉華裾。公謙擁傳臨齊日,張翰移舟入洛初。大抵英流歸俊顧,獨慚小草聽吹噓。王貽上曰:老。祇應載筆西園似,豈有飛觴北海如。深喜升堂邀下榻,敢將視職徒題輿。江東太傅安危繫,願獻靈苴頌起居。

問山詩集卷八

五言絕

古意

鴛鴦初繡成,一半留君處。不怨暫分飛,莫送他儂去。

望遠曲

別時花未發,別後見花飛。明歲花開落,行人歸不歸?

<small>葉井叔曰:唐音。</small>

吳宮怨

越臣多異策,雪恥屬蛾眉。歌舞含愁思,君王醉未知。

<small>王貽上曰:近人詠西施有云:"別有深恩酬不得,向君歌舞背君啼。"深嘆其用意之妙,此更以五字括之。</small>

明妃怨

妾身堪許國,絕塞遠和親。豈爲丹青誤,甘心異域人。

偶題小齋

曉露松間滴,幽人且據梧。衡門猶未掃,有客到來無?

盧師山

山前石子圓,舊是桑乾道。不信谷爲陵,但看路旁草。

秘魔厓

盧師掉船來,宴坐厓間石。手種柏一株,千年尚盈尺。

龍　潭

歲旱出行雨,雙童大小青。至今潭水上,雲起帶龍腥。

酒中八君詠

舉世醒皆濁,惟君醉乃清。瓮頭忘爾汝,選法自然平。畢茂世晉代綱維倒,衣冠等接䍦。山公明出處,醉裏示先幾。山季倫埋照托青尊,沉湎有妙理。臧否既不生,獨醒何爲爾。阮嗣宗婦言不可聽,寧獨在戒酒?三杯大道明,修齊從此有。劉伯倫官田秫不收,柴車還五柳。聊將酒漉巾,玩世以濡首。陶淵明人世日紛争,不過得錢耳。杖頭有餘資,何必新豐里?阮宣子腰適自忘帶,足適自忘履。一醉全天真,落帽何足哆。孟萬年車前有三騩,車中人已醉。借問搥車人,八騩欲何事?

謝幾卿施尚白曰:廿字抵一篇史論。

俠　客

寸心向誰論,風雪度燕水。一劍自相知,終身托生死。

老　馬

櫪中有老馬,昔日是驊騮。壯士悲遲暮,佳人悔白頭。

夜　坐

空庭清露下,盤礴坐秋涼。對酒不成酌,銜杯憶故鄉。

漢口別友

昨夜秋風起,江亭木葉飛。曉來江上客,萬里送人歸。

又

西去三巴路，猿聲日夜聞。送君腸欲斷，楚水一帆分。

應山曉行

嵐開古刹明，喧鳥散微月。策杖過前山，鐘聲猶未歇。

又

暗谷響流泉，疏星照行路。空村不見人，春杵隔烟樹。

施尚白曰：畫。

道經确山縣

林端懸雉堞，曲徑繞溪聲。茅店誰沽酒，春山客獨行。

村　居

隔溪三五屋，歷落自成村。犢返童喧徑，林疏月到門。

又

烟火深林隔，前村有路通。時聞寒犬吠，半在竹籬中。

又

身閑知日永，歲晚避名高。隱几參《周易》，臨流誦楚騷。

又

怪石當軒立，新篁繞檻低。客來休借問，宿鳥恐驚栖。

又

曲澗幽芳轉，層巒積翠重。行吟采藥去，雲裏一僧逢。

又

民風饒太古，何必說逃秦。山色隨時換，溪花自在春。

田間雜興

作息安耕鑿，年豐信太平。秉遺烏雀喜，多事桔橰聲。

曉發小密，至瑞金縣作

樹響忽驚秋，嵐深欲變雨。雲山翠幾重，莫辨來時路。

又

崟岑丫髻危，山名丫髻洞。登陟愁難歇。日暮下層巔，數聲泥滑滑。

又

何年擘山腰，鑿徑到溪背。溪上白雲生，雲中舂水碓。

阮疇生曰：就景寫出，便見佳處。

又

雲龍亘方舟，雲龍，橋名。列屋藏舟裏。過雨一停驂，開窗俯流水。

又

㸿牛下遠坡，鶒鷎啼叢竹。葉落見空村，炊烟起林屋。

又

望裏見孤城，行行津市杳。極浦水霞收，遙天山月小。

王貽上曰：六首不擬輞川，自入妙境。

湖口縣次舍弟韜汝韵

湖石森如戟，深根浸古苔。新教停估舶，防却浪淘來。

又

泊船何處好，八里水鱗鱗。湖口惟八里江可泊。爲促長年急，推篷錯喚人。

又

芳草綠沙洲，當年艤棹處。南風湖上來，繞向九江去。余庚申至此阻風，從九江取道入虔。

又

三年官水鄉，日日泛青翰。莫厭楚江長，征帆到無算。

登普度閣望雨，次韜汝韵

湖天來急雨，草樹没寒烟。獨愛窺魚鷺，沙汀一足拳。

271

又

莫憶江南路,春波入望連。蘼蕪千里碧,畏見是離船。_{時同洪學士至此欲別。}

又

泥滑縣城路,人喧古渡頭。春深花信暖,雙燕出江樓。

又

浪觸參差石,雲摇遠近山。故園風景似,只欠釣絲閑。

問山詩集卷九

六言絶

雜感

時論紛紛不一，胸期落落難諧。每愛莊生齊物，聊續阮公咏懷。

葉井叔曰：感時疾俗之言。

又

驛路雕旗晝閃，戍樓畫角秋寒。南顧猶勞宵旰，上書誰策治安？

又

問舍甘輸許氾，求官且讓虞曇。莫怪十羊九牧，隨他暮四朝三。

又

名重青錢競選，才疏白髮爲郎。守雌守雄孰是？呼牛呼馬無妨。

又

乍醉乍醒酒盞，乍輸乍勝棋枰。乍晦乍晴天氣，乍翻乍覆人情。

又

不用栖身絳闕，漫言布地黃金。大隱何殊小隱，道心堪證禪心。

怡亭

綠醑時開春瓮，紅塵不到柴門。竹色花陰上下，篆香書卷晨昏。

葉井叔曰：好受用。

山居四時

世路休詢野老，春光解媚山家。半榻夢迴燕語，一庭月到梨花。

又

品荔初增舊譜，穿荷欲蕩輕橈。白袷青樽獨往，溪頭漁父相招。

又

朔雁一汀飲啄，秋雲半壑晴陰。閑摘黃花釀酒，行看紅葉微吟。

又

剖橘微霜濺齒，訪梅新雪沾衣。藜杖歸來閉户，蒲團清磬忘機。

<small>王貽上曰：數絶皆有自得之趣。</small>

<small>葉井叔曰：六言諸作頗似涪翁。</small>

溪東閑步

亂樹空山鳥道，輕烟幾處人家。野老相逢未識，班荆款話桑麻。

又

溪上沙平矮屋，門前水浸枯楊。築圃晚收芋栗，荒阡夕下牛羊。

問山詩集卷十

七 言 絕

贈別馮寶初歸雲間

筆陣縱橫迥軼群,銀鉤親授沈休文。謂沈學士。臨行書得淞綾贈,不羨羊欣白練裙。

又

銀箏錦瑟醉嬋娟,跕履頻登玳瑁筵。劍客酒人俱未散,可能無意再游燕。

又

大江南去水天長,一路行吟返故鄉。他日趨庭詩教在,春暉先獻錦奚囊。寶初尊公個臣,夙有詩名。

又

蓴鱸歸興動高歌,結社尋幽製薜蘿。從此仙槎何處問?泖湖秋水月明多。

壬子長安燈夕

春城十日放元宵,紫禁恩多樂事饒。今歲花燈爭鬥巧,太平風物異前朝。

又

魚龍百戲鳳樓東,萬歲山前駕彩虹。玉漏但愁春夜短,深宮行樂與人同。

又

靈祐宮前曉市開,豪奴馬上帶燈回。千金一炬君休惜,新買平陽賜第來。

又

的爍銀花萬樹新,參差九陌遍游人。金輿寶馬香風度,始信皇都別有春。

又

翠幌珠簾戚里家,九微燈火燦明霞。人間亦有蓬門女,暗傍鄰燈夜績麻。

葉井叔曰:向隅在念,仁者之心。

又

家家縱飲喜傳柑,雁柱鵾弦酒半酣。偶有龜年談軼事,虹橋羽曲羨江南。

又

夜深女伴各相邀,走到前門百病消。爲喜釘兒潛觸手,還家忘却路途遥。

元夕夜游曰"走百病",摸前門門釘曰"宜男",燕舊俗也。

又

從來佳麗説皇州,三五良宵足勝游。獨有天涯羈宦客,坐看斜月墜簾鈎。

西湖雜咏,次王貽上韻

泉湧金山繞半環,青龍橋下碧潺湲。柳堤遠障湖中水,石瓮偏宜湖上山。

又

芙蓉廢殿冷秋風,翠輦曾過路半通。不似唐家行樂地,驪山渭水遍離宫。

又

采蓮舟小竹篷窗,水面鳧鷖偶自雙。流入玉河三十里,輕綃一幅剪吳江。

又

元朝耶律阡猶在,南史湖莊迹已非。衹有流泉長不改,年年春水浸苔衣。

又

踏春士女艷如雲,到得湖邊日已曛。簌簌杏花墻外路,清明誰上內家墳?

又

千頃湖光緑似苔,薰風時節藕花開。石湖春水西湖月,那信銀泉天上來。

李梅崖齋中春海棠秋日復花,詩以贈之

紅英緑萼倚雕欄,的爍幽姿兩度看。笑煞秋花同姓字,輸他鐵幹耐霜寒。

又

蝶懶蜂稀喚若何，秋容猶自醉顏酡。隋家剪彩空多事，冷艷應知勝綺羅。

季夏俯鑑軒閑坐率咏

絳桃朱李薦冰盤，夕簟濃陰暑氣殘。却憶家園丹荔熟，隋珠剖出掌中看。

潞署二鶴聞擊雲板則長鳴對舞，愛而有感，因成二絕

三敲方響起長鳴，夢返瑤池曉日生。好是緱山遺鶴馭，還來舞羽和吹笙。

又

依人耳目素心違，碧水丹丘路已非。欲學支公翻自笑，故山廿載未曾歸。

里兒四竹枝詞 地有碧霞元君廟，四月二十八誕日，士女燒香極盛。

清泚灣環望欲迷，畫船輕蕩過河西。少年橫棹飛金彈，驚起栖烏柳外啼。

又

女伴燒香一舸同，凌波遥指碧霞宮。明妝深坐揚帆去，仿佛神妃出鏡中。

又

盡將釵釧奉明神，寶蓋銀幡次第新。請括香錢歸太府，輸邊何用算商緡。

又

鉦鼓喧闐午日炎，薰風搖曳酒家簾。到來消得游人渴，買取櫻桃似蜜甜。

又

翠翹紅袖綠波涵，歸槳迎流舊路諳。獨有含情商婦去，背人回首望江南。

示和小女報珠越中却寄之作

知汝柔腸日九迴，鄉關離亂滯江隈。問安錦字緘紅淚，幾度挑燈不忍開。

又

越嶺重重水北迴，歸心猶戀鳳城隈。那堪弱質經秋瘦，獨對黃花憔悴開。

王貽上曰：似荊公寄女之作。

附女原作："遥望白雲飛欲迴,親闈長隔薊門限。憑欄鄉國知何處？寂寞庭前花又開。"

津門有感

琵琶斜撥玉關聲,日日津頭遠別情。十四年前曾信宿,西風夜送海潮鳴。

過馮氏思園

寂寂荒亭日欲斜,蒼藤老樹亂啼鴉。園丁自把寒泉汲,不灌桃花灌菜花。

哭亡女有序

丁酉,余出門後,女報珠始誕。甲辰,喪先内子,女依嫂氏養。己酉,來都相見,婉嫕莊重,隱若成人,余甚憐異之。甲寅,遣舍弟韜汝送女于歸。笄筐既備,艫柂遂前。至武林,值鄉關寇阻,因就先内子從母宅寓焉。雁字秋來,頻寄西泠之句；藥爐春擁,猶維薊北之舟。乙卯五月,欻然蘭萎。越六月,信至,肝摧腹裂,仿佛夢中。念女生前孝心柔質,景行班姑,雅咏耽書,希踪謝女,而乃奇慧憎年,淑姿無命,屈指於余膝下者,先後乃半紀耳！痛弱息之既隕,愧太上之忘情。嗚咽數言,濡墨以泪,寄焚西湖旅柩之側,以作《大招》云。

六載嬌痴膝下娛,香奩臨遣幾長吁。閩山路阻胥江泊,失計空遺掌上珠。

又

經春抱病外家依,脉脉清羸隱繡幃。身在天南心在北,香魂猶傍白雲飛。

又

歸櫬書來就北移,無端玉隕轉堪疑。始知多慧原非福,腸斷當年咏絮詩！

又

旅殯西湖契夙緣,柳烟梅月影翩翩。還疑玉籍飛瓊侣,誤謫人間十九年。

又

女美生前白傅誇,清心麗質比幽花。鳳凰未駕釵先折,寥落簫聲隔彩霞。

又

少小來時傷背母,還能勸我莫沾巾。夜臺母子今相見,愁絕天涯隻影人！

葉井叔曰：情至之語，不堪多讀。

秋閨

空幃誰共晚霜天？欲製寒衣祇自憐。忽憶燕山風雪早，挑燈裁罷更添綿。

秋山

寒雲斂盡見孤村，碧樹千行落葉昏。曾似翠蛾頻蹙損，秋來畏畫遠山痕。

秋月

窺人皓魄夢難成，處處寒砧起夜聲。祇恐滿空涼似水，隨風吹徹玉關情。

秋雲

隨意閑行度碧空，悠悠影在水聲中。自持高潔休嫌薄，翻覆人情未許同。

秋燕

拂水銜泥濕未晞，秋來何事背人飛。不堪細雨燈殘夜，猶捲珠簾待爾歸。

秋蟬

空山木落曉鳴時，祇爲傷秋不自持。漫道憑高聲易遠，迎風嗚咽總成悲。

秋笛

短笛悲含霜氣清，高樓聽徹月初明。感時易灑關山淚，豈獨驚心爲遠征？

秋砧

萬户砧聲散早秋，回風吹入暮雲流。寒閨誰解愁深淺？搗碎鄉心未肯休。

邠州聞歌

塞雁連群盡北飛，征人迢遞未南歸。無端更聽伊州曲，一夜霜風淚滿衣。

慶陽道中遇雪

三月邊城客到稀，毿毿雨雪上征衣。還疑身在江南路，滿目楊花歷亂飛。

魯陽別王嵩甪

忘年東野愧新知，風雨連朝又別離。明日渡河天漸遠，不知前路更逢誰？

施尚白曰：與"馬首東來知是誰"同妙。

又

太行東去白雲深，攬轡長歌返故林。獨怨王孫芳草暮，迢迢萬里未歸心。

又

歧路綿芊傍古墟，停樽欲語淚沾裾。他年候雁歸來日，離恨殷勤托素書。

又

琴心三叠那堪聞？落日垂楊遠送君。從此鍾期傷別調，高山流水隔寒雲。

武昌渡江

兩面孤城碧水分，天低欲墜一江雲。歸帆遙帶晴川樹，何處漁歌隔岸聞？

又

十年漂泊素心違，南望鄉關事事非。黃鶴樓頭懸夕照，笛聲吹出鶴南飛。

施尚白曰：唐人佳處。

題便面上畫竹有贈

碧雲深處影參差，團扇難描湘水姿。幾度幽窗聞語葉，珊珊猶記夜來時。

流螢

雨過西齋秋氣清，疏螢掩映度檐楹。可憐夜夜閨中婦，一點幽心照不明。

廣寧門曉發

衣裳顛倒發征鞍，馬上深宵夢未殘。惟有寒雞兼落月，送將離恨出長安。

葉井叔曰：唐人七言絕句，中、晚不讓初、盛。此堪並駕齊驅矣。

宿張夏次壁間韵

斷虹含雨隔峰西，匹馬嘶殘宛轉溪。落日停鞭何處好？綠楊樓外野鶯啼。

舟過淮安口占

綠柳毿毿覆岸陰，片帆倒影夕陽沉。東流淮水悠悠逝，歸夢曾隨過武林。

虞姬墓

百戰功虧霸業休，蒼茫垓下陣雲愁。八千子弟皆星散，心死英雄一女流。

又

玉帳摧殘歌舞遙，空餘墓草碧蕭蕭。大王氣盡雄風歇，猶自輕盈學楚腰。

維揚秋泊

廣陵夜色入秋寒，朔雁南飛楓葉丹。獨有關門明月在，澄江匹練耐人看。

梅溪偶作

孤村傍水兩三家，荒草殘烟集暮鴉。昨夜寒霜初解凍，滿溪春色落梅花。

永安道中

兩岸清陰覆古松，歸程日晚趁樵踪。蟬聲一路聽無盡，不識深山過幾重？

王貽上曰：與"兩邊山水合，終日子規啼"並妙。

弟焯曰：較"一鳥不鳴山更幽"尤得深寂妙境。

雨中觀釣

殘荷過雨晚香微,釣艇初貪鱸鱖肥。直向蒹葭深處宿,青蓑濕透不曾歸。

題吳蘭次《愛山修禊圖》

聞從修禊返江關,臺上烟雲一半閑。獨有高名齊逸少,使君身是道場山。

又

碧瀾堂榭久參差,作郡誰同杜牧之?越客東來傳故事,文人競拓愛山碑。

秦淮竹枝詞次舍弟韜汝韵

桃葉渡頭柳色搖,綠陰低處出虹橋。河房翠袖誰家女?日日凭欄看晚潮。

<small>吳蘭次曰:末語有味。</small>

又

樓臺倒影動清漪,玉檻間關囀畫眉。驚起碧紗香夢醒,隔窗自喚賣花兒。

又

酒舫凌波競浴蘭,冶游歌扇弄冰紈。菖蒲酒熟鱘魚上,先約西家姊妹看。

又

良宵簫鼓蕩燈船,的爍鮫珠照翠鈿。一棹影蛾池上過,水晶宮裏見嬋娟。

次韵東坡登八境臺雜咏

暮倚江干古郡樓,四郊銷壘暫忘憂。由來坐鎮推儒將,誰繼文成拜列侯?

又

江帆沙鳥去仍還,雲樹蕭森夕照寒。衰草何年荒望闕,秋風回首憶長安。

又

贛石灘齊灔澦堆,巉巖疑借五丁開。遙天數點輕如葉,知是扁舟觸浪來。

<small>吳蘭次曰:羅羅清疏。</small>

又

峽雨江雲蔽日明,秋山黯淡醉難醒。崆峒天竺虛憑眺,寂寞誰尋塵外亭?

又

當年馬祖此栖禪,翠岫丹巖尚巋然。悟得隨身竿木在,生天未讓謝公先。

又

雉堞嵯峨萬嶺中,七閩烟樹隱冥濛。秋天故國無來雁,誰寄音書到海東?

又

叠嶂紆迴抱古臺,平臨磽确水田開。芊苗稻米秋何似?幾日單車問草萊。

又

冥鴻雪爪嘆參差,楚水燕雲隔素知。獨有坡公遺迹在,鷓鴣聲裏和題詩。

吳蘭次曰:風度遒上。

葉井叔曰:八首撫今懷古,興會無窮。風格翩翩,直與坡公方駕。

魏和公以榠楂山芥見餉,口占寄謝

木竹分將玉案堆,榠楂,一名木竹子。幽香遠出翠微隈。何當乞取山中種,味諫名軒處士來。

又

芥片新傳冠石茶,冠石爲金精別峰,山芥產此。多君分餉雨前芽。竹爐湯沸垂雲脚,不減流香澗底花。武夷茶佳者,有流香澗。

白　梅

江妃静夜掩長門,玉立亭亭卸粉痕。似怨月華侵素影,倚風無語自銷魂。

紅　梅

紅妝中酒倚欄時,頰暈霜寒不自支。玉笛一聲樓外起,紛紛夜雨落胭脂。

蠟　梅

美人佩結麝蘭香,燭冷銅盤罷曉妝。欲舞《霓裳》驚太艷,故將霜縞織流黄。

青蓮洞次尚白韵 洞在化成巖寺西，舊曰雲谷，參議施尚白易今名鎸壁。

奇石如蓮半欲開，嘉名篆壁護莓苔。洞門未許山雲閉，留待宗雷結社來。

春暮，舟次南康，阻風累日，因憶虔署甓園花時方好，不及宴賞，感賦絶句

濃雲潑墨壓江心，淅瀝篷窗暝色侵。争似官齋新雨好，梧桐滴翠緑蕉陰。

又

迴峰別圃近江開，玉樹緋桃繞徑栽。折得數枝新照眼，虛疑春自贛州來。

葉井叔曰：幻想入情。

又

三月韶華苦憶歸，海棠庭院閉芳菲。凝妝留待歸時看，寄語殘紅莫亂飛。

又

泊船風雨損幽情，山鵑啼殘客夢驚。却憶松軒疏牖濕，藥壚茶鼎碧苔生。

舟回至吴城作，次舍弟韜汝韵

連朝波浪拍天浮，棹入吴城見淺洲。書卷半床春睡起，杏花風好放歸舟。

阮疇生曰：與"故人家住桃花岸"同一風調。

舟行見岸上殘花有感，次韜汝韵

一春風雨送行舟，墜粉飄紅到處休。江燕漸歸鶯漸老，殘枝空倚夕陽愁。

曉起見游蜂入舟，戲題絶句，次韜汝韵

緑浦烟堤趁棹回，東風目斷野花開。春歸誰與傳消息？却許游蜂寄得來。

次和王貽上同謁王文成公祠堂

六飛南幸衆如雲，江上捷書置不聞。掃穴擒王談笑頃，書生誰信亦能軍？

題徐電發南州草堂詩集，次馮大木韵

超出三唐別有詩，挑燈吟到夜深時。南來似得江山助，冰雪梅花共鬥奇。

又

君家新咏夙傳名，大抵波瀾獨老成。風格翩翩原自好，楮間妙論更鋒生。

問山集後序

詩,心聲也。根柢五常,雕鐫萬象,以發越于切律比韵之間。源以謀始,學以閡中,性以要終,三者備矣,詩殆庶乎? 然而難言矣。鄴中父子,惟平原綽有宗風;杜曲祖孫,僅工部能傳句法,此溯源之難也。千賦爲質,纂組始成;萬卷羅胸,塩塵斯濯,此殖學之難也。賞心莫遇,斯以後出相遺;儈父見嗤,遂爾半途易廢,此真性之難也。惟是源不端則途霧矣,學不充則氣萎矣,性不篤則志荒矣。釋玆以談巷諺途歌,欲以希踪作者之林實難。吾家自先高祖少司寇公,與宗子相、梁公實二先生同譜友善,風雅酬唱,《三陵》一集,謚爲嘉隆正始。迨先祖父大司寇公揚歷卿貳,覃心著作。當是時,袁中郎先生初變七子之調,而大司寇公獨與吾鄉曹能始先生力守元音,不失膳部法派。《平圃遺詩》,爲先迪功與先司馬五叔父校定於司寇公騎箕之後。鎪鉢初成,傳播未廣,會先迪功與先司馬叔父相繼殂謝,風雅一道,不絶如綫。而雁水兄則先司馬叔父次子也,少孤早悟,稚歲能文。先是,少司寇公罷蜀郡守歸,購書萬餘卷,庋希鄴堂,世守勿失。兄幼從塾回,輒竊抽架上墳索子史、古文選詩諸帙以出,避人闇誦。夜分無燭,猶對霣作洛誦聲。每讀《三陵》、《平圃》二集,輒泫然曰:"顧安得謝經生業,振此未墜緒乎!"年十二,即與若木六叔父暨雨航叔父分韵賡迭,雋句奇思,超詣意表,今存集中。如《歐陽石室》、《巢雲巖》、《齊雲洞》、《彌陀巖》諸什,猶自琅琅可詠。筮仕魯陽,賦豁俸蠲,晨炊不給,惟日從諸生借奇書鈔録,苦吟覓句,恒至竟夕不瞑。郎基之木枕不作,袛事寫書;紫芝之琴匣頻開,偏耽雅詠,庶幾類之矣。俄移樂壽,縣務委積,吏民訴牒日百數。兄目覽手判,案無留牘。少間,即取舊詩芟改,劌心鏤腎。丙夜就枕,或有所得,必呼僮秉燭筆之,循諷無憾,然後即安。時余方來獻省侍,見苦思過當,問以老氏保嗇之言進,兄輒夷然曰:"吾自樂此,豈知疲乎?"粵入郎署,雖簿書鞅掌,而百家之典手不停披。其於帝居山川之秀茂,宮觀城闕甲第之瑋麗,與夫搢紳先生名流碩彥之酬酢贈答,莫不於詩乎發之,故其著述益富而篇什浸廣。然猶不肯問世。一字未得,寧割全章;一句未安,頓易前韻。即余間有酬和,批引商榷,臨餐或至廢箸。其於風雅臭味,真如阮公之屐、武子之馬,不知此外尚有嗜好。今秋督河役竣,守銓之暇,始自擇數百十首,就王貽上侍讀、施尚白侍講論定付梓。夫晉弓方奏,匠心誰辨其三年?左賦未傳,構思幾略其十載。余既邇在家庭,因即目擊而心喻者,備叙之如此。然則雁水兄之詩,殆性與學相半者乎?杜少陵云:"詩是吾家事。"即以《問山》一集爲溯源於《三陵》、《平圃》也可。若夫天台金石,定聲價於榮期;康樂芙蓉,藉品題於明遠。則諸先生之評與序具在,余何敢阿其所好?

康熙歲次庚申端月,弟焯韜汝拜手謹識於金臺寓舍。

跋

　　先族祖雁水公，以詩古文詞名於時。康熙間，新城王文簡公選海內十子詩，十子者，商丘宋犖、鄔陽王又旦、安丘曹貞吉、江都汪懋麟、曲阜顏光敏、黃岡葉封、德州田雯、謝重輝、江陰曹禾，其一則公也。十子詩流播海內矣。至工詩而又能爲古文，則十子中亦未獲多覯。公所著宦迹善政，一載於《東越文苑傳》，一載於《贛州府志》，一載於《國朝詩人徵略初編》、《二編》，茲不復贅。

　　咸豐甲寅孟夏之月，族孫拱辰載拜，敬跋于廣州城南寓舍之得月樓。

泉州府志·文苑傳

丁煒,字澹汝,號雁水,福建晉江人。以人才舉,授漳平教諭,改魯山丞,遷獻令。獻地僻事簡,得肆力於詩歌古文詞。擢户部主事,時議行閩鹽税,力陳不可,事得寢。轉員外,遷郎中,出爲贛南道。至則造處士魏禮之廬,延致使院。辟甓園,蒔花卉,日集四方游客觴咏其中。郡以産穀名,民間米艘下流,向有陋例,適藩檄行郡徵其税,以代定南協餉,牙役藉以需求,煒因摘地方十弊,請上官禁革,制府于成龍深嘉之。陞湖廣按察使。有解死囚二十餘人,皆盗所誣者,煒察其冤,悉貸之。因事左遷姚安守,纂修郡志。尋復臬職赴京,道得目疾,寓金陵就醫。尋歸,越七年卒。煒刻意爲詩,力追唐宋諸家。濟南王阮亭亟稱之,與同時海內十子齊名。著有《涉江》、《問山詩文集》、《紫雲詞》行世。(又見於《贛州府志·循吏傳》)

紫雲詞

紫雲詞序
秀水朱彝尊撰

　　詞者，詩之餘，然其流既分，而不可復合，有以樂章語入詩者，人交訕之矣。雖然，良醫之主藥藏，金石草木，燥濕寒熱之宜，采營各別，而後處方合散，不亂其部，要其術則一而已。自唐以後，工詩者每兼工於詞，宋之元老若韓、范、司馬，理學若朱仲晦、真希元，亦皆爲之。由是樂章卷帙，幾與詩爭富。昌黎子曰："歡愉之言難工，愁苦之言易好。"斯亦善言詩矣。至於詞，或不然。大都歡愉之詞工者十九，而言愁苦者十一焉爾。故詩際兵戈俶擾，流離瑣尾，而作者愈工；詞則宜于宴嬉逸樂，以歌咏太平，此學士大夫並存焉而不廢也。晋江丁先生雁水以按察司僉事分巡贛南道，構甓園於官廨，且於層波之閣、八境之臺，携賓客而倚聲酬和，所成《紫雲詞》，流播南北，蓋兼宋元人之長，將與詩並傳無疑已。贛州控百粵、三楚、七閩之隘，曩時兵戈未息，士之栖於山澤者，見之吟卷，每多幽憂淒戾之音，海内言詩者稱焉。今則兵戈盡偃，又得先生撫循而煦育之，誦其樂章，有歌咏太平之樂。孰謂詞之可偏廢與？於是其友朱彝尊審定焉，而書其言以爲序。

紫雲詞序

陽羨陳維岳撰

　　原夫二雅三頌之亡,沿爲樂府;五字七言之後,流爲倚聲。詞者,樂府之遺,而詩歌之變也。濫觴於三唐,綺靡於五季,絢爛於趙宋,蕩佚於金元。有明以來,非無繼響;皇清之始,亦有摛辭。自古已然,椎輪者不昧;於今爲盛,踵武者滋多。錦瑟瑤琴,曲描花月;紅牙檀板,並扇風飆。耆舊老成,裊裊中鈎按節;後生孺子,翩翩染翰掣毫。幾於四海同塵,將使九州爲隘。然而人操趙璧,不盡連城;家握隋珠,詎皆照乘?躊躇換羽之妙,未易許人;商榷漱玉之精,無煩更僕。雁水先生閩地發源,溫陵振迹。三葉則上卿延譽,雙丁則才子名家。各體俱工,填詞兼擅。珊瑚架筆,色絲黃絹之題;玳瑁爲簪,流水高山之韵。語其奇麗,散天半之朱霞;譬此清真,舞雲間之獨鶴。陽春白雪,郢中之逸唱齊停;皓齒朱顏,一代之佳人並老,洵足使溫韋咋舌,姜史灰心者矣。維岳依人江右,匿影章濱。誰道此間有袁臨汝郎,久知天下有劉豫州備。時先生方擁旄虎郡,駐傳鷗城。陶士行之臨姑孰,僚佐簡嚴;庾元規之在武昌,賓朋磊落。承柱顧於高軒,下車動色;獲游從于華府,倒屣驚魂。自爾周旋,常陪密坐;迄茲繾綣,大異衆人。二水逶迤,分劈桃花之紙;三臺突兀,對擎鸚鵡之杯。朗吟赤壁江頭,劇懷坡老;遥和鬱孤壘下,略比稼軒。艷曲橫陳,後堂絲竹之會;清言互賞,小園香茗之晨。三秋續織女之篇,九日有參軍之賦。托流連于光景,辛惋纏綿;發頓挫於胸膺,激揚慷慨。歲聿云暮,逝者如斯;有客將歸,使君惜別。昔亡兄麗堅攤筆之年,當先生玉馬留京之日。披襟燕市,不廢嘯歌;把袂春明,共論風雅。屬有今詞之選,戲求名作之投。謂尚書雖未傳紅杏之吟,可郎中或竟乏花影之句;況乎荔浦凤號秀區,安得笋江不存絶調?先生笑而頷之亦可爾耳。於是筆墨有靈,音徽便遠,積有所作,不下幾百首。今日紫帽山邊,競推樂句;他年昭明樓上,更有詞人。交深北海，屢以爲言；弟畜灌夫，命之製序。嗟乎！一曲烏絲，已作廣陵之散；_{烏絲，先兄其年詞名。}三聲玉笛，重深向秀之悲。恨不起識曲中郎，聽新聲於帳底；猶欲令渭城好事，見雅奏於尊前。

紫雲詞序

武林丁澎撰

吳門矗晉人諸子,有《百名家詞鈔》之選,婁東、合肥而外,下逮蕪詞,自愧金貂之續,亦聊復爾爾。夫詩詞言性情也,而詞則專于言情。枝上柳綿,篝下朝雲之泪;簾前花瓣,乍停子夜之歌。非專于言情耶? 何感人之深也! 宋元詞調,咸以昉于唐末,然實陳隋始之。蓋齊梁月露之體,矜華角麗,固已兆端。至陳隋並富才情,俱緬聲色,所爲長短歌行,率宋人詞中句也。《春江》、《玉樹》等篇,《望江南》諸闋,唐、宋、元人皆沿襲之,而云昉于唐,誤以太白《草堂》二詞,詳其句調,絕類溫方城輩,晚唐之人嫁名太白,而云《草堂詩餘》者,宋末編青蓮詩稱《草堂集》,故因之以僞耳。若宋推大蘇,余觀公仲子叔黨《斜川集》,實青出于藍。公從弟伯固吳興六客之一也,語致雋永,豈人所不及見者歟? 然溯之于古昔,則詞調未有富于今日者也。《棠村》蔗閣之句,價重南金;《衍波》聽雨之章,名高北闕。《楓香》、《載酒》,奪幟旗亭;《金粟》、《玉鳧》,爭傳曲部。至于《容齋》、《二鄉》之艷,《藝香》、《邀笛》之奇,難更僕數。當不讓周、黃擅譽于前,辛、柳漱芳于齒頰矣。家仲雁水綜核群書,載籍極博,久負海內風雅之望。分臬江右,自公之暇,著《紫雲詞》一帙,不遠千里郵寄,屬余一言。余篝燈展卷,如置我黃海間,觀止矣。適晉人一葉詣余湖上,授以冠諸詞鈔。蓋以雁水之詞,衆美悉臻,諸韵咸備,不出一格,直可睥睨宋元。如寫華麗則金闕瓊樓,寫悲涼則醋溝鹽澤,寫閨閣則海棠含雨,寫獨夜則永巷聞砧,寫豪飲則澗底虹垂,寫文宴則井邊星聚,寫慷慨則易水風生,寫勝游則方壺曉渡,豈可與片檀尺錦同日語哉? 是不止于言情,而深于情者也。且命之曰《紫雲詞》,風流蘊藉,自比牧之,抑想當然耶? 抑喻指之非指耶? 非也。余兄弟皆白頭老子,揚州夢覺,詎有綠樹成陰之羨? 不過狂言驚四座而已。此蓋雁水命名"紫雲"之深意也。雁水當輾然一笑,曰:"實獲我心。"

紫雲詞序

吴江徐釚撰

三十年來，海内詩人多寓聲爲詞，如《香嚴》、《棠村》、《金粟》、《玉凫》、《麗農》、《扶荔》諸集，樂部争傳，彬彬稱盛。由是解操觚者艷慕紛填，幾乎家辛、柳而户秦、黄。然於南北清濁之辨，審音或有未當。按以大晟律吕，不能無憾焉。今廉訪晋江雁水丁先生，在郎署時詩名已大震，近出緒餘，爲長短句，肆力圖譜，虚懷討論，一字未安，必窮究古人體製，别其高下清濁，期于不失分寸乃已。故其所作，直能上掩和凝，下追温尉。舉凡芊綿韶令、雄奇排奡，無不各臻其勝，洵乎合辛、柳、秦、黄、姜、史諸家而集大成者也。夫善言詞者，必假閨幃兒女之言，通《離騷》變雅之義，故讀曲《子夜》之歌，即爲填詞之祖。今天子首重樂章，凡於郊廟燕享諸大典，其奏樂有聲之可倚者，必命詞臣豫爲釐定。今先生《紫雲詞》既已流傳南北，異日或有如周美成之爲大晟樂正者，間采《紫雲》一曲，播諸管弦，含宫咀商，陳于清廟明堂之上，使天下知潤色太平之有助也，不亦休哉！

紫雲詞自序

　　余之詞以"紫雲"名也,客有問之曰:"昔明皇夢游月宮,聞上清之樂,按以玉笛,盡得其妙,曲度《紫雲回》。是子之意與?"余曰:"非敢然也。"客又曰:"昔者魯敢遇仙女曰:'嘗見紫雲娘,誦君佳句。'其取諸此乎?"余曰:"未能也。"客又曰:"分司御史杜牧,飲於洛陽李鎮,女伎數百侑酒,牧瞪目曰:'聞有紫雲者孰是?當以與我。'子其有牧之心耶?"余曰:"是則所謂狂言也!"自念家處濱海溫陵,宮羽倚聲,鮮有講肄。余早歲習為詩,間從游覽下,曾效填詞數曲,然弗深知其旨。稿既不留,亦未有以名吾詞。迨歲戊午,於燕亭交陳子其年,其年曰:"吾見子之詩矣,邇者將梓海內佳詞為一集,子之詞未有聞,寧可無以益吾集?"余乃退而肆力譜圖,上下唐、宋、元、明所作,於辛、蘇、秦、柳、姜、史、高、吳諸名家尤致專心,慮莫有合。復得朱子錫鬯相為磨劘,辨緣訛,證離似,始存一二矣。至出而西,道途所經,驢背舟中,登臨覽眺,又稱是焉。嗣入虔南,方謂自公餘閑可益求精此道,以報其年、錫鬯。而比歲過經師旅絡繹,動走數百里,累數閱月,往來調發,其會時事於洪都,歲率數至,遂不暇工。辛亥,吳子蘭次、陳子緯雲遙來,晨夕尚有花下筵前、良辰美景唱酬諸章,外此則皆軍旅山谷、風塵霜雪、輿馬舟楫之間勞者之歌,合成此數,正自無幾。北南兩宋規仿未盡,敢云付諸雪兒,其於歌喉檀板無所於戾也耶?至其名以"紫雲",則樂操土音云耳。吾鄉城南有山紫帽,紫雲嘗冒其上,即唐真人鄭文叔遇羽衣授金粟處也。余少遨游,嘗有終焉之志。弱冠仕宦,屈指離鄉忽忽二十餘載,塵鞅未脫,荊棘在心。其於鄉里栖真勝地,時重致思,思而望之,望之而不可幾及,情弗自已,詞之所以志耳。然則上清難擬,仙女縱不易逢,而抱此有待區區,或者庶幾懸車稅駕之日,聊奉以卒業乎?若夫小杜文章,固足稱豪一代,而脫略不羈,紅粉場中尋春適興,以自寫其風流,余又豈暇效之哉?

　　康熙甲子二月花朝,丁煒澹汝識。

目　録

紫雲詞序 …………………………………… 朱彝尊 293
紫雲詞序 …………………………………… 陳維岳 294
紫雲詞序 …………………………………… 丁　澎 296
紫雲詞序 …………………………………… 徐　釚 297
紫雲詞自序 ………………………………… 丁　煒 298

紫雲詞 ……………………………………………… 315
　多麗 ……………………………………………… 315
　　西湖春泛 …………………………………… 315
　望海潮 …………………………………………… 315
　　秋登吳山 …………………………………… 315
　攤破浣溪紗 ……………………………………… 316
　　段橋暮歸至清波門作 ……………………… 316
　江城梅花引 ……………………………………… 316
　　聞笛 ………………………………………… 316
　鏡中人 …………………………………………… 316
　　湖上 ………………………………………… 316
　瑣窗寒 …………………………………………… 316
　　雨中懷友，用張玉田韵 …………………… 316
　戀綉衾 …………………………………………… 317
　　美人春睡 …………………………………… 317

武陵春 ………………………………………… 317
　江村縱步 ……………………………………… 317
醉瑶瑟 ………………………………………… 317
　重游西湖 ……………………………………… 317
瀟瀟雨 ………………………………………… 318
　落葉用江湖載酒詞韵 ………………………… 318
水龍吟 ………………………………………… 318
　過揚子江,用衍波詞韵 ……………………… 318
浣溪紗 ………………………………………… 318
　紅橋懷古,用衍波詞韵 ……………………… 318
雙調望江南 …………………………………… 319
　鄉思 …………………………………………… 319
百字令 ………………………………………… 319
　山陽懷古 ……………………………………… 319
燕歸梁 ………………………………………… 319
　遣信 …………………………………………… 319
鬢雲鬆 ………………………………………… 320
　曉起 …………………………………………… 320
一剪梅 ………………………………………… 320
　憶洛陽橋畔荔枝 ……………………………… 320
綺羅香 ………………………………………… 320
　春雪 …………………………………………… 320
玉蝴蝶 ………………………………………… 321
　玉蝶梅 ………………………………………… 321
醉紅妝 ………………………………………… 321
　緋桃 …………………………………………… 321
紅窗睡 ………………………………………… 321

海棠 ··· 321
探春慢 ··· 321
　游西山用姜白石韵 ······························· 321
杏花天 ··· 322
　寒食郊行 ·· 322
醉垂鞭 ··· 322
　題美人戲馬圖 ···································· 322
水龍吟 ··· 322
　端午 ··· 322
念奴嬌 ··· 323
　夏夜 ··· 323
紅袖扶 ··· 323
　醉歸 ··· 323
釵頭鳳 ··· 323
　無題 ··· 323
金鳳鈎 ··· 324
　鞋 ·· 324
風流子 ··· 324
　秋盡，友人邀獵，用側帽詞韵 ············ 324
華胥引 ··· 324
　乙卯八月作 ······································· 324
洞仙歌 ··· 325
　潞河曉行遇雨 ···································· 325
四和香 ··· 325
　春懷 ··· 325
玉蝴蝶 ··· 325

送内弟蔡稚力南歸 …… 325
茅山逢故人 …… 326
 雨夜書懷 …… 326
搗練子 …… 326
 秋閨 …… 326
御街行 …… 326
 陪祀太廟 …… 326
春從天上來 …… 326
 庚申元夕 …… 326
踏莎行 …… 327
 春游 …… 327
點絳脣 …… 327
 春晚 …… 327
風入松 …… 327
 郊行,偶憩僧舍 …… 327
沁園春 …… 328
 題王山長小照 …… 328
柳梢青 …… 328
 本意 …… 328
添字昭君怨 …… 328
 聽鄰閨琵琶 …… 328
春風嫋娜 …… 329
 暮春,汪悔齋蛟門東川招集邱齋話別 …… 329
碧窗夢 …… 329
 春夜 …… 329
離亭燕 …… 329

送李瞻航令武陵 …… 329
桃源憶故人 …… 330
　庚申三月,別西山同韜汝弟 …… 330
東風齊著力 …… 330
　邯鄲懷古 …… 330
鷓鴣天 …… 330
　庚申暮春,將之虔南。行次古平原,見村店泥垣,有姑蘇女子題《鷓鴣天》一闋。溫香旖旎,清浮染柳之篇;潤墨便娟,秀奪插花之態。嘆青蓮之出水,何緣吹墮泥塗?悲彩鳳之隨鴉,此去傍誰門户?玉壺殘泪,久涸紅冰;錦瑟佳詞,空留粉壁。飛鴻踏雪,情同沾絮之泥;疲馬瞻星,興續繞梁之韵。慚非黃絹,徒搵青衫云爾 …… 330
醉花陰 …… 331
　送春 …… 331
訴衷情 …… 331
　金陵懷古 …… 331
澡蘭香 …… 331
　秦淮端午燈船,同龔蘅圃、黃俞邰、舍弟韜汝賦 …… 331
眼兒媚 …… 332
　河房偶見 …… 332
一枝春 …… 332
　金陵樓上,聽王氏閨女彈琴,用周草窗韵 …… 332
看花回 …… 332
　夜歸 …… 332
眉峰碧 …… 332
　幽情 …… 332

303

水晶簾	333
閨意	333
如此江山	333
潯陽懷古	333
漁父	333
本意	333
浣溪紗	333
不寐	333
雨霖鈴	334
廬山道中遇雨，少憩東林寺	334
鵲橋仙	334
七夕	334
山花子	334
郊行	334
滿江紅	335
泊滕王閣下，用棠村詞韻	335
醉春風	335
園居	335
大江西上曲	335
鬱孤臺晚眺，用棠村詞韻	335
一剪梅	336
題成容若填詞	336
虞美人	336
秋夜	336
荳蔻花	336
艷情	336
天香	336

龍涎香 ·· 336
水龍吟 ·· 337
　白蓮 ·· 337
摸魚兒 ·· 337
　蒓 ·· 337
齊天樂 ·· 337
　蟬 ·· 337
桂枝香 ·· 338
　蟹 ·· 338
行香子 ·· 338
　閒適和韜汝 ·· 338
踏莎行 ·· 338
　落花用玉兒詞韻 ··· 338
喜遷鶯 ·· 339
　雨發章江 ·· 339
楊柳枝 ·· 339
　辛酉九月六日，余從洪州回虔，舟泊廬陵張家渡。征帆息影，萬籟鳴秋，寒柝侵宵，孤燈照夢。仿佛身在全州，襆被匆匆，作買舟他適狀。蘇公東坡追送江滸，歌詞贈別。維時烟雨溟濛，柳條綰恨，殊有黯然可憐之色。余時欲賡和，俯仰低徊久之。蓋心知蘇公爲千古詞人，未可輕持布鼓，而在全州握別，若有尤難爲懷者。因勉就原調奉酬。醒後朦朧追憶，不遺一字，急呼僮爇燭書之。其調爲平昔倚聲所未及，按之樂府雅詞，仍不失分寸。但蘇公一詞，不復記憶，深爲惋然。余何人斯，曷敢冀公之曠代相接？而粵之全州，尤非緣想所至。幻境迷離，姑述之以紀異夢云 ·· 339

南柯子 ·· 340
    秋夜不寐,偶起有作 ··· 340
八歸 ·· 340
    癸亥端午,寄懷龔五蘅圃,即用紅藕莊詞韵 ········· 340
傳言玉女 ·· 341
    梔子花 ·· 341
百媚娘 ·· 341
    茉莉 ·· 341
一籮金 ·· 341
    樹蘭 ·· 341
愁春未醒 ·· 342
    瑞香 ·· 342
拂霓裳 ·· 342
    春宵紀贈 ·· 342
一剪梅 ·· 342
    登吴城望湖亭,同韜汝弟 ··· 342
浪淘沙 ·· 343
    舟泊湖口,同韜汝 ··· 343
江月晃重山 ·· 343
    晚登虔州望江樓,和韜汝 ··· 343
繞佛閣 ·· 343
    南安游真覺寺,登東山絶頂 ····································· 343
南唐浣溪沙 ·· 344
    題吴蘭次杜牧尋春圖 ··· 344
酷相思 ·· 344
    悼亡姬 ·· 344
添字鶯啼序 ·· 344

使院新構覽園紀事 …………………………………………… 344
惜瓊花 ………………………………………………………………… 345
　　覽園玉蘭花六月盛開,吳藺次、吳觀莊、陳緯雲、錢目天、吳彤本、
　　　鮑子韶、龔衛公有詞相賞,因填此解奉答,並示舍弟韜汝 …… 345
減字木蘭花 …………………………………………………………… 345
　　閏六月十五夜立秋,和韜汝 ………………………………………… 345
臨江仙 ………………………………………………………………… 345
　　使院古桂生芝,吳藺次、陳緯雲、錢目天、吳彤本、鮑子韶、陳緑厓、
　　　童稚潛各製新詞贈美,余亦同度此曲,以答厚意 ……………… 345
醉花陰 ………………………………………………………………… 346
　　初秋,藺次、緯雲、目天、彤本、衛公、韜汝集覽園同賦 ………… 346
瑶花 …………………………………………………………………… 346
　　鶴 …………………………………………………………………… 346
八寶妝 ………………………………………………………………… 346
　　孔雀 ………………………………………………………………… 346
丹鳳吟 ………………………………………………………………… 347
　　鸚鵡 ………………………………………………………………… 347
五彩結同心 …………………………………………………………… 347
　　鴛鴦 ………………………………………………………………… 347
剔銀燈 ………………………………………………………………… 348
　　許際斯招飲出家伎唎喇 …………………………………………… 348
風入松 ………………………………………………………………… 348
　　初秋,訪藺次靈山道院寓齋,用韜汝韵 …………………………… 348
七娘子 ………………………………………………………………… 348
　　癸亥七夕,和藺次作 ………………………………………………… 348
高陽臺 ………………………………………………………………… 349

307

秋日,邀菌次、觀莊、緯雲、目天、彤本、衛公并韜汝弟集八境臺
　　同賦 …………………………………………………………… 349
醉桃源 ………………………………………………………………… 349
　　秋日,菌次、觀莊招諸同人集曾波閣待月 ………………… 349
鳳栖梧 ………………………………………………………………… 349
　　前題 ……………………………………………………………… 349
南浦 …………………………………………………………………… 350
　　秋日,鮑子韶招同菌次、觀莊、緯雲、目天、彤本、韜汝集蓮社庵,
　　　即送觀莊游粵。是日,菌次先歸,席中同賦 ……………… 350
羅敷媚 ………………………………………………………………… 350
　　秋日,訪菌次寓齋,值樹蘭盛開,同賦 ……………………… 350
連理枝 ………………………………………………………………… 350
　　韜汝過訪菌次寓閣,留酌,余未及與,席上同賦此調見憶,倚聲和答
　　　………………………………………………………………… 350
金明池 ………………………………………………………………… 351
　　癸亥仲秋,吳菌次粵舟將發,招同緯雲、目天、舍弟韜汝宴集曾波
　　　閣話別,即此賦送 …………………………………………… 351
畫堂春 ………………………………………………………………… 351
　　中秋桃梅並開 ………………………………………………… 351
南鄉子 ………………………………………………………………… 351
　　秋懷和菌次作 ………………………………………………… 351
如魚水 ………………………………………………………………… 352
　　月夜舟行,書所見 …………………………………………… 352
愁倚欄令 ……………………………………………………………… 352
　　戲贈答閨人代索 ……………………………………………… 352
畫舸 …………………………………………………………………… 352

偶成 …………………………………………………………… 352
玉女搖仙佩 ……………………………………………………… 353
　爲吴菌次壽馬少君 ……………………………………………… 353
沁園春 …………………………………………………………… 353
　贈金悚存大中丞 ………………………………………………… 353
太常引 …………………………………………………………… 353
　月夜同菌次暨諸子集靈山道院 ………………………………… 353
唐多令 …………………………………………………………… 354
　前題 ……………………………………………………………… 354
六州歌頭 ………………………………………………………… 354
　九日，招黄用錫諸君宴集江樓，同韜汝弟賦 ………………… 354
南唐浣溪沙 ……………………………………………………… 354
　戲贈 ……………………………………………………………… 354
河傳 ……………………………………………………………… 355
　閨怨 ……………………………………………………………… 355
獻衷心 …………………………………………………………… 355
　春宵觀劇 ………………………………………………………… 355
惜秋華 …………………………………………………………… 355
　小春，蘺菊乍開，有賦 ………………………………………… 355
江南樹 …………………………………………………………… 356
　夾竹桃 …………………………………………………………… 356
憑欄人 …………………………………………………………… 356
　紅梅 ……………………………………………………………… 356
鷓鴣天 …………………………………………………………… 356
　晚春 ……………………………………………………………… 356
十二時 …………………………………………………………… 356

峽江阻風,用江湖載酒詞韵 …………………………… 356
青玉案 ……………………………………………………… 357
　　舟夜得黄用錫書問寄答 ………………………………… 357
更漏子 ……………………………………………………… 357
　　江夜舟行同韜汝 ………………………………………… 357
玉燭新 ……………………………………………………… 357
　　癸亥小春,高渭師招同張澹明、章斐庵、鮑遇麟、遲默生、查王望宴集
　　　署齋觀劇 ……………………………………………… 357
清平樂 ……………………………………………………… 358
　　題王中齋三山游圖 ……………………………………… 358
陽臺夢 ……………………………………………………… 358
　　城南 ……………………………………………………… 358
踏莎行 ……………………………………………………… 358
　　客懷 ……………………………………………………… 358
憶秦娥 ……………………………………………………… 359
　　離情 ……………………………………………………… 359
倦尋芳 ……………………………………………………… 359
　　舟泊百家村,游蕭家廢園,用吴夢窗韵 ………………… 359
湘江静 ……………………………………………………… 359
　　舟上萬安用史梅溪韵 …………………………………… 359
菩薩蠻 ……………………………………………………… 360
　　壬戌臘月,造口感懷,用辛稼軒韵 ……………………… 360
天仙子 ……………………………………………………… 360
　　十月,馬上見路傍桃花數枝,欣然有作 ………………… 360
散天花 ……………………………………………………… 360
　　冬仲三日,楚雲上人過訪覺園,即邀緯雲蔬果茶話,同舍弟韜汝 …… 360

聲聲慢 ………………………………………………… 360
　　送陳緯雲游燕 ……………………………………… 360
小重山 ………………………………………………… 361
　　題畫 ………………………………………………… 361
江城子 ………………………………………………… 361
　　橫浦橋晚眺 ………………………………………… 361
滿庭芳 ………………………………………………… 361
　　覺園夜坐 …………………………………………… 361
八六子 ………………………………………………… 362
　　可亭晚春,用秦淮海韵 …………………………… 362
月中行 ………………………………………………… 362
　　夏夜聽隔榭書聲 …………………………………… 362
玲瓏玉 ………………………………………………… 362
　　癸亥十一月,虔州大雪感賦 ……………………… 362
翻香令 ………………………………………………… 363
　　雪中遣悶 …………………………………………… 363
驀山溪 ………………………………………………… 363
　　泛舟吉埠,縱步玉崙山,僧舍少憩,同李允公郡守、耿岳生郡丞 …… 363
暗香 …………………………………………………… 363
　　覺園紅白梅盛開,同韜汝分用姜白石韵 ………… 363
東風第一枝 …………………………………………… 364
　　虔州癸亥臘月立春,用史梅溪韵 ………………… 364
玉樓春 ………………………………………………… 364
　　題陳緯雲小照 ……………………………………… 364
月華清 ………………………………………………… 364
　　甲子人日,緯雲、韜汝小集。舟行,夜泊楊坪,同賦 …… 364
水調歌頭 ……………………………………………… 365

311

贈王康侯總制 ……………………………………… 365
花心動 ……………………………………………… 365
　乙丑初春,同黄友説、林公韞、李嶧唐覽園探梅 …… 365
小重山 ……………………………………………… 365
　江行小泊,忽起住山之想 ………………………… 365
漁家傲 ……………………………………………… 366
　鄉園十二月田家詞 ………………………………… 366
賀新涼 ……………………………………………… 368
　夏日小集縣圃,用坡公韵 ………………………… 368
丹鳳吟 ……………………………………………… 368
　寄贈施琢公靖海侯 ………………………………… 368
御帶花 ……………………………………………… 368
　重九夜,用側帽詞韵 ……………………………… 368
霜天曉角 …………………………………………… 369
　道傍古梅花已殘 …………………………………… 369
天香 ………………………………………………… 369
　水墨牡丹 …………………………………………… 369
巫山一段雲 ………………………………………… 369
　憶舊 ………………………………………………… 369
滿江紅 ……………………………………………… 370
　江樓晚興 …………………………………………… 370
一叢花 ……………………………………………… 370
　春雨 ………………………………………………… 370
金蕉葉 ……………………………………………… 370
　題錢目天小照 ……………………………………… 370
錦堂春 ……………………………………………… 371

| 聽雨 | 371 |

南浦 ··· 371
 贈別嘉禾吴子山 ··· 371
瑞鶴仙 ··· 371
 壽曾青藜 ·· 371
婆羅門令 ·· 371
 丙寅初春,同林公韜少憩道傍禪舍茶話 ································ 371
青杏兒 ··· 372
 閨情 ·· 372
蝶戀花 ··· 372
 折梨杏入瓶 ··· 372
武陵春 ··· 372
 題家勖庵秋江獨釣小照 ··· 372
蕙蘭芳引 ·· 373
 別張澹明方伯,用周美成韵 ·· 373
人月圓 ··· 373
 燈夕,招同黄用錫、黄友説、陸程遠、林公韜宴集臬署蘭藻堂 ······· 373
誤佳期 ··· 373
 花朝訂游百花村,不果 ··· 373
水調歌頭 ·· 373
 中秋使院玩月 ··· 373
轉應曲 ··· 374
 同閨人待月 ··· 374
荔枝香近 ·· 374
 夏日,韜汝弟談家園舊栽荔樹,今歲花時濃密,定饒嘉實,因作此解
  寄憶 ··· 374
荷葉杯 ··· 374

水亭小酌 ………………………………………… 374
鳳凰臺上憶吹簫 ………………………………… 375
　閨別,用漱玉詞韵 …………………………… 375
桃花水 …………………………………………… 375
　春暮,過桃葉渡有憶 ………………………… 375
意難忘 …………………………………………… 375
　團風鎮泊舟 ………………………………… 375
塞翁吟 …………………………………………… 376
　亂後重泛舟入楚,途中感賦 ………………… 376
長相思 …………………………………………… 376
　旅感 ………………………………………… 376
憶舊游 …………………………………………… 376
　重過臬署,望凌鵠臺有感 …………………… 376
龍山會 …………………………………………… 377
　戊辰九日,重登黃鶴樓,次林公韞韵 ……… 377
定風波 …………………………………………… 377
　鄂城重晤大輪上人 ………………………… 377
酹江月 …………………………………………… 377
　赤壁懷古,用坡公韵 ………………………… 377
浪淘沙 …………………………………………… 378
　岳州阻風,和林公韞韵 ……………………… 378
無俗念 …………………………………………… 378
　過洞庭湖,示林公韞 ………………………… 378
瀟湘逢故人慢 …………………………………… 378
　戊辰九月,長沙訪黃元起方伯 ……………… 378
瀟湘神 …………………………………………… 379
　本意 ………………………………………… 379

紫雲詞

多　麗

西湖春泛

正韶光、佳麗好春三月。向平湖、携琴載酒,小舟輕蕩蘭葉。拂清波、燕拋彩剪,度垂楊、鶯弄簧舌。杏雨泥乾,榆烟嵐濕,兩峰南北。翠屏千叠。看游冶、鈿車寶勒,盡往西泠發。算此際、尋芳拾翠,未輸蜂蝶。　　信棠榁、拂開冰鏡,花港閑觀朱鬣。鬥娉婷、玉香珠艷,喧笑語、紅嬌粉怯。柳外鴉迴,荇邊鷗返,繁絲脆管聲初闋。漸依約、錢塘歸路,夕照昏城闕。須拼飲、美景良辰,莫教虛設。

朱錫鬯曰：章法字法,無一不工。令柳七屯田爲之,不過如此。

吳蘭次曰：景物宛然在目,令人輒憶勾留處也。

望海潮 第一體

秋登吳山

西陵草短,南屏霜重,尋游客思方賒。江湧銀鰲,潮喧鐵馬,千年洗盡繁華。落日岸烏紗。徐電發曰：兀傲語。危欄空拍遍,幽恨無涯。葛嶺樓臺,臨安宮殿有啼鴉。吳蘭次曰：慷慨情深。　　當年競鬥豪奢。任玉津載酒,綉陌連車。柏樹墳高,木棉人去,獨松亂起鳴笳。鳳舸載宮娃。明湖歌舞路,冷浸雲霞。惟見孤山,舊月照梅花。

朱錫鬯曰：片玉遺音。

攤破浣溪紗

段橋暮歸至清波門作

烟暖沙堤碧草茸。錦韉玉勒試青驄。撲面吹來香乍冷,落花風。徐電發曰:雋冷。　一抹明霞鋪散綺,半鈎新月照殘紅。吳菌次曰:周柳佳句。何處數聲寒犬吠,小籬東。

江城梅花引

聞　笛

何人三弄隔江湄。調幽淒,意幽淒。斷續飛聲,隨月度窗西。篆欲成灰燈又暈,傷往事,恨匆匆,易別離。　別離。別離。誤花時。碧漣堤。錦香幃。盼也盼也,盼不到、和夢都迷。辜負紅愁綠怨小鶯啼。縱有楊枝堪折取,留青眼,倚東風,待阿誰。

吳菌次曰:無限柔情,何堪此際。

鏡中人

湖　上

垂楊湖,芳草路。却扇誰家游女。苔滑凌波小步。心怯人偷覷。　百褶湘裙縈蕙露。蛺蝶趁他輕舞。吳菌次曰:足以想見其人。一片春情無着處,奩影雙嬌遇。

瑣窗寒

雨中懷友,用張玉田韵

疏榭窺紅,迴廊蔭碧,小欄空凭。雲憨雨峭,消受水沉猊影。訝東風、開到梨花,寒香猶沁綃衣冷。漫簾帷低下,妨他乳燕,翠衾沾盡。　泥潤。沿苔徑。嘆蔣竹成林,誰烹陸鼎。剪燈擘句,待寄故園芳信。甚浮踪、水佩烟槎,尋盟辜負鷗鷺等。儘深宵、淅瀝西窗,夢憶巴山穩。

徐電發曰:風神搖曳,在屯田淮海之間。

戀繡衾

美人春睡

風外啼殘錦樹鶯。捲珠簾、怕見落英。鴛夢綃幃重整,壓春愁、誰喜獨醒。珊瑚枕膩欹紅玉,看如蘭、香吹漸生。半晌乍、夢騰覺,惱檀郎、偷喚小名。

朱錫鬯曰:深細。

武陵春 第一體

江村縱步

一帶柔藍莎徑軟,流水小橋斜。橋畔紅桃幾樹花。花下是兒家。　人面桃花相映處,咫尺隔烟霞。空溯流紅步淺沙,何處飯胡麻。

醉瑤瑟

重游西湖

山如黛,柳如烟。明湖卵色尚依然。花迎羅綺晴堤外,磬引袈裟晚寺前。揮玉斝,弄珠弦。醉來便臥鴨頭船。多情風月留人住,莫負秋光鏡裏天。

吳蘭次曰:"花迎"句恐畫不如描寫絕妙。

瀟瀟雨

落葉用江湖載酒詞韵

　　濃霜凋晚樹訝蕭蕭,散錦滿長堤。正楓灣小泊,篷窗獨掩,颯沓增凄。驚起沙頭雁陣,亂繞葦叢啼。況是飄零客,怎奈孤栖？　　遥念香幃此夜,任聲敲箔外,影墜欄西。儘題紅句就,欲寄倩誰携？嘆浮踪、東南無定,似秋風、渭水撲塵迷。行歸矣、擁松爐卧,休舞聞鷄。

　　朱錫鬯曰：願退三舍。

　　陳緯雲曰：寫蕭戚之况,似聽哀蟬。

水龍吟 第一體

過揚子江,用衍波詞韵

　　我來憑吊江山,孫劉往事猶堪紀。遥思昔日,旌旗環岸,舳艫銜尾。北固笳聲,南徐角吹,鸛鵝轟起。到而今惟有,斜陽衰草,雄圖久,成空矣！　　搔首西風墮泪。聽寒鴉、啼殘故壘。長江天塹,烟銷雲散,凄涼誰比。翻笑從前,一時豪杰,徒相疑忌。且盟鷗款鷺,狂歌痛飲,弄碧天水。

　　朱錫鬯曰：此闋神似稼軒。

　　徐電發曰：豪宕感激,應與如此江山並傳。

浣溪紗 第一體

紅橋懷古,用衍波詞韵

　　邗水無情日夜流。隋家宫闕幾經秋。繁華猶説古揚州。　　廿四橋頭銀管咽,三千殿脚翠蛾愁。輸他文選尚名樓。

吳薗次曰：寄懷高遠。

雙調望江南

鄉　　思

春去也，芳草望中連。叠叠濃雲堆恨水，絲絲弱柳織愁烟。人對夕陽天。南雁杳，錦字向誰傳？蠟鳳檠前家似夢，吳薗次曰："家似夢"，妙。銀虬箭裏夜如年。清泪濕紅綿。

朱錫鬯曰：熨貼似《花間》語。

徐電發曰：言短意長，述離無限。

百　字　令

山　陽　懷　古

淮流東下，舊時月、又到女墻深處。寂寞王孫空蔓草，何況小山桂樹。臺畔綸竿，雲中鷄犬，轉盼埋烟霧。江光如故，翩翩過盡鷗鷺。　　非不武似淮陰，文如枚乘，究竟成朝露。伎倆才華都使盡，那得天公比數。玉笛空吹，酒壚何在？凄惻山陽路。丹楓白雁，楚天正值秋暮。

朱錫鬯曰：居然大蘇。

吳薗次曰：懷古之事人所能言，懷古之情人所能有，至於措詞如此起結，恐蘇辛無此蘊藉。

燕　歸　梁

遣　　信

越水吳山恨渺茫。獨對殘釭。將緘錦字更端詳。心百折，泪千行。　　幽閨練素裁應倦，金鳬凍，綉鴛凉。夢魂縱向北來翔。怕無力，渡長江。

徐電發曰：似南唐主。

鬢雲鬆 第二體

曉 起

碧幃深，綃被暖。到枕流鶯，只向夢中喚。日瑩小屏宮錦燦。簾外遙山，一抹烟鬟亂。　倒紅螺，遺翠鈿。昨夜歌喉，累累珠成串。滿院綠陰人不見。風颭柔紅，隱約桃花面。

陳緯雲曰："滿院綠陰"句，惝恍無際。

一 剪 梅

憶洛陽橋畔荔枝

佳麗曾稱似洛陽。唐宣宗微行，覽山川之勝，嘆曰："大類吾洛陽。"霞做山光。月做江光。吳薗次曰：兩"做"字人道不出，寫景殆盡。石欄橋迥水天長。橋為宋郡守蔡襄惠建，長三百六十丈。倒瀉銀潢。橫架金樑。　十里薰風錦荔香。絳染紗囊。蜜釀瓊漿。何時歸臥恣酣嘗？身在他鄉。夢在家鄉。

綺 羅 香

春 雪

颯颯霏霏，淒淒切切，飄盡天街殘雪。倚戶梅梢，風裏和花吹折。驚絮亂、醉眼迷冥，怕泥滑、馬蹄蹀躞。趁黃昏、側帽歸來，貂裘亂抖瓊瑤屑。　閑尋簫局殘篆，無那薇烟銷歇，緗衾如鐵。撿就絲闌，搵淚欲吟還咽。斟羔酒、錦帳無緣，沸松濤、竹爐空爇。正愁絕、玉笛誰家，又聲聲吹徹。

朱錫鬯曰：後段第二句原宜六字，《草堂春雨詞》偶遺一字，得先生校勘填出，足正沿習之誤。

玉蝴蝶 第二體

玉 蝶 梅

裁雪萼，綴苔枝。春心不自持。香粉撲銖衣。斷魂蝶未知。　迎風處。愁無語。玉粟起冰肌。幽夢醒來遲。疏簾月落時。

徐電發曰：較似"月明林下美人來"更覺幽絕。

醉 紅 妝

緋 桃

寶妝露井艷春條。傍朱樓，映畫橋。數枝臨水晚風搖。同人面，鬥妖嬌。杜鵑聲裏總無憀。倩魂斷，不堪招。長恨阮郎歸去早，閑歌扇，冷瓊簫。

紅 窗 睡

海 棠

淡染胭脂勻粉色。嚲翠鬟、正軟嬌無力。玉兒中酒酣眠起，倚沉香亭北。何事浣花詩句少？向深夜、風前露底，泪痕輕拭。怨紅愁綠，總教人憐惜。

吳蘭次曰：宛轉多情之語。

陳緯雲曰：海棠雖未能解語，然一段嬌憨，自能摹出。

探 春 慢

游西山用姜白石韻

遲日融冰，輕霞閣雨，春光迥滿芳野。草襯蹄茸，柳縈袖碧，試傍香臺繫馬。山徑虬松古，怎倩得、徐熙來寫？看雲聊拓幽窗，白頭僧共清話。　隨意青樽蠻檻。有翠蘚藉茵,錦桃堪把。宸藻瑤華,寶幢金粟,璀璨勝游佳冶。何事烟鐘度,又喚取、踆烏西下。信轡歸時,禁城燈火初夜。

徐電發曰:似周美成。

杏花天

寒食郊行

柳烟梨雪東風晚。巡綉陌、曉寒乍淺。草香泥潤金羈緩。隔水賣餳聲喚。春欲去、游絲難冒。聽軟語、無聊鶯燕。吳蘭次曰:無聊鶯燕,幾許春情。飛紅暗綠誰庭院?人試輕衫小扇。

朱錫鬯曰:結意閑遠,似阿灰語。

醉垂鞭

題美人戲馬圖

結束石榴裙。青驄馬。珠鞭打。楚峽不勝春。飛來錦匼雲。　明媚方郊晝。花如綉。草如茵。羨煞畫中身。連錢未染塵。

水龍吟 第一體

端　午

困人天氣初長,沉沉簾幕薰風透。白榆烟斂,黃梅雨歇,端陽佳候。媚眼紅榴,沾唇綠醑,客中偏有。但拍浮鸕杓,狂歌金縷,少年景,渾難又。吳蘭次曰:風景如故,能不愴懷。　憶向湖蓮岸柳。看龍舟、參差爭鬥。湘裙拖水,吳紈搖雪,芳情欲逗。別後風波,記來池館,不堪回首。待歸時重訪,當年碧玉,還應在否?

吳蘭次曰:恐亦少年難又,當更如何?

徐電發曰:風流小杜,情懷如此。

念奴嬌 第三體

夏 夜

　　天街雨洗，看炎雲初斂、乍傳清柝。藤枕桃笙殘夢覺。瓊腕金環懶約。罷浴芳蘭，斜簪茉莉，香霧雙鬟薄。吳薗次曰：尋常風致，寫得躍躍動人。冰紈扇撲，流螢輕點苔落。　　回首燈夕傳柑，花朝鬥草，光景都如昨。溽暑蒸人能幾夜，皓月清風簾箔。玉塵停揮，茶烟半裊，靜裏千愁却。銀河低轉，早鴉飛過池閣。

　　徐電發曰：比東坡"槐陰轉午，晚涼新浴，手弄生綃白團扇"句更有香澤。

紅 袖 扶

醉 歸

　　春氣濃如酒，春醒倦眼慵開。扶携未管纖腰怯，桃暈上香腮。　　含笑爲寬鴛帶，生嗔誤觸鳳鞋。鬱金小扇誰留却，索性教儂猜。

　　徐電發曰：作決絕語，尤妙。

釵 頭 鳳

無 題

　　春如酒。花如綉。惱人天氣清明候。荼蘼下。秋千架。東鄰嬌女，招呼游冶。怕。怕。怕。　　羅衫舊。腰肢瘦。風情困似三眠柳。山盟話。都成假。待伊來後，揉將花打。罷。罷。罷。

金鳳鈎

鞋

香風動,湘裙展。露小小、紅蕖兩瓣。玉纖珠綴,錦幫花綉,掩映凌波偏顯。　踏青褪却跟兒淺。兜緊處、蹙蛾低盼。一雙帳底,不教人見。燈下背郎偷换。

風流子第二體

秋盡,友人邀獵,用側帽詞韵

朔風摧岸柳,看平野、秋意正牢騷。羨錦隊從公,豹裘貂帽,鐃歌奏曲,叠鼓横簫。圍初合,馬馳寒日慘,箭劈暮雲凋。狡兔追時,鼻端火出,角鷹落處,眼底塵高。吴蘭次曰:想見横汾意氣之時。　金盤初進炙,千鐘倒、忘却歲晏晨蕭。漫道請纓繫越,飛矢降聊。笑空懷翰墨,騎驢京兆,何如袴褶,射雉東郊。醉後還裁羽獵,霜飽銀毫。

徐電發曰:耳後生風,鼻端出火。曹景宗當年有此氣概。

華胥引

乙卯八月作

無憑去雁,不到家山,錦箋誰寄。蜃島魚邦,樓船出没波浪裏。見説狐據神叢,更燕巢林木,夜月荒村,數間空屋而已。吴蘭次曰:可爲酸鼻。　丘壠徒存,漸看看、墓梅如洗。欲歸無計,甘讓東流逝水。悶把程途空數,六千餘里。縱使歸時,問親朋半爲鬼。

朱錫鬯曰:絶似宋人。

徐電發曰:少陵《兵車行》、《垂老别》無此哀怨。

洞仙歌第一體

潞河曉行遇雨

一天驟雨,正早涼時候。山色空濛似無有。縱南宮、潑墨圖畫難成,平沙外,惟見亂雲堆岫。　衝泥行且去,遙望旗亭,聊脫青衫試沽酒。更羨小柴門,也自幽閑,插濃蕊,兼栽疏柳。吾將住、田夫笑相迎,問粗飯黄齏,定能住否？徐電發曰：僕爲下一語云："得且住爲佳耳。"

朱錫鬯曰：與竹山九日一調伯仲。

四和香

春懷

簾幕低垂歸燕晚。芳草瑶階軟。翠浪鴛衾愁獨展。嫌冷月、雕疏滿。咫尺朱樓天樣遠。夜永銷香篆。玉漏春聲花外換。正別院、笙歌轉。吴蘭次曰：此時此際難爲情。

陳緯雲曰：意境惝怳。

玉蝴蝶第三體

送内弟蔡稚力南歸

家住緑波亭畔,塘蓮數畝,園柿千枝。吴蘭次曰：如此消受,真神仙中人。恐先生此詞猶有未然耶！況擅青氈舊業,黄絹新詞。傳焦尾、中郎有女,看玉樹、過末爲兒。最稱奇。他鄉送璧,萬里牽絲。稚力在都,近爲長郎納幣于舍弟韜汝。又新得孝廉洪求仲爲快婿。　君歸。一時婚嫁,名山相待,禽向堪期。把袂更深,紅螺紫蟹暫相持。念銷魂、江郎瘦也,追往事、蕭史淒其。記分攜。金魚池上,白雁秋時。時余寓洪太常金魚池莊。

朱錫鬯曰：澹遠。

徐電發曰：情致款款。

茅山逢故人

雨夜書懷

雨壓湘簾不捲。愁逼寒檠誰伴？半壁犀籤，半窗蛩語，半簹鵲篆。　沾泥已作禪心，牽緒猶來夢眼。紅豆休藏，彩箋難寄，緑鬟空剪。

徐電發曰：荒齋夜雨，朗吟一過，大難爲情。

搗練子

秋閨

簾半捲，漏初停。梧影閑階落碎瓊。深院月明無個事，自調雁柱按秦箏。

御街行 第一體

陪祀太廟

雪晴鳲鵲端門曙。淑氣騰天宇。紫薇華蓋擁龍顏，孝享明禋躬舉。雲彝初御，雷敱並奏，儀鳳同歌舞。　爐烟靄靄飄香霧。嵩拜聯鵷鷺。祖功宗德燕皇天，八表還均恩露。慶綿璇歷，瑞徵銀瓮，長作河山主。

吳蘭次曰：可補入大晟樂府。

春從天上來

庚申元夕

雪霽天街。看寶馬鈿車，碾破香泥。蟬紗堆巧，豹髓燒奇。主家奴子争携。

聽秧歌鬧處,早腰鼓、百戲催齊。喜今宵,是箭停銀鏃,鑰敞金蕤。　　留連太平景色,儘巷過香風,人拾鸞鎞。瑤鏡將斜,粉妝未散,游踪半在城西。嘆東華塵土,蕉鹿夢、廿載迷離。謾低眉。雲標將遠,日近當思。_{時余將赴虔南。}

_{徐電發曰:雁水使節方移,忽動東華塵上之夢。視余輩遷謫餘生、放浪江湖者,能無更嘆日近長安遠乎!}

踏莎行

春游

青抹遥山,綠匀芳墅。踏春還共春游侶。畫樓墻隔是誰家?垂楊影裏秋千女。　　墜落瑤釵,高飄金縷。傳情擬倩流鶯語。明朝酒醒好重來,東風莫灑催花雨。

_{朱錫鬯曰:當行。}

_{陳緯雲曰:盡洗鉛華,煞是香艷。}

點絳唇

春晚

翠帳憎憎,檐鈴驚掣梨雲斷。海棠庭院。風颭胭脂亂。　　怕説春殘,懶拾殘紅看。空淒惋。柔情千段。付與閑鶯燕。_{吳薗次曰:只怕鶯燕多情,未能閑得。}

_{徐電發曰:纏綿中自饒清綺,故知柔情似水。}

風入松_{第一體}

郊行,偶憩僧舍

馬蹄隨意踏晴沙。草碧烟賒。清溪略彴橫流渡,深林遠遠人家。籬畔將雛鬥鴨,墻頭引蝶嬌花。　　亂山一帶夕陽斜。閃閃歸鴉。垂鞭未覺行吟倦,僧寮近、且索杯茶。贏得身閑半日,何須法演三車。

沁園春第一體

題王山長小照

可愛斯人,道心標映,明瞳清揚。羨風流儒雅,楚材宋玉,聲華門第,江左王郎。叢桂千枝,芳蘭九畹,馥烈河汾舊講堂。匡齋靜、看編搜墳索,弦鼓瀟湘。

畫圖新出裝潢。但掩卷停琴思更長。想凌雲空奏,無媒金馬,元音獨賞,聊學柴桑。稽冷朝餐,氈寒坐客,白眼青樽老更狂。堪沉醉,有陸潘江海,李杜光芒。

吳蘭次曰:呼之欲出。

徐電發曰:"白眼青樽"一語,足爲山長寫照。

柳梢青第一體

本　意

綠淺黃輕。東皇初幸,眉黛爭迎。拂燕穿鶯,和烟拖雨,暗織山城。　便拼萬縷縈縈。悄難繫、蕭郎遠情。陌上樓頭,絮飛春盡,空數歸程。

吳蘭次曰:獨出新聲,不纖不琢。

徐電發曰:"暗織山城"與"空數歸程"二語,有淺深離合之妙。

添字昭君怨

聽鄰閨琵琶

樓外寒鐘初打。爐內篆香纔炧。玲瓏珠串滾琵琶。在誰家?　者裏閑愁似我。紅泪青衫搵破。料他彈處蹙雙蛾。怨聲多。

徐電發曰：淒惋處酷似李重光。

春風裊娜

暮春，汪悔齋蛟門東川招集邸齋話別

正泥融乳燕，柳暗啼鶯。酥雨潤，棟風清。恰雙江，鶺首征帆欲指，三珠堂上，折簡相迎。佩贈將離，酒酷桑落，勸盡金尊唱渭城。懊惱桃花潭水淺，多君千尺是深情。　此去長安漸遠，燕雲薊樹，舊游夢、迴首堪驚。燃藜閣，草玄亭。歌詞錦瑟，何處重聽？十載神交，新知莫樂，一官竟出，別思旋生。關心萬事，最魂銷腸斷，落花時節，春草王程。

吳薗次曰：黯然情思，溢于筆墨間也。

碧窗夢

春夜

蓮漏催蟾影，梨雲妒蠟明。銀箏低訴可憐情。不道翠幢風細有人聽。

吳薗次曰：魂銷此夜。

徐電發曰：南唐。

離亭燕

送李瞻航令武陵

且醉紅亭樽酒。莫管驪駒歌驟。十載宮袍詞賦客，此日銅章繫肘。馬踏武溪雲，恰值烽銷時候。　雞犬桃源依舊。問有避秦人否？仙令移風還太古，休論魏前晉後。政暇憶同游，應向鬱孤回首。時余將之虔州。

桃源憶故人

庚申三月,別西山同韜汝弟

山螺湖鏡長如故。一帶離雲淒樹。日下那堪回顧?寺遠鐘催暮。匆匆玉勒人南去。前度桃源何處?惟有啼鶯飛絮。相送陽關路。

朱錫鬯曰:歐、晏風致。

東風齊著力

邯鄲懷古

馬首西風,邯鄲古道,落日寒鴉。摩挲倦眼,戰壘認烟遮。主父荒宮鹿走,廢興事、從古堪嗟。叢臺上,兔葵燕麥,爛漫橫斜。 公子最堪誇。當年客、犀簪玉劍千家。名倡挾瑟,十日醉流霞。便自平原絲綉,也難買、昔日豪華。何須問,黃粱路近,美酒應賒。

徐電發曰:如此起結,覺蒼涼感慨自在言外。至主父平原、蛾眉黃土,又寫得繽紛歷落。

鷓鴣天

庚申暮春,將之虔南。行次古平原,見村店泥垣,有姑蘇女子題《鷓鴣天》一闋。溫香旖旎,清浮染柳之篇;潤墨便娟,秀奪插花之態。嘆青蓮之出水,何緣吹墮泥塗?悲彩鳳之隨鴉,此去傍誰門戶?玉壺殘淚,久涸紅冰;錦瑟佳詞,空留粉壁。飛鴻踏雪,情同沾絮之泥;疲馬瞻星,興續繞梁之韵。慚非黃絹,徒搵青衫云爾

瓜字初分碧玉年。花枝憔悴一春前。陌頭塵浣文鴛錦,柳外風欺墮馬鬟。

郵壁上,墨光懸。柔腸百叠念鄉關。才人厮養千秋恨,箏柱調來拭泪彈。

吳蘭次曰:千古傷心,不堪多讀。

醉花陰
送春

春風隔歲重相見。暗約香魂斷。擬作探花人,蝶懶蜂殘,驀地催人轉。落紅無主紛成片。寂寞停歌扇。最是可憐宵,一刻殘檠,萬種思量遍。

徐電發曰:凄凄惻惻,如聽變徵之聲。

訴衷情
金陵懷古

胭脂冷落六朝妝。苔井久荒涼。休問景陽宮殿,禾黍滿宮牆。懷晋宋,憶齊梁。總堪傷。一雙社燕,幾陣昏鴉,過盡斜陽。

吳蘭次曰:滿紙悲涼。

陳緯雲曰:六朝金粉,煞是一夢。"社燕"、"昏鴉"二語,自覺凄絶。

澡蘭香

秦淮端午燈船,同龔蘅圃、黃俞邰、舍弟韜汝賦

青溪渡口,桃葉橋邊,一派露葵烟柳。漲添梅雨,波颭蒲風,舊事燈船還又。罩綃篷、彩結流蘇,欄檻鈿裝翠鏤。鼉鼓初喧,十部笙簫並奏。入夜鮫宫燦爛,鷁舞虬蟠,驪珠穿就。畫簾水閣,紅袖屏山,人影還多于晝。漸更闌、棹發清謳,邀取鄰舟相鬭。聽唱罷、古調江南,重酣桑酒。

徐電發曰:具此雄才麗藻,當不負水調鸞簫。

眼兒媚

河房偶見

新妝墮馬挽春雲。淺笑復含顰。翠翹嚲鳳,冰紈趁蝶,微褪湘裙。　盈盈隔水看嬌面,擬賦洛川神。最難描是,雙彎貯媚,一盼生春。吳藺次曰:"一盼生春"比"臨去秋波"更妙。

一枝春

金陵樓上,聽王氏閨女彈琴,用周草窗韵

翠閣酣香,綉簾垂、隔斷天街酥雨。冰弦暗數,誰解探春幽緒?盈盈十五,曉妝淡、倚羞成嫵。調綠綺、流徵移商,淺把黛蛾偷聚。　一闋明光彈處。怨知音難遇,含情千縷。珠圓璧潤,妙意按成佳譜。柔聲泛指,又似怯、遠山人妒。聽曲罷、重問芳年,掠鬢不語。

徐電發曰:不寫琴聲,而但繪彈琴之人,爲歌一闋,如成連之在海上,移我情矣!

看花回

夜歸

酥雨閑街乍歇時。屐印芳泥。籠燈倚醉迴深院,聽穿花、漏點如絲。碧紗彈指處,驚喚猧兒。　春思夢騰睡起遲。斗頓相疑。麝油蘭粉香黏袖,嗔郎別嬿阿誰。頻呼伴不應,去覓鶯鎞。徐電發曰:寫出嬌憨之致。

眉峰碧

幽情

樓角昏斜月。蠟淚銷殘跋。膩玉溫香已嬭人,那待把、相思説!吳藺次曰:老

此鄉中,消受不淺。　　含笑尋珠襪。留盼兜蓮屣。撩亂鬆雲着意簪,防他斜溜雙金蝶。

水晶簾第一體

閨　意

海棠香裹捲珠簾。雨纖纖。思懨懨。喚到菱花愁重懶開奩。嗔道侍兒頻細問,藏不過,有眉尖。吳薗次曰：諱愁無奈眉覺,多刻畫。

如此江山

潯陽懷古

扁舟漸近潯陽路,迢迢片帆飛渡。地接三湘,流分九派,波浪淘成今古。江州舊戍。但苦竹黃蘆,荒磯斷浦。遙憶陶公,當年旌節此曾駐。　　天門八翼虛寤。算沉機可比,孔明魏武。決策殲蘇,揮戈討默,遠勝風流王庾。英雄塵土。試送目憑高,心灰泪雨。如此江山,只鷖鷗長主。

徐電發曰：奮臂拍張,直奪辛蘇之席。

漁　父

本　意

坐占鷗沙香餌垂。一竿春水碧琉璃。風澹澹,日遲遲。閑看蜻蜓立釣絲。

浣溪紗第一體

不　寐

月落屏山罷倚欄。裌衣初試尚驚寒。高燒鳳蠟展書看。　　目似鰥魚知夜永,身如鴻雁怯春殘。家山空繞夢魂間。

雨霖鈴

廬山道中遇雨,少憩東林寺

雨深東嶺。望芙蓉嶂、九叠烟暝。懸崖斜掛飛瀑,玉龍噴沫、千尋垂影。且挽青絲紫燕,向東林禪徑。念自昔、開士幽居,白蓮社廢宗風冷。　　浮生泛泛同飄梗。但空辜、五岳尋真興。宗雷縱使招侶,恐嫌我、詩狂酒病。徐電發曰:先生襟懷如許,若逢遠公自當招之入社,又何嫌詩狂酒病耶?此去何年,夢覺津梁、繁華虛景。擬結宇、簾谷爐峰,弄白雲千頃。

鵲橋仙

七　夕

鵲橋路近,鸞輿駕晚,又怕明河斜後。經年別緒話難休,應忘却、風鬟露袖。　　雙星長在,千秋今夜,屈指佳期還有。別離猶自勝人間,儘負了、空閨白首。

山花子 第二體

郊　行

秋老丹崖落葉黃。金飆吹送岸花香。水净波明垂釣去,咏滄浪。　　遠岫亂雲低夕照,平橋疏柳帶村莊。我欲携家浮舴艋,稻魚鄉。

徐電發曰:"遠岫"、"平橋"句,竟似摩詰詩中有畫也。

滿江紅 第二體

泊滕王閣下,用棠村詞韵

匹練長江,蘋風颭、縠紋初結。倚蘭楫、伴人幽獨,半鉤新月。彭蠡濤聲侵夜動,豐城劍氣如虹揭。對山川、無限古今愁,何由雪？　譙門角,吹三叠。萬籟起,鳴金鐵。盼沙鷗聚散,烟鴻明滅。野馬已灰樓閣影,寒螿猶作笙歌咽。徐電發曰：野馬寒螿,凄冷欲絶。謾停杯、酹酒吊才人,空凄切。

吴蘭次曰：刻羽調宫,敲金戞玉。

醉春風

園居

茅屋剛如斗。面水開窗牖。客來何物可淹留？有。有。有。淡製新茶,薄烘乾荔,舊篘濃酒。　列坐清談久。茶罷還須酒。酒闌客醉可歸歟？否。否。否。待月穿花,看雲籠竹,猶堪携手。

吴蘭次曰：隨手拈來,都成雅韵。

大江西上曲

鬱孤臺晚眺,用棠村詞韵

鬱孤遺迹,對雙流、浪激千巖寒色。落日憑高回首處,俯仰謾傷疇昔。坡老才華,幼安旄節,百代同爲客。風流何在？至今荄露空白。吴蘭次曰：乾坤逆旅,良可太息！　聞道翠玉高樓,慈雲蕭寺,可費登臨屐。幾度虎頭城上見,惟有叢篁怪石。南國鄉心,東華塵夢,恨起滄浪笛。蓬萊宫闕,蒼茫渺在天北。

徐電發曰：身繫江湖,心懸魏闕。讀此詞,令人有每飯不忘之意。

335

一 剪 梅

題成容若填詞

風剪金荷雙穗垂。罷鼓朱絲。獨展烏絲。陡驚香艷撲鬖眉。是雪梅吹。是雪蘭吹。　瓊蕊紛開碧玉枝。側帽新詞。飲水新詞。花間數去好同誰？秦七能題。柳七能題。

徐電發曰："側帽"、"飲水"，固在秦、柳之間。

虞美人 第一體

秋　夜

夜闌立盡梧桐影。露下蟾光冷。小池風過水紋生。何處吹來玉笛兩三聲？山城薄酒難尋醉。未許愁人睡。沈郎腰瘦帶圍寬。只爲眼中心上有千端。

徐電發曰："眼中心上有千端"，亦何計相迴避耶？

荳蔻花

艷　情

簫局溫紅半粟沉。文鸞懶疊雙衾。含嬌坐，新恨費沉吟。　分明夢裏描鴛譜。凭肩語。衣沾蘭露。香蝶散，不堪尋。

天香 第二體

龍涎香

花樹風寒，玉淵月瞑，眠迴尺木初醒。蜒舶收帆，鈿奩擁沫，薇麝杵勻芳餅。靈雲潤雨，儘噴向、博山仙鼎。鳳炭微溫篆裊，蝦鬚半鈎人静。　翠被餘馨猶在。奈琉璃、賜盤空剩。謾憶青綾曾直,紫羅重整。寂寞當時荀令。嘆縹緲、螭頭御烟迥。粉堞山樓,空違畫省。

水龍吟 第一體

白　　蓮

炎風不到瑶池亭,亭玉立、矜高潔。凌波微步,靚妝初洗,膚神冰雪。太液烟清,湘皋露冷,無言淒絶。似飛瓊暫謫,人間誤到,搵鉛泪,愁難説。　　豐韵妖紅全别。映青銅、盈盈嬌靨。盟鷗心苦,弄珠腕弱,伫殘凉月。粉艷千枝,波明難認,聞香偷折。怕驚秋素女,乘鸞空剩,翠雲千叠。

陳緯雲曰:似逢洛妃于銀塘珠浦間,應使素娥愁絶。

摸　魚　兒

蓴

縠波平、净浮新碧,蔚藍遥挂天鏡。荷錢乍點蒲根嫩,翠匀玉絲寒瑩。臨芳徑。見越女、携筐款款浮雙艇。驪龍未醒。好捋取柔鬚,冰涎流滑,酪乳應羞並。　　凄清韵,金剪玉纖掐净。仙厨漉歸銀鼎。流匙雅稱鱸羹美,潦倒步兵佳興。難重省。謾回首、西泠舊夢烟波暝。同心采冷。算蘇小門荒,何時一葉、拂碎緑千頃?《群芳譜》載徐茂吾咏蓴詩:"聞説錢塘蘇小小,當年戲采結同心。"

齊　天　樂

蟬

園林過雨喧遮了,重重翠陰成幄。蜕化蛄痕,魂銷雀影,幽恨齊宫依約。清商乍作。奈露冷風高,鬢寒綃薄。盼盡庭柯,殘聲曳向别枝落。　　故園嘉樹小閣,"嘉樹"爲敝廬舊額。記緑沉半掩,黑甜初熟。抱月吟秋,伴螀泣夜,幽夢幾回驚覺。文通老却。嘆往事無憑,珥寒貂玉。謾擘冰箋,寫賦懷寂寞。江淹少時,林中得貂蟬具,其母以爲後來之瑞。

桂 枝 香

蟹

三津渡口,記雪岸蘆荒,碧痕潮落。乍是蛟宮介士,橫槍郭索。秦星楚炬寒相映,掩青筐、逡巡招縛。乍投笭箵,腥涎噴薄。微聞瀺灂。　好急引、觥船呼酌。政黃甲金鎔,霜螯玉削。朱檻紅鹽快啖,未輸鐵腳。天津鐵腳,與蟹同時。風沙磧石謾回首,盼鄉園水雲天角。此時相憶,蜻蛑正美,官商堪嚼。蜻蛑,大海蟹也,閩江有之。

徐電發曰:咏蟹詞忽着"秦星楚炬"等字,如聞金戈鐵馬之聲,真是文章太史公也。○樂府補題,作者林立。得雁水先生數闋,應使草窗却步。

行 香 子

閑適和韜汝

開遍酴醾。落遍薔薇。裊殘紅、斜冒游絲。索郎罷對,扶老相隨。看苔上砌,山入户,水平池。　香爇金猊。塵掩金徽。亂縹緗、窗案離披。春慵乍覺,午夢還遲。任蜂坐衙,鶯報客,燕催詩。

徐電發曰:有此閑適,勝是大槐宮裏插貂蟬也。

踏 莎 行

落花用玉兒詞韻

亂點銀塘,輕飄翠㵎。落紅牽惹游絲舞。楚宮傾國掩蛾眉,芳容一夜埋黃土。　　蜂別殘枝,蝶辭空圃。無情却恨風和雨。銜來燕嘴總成泥,憑誰寄與東君語?

又

剪碎明霞,揉殘絳雪。多情相送惟啼鳩。墜釵遺珥滿香閨,離魂欲作經年別。　　掩袂看來,顰眉愁絕。傷心彈指韶光歇。畫圖空識舊崔徽,紅顏千載同悲咽。

陳緯雲曰:鶯老花殘時,不堪多讀。

喜遷鶯第三體

雨發章江

畫船東去,正浪急風高,濛濛烟雨。墨潑林嵐,黛浮嶂靏,亂逐峽雲飛渡。數點輕帆遙揚,看作浴鳧翩鷺。扣舷處,聽黃茅瘴裏,鷓鴣聲苦。　　漁父。罷舉網,低掩篷窗,獨把簑衣補。就買纖鱗,斫將玉膾,且倒碧筩花露。醉後謾調柯笛,恐喚魚龍驚舞。但凝佇,盼乘流雙槳,約開烟霧。

徐電發曰:烟雨迷離,景況颯颯可聽。

楊柳枝第二體

辛酉九月六日,余從洪州回虔,舟泊廬陵張家渡。征帆息影,萬籟鳴秋,寒柝侵宵,孤燈照夢。仿佛身在全州,襆被匆匆,作買舟他適狀。蘇公東坡追送江滸,歌詞贈別。維時烟雨溟濛,柳條綰恨,殊有黯然可憐之色。余時欲踵和,俯仰低徊久之。蓋心知蘇公為千古詞人,未可輕持布鼓,而在全州握別,若有尤難為懷者。因勉就原調奉酬。醒後朦朧追憶,不遺一字,急呼僮爇燭書之。其調為平昔倚聲所未及，按之樂府雅詞，仍不失分寸。但蘇公一詞，不復記憶，深爲悵然。余何人斯，曷敢冀公之曠代相接？而粤之全州，尤非緣想所至。幻境迷離，姑述之以紀異夢云

烟雨微茫二月天。水山連。征人曉立瘴江邊。默無言。　十里長亭新柳色。傷心碧。客中別客最堪憐。是坡仙。

吳蘭次曰：佳夢佳詞。千古文人相契，何言幻境？前身金粟，復何足異！

南柯子 第三體

秋夜不寐，偶起有作

擁被難成寐，聞香若解酲。披衣叉手步中庭。樓上何人挑綉，一燈熒。　獨鶴愁霜冷，殘蛩訴月明。銅龍和淚滴三更。心似紋窗花影，亂縱橫。

徐電發曰：賦心騷骨。

八　　歸

癸亥端午，寄懷龔五蘅圃，即用紅藕莊詞韵

燈燃葵錦，波明桃葉，記邀一舸繫柳。仙郎才調蘋洲侶，早是藕箋裁就，題分芳友。片雲綃帆烟水闊，儘冷落、雁宵鶯晝。倩誰寫？別後容輝，但壁月窺牖。　時序因循過却，菰香菱紫，幾度紉蘭佳候。最憐兹日，重翻湘瑟，曾付雪兒歌否？悵江雲暮樹，長隔持螯共樽酒。凝眸處、鬱孤臺上，閬眺玲瓏，瓊枝猶在手。

朱錫鬯曰：選聲練字，追美南宋。

傳言玉女

栀子花

濃緑垂陰,盡日鶯慵燕懶。瑶英香泛,正桃笙夢轉。清標獨倚,似悵玉京人遠。林蘭孤擅,林蘭,栀子也。見謝靈運賦。不矜時艷。　薰灼炎天,抱冰姿、有誰戀?溫柔茉莉,默結同心怨。籠烟㴆雨,泪滴蟾胎珠濺。相思長在,黄昏庭院。

徐電發曰:籠烟㴆雨,能消幾個黄昏?

百媚娘

茉莉

門掩夕薰人静。簾外鬘華光映。茉莉一名鬘華。欲摘冰痕憐蒂並,朶朶玉纖拈定。串就步摇珠蕊瑩。重唤開妝鏡。　素艶幽姿相稱。月上碧紗移影。簪向流蘇鮫帳底,半挽緑鬟香迸。最是銷魂中夜醒。鴛枕梨雲冷。

吴蘭次曰:余有"向儂頭上看花開"之句,覺輸此細膩冷艷。

一籮金

樹蘭

炎州八月新凉候。碧樹交枝,匈葉和烟綉。别館風迴幽夢後。霏霏香沁蟬紗透。　儘堪紉佩銷清晝。隱几聞思,篆影閑金獸。鬢鬟慵妝低舞袖。緑珠依約娉婷瘦。

愁春未醒

瑞 香

寒梅乍吐,疏影斜橫。看嫩英繁葉,巧施朱碧鬥娉婷。小立冰肌冷,鉛華褪,淡脂凝。化工別與,風姿一種,薄暈輕盈。　温潤性成,柔叢旖旎,繞指堪名。錢起《瑞香詩》:"交柯繞指柔。"最憐是、雕欄暮倚,素雪偏零。蝶粉銷殘,不將香夢惱飛瓊。看他枝上、嬌紅簇簇,微露春情。

徐電發曰:極雕琢而不嫌刻畫,真是人工、天巧具備矣!

拂霓裳

春宵紀贈

恰良宵。綉簾初捲燭花搖。翻霓譜,鶯喉乍轉趁瓊簫。舞腰波漾柳,歌屑露凝桃。要矜高。怕當筵、顧誤曲偏調。　中年陶寫,除絲竹,甚風騷。餘閑好,何妨促拍進香醪?且當酹翠袖,漫惜墮珠翹。待明朝。倩吳綾、束就問卿勞。

朱錫鬯曰:舞腰歌屑,艷奪心魂。

吳蘭次曰:雅興柔情,曲曲描出,不徒以濃艷爲工。試於酒緑燈紅時歌唱一闋,何減舞鸞歌鳳曾宴桃源也?

一剪梅

登吴城望湖亭,同韜汝弟

何事孤亭獨倚欄?去也無端。住也無端。楚天空闊水漫漫。翹首長安。回首南安。　風急汀洲木葉殘。一陣霜寒。一陣江寒。雁聲淒斷客心酸。愁對匡山。愁憶家山。

吳蘭次曰：淡遠清逸。

浪淘沙第二體

舟泊湖口，同韜汝

雉堞控江門。怪石嶙峋。鼉龍終古臥雲根。徐電發曰：奇句。一片廬峰凝翠黛，倒映斜曛。　漁火起沙村。寺閣鐘聞。可人月漾碧波紋。記得年時曾過此，風急濤奔。

江月晃重山

晚登虔州望江樓，和韜汝

縹緲晴巒似畫，參差烟樹凝秋。斜陽浪捲碧天浮。徐電發曰：雄闊。雙虹影，終古抱層樓。吳蘭次曰：風景逼肖。　身繫西南楚尾，夢驚十八灘頭。水雲鄉路動離愁。風帆緊，如箭向東流。

陳緯雲曰：東坡在惠州時未曾有此佳句。

繞佛閣

南安游真覺寺，登東山絕頂

崚嶒丹巘，琳宮高壓，斜逼霄漢。章水飛練。雙城合璧渾如畫中見。迢迢嶺阪。南通粵嶠，西連楚甸。烽烟初歛。雞村豚柵桑麻猶在眼。　倦客偏多感，三載檀車頻痯痯。幾向東山興歌零雨嘆。問斨斧搖霜，戈艦傳箭。何時休遣？縱好景登臨，春愁空亂。正憑欄、寺鐘催晚。余以粵東撤藩，供億軍船，三至橫浦。

徐電發曰：下瀨方回，橄書旁午，而登臨嘯咏，豪氣逼人，知先生固是陶士行一流。

南唐浣溪沙

題吳薗次杜牧尋春圖

淺碧輕衫錦帶鈎。深紅鬧處記曾游。一自水嬉人散後，蝶蜂愁。　　三月茶烟寒顧渚，十年蕉夢覺揚州。青眼使君渾未減，舊風流。

徐電發曰：絕勝樊川風致。

酷相思

悼亡姬

十載清娛同逆旅。那曾識、家山路。嘆辛苦、落花成燕乳。春到也、啼紅雨。春去也、啼紅雨。　　寂寞鈿盒遺粉素。命薄堪誰訴！似飛絮、柔魂留不住。夢到也、人何處？夢去也、人何處？

吳薗次曰：讀此詞，覺陣陣酸風楚雨從筆墨中飛來，能不心傷魂斷！

添字鶯啼序

使院新構甓園紀事

閑來署東趿履，見芭蕉覆地。鎖頹墻、破屋三間，榱桷空存而已。淒然念、前人退食，荒涼芟舍今如此。急鳩傭，垂橐命僕，購材於市。　　壬戌之秋，八月既望，乃經營爰始。厥工肇、先自軒房，墅次丹堊毋侈。遍中庭，名葩雜植，海棠與梅桃稱最。愛霜枝、虬舞螭翻，鵠停鷺待。　　層軒當北，別甃疏垣，使園通花氣。更在海柚雙株下，結成亭子，繞以欄杆，蔭將櫻李。徑鋪錦石，籬牽芳荔，墻陰修竹搖寒翠，看深宵、月色凉如水。龜魚藻影，何殊濯魄冰壺？此境疑非人世。　　檐楹既具，燕雀還來，樂在其中矣。且消受、素屏清几，贏得身閑，客至傳觴，夢迴觀史。四美或幷，六宜粗備，彈琴灌圃皆吾事，較陶公、運甓差堪比。茲園非敢爲家，但欲流行，聊隨坎止。

朱錫鬯曰：無夢窗之晦澀，而有其溫麗。

徐電發曰：昔人謂稼軒作詞論，今先生又作詞記耶！〇長調鋪叙，歷落可喜，非深于章法者不能。

惜瓊花

甓園玉蘭花六月盛開，吳薗次、吳觀莊、陳緯雲、錢目天、吳彤本、鮑子韶、龔衛公有詞相賞，因填此解奉答，並示舍弟韜汝

瑶花白。鈿葉碧。弄嬌光欲滴，闌暑初夕。炎暉點染成春色。湘畹清詞，重揮銀筆。　冰壺曾濯魄。任珠汗落，香粉難拭。叢生敢比羅含宅。熱不因人，聊同岑寂。

減字木蘭花

閏六月十五夜立秋，和韜汝

秋來何處？風落高梧天欲暮。斜倚銀屏，閑數流螢出竹青。　露沾紈袖。涼沁冰蟾光影瘦。團扇將辭。桃葉偏憐憔悴時。

陳緯雲曰：本色當行。

臨江仙 第三體

使院古桂生芝，吳薗次、陳緯雲、錢目天、吳彤本、鮑子韶、陳綠厓、童稚潛各製新詞贈美，余亦同度此曲，以答厚意

黃雪清葩纔吐蕚，朱柯並産銅池。月精分得廣寒枝。商山逸唱，秀可療調

饑。　餘潤豈能蒸朽蘖,休徵故自多奇。遠慚思復紀豐碑。龍仙堪采,句曲願相期。

醉花陰

<small>初秋,菌次、緯雲、目天、彤本、
衛公、韜汝集氄園同賦</small>

　　開遍葵榴苔院静。有客來芳徑。揮麈話山游,好語蟬聯,忘却花缸冷。　薄霧濃雲秋未醒。做雨催詩興。捲幔且留連,聲在桐飇,葉葉都堪聽。吴菌次曰:自是解人。

　　徐電發曰:數語直抵秋聲一賦。

瑤花

<small>鶴</small>

　　丹眸星皎,紫頂烟凝,更皜衣霜净。秋高緱嶺清露冷,縹緲鳴皋初警。空山闃夜,有蕙帳、幽人驚醒。聽寒聲、和徹瑶笙,未管滿身松影。　凌霄愛出塵寰,嘆誤逐軒車,毰毸難整。芝田路迴,懷故侣、空隔菱盦荷鏡。縱歸華表,便城郭、參差誰省?想説殘仙語星星,應向雲藍高騁。

　　朱錫鬯曰:夜静山空,似聞清唳。

八寶妝

<small>孔雀</small>

　　烟暗珠江,雨深桂嶺,歸路迷離難省。十二雕欄簾幕卷,且鬥雲屏葱倩。曉來風信楝花,莫惜綃衣,山香按節臨妝鏡。孔雀毛羽初春而生,四月後復凋,與花俱榮衰。

偏妒鸂裘鴛錦,誇他明靚。　　舞罷渴想寒泉,尚愁卷角,幾迴羞對銀井。倩誰刷、尾花項毳,向縣圃、青霄重整。嘆難遇、貞元畫聖。暗金淺碧休抛剩。試綉向輕紈,有秦女乘鸞堪並。

朱錫鬯曰:向有拙作,當勝吾百籌。

丹鳳吟

鸚鵡

夢繞屏山初覺,雪點朱籠,風搖銀鑰。分明嬌語,似訴小寒池閣。從辭漲海,乍依雕檻,綺翠裳凋,茜紅襟薄。促向緗帷試暖。橘綠橙黃,纖手香霧親剥。<small>鸚鵡,南海出者,稍北苦寒,飼以紅柑即愈。</small>　　錦瑟麗詞譜就,更教慧舌頻念着。密意傳宮徵,但檀郎聽處,吟弄休錯。金釵拼賭,乍是玉楸聲落。劫打鴛鴦,愁未勝、早爬翻雙角。滿斟碧醴,還爲儂賦却。

徐電發曰:碧山孤雁作,可與頡頏。

五彩結同心

鴛鴦

荇盦風軟,莎毯烟平,翩翩飛過銀塘。相親還相近,閑鷗鷺、眼底偏妒成雙。莫愁女伴齊貪看,停蘭楫、波冷斜陽。鷟栖穩、抛殘蓮菂,不知裙濕瀟湘。　　最憐織成萸錦,正綺衾裁就,難款蕭郎。比翼知時,合歡無定,經歲長是分張。珍禽文采應羞並,從輸却、翠袖紅妝。倩誰網、浴將冰甃,共銷水鑑風凉。

朱錫鬯曰:遒麗兼有情致,是賦物妙手。

剔銀燈

許際斯招飲出家伎啤喇

綺席宵酣春醞。絲肉奏、橫陳釵鬟。節按明璫,衣翻暗麝,舞急盤珠雙滾。泥金裙颭,偏露却、凌波纖穩。　最喜銀箏聲近。重譜伊凉新恨。背燭目成,緩歌心送,攪碎柔腸千寸。狂言休發,一霎怕、笑迴紅粉。

吳蘭次曰:風流不減司勛當日。

風入松 第二體

初秋,訪蘭次靈山道院寓齋,用韜汝韵

紅橋瀉雨響流泉。繫馬翠陰偏。主人倒屣抛書卷,霏妙論、玉潤珠圓。篆鼎香飄金鴨,筆床花拂鈿蟬。　芙蓉詩體逼臨川。落紙起雲烟。脱巾挽袖浮芳茗,誇鷄露、未損囊錢。蘭次有法製鷄露,點茶極佳。杜牧菰村前夢,東坡鶴觀當年。

徐電發曰:結語無限低佪。

七娘子

癸亥七夕,和蘭次作

西風凉透梧桐院。銀河斜映珠簾捲。鈿盒蛛絲,金針彩綫。分瓜擘果年年慣。　近時興致偏疏懶。緇紽無緒難抽展。兒女情多,英雄氣短。算來巧拙還相半。柳吳興七夕詩"代馬秋不歸,緇紽無復緒"。

陳緯雲曰:頽唐潦倒中自覺含情無限。

高 陽 臺

秋日,邀藺次、觀莊、緯雲、目天、彤本、
衛公并韜汝弟集八境臺同賦

飛閣流丹,遙岑送翠,雙江如帶環縈。繫馬城陰,盍簪恰到良朋。登臨莫作悲秋想,看林塘、柳碧荷青。問東坡去後,此間誰復留名？　　詞人初賦西征。更鸞龍競爽,珠璧聯行。好句新題,擲來定有金聲。清貧地主無長物,只素箏、濁酒堪并。漫輕抛,眼底流光,掌上杯罍。

　　吳藺次曰:擲地果作金聲,此詞不愧。
　　徐電發曰:素箏濁酒,想見風流地主本色。

醉 桃 源

秋日,藺次、觀莊招諸同人集曾波閣待月

榕陰覆水弄新晴。涼飆蘋末生。殷勤勸客換犀觥。蟾華今夜明。　　珠箔捲,縠紋平,龜魚藻影橫。一分秋作十分清。人如月有情。

　　徐電發曰:"人如月有情"五字,意中言外,令人着想竟日。

鳳 栖 梧

前　題

蘭蕙林中金玉友。飛蓋連茵,雅繼南皮後。明月當頭杯在手。豪情散作清風瀏。　　坐上八仙還是否？着個姮娥,俯仰真成九。四美二難今夕又。謂余不飲應如酒。

　　吳藺次曰:一氣如話。

南　浦

秋日，鮑子韶招同藺次、觀莊、緯雲、目天、彤本、韜汝集蓮社庵，即送觀莊游粵。是日，藺次先歸，席中同賦

江皋落葉，望香臺、翠靄尚紛然。門外小橋流水，繫馬簇金鞍。約就宗雷佳侶，聽風篁、幽籟瀉鳴泉。喜陶公心净，堪同蓮社，何事返斜川？　應怕酒醒人遠，便當杯、也自損清歡。<small>吳藺次曰：聊爲解嘲。</small>無奈雁行風急，催送木蘭船。共嘆參商吳質，舊青衫、那惜泪痕斑。想嶺南開早，梅花須寄一枝看。

<small>朱錫鬯曰：聲情綿邈，結更悠然。</small>

羅　敷　媚

秋日，訪藺次寓齋，值樹蘭盛開，同賦

美人韵比湘皋遠，佩結珠光。十斛初量。買得娉婷字國香。　重重翠幕遮難斷，風外清揚。碧碗幽芳。玉茗應同一處藏。

<small>吳藺次曰：咏物爲最。</small>

連　理　枝

韜汝過訪藺次寓閣，留酌，余未及與，席上同賦此調見憶，倚聲和答

曲榭秋陰净。碧沼開妝鏡。席共看雲，屐疏舊雨，難消清興。想多情陶令幾停樽，又夕陽催暝。　雁過西風冷。閑倚梧桐影。竹下人歸，花間句好，偏愁獨醒。待蠻箋約就醉蘭苕，掃蓬門苔徑。

朱錫鬯曰：蘊藉極矣。

金明池

癸亥仲秋，吴薗次粤舟將發，招同緯雲、目天、
舍弟韜汝宴集曾波閣話別，即此賦送

巖桂搖烟，池荷貯月，錦席平臨水閣。晶簾捲、鮫珠火鳳，照鈿管玉筝間作。甚秋光、觢住東風，共吹送、香雪穠霞嬌萼。時紅梅緋桃並開。似勸取傳觴，催將按拍，未遣清歡零落。　寒雁數聲波上掠。乍喚起離情，一時蕭索。蘭橈動、芙蓉欲采，楓葉下、驪騮漸薄。縱知君、到處逢迎，奈燕友臺空，慈恩夢錯。想椰酒傾時，梅花開候，應念今宵行樂。

徐電發曰：用意深婉。○讀此詞，真嘆先生十分情重也。

畫堂春

中秋桃梅並開

金飆剪剪拂羅帷。暗香穠艷紛披。冰蟾照向影娥池。花月雙奇。吴薗次曰：却稱此題。　緋袖已堪銷恨，凭欄況有瓊姿。霓裳一曲舞仙衣。羯鼓休催。

徐電發曰：恐沉香亭北未能有此花月也。應補入《虔南風土記》。

南鄉子 第四體

秋懷和薗次作

秋恨最無端。梧葉蕭蕭獨掩關。芳草墻陰啼促織，聲殘。鴻雁來時客倚欄。　人自故鄉還。聞道鱸魚尚可餐。張翰扁舟何日返？家山。夢繞蘆花月一灣。

朱錫鬯曰：無一字不清穩。

陳緯雲曰：結語淡蕩。

如魚水

月夜舟行，書所見

晚照拖紅，遥山浸碧，蘭舡初泛蘭洲。瀲静波明，烟村樓閣涵秋。棹歌聲，偏驚起、浴鷺眠鷗。漸玉宇、高揭涼蟾，銀灣斜向鏡中流。　橋逶邐，路深幽。看冷卧蒼虬。隱映芳隄，盈盈素女凝眸。莫愁舟。桃葉楫，宛在堪求。謾迴憶，拾翠江南舊景，三十六陂游。

吳薗次曰：流奕清舉。

徐電發曰：讀結語，爲惘然久之。

愁倚欄令

戲贈答閨人代索

憐嬌小，嚲雲鬟。顫纖腰。待把留仙裙捻住，怕風飄。　強春慵耐深宵。微鼙處、曲月雙描。漫説多情渾見慣，恁魂銷。

畫舸

偶成

樓鼓三通。淡雲初破月朦朧。風定曲欄蕉影颭。門掩。小語紅窗燈一點。

吳薗次曰：小令絶調，允稱妙手。

玉女搖仙佩

爲吳菌次壽馬少君

金床仙姝，絳帳名姬，早近中林蘭蕙。牙籤三雙，緋衣一色，異采喝成奇儷。眉畫春山細。更浣花清思，猜琴妙慧。自甘共、扁舟范蠡，消盡五湖、蝦菜風味。團扇舊因緣，經卷茶爐，年來活計。　夫子狂游玩世，醉月尋詩，沽酒鵝釵頻眤。遙集佳兒，熊丸綉袴，曾把玉纖親製。況宅連吳水，看桐露秋净、銀灣如洗。見説是、朱顏緑鬢，傳瓜擘脯，閑來慣與。麻姑戲。神丹半劑曾分未？

徐電發曰：菌次之於馬少君，似東坡之有朝雲也。今已亡矣！"最憐病减西風夜，依舊詞成吊海棠"，讀雁水此闋，應更嘆香魂難返。奈何！奈何！

沁園春 第一體

贈金悚存大中丞

豹纛熊轓，莅此閩方，真比羊公。羨輕裘緩帶，坐恬溟渤，蜃宮蚌户，盡入提封。越雉賓航，神珠還浦，柔遠尤聞却貝賓。澄清處，早市無翼虎，野息哀鴻。　吹嘘萬彙昭融。使九郡、咸忘鑿飲功。喜巖岫搜奇，三徵七辟，桑麻含潤，十雨五風。秉鉞勛高，賜銀信在，前席需歸旌幄中。調元手，看論思澤被，率土均同。

太常引 第一體

月夜同菌次暨諸子集靈山道院

穿花漏點夜偏遲。冰鏡出瑶池。坐久露沾衣。看陣陣、征鴻北飛。　酒人難遇，韶華易駛，到處負佳期。相勸倒金巵。應試念、重逢幾時。

唐多令

前題

皓魄映簾櫳。芙蓉小檻風。望迢迢、銀漢横空。欲泛星槎凌桂影,調羽曲,與君同。　茲夕興偏濃。蘭生盡百鍾。蘭生,漢武帝酒名。嘆梁園、人去匆匆。後夜珠江仙棹遠,波萬叠,恨千重。

吴藺次曰:離緒紛紜,意深言外。

六州歌頭

九日,招黄用錫諸君宴集江樓,同韜汝弟賦

天空木落,霜葉滿城隅。剛泛菊,遇佳節,興來招,客携壺。杰閣臨江起,夾雙水,如明鏡,環睥睨,迴鷗鷥,繞菰蒲。　來往風帆可數,烟波接、楚粵閩吴。更崆峒突兀,山色滿平蕪。游迹當初,駐髯蘇。向登臨處,休再問,塵外句,有還無?摩粉壁,看古蘚,損泥塗。謾長吁。且盡樽中酒,開笑口,未爲愚。　新月出,吾醉矣,任蕭疏。短髮西風亂拂,欹烏帽、莫倩人扶。試問强健者,後會可能乎?細看茱萸。

朱錫鬯曰:促節繁聲,不少抑揚排戛之致。想見坡公高唱八境臺時也。

吴藺次曰:長調兼之句句短聲,乃能字字天然,最有才思。○一結饒有深致。

南唐浣溪沙

戲贈

倦理新妝掩鏡函。鳳釵斜颭鬢猶銜。閑摘緗桃盈素手,未忺簪。　愁無着處顰偏媚,嬌欲生時笑帶憨。笑嚼綉殘茸彩綫,唾郎衫。

吴藺次曰:温柔旖旎,觸處生憐。

徐電發曰：比王予可"唾尖絨舌淡紅酣"句更佳。

河　傳第九體

閨　怨

銀屏秋冷。滿庭涼月，一簾花影。憑欄羅袖怯霜風。惺忪。數聲雁度空。
南樓目斷江雲素。西泠路。錦字經年誤。舊崔徽。損香肌。君歸。畫圖人是非。

徐電發曰：極淒艷之致。

獻衷心第一體

春宵觀劇

正春融綉閣，月靜金屏。調翠管，按銀笙。和繞梁音轉，玉脆珠瑩。絲幛上，燈影裏，出娉婷。　　尋舊夢，牡丹亭，柳枝花片太迷冥。幻離鸞栖鳳，死死生生。腸可斷，魂解返，總因情。

惜　秋　華

小春，籬菊乍開，有賦

輕暖鎔冰，問仙英底事，夜來初綻。佩結拒霜，偏耐素商共晚。疏籬靜倚秋妝淡，似怨閑情人遠。辛惋。正露珠濃滴，芳心似剪。　　漫憶翠微宴。記烏紗簷側，少一枝同岸。浮玉盞，訝醉興，近來偏懶。明知不是傷春，奈枕囊、泪香猶濺。凝盼。采摘誰簪釵燕？

徐電發曰：明知不是傷春句，令人惆悵掩抑。

江 南 樹
夾 竹 桃

別染胭脂色。掩映瀟湘輕碧。蜂蝶未曾知,倦倚西風愁寂。　此君能愛惜。不遣漁郎識。吳蘭次曰:雙關妙句。仕女畫圖中,添個梁園客。

陳緯雲曰:工巧全無斧鑿痕。

凭 欄 人
紅 梅

睡起江妃傅粉遲。紅袖熏殘香未已,高樓笛漫吹。怕凭欄,空折枝。

鷓 鴣 天
晚 春

懶漫無堪春事疏。風花晴絮滿庭隅。呼僮曬藥防饞雀,避客攤書學蠹魚。情脈脈,夢于于。啼鶯到枕覺來初。籠鵝乞米慵書帖,自寫鴛鴦教小姝。

徐電發曰:情事可人。

十 二 時
峽江阻風,用江湖載酒詞韵

嘆年來、雨簪霜鬢,深愧鵕冠虛竊。看短袖、貂茸塵積。日日烟波重叠。趁雁收帆,聞鷄縱棹,吳蘭次曰:秀句從天真得來。都把餘閑貼。正歲晏、極浦風高,病葉打窗,愁對檣燈明滅。　休覓將、冰箋兔管,自寫虎頭痴絕。故國鱸肥,空山鶴怨,笑負梅如雪。問甚時賦歸?斜川尚照古月。　便酒酬、敲壺擊楫,夢見江湖仍怯。浪急須回，雲遲偏懶，那待懸車節？怕倦游未許，浮踪老漁能説。

徐電發曰：擁旄握槊時，早有遂初之志。知先生宦情固當遺世獨立也。

青玉案 第二體

舟夜得黃用錫書問寄答

蓀橈拍浪浮烟浦。正停雲、思親侶。搖落江蘺傷歲暮。故鄉亭榭，舊時樽俎。都入離人句。　　生涯日趁閑鷗鷺。認水驛、沙村頻來處。明滅漁燈風外吐。愁邊心事，夢中歸路。滴碎孤篷雨。

吳蘭次曰：絕似易安。

徐電發曰：“愁邊心事”三句，百端交集，如聽《雨霖鈴》曲也。

更漏子

江夜舟行同韜汝

背孤檠，聽急櫓。耿耿無眠淒楚。江國路，幾秋殘？無如此夜寒。　　雲墨墨。風瑟瑟。空把床欄暗拍。天渺渺，水茫茫。無如此夜長。

吳蘭次曰：口頭語偏寫得嫵媚酸楚。

玉燭新

癸亥小春，高渭師招同張澹明、章斐庵、鮑遇麟、遲默生、查王望宴集署齋觀劇

冰蟾籠玉瓦。正綺檻移春，銀燈卜夜。後堂俊侶，簪裾合、偏喜季長多暇。香清圖史，繞蘭菊、暖薰緗架。絲竹奏、錦屩蠻靴，歌翻苧羅佳話。　　吳宮花草烟銷，便金鑄蛾眉，難留嬌冶。爭如燭下。傾不落、快唊五侯鯖鮓。藏鈎舞

蔗。笑賭驪裘重賷。未須怯、城鑰葳蕤，曉鐘漫打。

徐電發曰：刻羽移商，流連盡致，更想見司空筵上一群腰鼓。

清 平 樂

題王中齋三山游圖

秋江月曉。望裏金焦小。酒舫謳簾凌縹緲。好醉東園遺老。　數聲玉笛臨風。驚迴波底魚龍。欲問三山何處？丹丘人在圖中。

徐電發曰：余亦有《題王中齋三山圖》句云："青磷夜簇鍾山火，白浪寒衝瓜步洲。"不若"數聲玉笛臨風。驚迴波底魚龍"爲壯激也。

陽 臺 夢

城 南

乍寒乍暖城南陌。剩春晴忍教虛擲？依然水榭蘸垂楊，只憑欄人隔。房櫳迴迤邐，深處翠紅如織。料應趁蝶晚來會，屧印花間覓。

陳緯雲曰：香倩勝溫尉。

踏 莎 行

客 懷

愁入離懷，寒添雨意。衣簇潤逼爐烟費。琉璃硯匣任塵封，倦來斜倚藤輪睡。　別館秋深，天涯客次。今宵有酒誰相慰？茨菰葉爛渚蓮開，那時算得還家未？

憶秦娥

離情

春寒峭。天涯芳草離情繞。離情繞，章臺人去，秦樓歌悄。　　錦箋裁就歸鴻杳。玉籠驚喚相思鳥。相思鳥。數聲幽怨，綠稀紅緲。

倦尋芳

舟泊百家村，游蕭家廢園，用吴夢窗韵

征橈倦艤，吟屐閑尋，麥畦隨燕。窄徑沙傾，簌簌冷綿吹面。種芰池荒蛙部鬧，藝蘭圃潦牛涔見。試憑臨，望孤村似帶，澄江如剪。　　傷佳構、平泉心苦，奇石名葩，錦檻移遍。舞扇歌衫，昔日漁樵曾看。殘榭烟凝秋草碧，舊樓雲送春山遠。正凄凉，又殘鴉，數聲飛散。

徐電發曰：寫出衰草濃烟，更覺荒寒一片。

湘江静

舟上萬安用史梅溪韵

鶂首衝波浮綠浦。正風帆、峭寒難駐。山雲過眼，汀花送客，盡舊游愁句。幾點野鷗閑，趁三板、商船飛去。峰迎棹轉，烟籠岸沉，還忘却、畫圖處。　　水驛長，羈思苦。望前灘、倒湍攲樹。崢嶸歲晚，澄清志負，但銷凝笳鼓。瀟瑟起黃蘆，況無賴、浹旬疏雨。乘時道拙，無情鬢短，蒓鱸欲賦。

菩薩蠻

壬戌臘月，造口感懷，用辛稼軒韵

一年六泛章江水。江流半是勞人泪。莫謾憶南安。并州非故山。_{吳蘭次曰：情摯之語。} 危灘難久住。目送征帆去。雨雪未歸余。含情聽鷓鴣。

天仙子_{第二體}

十月，馬上見路傍桃花數枝，欣然有作

闌夜緒風吹露井。鎔冰暫喚春魂醒。滴朱搓粉淡成妝，墻外徑。西樓迥。含笑翻疑人面映。　個是紫雲將曲贈。綃衣薄漾寒香凝。玉鞭伴落幾迴身，斜陽暝。空留影。聽徹瓊簫仙佩冷。

散天花

冬仲三日，楚雲上人過訪甍園，即邀緯雲蔬果茶話，同舍弟韜汝

竹裏柴扉靜不扃。小窗瓶拂净、點梅英。晚耽禪寂懶逢迎。招尋支許舊、獨關情。　法遠飆流得未曾。跏趺承軟草、演金繩。雨花片片石床平。空香心不染、智珠明。

聲聲慢_{第一體}

送陳緯雲游燕

山圍虎郡，衙占鷗城，三載瑣印愁吟。掃徑移床，梁園人至開襟。新成鶯欄蝶榭，趁餘閑、屢訪歌尋。醉眠後，任明朝有意，重抱瑤琴。　因甚綠波春漲，

看綃帆溯雨,鉛泪難禁。賦手凌雲,偏許價比南金。英游京洛依舊,應更酬、鈿瑟犀簪。揮毫處,記題梅、貽我好音。

小　重　山
題　　畫

誰染晴巒翠幾重？一溪寒玉滿、碧溶溶。斜陽略彴斷人踪。盤坳外,高下路西東。　　板屋繞蒼松。搴蘿窗户拓、膝堪容。抱琴掃石聽鳴淙。心不競,目送晚雲空。

江　城　子
橫浦橋晚眺

橫波跨碧臥長虹。敞檐櫳。漾碧空。環抱遥山,山色有無中。詰曲灘舟窮楚尾,緣底事,日匆匆。　　梅關百戰静狼烽。嶺雲重。瘴烟濃。折戟沉戈,銷滅幾英雄？惟有多情橋下水,流不盡,自朝東。

朱錫鬯曰：北宋合作。
徐電發曰：無限感慨。衛洗馬渡江時有此意緒。

滿　庭　芳
甆園夜坐

隔市林園,依家亭榭,閑中涉趣偏長。虛檐人悄,翠影落新篁。羃䍥烟庭屐遍,交枝徑、不斷生香。會心處,滿身明月,衣露净琴張。　　清狂。拼不事,籌花春社,鬥酒歡場。任篁轉桐陰,夢穩藜床。簾外松濤聲脆,待消受、碧碗旗槍。螢燈閃,兒曹紙筆,忘却是他鄉。

朱錫鬯曰：幽適似山中白雲。

八　六　子

可亭晚春，用秦淮海韵

　　坐孤亭。綺窗初拓，玲瓏空翠環生。正浪蕊酣香趁蝶，交枝碎影鳴禽，倦眸頓驚。　　憑欄羞玩娉婷。紅藥暗翻離恨，緑楊潛縮幽情。早滿地、蘼蕪送春歸去，門侵苔掩，簾和絮捲，最憐團扇罷歌却月，纖羅慵鬥新晴。正愁凝。瓊簫謾調羽聲。

朱錫鬯曰：樊川、淮海得此鼎足。

月　中　行

夏夜聽隔榭書聲

　　金波銀箭夜溶溶。芳徑翠陰重。聲聲洛誦小樓東。縹緲出花叢。　　露華凉浸冰衫透，風檻外、窗遞燈紅。分陰彈指鬢飛蓬。恨不十年同。

陳緯雲曰：結語風味自永。

玲　瓏　玉

癸亥十一月，虔州大雪感賦

　　地暖南枝，訝連日天漢迷冥。融飆捲絮，平看階面堆瓊。休自低垂翠幕，對霜梅笑靨，冉冉香迎。銷凝。向鏡池、錯認月明。　　寥闃蘭釭照夜，更紋窗飄籔，莼夢頻驚。凍合吟肩，甚梨園、謝賦能成。似花非花堪惜，漫迴憶、歌樓密灑，酒酐迷醒。算風味，讓陶家、茗碗娉婷。

翻 香 令

雪中遣悶

同雲做冷碎瓊鋪。重門深鑰客來疏。垂銀蒜,攤緗卷,甚豐貂、換酒醉氍毹。　風窗淅簌旅情孤。閑尋沉篆撥烟爐。餘薰退,霜寒在,恁淒清、橫笛落梅初。吳蘭次曰：若非遣悶,那得此佳句。

朱錫鬯曰：清氣逼人。

驀山溪 第三體

泛舟吉埠,縱步玉崙山,僧舍少憩,同李允公郡守、耿岳生郡丞

鴨頭瀉碧,宛轉前溪路。薄日掃殘寒,蕪烟歛、遙岑堪數。朱錫鬯曰：如畫。霜梅萼破,催棹趁流香,紅林底,翠微中,隱隱聞鐘鼓。　藤蘿蓋瓦,白足無多侶。密篠繞齋庵,殢一半、野雲同住。石泉松火,襟塕暫能清,憐小景,惜餘光,晚艇載詩去。

暗 香

甓園紅白梅盛開,同韜汝分用姜白石韻

粉朱弄色。漫憑欄試譜,桓伊清笛。嫩蕊鮮英,未許牆東暗輕摘。官閣春風恁早,便催取、冰甌湘筆。最喜是、冷艷幽姿,數枝半壓吟席。　香國。人正寂。看絳樹霞堆,瑤臺霜積。江妃未泣,萼綠無愁迴堪憶。長恨年時判隔,嘆歸來、酥瓊成碧。余客冬同殿工使者閱木諸郡,至今春暮方歸。喚芳醑、頻索笑,傾城乍得？

朱錫鬯曰：白石原詞前段末句乃"暗香冷入瑤席",刻本誤遺"暗"字,先生訂正沿謬,真此道津梁也。

吴蘭次曰：極難描寫題，乃能脱骨，精神百倍。

東風第一枝

虔州癸亥臘月立春，用史梅溪韵

歷檢殘編，春回舊臘，瓊英未點香土。盤龍乍轉青幡，彩燕欲粘朱户。玉鈎箔捲，好打叠、看春來處。早暖風、喚起垂楊，暗釀嫩黄如縷。　　拈綉管、恨無麗句。挑薺甲、潛抽芳緒。獸樽長隔鴉班，粉荔幾辜鷺侣。高臺望闕，記縹緲、鳳城烟雨。待韶華、鶯燕催齊，杏苑尋花重去。余獻歲即有賫捧入都之行。

玉　樓　春

題陳緯雲小照

神似長松清謖謖。圓繭裁成冰雪服。風流畫裹見髯蘇，詞賦人間稱小陸。　　翠袖撥殘金篆粟。待製紅鹽翻麗曲。他年半臂解持將，合近玉堂雙橡燭。

月　華　清

甲子人日，緯雲、韜汝小集。舟行，夜泊楊坪，同賦

錦鷉摇烟，纖鱗戲暖，剪剪趁塵風軟。游倦情懷，可奈芳辰婉娩。甚江村、挑菜門荒，只未老、青山識面。凄惋。漸澄鮮水樹，冷光如練。　　蟾鏡半奩羞滿。似淡匀素娥，梅額妝淺。趁雁辭家，幾誤銀幡釵顫。抽翠縷、且薦春盤，題彩帖、共拈吟管。腸斷。怕帆分草碧，酒醒人遠。緯雲至洪都將别。

朱錫鬯曰：竹屋、梅溪有此秀婉。

水調歌頭

贈王康侯總制

閩土亦何幸？天錫我公來。鯨鯢指顧、潛伏帖浪靜纖埃。窮髮咸供琛賮，漆齒新編郡縣，寰海樂春臺。棠芾成陰處，輿頌殷如雷。　政去虎，佩銷犢，道無豺。澤宮泮璧千樹、桃李盡滋培。行見朱幢曲蓋，趣向黃扉紫閣，伊鼎和商梅。八極沾霖雨，元首咏康哉。

徐電發曰：典雅。

花心動

乙丑初春，同黃友說、林公韜、李嶧唐甕園探梅

候暖南枝，乍冰姿、亭亭羅立霜表。粉靨微渦，緗額初勻，早約探春人到。何郎未擬尋詩瘦，巡香徑、吟魂偏惱。携藥玉筵開王照，索伊嬌笑。　謾惜貂茸賞了。問芳艷能禁，幾番寒峭？笛起西樓，怨入東風，怕有落英堪掃。紋楸鬥取瑤卮瀉，伴清酣、月痕初皎。看疏影、冷光橫斜疑曉。

吳薗次曰：蕭疏嫵媚，真足冠群。

小重山

江行小泊，忽起住山之想

風起蘋洲日欲西。水花光灩灩、碎玻璃。軟帆斜亞小橋低。村酤近，竹舍喚盲雞。　秀野足幽栖。黃柑霜熟後、蔗初齊。結茅端擬對前溪。騎烏犢，飽飯看扶犁。

徐電發曰：遠則山谷，近則麋公。饒此風致。

漁家傲

鄉園十二月田家詞

正月山家農事少。茅檐百舌啼清曉。華髮衣冠相慰勞。匏尊倒。旋挑野菜登盤好。　聞説土牛鞭仗早。杖藜携手東郊道。三五傳柑烟市鬧。紙燈巧。買歸博得兒孫笑。

又

二月平蕪芳草緑。麥花薺菜千畦簇。雨外雙鳩啼上屋。泉洄澓。小桃香潤流紅玉。　燕子來時春社卜。雞豚共作篝車祝。醖喜治聾齊飲福。醉眠熟。日斜柘影閑烏犢。

又

三月槐芽含兔目。魚塘波暖晴鳧浴。翠染秧針齊綉錯。聽布穀。早田催種泥沾足。　麥飯餉來和野蔌。村童放牛走如鹿。風信楝花飛絮撲。紙鳶畫。長繩偷得麻絲續。

又

四月山村天漸熱。耘田人向榕陰歇。席地閑將晴雨説。豐年訣。刺桐初見花前葉。刺桐，初夏花開極鮮紅。如葉先萌芽而花後發，則五穀大熟。丁晉公詩云："聞説鄉人説刺桐，葉先花後始年豐。我今到此憂民切，只愛青青不愛紅。"　柳巷鳴機聲軋軋。織成白苧裁單袷。瓜圃槿籬飛蛺蝶。巡西畷。楊梅似火紅堪掇。

又

五月南岡森翠篠。桔橰宛轉清波跳。江燕將雛魚子小。濯枝瀑。龍舟水漲浮蘋藻。端午前得雨，俗謂龍舟水。　村鬟葵榴矜窈窕。錦標奪得誇郎妙。園荔火山丹錦耀。幽客到。露囊冰顆嘗先飽。荔枝惟種名火山者先熟。

又

六月千疇垂早穟。腰鎌穫處黃雲碎。官帖給來完夏税。身無累。香粳飯飽科頭睡。　　綠刞青塍初決水。蝦罾蟹籪東塘底。荷氣薰人渾欲醉。菱風起。忘機坐看白鷗至。

又

　　七月凉飈方瑟歷。雙星齊渡銀河夕。乞巧青裙商紝織。雲奕奕。鳳瓜剖處甜如蜜。_{七月七夕設酒脯，時果于庭，散香粉，干河鼓、織女。見天漢中有奕奕正白氣，便拜而願乞富壽，頗有受其祚者。又，鳳山瓜種最佳。}　　楸井梧檐清露滴。芋苗薯筍堆東壁。稚子灌畦尋蟋蟀。場工畢。扶犁重把秋田滌。

又

　　八月荳花新過雨。晴霞片片明溪嶼。牛背斜陽吹笛去。林鴉哺。啄殘柿葉翻紅樹。　　端正良宵溪叟聚。金錢蟹擘浮芳醑。_{金錢，小蟹名。}桂影婆娑香暗度。酣笑語。三更共看蟾華吐。_{俗傳中秋夜見月華者富壽。}

又

　　九月霜鴻來遠浦。蘆花颯沓飄殘絮。絡緯聲聲啼近戶。繩樞補。辛勤還築西成囤。　　采菊佩萸蒸粔籹。登高聊踏前岡路。隱隱楓林聞廟鼓。歸來暮。紡車燈影和砧杵。

又

　　十月小春天氣暖。零紅碎紫開沙岸。泥坏龜疇禾熟晚。荷蕢返。乳雞啄粟荊扉畔。　　沽酒買魚村市遠。趁墟箬裹朱砂飯。_{水田兩熟，秋收者皆紅稻。}種麥人歸霜信轉。牛衣短。泥壚榾柮煨紅炭。

又

　　十一月來冬景別。_{朱錫鬯曰：句變得好。}郊原候燠全無雪。野服輕綿誇細褐。閑曳屧。尋梅踏碎前山葉。　　夜色疏林烟一抹。雲寮春急寒鐘徹。亞歲明朝逢勝節。湯團潔。蔗漿新煮冰糖屑。

又

　　十二月當芳歲盡。鋤畦燒草閑挑畚。紫芥青蕪霜葉潤。新節近。曆書買倩蒙師認。　　彩儺鉦鐃喧市鎮。迎神果飣堆盤峻。盆火松烟高凜凜。屠蘇進。年年耕鑿安吾分。

吴蘭次曰：十二闋曲盡田家樂事，真似李營丘一幅細畫，令人神往。

徐電發曰：范石湖有《四時田園雜興》數十首，能極寫村農之樂。此詞情景真率，造語殊復新警，固當超軼前輩。○吾輩得安耕鑿，此等詞宜書一通置座右也。

賀新凉 第一體

夏日小集縣圃，用坡公韵

垂柳藏金屋。繞園林、迴塘過雨，翠條新浴。風颭圓荷珠露墜，驚起一雙屬玉。正滿樹、荔枝初熟。折簡招來公瑾侶，譜清歌按就紅雲曲。好付與，絲和竹。　　雪兒低倡眉兒蹙。有鈿筝、象管輕倚，一時稱獨。促節繁聲殢人處，那惜吳綾千束。勸倒盡、金樽寒綠。戲折取、鮫囊裛貼，釵鸞時與雲鬟觸。環佩響，顫簌簌。

陳緯雲曰：脆竹哀絲，繁聲入耳。

丹鳳吟

寄贈施琢公靖海侯

候入中和佳序，蜃渤風恬，鯤城雲净。軍閑刁斗，無限巷歌衢咏。懸將鵲印，輕裘坐鎮，巨鱷移踪，妖鯨潛影。便想當年橫海，績紀銅標，端許新息相並。　　敬頌伐謀睿藻，殊褒信比方召盛。琢公靖海捷書至闕，褒賜睿章，有"上將能宣力，奇功本伐謀"之句。麟帶師中錫，羨凌烟圖冠，丹券書永。春融花柳，好侑雅歌清興。握槊空思，同舞蔗、隔雙江烟艇。錯刀賦就，心逐歸雁迥。

御帶花

重九夜，用側帽詞韵

醉殘萸酒銀缸淡，蛩訴晚愁濃處。碧虛燕去，錦巢空瑶席，頻凝香土。冰兔半規,聊借影、未酬瓊杵。認鏡裏、風流渾減,不是舊張緒。　　往事題糕,曾記憶,醉倩人扶,閑將曲顧。銷沉殘夢,任白紵塵封,前溪誰舞?菊碎霜心,漸凍損、玉壺芳露。聽庭樹、秋聲做盡,還弄隔窗雨。

吳薗次曰:一往情深。

徐電發曰:蕭蕭戚戚,更覺黯然。李易安"人比黃花瘦"無此凄警。

霜天曉角

道傍古梅花已殘

古幹苔蒼。虯枝礙古牆。獨自抱冰雪性,更無人、惜幽芳。　　薄日烘素靨,輕風揚縞裳。已微露調羹信,從他笑、半面妝。

天 香第二體

水墨牡丹

蟬縞裁勻,麝烟拂就,洗妝猶認傾國。仙李題殘,真妃醒倦,月暗沉香亭北。舊家姊妹,驚乍見、翠刊紅削。玄圃霜沾玉骨,巫山雨染綃織。　　京洛露苞堪摘。撲緇塵、顚風無力。寫入鵝溪小幅,似曾相識。休借粉脂弄色。愛淡掃愁蛾俊標格。雪嶺墨池,謾分白黑。

徐電發曰:咏物詞不須刻畫而自然移易不動者,"月暗沉香亭北"等句是也。

巫山一段雲

憶 舊

漏下添寒峭,吟成過夜分。颼颼落葉打窗門。風掩一燈昏。　　碾月窺花醉,催冰凍夢雲。酒痕衣上間釵痕。銷盡去年魂。吳薗次曰:不堪回首。

朱錫鬯曰:"銷盡去年魂"較"日斜人散"尤爲婉約。

滿江紅第二體

江樓晚興

憔悴天涯,又將近、黃昏時景。獨搔首、午醒微解,黑甜初醒。牧笛歸吹牛背暇,漁舟斜倚花灘靜。乍登樓、極目望鄉關,心如綆。　雁聲過,流素影。桐葉墜,飄銀井。縱長繩欲繫,羲輪易騁。十二時中空過半,一朝事了難重省。看暮山、紅紫間成行,都淒冷。

吳蘭次曰:一結逗起無限淒清。

一叢花

春雨

濃雲初鎖看花天。絲雨迥纏綿。凝寒暗約東風峭,釀新愁、併入詩邊。簹篆香沉,屏山翠濕,移軫澀冰弦。　巡檐苔印屐痕偏。側帽拂榆錢。鶯魂已逐殘紅散,促春歸、那更啼鵑。徐電發曰:《花庵集》中有此佳句。桃葉波寒。蘭成賦懶。心事託憑欄。

金蕉葉第二體

題錢目天小照

雙眸炯炯明秋水。印冰衫、酒痕初洗。湘瑟停揮,松書乍卷誰堪擬?錦樹山人應是。　翩翩裘馬名王裔。問青箱、綠文丹字。花月長箋黿龍,小篆聊游戲。一醉天真全矣。

吳蘭次曰:目天當爲叫絕。

徐電發曰:目天工篆籀,且豪于酒,得此詞更添頰上三毫矣。

錦堂春

聽雨

夜静飄殘漏濕,香銷潤逼簾垂。檐聲不解離人意,滴瀝語相思。　花泪窗前脈脈,春情燈下絲絲。將成冷夢還催斷,錯恨五更遲。

南浦

贈別嘉禾吳子山

勞鱗江介,正梅偷、臘信上枝頭。翩爾東南佳客,一棹泛南州。季重鄴中名藉,論文才、端未後徐劉。乍相逢酪酊,評衡宮羽,興劇物華樓。　撲落俗塵千斛,暫偷閑、搔首共清游。怎奈年華催換,雪裏返孤舟。秀水髯蘇三過,漾平湖、烟雨四時秋。看竭來賦就,上林輝映舊風流。

瑞鶴仙

壽曾青藜

高賢時促膝。聽塵下清言,習風生腋。南帝火雲積。頓朱樓芳榭,淋漓金液。披襟岸幘。笑結襪、猶餘形迹。大文章已在,千秋江右,僅存果碩。_{吳蘭次曰:千秋已傳,青藜當爲下拜。}　強力。薊門吳會,五嶺三江,年時游屐。浮家泛宅。湖海氣,鳳鸞翩。甲方周、華髮紅顏相映,洛社香山早入。又還疑、綺里東園,重來世出。

婆羅門令

丙寅初春,同林公韜少憩道傍禪舍茶話

昨宵雨、釀春無際。聯芳騎、來看雙松翠。老衲園蔬,新堪摘、菘芽脆。禪

話久,忘却人間世。　　茶邊竹,風細細。趁移陰、暖日搖香几。翻殘貝葉流鶯喚,催夕磬、最聲近花底。聊拈拂子,試問空義。慚愧浮生,暫作半日清閑士。未有清閑計。

青杏兒

閨情

　　鵲篆冷秦箏。羅衫薄、强耐清秋。年時猶記花窗下,倩郎掠鬢,笑將鈿鳳,貼向眉頭。　　繡帖剪聲收。晚妝閑、獨上高樓。一簾殘日人千里,重重嶺樹,難遮望眼,不斷離愁。

徐電發曰:"一簾殘日"數語,與徐師川"門外重重叠叠山,遮不斷愁來路"同妙。

蝶戀花

折梨杏入瓶

　　春色枝頭深造次。剪雪裁霞,占得名花二。蝶夢未醒鶯乍睡。一時輸却香情思。　　冷浸冰壺涵影媚。簾幕輕垂,怕引東風至。珍重瑣窗雙近侍。夜來好伴詩魂醉。

武陵春 第二體

題家勖庵秋江獨釣小照

　　磈礧胸中誰識者,潏迹侶魚蝦。一帶清溪蘆荻洼。烟雨水雲家。　　時合潛龍應在野,文雅正堪誇。坐穩空江月落沙,原不事、釣鈎斜。

蕙蘭芳引

別張澹明方伯，用周美成韻

南浦繫舟，重流覽、落霞飛鶩。正別路風光，槐柳滿隄翠緑。片帆欲挂，又再詿、紫堂珊屋。愛魏公節概，物表亭亭松竹。　　勝會攀游，清吟聯席，數歷寒燠。况知己情多，傾蓋便披款曲。行行江表，寧忘極目。頻送懷、千里倚樓幽獨。

人月圓

燈夕，招同黄用錫、黄友説、陸程遠、林公韞宴集臬署蘭藻堂

暖風銷盡香街雪，佳節又紅城。銀花綴樹，星毬燦月，合釀春情。　　筵開錦幕，酒憑歌促，舞倩詩評。頻添密炬，花冠漫唱，玉漏三聲。

吴蘭次曰：豪興堂堂。

誤佳期

花朝訂游百花村，不果

聞道花村深處。無數嫣紅嫩紫。雨儜風慫殢芳時，蠟屐閑雙齒。　　遮莫太淋灕。索把濃香洗。春光只當不曾來，省却尋春計。

水調歌頭

中秋使院玩月

灝氣湛天宇，皓魄正澄鮮。素娥偏耐秋意，未忍怯高寒。庭際葉翻梧影，座上香飄桂子，清境發幽閑。錦瑟促弦柱，瑶席泛觥船。　　客將醉，余未倦，更

盤桓。莫辭痛飲,百歲君見幾回圓?常是燈宵愁雨,又苦花時爲客,勝事此宵全。鶴漏休頻警,老子正憑欄。

朱錫鬯曰:宛然大蘇口吻。

徐電發曰:似庾亮在南樓時也。

轉應曲

同閨人待月

明月。明月。此夜清光遲發。文鴛立破蒼苔。何事素娥未來。來未?來未?辜負海棠春睡。

朱錫鬯曰:結語妙在即離之間。

荔枝香近

夏日,韜汝弟談家園舊栽荔樹,今歲花時濃密,定饒嘉實,因作此解寄憶

憶向閑園荷鍤,栽扶荔。別時黑葉垂肩,嫩顆虬珠綴。匆匆未飽天漿,頓解玉驄繫。笑蝶夢頻年,吞火齊。　憑灌溉,更郁郁、花濃美。陳紫方紅,看壓軟枝紛墜。迢遞江皋,蜜漬何人解遥寄?目斷鄉關驛騎。

荷葉杯 第一體

水亭小酌

水榭涼飆初舉。無暑。翠樽開。紅渠香軟遞嬌語。溪女。采菱回。

朱錫鬯曰:金荃遺製。

鳳凰臺上憶吹簫

閨別,用漱玉詞韵

塞雁啼寒,潮雞淒曉,三聲畫角城頭。正騮裘初攬,慵繫吳鉤。無奈啼紅顰翠,抽別緒、款語難休。加餐約,沈腰潘鬢,莫漫驚秋。　剛休。凌波楚舵,便催上吳航,好倩誰留?算香閨望遠,應上層樓。不辨長江去棹,但蒼樹、翠靄迎眸。銷凝候,今宵孤月,兩照離愁。

吳蘭次曰:別緒淒清,柔情婉約,然自有風人雄雉之旨,非同褻艷。

桃花水第二體

春暮,過桃葉渡有憶

綉閣紅欄臨水靜,似當時。蘭棹艤。猶記。搴香帷。覷畫遠山眉。小桃飛。笑題紈人面非。緘愁好寄誰?

吳蘭次曰:有去年今日之感。第恐人面雖在,亦憔悴羞見,奈何?

意　難　忘

團風鎮泊舟

小泊江湄,看水光瀲灩,冷浸玻璃。荒村殘照落,戰壘暮雲低。經離亂,感他時。嘆景是人非。甚十旬,萍踪來往,鷗鷺應疑。　江南乍占枝栖。奈魂銷別泪,玉鏡分持。吟風閒鳳扇,怨月冷鸞鎞。霜菊綻,峭寒欺。料蹙損修眉。最堪憐,蘭釭深夜,錯算迴期。

塞翁吟

亂後重泛舟入楚，途中感賦

鄂渚狼烟熄，輕艇重趁飄蓬。乍出險，又浮踪。促短鬢成翁。羊裘未許綸竿穩，空賦瑣尾蒙茸。嘆往事，劍頭炊米，杯影疑弓。　冲冲。嗤鼯技，空窮屋下，快蟻魄、終銷穴中。待到日、重詢井邑，怕滿地、燕麥鳧葵，掩映沙蟲。武昌舊柳，應減風流，蕭戚還同。

朱錫鬯曰：拖尾數聲有江潭淒愴之感，令人想見桓征南耳！

吳蘭次曰：悲凉慨慷，絕似稼軒。○先生抗賊棄家，風節凜凜，蒼生方望再出，那得便許綸竿耶？

長相思

旅感

繫蘭舟。倚蘭舟。樹杪蟬聲散暮秋。斷虹宿雨收。　愛遠游。悔遠游。薄醉休登花外樓。關山笛裏愁。

憶舊游

重過皋署，望凌鵠臺有感

正楚山日淡，柏署霜清，繫馬重臨。蘭藻空遺構，嘆鶯欄草蔓，鶴徑蒿深。高臺凌鵠依舊，寂寞枕寒岑。但樹壓頹垣，苔封斷礎，觸目蕭森。　沉吟。記前度，有酒伴詞人，多暇招尋。倚醉題鸚鵡，更遏雲吹笛，欵月携琴。揭來風景非昨，鉛泪漫盈襟。恰延佇無憀，滿城秋杵急寒砧。

陳緯雲曰：衣帶山河之感，蒿目關情。故語不求工，自然淒麗。

龍 山 會

戊辰九日,重登黃鶴樓,次林公韞韵

楚澤蒼鵝滅。滿目荒烟,黯淡深秋節。河山遺恨切。遷客到、慷慨重捫存舌。灑酒問黃花,羞潘鬢、還應遲發。漫憑欄,繁華漢上,景光銷歇。　　凄凉寧爲悲秋?戈艦灰飛,泪眼何由豁。抗心懷往哲。羡吹帽、是處風流人物。掃粉認詩題,嘆鶴去、雲歸殘堞。猛回首、泊船舊渚,浪起蘋末。

吳菌次曰:慷慨悲凉,唾壺欲缺。

定 風 波

鄂城重晤大輪上人

出險逢君喜欲狂。相看執手泪沾裳。好似歸來王謝燕。淒怨。呢喃相語到斜陽。　　碌碌勞生真夢幻。堪嘆。迷頭演若失津梁。前夜鶴樓初繫艇。萍梗。明朝烟雨泛瀟湘。

朱錫鬯曰:促節繁聲,如聞惋嘆。

酹 江 月

赤壁懷古,用坡公韵

扁舟西上,縱覽遍、吳國山川雲物。巉石崩崖,是昔日、鏖戰燔餘赤壁。廢壘鴉啼,驚濤鯨吼,噴薄翻層雪。抗衡强魏,至今猶想英杰。　　當日破郢長驅、旌旗蔽日,戈艦乘流發。試問東風未便時,割據誰分存滅?公瑾雄姿,阿瞞老手,勝負分毫髮。高歌憑吊,飛磷夜泣江月。

朱錫鬯曰:疏越激昂,音節獨暢,試以銅琶鐵棹高唱一闋,當令坡公掀髯。

吳菌次曰:神氣飛揚,正如《赤壁前賦》,不獨摹擬"大江東去"也。

浪淘沙

岳州阻風,和林公韜韵

繫纜淺沙汀,雨阻風停。衡陽秋絶雁歸聲。一夜吟魂驚斷也,波撼孤城。　休嘆岳樓傾。代謝無情。湘流東逝客西征。盼得晴湖帆影轉,好問湘靈。

無俗念

過洞庭湖,示林公韜

洞庭秋望,捲雪濤銀浪遠連天際。鏡裏君山浮翠茜,好是湘靈螺髻。鼓瑟音希,斑筠泪染,想象虚無裏。涉波忠信,虬螭任走精魅。　十年游倦情悰,鷺莎鷗荇,夢影江湖愧。鋒鏑俶儻遷客試,轉盼吴頭楚尾。去國心傷,懷鄉腸轉,儘悔浮名累。家山何處?眼前萬叠烟水。

吴蘭次曰:滿目風波,徘徊淒惻,君言愁我始欲愁耳。

瀟湘逢故人慢

戊辰九月,長沙訪黄元起方伯

峭帆風迅,泛明湖萬頃,遥溯星沙。緑濤拍天遏。望龍堆霧擁,青草烟賒。沿江堠冷,正防秋、乍息鳴笳。停橈處,漁村水驛,穰穰綉錯桑麻。　三湘晏,伊誰力?賴長城、西南半壁全遮。趁緩帶清佳。便塵散霏珠,樽倒流霞。相逢如夢,銷樺燭、珠斗横斜。繞朝策、多君持贈,着鞭忍負年華。

瀟 湘 神

本 意

烟雨連。烟雨連。一江秋水碧漫漫。欲訪湘靈聞鼓瑟，蒼梧雲佩未曾還。

校 點 後 記

《問山集三種》包括《問山文集》、《問山詩集》、《紫雲詞》,清代詩人丁煒著。

丁煒(一六二七——一六九七),字澹汝,號雁水,福建泉州晉江縣人。其先祖爲來泉經商的阿拉伯人,元末戰亂,避居晉江陳江鄉,傳陳江丁氏一支。自明代始,陳江丁氏家族蕃盛,簪纓輩出。丁煒的高祖丁自申舉明嘉靖庚戌進士,歷任四川順慶、廣西梧州知府。祖父丁啓濬中萬曆壬辰進士,官至刑部左侍郎,卒贈刑部尚書。平生著作頗豐,有《平圃文集》、《詩集》行世。丁自申父子有希鄴堂藏書不下萬卷。丁煒父丁梡,邑廩生,力學過瘁,早卒。背負著家庭"繼承父志,讀書成立"的期望,丁煒自小力學,依惠安三母舅陳轉庵習《左傳》、《離騷》、《史記》、《漢書》及制舉文章。十四歲時,丁煒隨詩壇前輩遊清源山而作的《登齊雲巖》等詩就已在泉城文人中傳誦。

丁煒弱冠時,正逢明清交替,戰亂頻繁。順治十一年(一六五四年),爲郡廩生。次年,參加選拔考試,名列第一,授漳平縣教諭。十四年秋,擢河南魯山丞。一介書生,來到北方荒僻的縣城,時覺幽憂無聊,舉目淒涼,"惟有戶外青山差堪共語",遂將平時所做詩篇集爲一帙,取名"問山"。康熙二年(一六六三年)冬,遷河北獻縣令。獻縣"地當畿南之沖,水旱相仍",丁煒孤身在外,時以詩歌表達其客旅情思。四年,入京任户部山東清吏司主事,後轉員外郎。十三年,升兵部清吏司郎中。十五年,清初詩壇"一代正宗"王士禛爲丁煒選詩刊行,詩集仍以"問山"爲名。

康熙十九年,丁煒出任江西分巡贛南道。贛南僻處江右,地鄰嶺表,戰亂之後,田野不辟,井里蕭條,丁煒下車,即造訪當地名士,徵求治理之計,"摘地方十弊請上官禁革"。軍隊過往,地方供應,皆親身到場經度,不許伍卒攘奪百姓。戌亥之交,丁煒因公事乘舟前往省垣南昌,來往三旬,旅途上同隨他上任的從弟丁韜汝互相唱和，兩人各得詩六十首，刊刻一卷，名曰《涉江集》。政餘又於官署之傍繕治園地，種植修竹名花，號爲"甓園"，與詩友觴咏其間。二十三年，集歷年唱酬爲一卷刊行，以故鄉有紫帽山，"紫雲嘗冒其上"，故名爲《紫雲詞》。是年，丁煒遷升湖廣按察使，蒞任次年，編就《問山集》。毛際可、魏禮、黃與堅、周燦、錢澄之等爲之作序。

康熙二十七年二月，丁煒在任上忽遭無妄牽連，被免職聽候處理。六月，因湖廣督標裁兵發生軍隊叛亂，變起倉促，叛兵控制武昌，指派丁煒及其好友、署布政使、糧道葉映榴爲"愛民官"，脅逼他接受巡撫僞職。葉映榴自到身亡，丁煒則棄家出逃，往安慶乞師會剿。事平，仍補姚安知府，在任修《姚安府志》。後恢復按察使職務。後於赴京道上得目疾，在南京治療一段時間後，告病歸家。旋卒，享年七十一歲。丁煒宦績善政見載《贛州府志》、《泉州府志》。

丁煒的詩詞在清初有盛名。他的詩出於性情，除了大量思鄉憶故、幽憂淒戾的篇什外，還有不少反映現實、同情民間疾苦的詩篇。王士禛品評當代詩人，以丁煒與商丘宋犖、邵陽王又旦、安邱曹貞吉等並稱爲"海內十子"。詩壇領袖朱彝尊稱贊丁煒的詩"直者不伉，綺者不靡，約言之而可思，長言之而可歌"。其詞作則多表現宴嬉逸樂的生活，詞家評以"清新嫵媚"、"風流蘊藉"，然而其中也不乏悲涼慷慨之作。用韻豐富多彩，風格變化不一，表現了丁煒在辭賦方面的造詣。除了詩詞，丁煒的古文也得到很高的評價。他的文章深受理學的影響，講究理在氣先，氣在詞先。文章以理爲主，運之以氣，馭之以才。故議論汪洋浩瀚、氣勢磅礴，記叙布局曲折有致，辭藻華麗精彩。論者譽其爲文"宗唐宋大家，而能自出機軸"。

清咸豐四年（一八五四年），丁煒的詩文集印本已經少見，其族孫丁拱辰憂其湮沒失傳，出資在廣州重新刊印《問山文集》、《問山詩集》、《紫雲詞》。

本次整理根據泉州市圖書館所藏咸豐四年刻本點校，將三集合爲一冊，名之爲《問山集三種》。

編　者
二〇一二年四月

圖書在版編目(CIP)數據

問山集三種／（清）丁煒著；粘良圖點校. —北京：商務印書館，2017
（泉州文庫）
ISBN 978-7-100-15308-9

Ⅰ. ①問… Ⅱ. ①丁… ②粘… Ⅲ. ①古典詩歌—詩集—中國—清代 ②古典散文—散文集—中國—清代 Ⅳ. ①I214.92

中國版本圖書館CIP數據核字(2017)第223001號

權利保留，侵權必究。

責任編輯　閻海文
特約審讀　錢玉林

問山集三種
（清）丁　煒　著

商務印書館出版
（北京王府井大街36號　郵政編碼100710）
商務印書館發行
山東鴻君傑文化發展有限公司印刷
ISBN 978-7-100-15308-9

2017年12月第1版　　開本705×960　1/16
2017年12月第1次印刷　印張24.5　插頁2
定價：128.00元